Ausgeschieden

Katholische
öffentliche
Bücherei

76889 STEINFELD

Alexandra Pilz
Verliebt in Hollyhill

Alexandra Pilz

Roman

Verlagsgruppe Random House FSC® N001967
Das für dieses Buch verwendete FSC®-zertifizierte
Papier *Super Snowbright* liefert
Hellefoss AS, Hokksund, Norwegen.

Copyright © 2014 by Alexandra Pilz
Copyright © 2014 dieser Ausgabe
by Wilhelm Heyne Verlag, München,
in der Verlagsgruppe Random House GmbH
Redaktion: Martina Vogl/Catherine Beck
Umschlaggestaltung: t.mutzenbach design, München,
unter Verwendung eines Motivs von © shutterstock
Satz: KompetenzCenter, Mönchengladbach
Druck und Bindung: GGP Media GmbH, Pößneck
Printed in Germany
ISBN: 978-3-453-26917-0

www.heyne-fliegt.de

für blö, noch mal

Some think it's holding on that makes one strong.
Sometimes it's letting go.

SYLVIA ROBINSON

1

»Emily? Bist du noch dran? Er glitzert in der Sonne, hab ich recht? Er verwandelt sich bei Vollmond in ein zähnefletschendes Biest? E-MI-LY!«

Emily zuckte zusammen, als Fees Stimme sie letztlich erreichte, ihre Gedanken waren abgeschweift. »Du liest wirklich zu viel von diesem Vampir-Kram«, murmelte sie. Wer war dieser Junge, mit dem Matt da sprach? Sie hatte ihn noch nie gesehen, und er starrte zu ihr herauf, als wollte er im nächsten Moment den Hügel entern und sie herunterzerren.

»Wirklich, Em, wenn du mir nicht bald antwortest, steige ich in den nächsten Flieger und statte diesem ominösen Dorf höchstpersönlich einen Besuch ab, das schwöre ich! Tagelang meldest du dich nicht und nun lässt du dir alles aus der Nase ziehen! Wer ist dieser Typ, der dich im Moor aufgegabelt hat? Emily! Okay, vergiss es, ich buche einen Flug. Nächste Woche habe ich ein paar Tage frei und da kann ich leicht ...«

Was? Nein!

»Sorry, Fee, was hast du gesagt?« Emily presste das Handy

fester ans Ohr und drehte sich um, hin zu der großen Eiche, die ihr schon so vertraut war, weg von Matts Anblick, der sie verwirrte, und von dem fremden Jungen, der ihr unheimlich war. »Entschuldige, ich war abgelenkt.«
»Du fehlst mir«, seufzte Fee.
Emily lächelte. »Du mir auch«, sagte sie.
»Deine stoische Verschlossenheit vermisse ich allerdings überhaupt nicht.«
»Fee ...«
»Emily. Spuck's aus.«
Emily holte Luft. »Hör zu«, sagte sie, »mehr gibt es im Moment wirklich nicht zu erzählen. Ich habe das Dorf gefunden, ich habe meine Großmutter getroffen und ...« – Sie stockte und warf einen Blick über die Schulter. Matt unterhielt sich nach wie vor mit Mr. Unbekannt, aber das Gespräch sah nicht unbedingt herzlich aus. Was machte Matt überhaupt hier? »Ich bleibe noch ein paar Tage«, fuhr sie fort. »Ich möchte alle erst ein wenig kennenlernen.« Sie hatte schließlich nicht geahnt, dass sie eine Großmutter hatte, hier in England, und sie wollte gern noch Zeit mit Rose verbringen. Viel Zeit. Mit Rose ... und mit Matt. Sie wollte so viel Zeit mit Matt verbringen, wie ihr blieb.

Fee schnaubte. »Spuck's. Aus«, wiederholte sie, eindringlicher diesmal. »Wer ist der Typ?«

Emily spürte, wie sie rot wurde. Sie hatte Matt nur beiläufig erwähnt, als sie Fee erklärt hatte, wie genau sie Hollyhill hatte finden können – dass ein Junge neben ihr gehalten hatte, der *zufällig* aus dem Dorf kam und sie *netterweise* in seinem Wagen mitnehmen wollte.

So viel war seither geschehen. Und nichts davon durfte sie Fee erzählen.

»Er heißt Matt«, sagte sie schließlich und hielt dann vorsorglich den Hörer ein Stück von ihrem Ohr weg.

»Ich wusste es!«, kreischte Fee, und Emily musste lachen, nichtsdestotrotz. Sie konnte ihrer Freundin unmöglich erklären, was sie in den vergangenen fünf Tagen erlebt hatte – es war einfach zu überwältigend, zu unglaublich gewesen. *Fee, ich bin in die Vergangenheit gereist. Ich habe einen Mörder verfolgt, damit er dich in der Gegenwart nicht entführen kann. Und oh, dann habe ich noch meine Mutter getroffen – ja, ich weiß, sie ist seit dreizehn Jahren tot, aber ich bin schließlich in die 80er-Jahre gesprungen und da bin ich ihr begegnet.*

Emily spürte, wie sich in ihrem Magen ein Knoten formte. Niemals würde sie in Worte fassen können, was sie empfunden hatte in dem Moment, als sie ihrer Mutter in die Augen sah. Als sie vor ihr gekniet hatte, dort, in diesem Auto, inmitten einer Blase aus verlangsamter Zeit und betäubten Gefühlen.

Sie wusste, sie durfte Fee nicht einweihen, nicht jetzt, vermutlich niemals. Doch sie sehnte sich danach, ihrer Freundin von Matt zu erzählen. Davon, dass er sie geküsst und was er zu ihr gesagt hatte. Wie sie sich fühlte, wenn sie in seinen Armen lag. Wie sie diese Gefühle verwirrten, weil sie ihn doch erst ein paar Tage kannte. Sie wusste nur nicht ... Sie konnte das Durcheinander in ihrem Inneren kaum in Gedanken fassen, schon gar nicht in Worte. Nicht einmal zwei Stunden waren vergangen, seit sie mit Matt zurück in die Gegenwart gesprungen war, in Matts Armen, um genau

11

zu sein, und sie hatte seither noch keine Zeit gehabt, sich über irgendetwas klar zu werden. Über gar nichts.

»Emily?«

»Ja?«

»Du hörst schon wieder nicht zu.«

»Entschuldige, ich ...«

»Papperlapapp. Hat er dich geküsst?«

»Fee!«

»Ach, komm schon, Em!« Fees Stimme nahm einen jammernden Tonfall an. »Hat er?«

Emily atmete geräuschvoll aus. »Er hat«, bestätigte sie kurz angebunden, »und jetzt muss ich auflegen.«

»Emily, wage es nicht ...«

»Wir sehen uns in zehn Tagen, wenn ich wieder in München bin.«

»Emily!«

»Wirklich, Fee, mir geht es prima, mach dir keine Sorgen. Ich erzähle dir alles, wenn ich zurück bin.«

Fee schnaubte. »Ich mache mir keine Sorgen um *dich*, ich mache mir Sorgen um *mich* – ich werde sterben vor Neugier, wenn du jetzt nicht gleich rausrückst mit der Sprache.«

»In zehn Tagen, versprochen!«

»Emily, leg jetzt nicht ...«

»Mein Akku ist gleich leer.«

»Emily!«

»Bye, Fee.« Schnell unterbrach Emily die Verbindung und steckte das Telefon in die vordere Tasche ihrer Jeans. Dann drehte sie sich um und lief den Hügel hinunter in Richtung Dorf.

Der fremde Junge schlenderte davon, aber Matt rührte sich nicht. Er wartete vor der niedrigen Mauer, die den Garten ihrer Großmutter umrahmte, und er sah irgendwie unwirklich aus in der Nachmittagssonne, die seinen schwarzen Haaren einen rötlichen Schimmer gab und seinen grübelnden Blick weichzuzeichnen schien. Irgendwie.

Emily lächelte.

Sie lächelte Matt zu, und Matt lächelte zurück.

»Hey.«
»Hey.«

Sie war vor ihm stehen geblieben, die Hände in den Hosentaschen vergraben, die Wangen heiß. *Mach dich nicht lächerlich,* dachte sie verärgert, aber es half nichts. *Er hat mich geküsst.*

»Hast du Fee erreicht?«, fragte er.

»O ja, und es geht ihr blendend.« Emily dachte an das Gekreische ihrer Freundin, an ihre Fee-hafte Neugier. »Sie ist in Topform, könnte man sagen.«

Matts Lächeln vertiefte sich, und damit auch das Grübchen auf seiner rechten Wange. »Und deine Großmutter?«, fragte er.

Emily seufzte. »Das verlief nicht ganz so fröhlich.« Ihre Großmutter in München hatte sich große Sorgen gemacht, weil sich Emily in den vergangenen Tagen nicht gemeldet hatte. *Nicht melden* konnte, *weil ich durch die Zeit katapultiert wurde,* dachte sie trocken. Es war nicht einfach gewesen, ihre Großmutter damit zu trösten, dass das Handynetz an einem Ort wie dem Dartmoor eben nicht ganz reibungslos funktio-

13

nierte. Was die Wahrheit war, aber eben nur die halbe. Sie wollte ihrer Großmutter nichts verheimlichen, aber was hatte sie für eine Wahl? Matts Augenbrauen hoben sich. »Was?«, fragte er. »Gar nichts.« Emily schüttelte den Kopf. Sie dachte daran, wie sie ihn vor einigen Tagen als Betrüger bezeichnet hatte, als jemanden, der anderen ständig etwas vormachte, der niemandem je etwas darüber verriet, wer er wirklich war und wie er wirklich lebte. »*Ist es nicht anstrengend, andauernd zu lügen?*«, hatte sie gefragt, und Matt hatte geantwortet: »*Das wirst du ja bald selbst wissen, wenn du deiner Familie und deinen Freunden* nicht *erzählst, wo du deine Ferien verbracht hast. Und mit wem.*«

Weder ihrer Großmutter in München noch Fee noch irgendjemandem sonst würde sie je anvertrauen können, was sie in der vergangenen Woche erfahren hatte. Dass Hollyhill, das Heimatdorf ihrer Mutter, ein magischer Ort war. Der durch die Zeit reiste. Seit Jahrzehnten schon. Und mit ihm seine Bewohner, die weder alterten noch besiegbar schienen durch Fähigkeiten, die Emily nicht einmal ansatzweise verstand. Nicht einmal ihre eigene, die ihre Mutter ihr vererbt hatte: die Gabe, in die Zukunft zu träumen.

Seit einer Ewigkeit lebte das Dorf Hollyhill sein mysteriöses Leben, um einzelne Schicksale zum Positiven zu wenden. So hatte Matt es ihr erklärt. Und es war nicht an ihr, dieses wohlbehütete Geheimnis in die Welt zu posaunen.

»Emily, was ist los?« Matts Lächeln war verschwunden. »Ist etwas mit deiner Großmutter? Hat sie etwas gesagt?«

»Nein, nichts«, gab sie schnell zurück. Einen Augenblick

lang war sie versucht, Matt um Rat zu bitten, ihn zu fragen, ob es je so etwas gegeben hatte in Hollyhill: Einen Menschen, der nicht wirklich dazugehörte, aber irgendwie doch, der mit dem Dorf verbunden war und in dessen Geheimnis eingeweiht, und der dennoch nicht bleiben konnte. Nicht bleiben durfte. Schließlich sagte sie: »Wer war der Typ, mit dem du da eben gesprochen hast? Der in der Piratenverkleidung?«

Matts sah sie an. Es wirkte nicht so, als kaufte er Emily ihr Ablenkungsmanöver ab, schließlich aber blitzte es in seinen Augen. »Es wird Cullum nicht gefallen, dass du sein Outfit für eine Verkleidung und ihn für einen Piraten hältst«, sagte er.

»Cullum?«

Matt seufzte. »Du wirst ihn bald kennenlernen, fürchte ich.« Er ließ den Blick über den Hügel schweifen, zu dem Baum, in dessen Schatten sie durch die Zeit gesprungen waren. Unter dessen Zweigen sie sich geküsst hatten – zum zweiten Mal.

»Emily«, sagte er und wandte sich ihr wieder zu. Er hob eine Hand, und Emily meinte schon, er wollte sie berühren, ihr über die Wange oder eine Haarsträhne aus ihrem Gesicht streifen, und wie von selbst begann ihr Herz zu flattern, doch dann ließ er sie wieder sinken und vergrub sie ebenfalls in den Taschen seiner Jeans. »Was in den vergangenen Tagen geschehen ist ...«, setzte er an. Und weiter kam er nicht.

»Matt! Emily!« Sillys glockenhelle Stimme wirbelte zu ihnen herüber und ließ sie beide zusammenfahren. Emily sah zu dem Garten ihrer Großmutter, wo eine grinsende Silly die Stufen des alten Steincottages hinunter und auf den Rasen hüpfte, gefolgt von Matts Bruder Josh und Pub-Besitzer Adam, die eine schwere Holzplatte zwischen sich manövrierten. Emily konnte nicht verhindern, dass sie rot wurde, während Silly auf sie zulief. Sie fühlte sich ertappt, obwohl ganz und gar nichts geschehen war zwischen Matt und ihr. Und als habe Silly diese Unsicherheit bemerkt, blieb sie in der Mitte des Rasens stehen und schirmte mit einer Hand ihre Augen gegen die Sonne ab.

»Ihr verpasst noch eure eigene Willkommensparty«, rief sie. »Alles ist vorbereitet, wir müssen nur noch den Tisch decken.« Sie wartete einen Augenblick, dann bedeutete sie ihnen mit einer Geste, ihr zu folgen, drehte sich um und lief ins Haus zurück.

»Willkommensparty?«, echote Emily.

Matt fuhr sich mit einer Hand durch die Haare. »Jesus«, murmelte er. Er sah Emily an. »Wir reden später, okay?«

Emily nickte, doch es war, als schnürte ihr etwas die Kehle zu.

Sie war sich nicht sicher, ob sie wirklich hören wollte, was Matt ihr zu sagen hatte.

Ganz und gar nicht.

Die Inszenierung im Garten erinnerte Emily an die Teegesellschaft aus »Alice im Wunderland«: Zwischen zwei knorrigen Apfelbäumen hatten Josh und Adam den riesigen, schweren Holztisch aufgebaut, den nun eine weiße Decke mit übergroßen Mohnblüten zierte. Überall dort, wo sie nicht unter bunten Kannen und Tassen und Tellern verschwanden, leuchteten sie in dem Rest Sonne, der den kleinen Garten wärmte und den Duft nach frisch gebackenen Scones noch zu verstärken schien.

An den Längsseiten der Tafel rieben die Armstützen massiver Holzstühle aneinander, und an ihrem Kopf, da saß der Junge, der Matt zufolge Cullum hieß, und gab als bislang einziger Gast eine äußerst merkwürdige Figur ab. Während Emily sich über eine der hohen Stuhllehnen beugte, um die Etagere mit Gurken- und Lachssandwiches, die ihr Silly in die Hand gedrückt hatte, zwischen all das Geschirr zu schieben, lugte sie unter dem Pony hervor in seine Richtung.

Cullum saß, nein, er thronte an einem Kopfende des Tisches, einen Fuß auf seinen Stuhl drapiert, einen Grashalm zwischen den Lippen, das weiße, flattrige Hemd viel zu weit aufgeknöpft. Die Augen geschlossen, das Gesicht der Sonne entgegengestreckt. Ein Zylinder saß auf seinem Kopf, und Emily konnte einfach nicht wegsehen. Eine ganz eigenartige Faszination ging von dem Jungen aus. Seine Körperhaltung wirkte entspannt und ungezwungen, und trotzdem vermittelte er ihr das Gefühl, als nähme er jede Kleinigkeit um sich herum wahr, als entginge ihm nichts. Als Cullum die Augen abrupt öffnete und in ihre Richtung blickte, hielt Emily den Atem an: Die Farbe seiner Iris war von einem stechenden Hellgrün, das beinahe transparent wirkte, und dann wusste sie es mit einem Mal. Eine Katze. Er sah aus wie eine Katze. Cullums Mund formte sich zu einem breiten Grinsen. Grinsekatze und verrückter Hutmacher zugleich.

»Hat dir noch nie jemand gesagt, dass es sich nicht schickt, so zu starren?«

Als die frostige Stimme Emily aus ihren Gedanken riss, zuckte sie zusammen, das Porzellan in ihrer Hand klackerte gegen Teller und Tassen. Sie war sich sehr wohl bewusst, dass sie nun Cullums volle Aufmerksamkeit genoss, doch sie stellte langsam das Geschirr auf dem Tisch ab und richtete sich auf. Das Mädchen lächelte nicht einmal.

Sie war einen halben Kopf größer als Emily, ihr langes, glattes Haar glitzerte weiß in der Abendsonne, ihre schwarz lackierten Fingernägel ließen die silbrige Haut noch heller erscheinen. Trotz ihrer Größe wirkte sie zart und fragil, doch diese Zerbrechlichkeit spiegelte sich keineswegs in ihren Augen wider. Nicht ein bisschen. Sie waren von dem gleichen verstörenden Hellgrün wie Cullums, durchsichtig wie Glas. Und genauso kalt. Und sie fixierten Emily auf eine so herablassende Art, dass diese kein Wort herausbrachte.

Das Mädchen hob eine seiner makellosen Brauen. »Was auch immer ihr Kellnerinnen heutzutage lernt«, sagte sie, »Servieren gehört offensichtlich nicht dazu.«

Emilys Lippen öffneten sich vor Staunen, doch die Feindseligkeit dieses Mädchens traf sie völlig unerwartet. »Was ...«, setzte sie an, dann räusperte sich jemand.

»Emily, das ist Chloe«, sagte Matt, der auf einmal neben ihr stand. Er wechselte einen Blick mit dem Mädchen, der Glühwein zu Eis gefrieren konnte, und fuhr fort: »Chloe – Emily. Komm.« Er nahm Emily am Arm und zog sie ein Stück weg, ans andere Ende der Tafel. Sie setzten sich.

Das Mädchen sah ihnen noch einen Augenblick nach,

dann ließ es sich in den Stuhl links neben Cullum fallen, den Mund zu einem siegessicheren Grinsen verzogen. Cullum lachte laut. In Emily brodelte es.

»Sie ist reizend«, flüsterte sie. »Eine Freundin von dir?«

Sie hatte so viel Ironie wie möglich in ihre Stimme gelegt, sie wollte sich nicht einschüchtern lassen, und ganz bestimmt sollte diese Chloe ihr nicht ihre letzten Tage in Hollyhill verderben, doch Matt verzog keine Miene.

»Sie ist Cullums Schwester«, sagte er nur. Als würde das alles erklären.

Emily wartete, ob er noch etwas hinzufügen würde, aber er schwieg. »Aha«, merkte sie an. Sie ließ sich in ihren Stuhl zurückfallen und verschränkte die Arme vor dem Körper. Sie sah nicht in Chloes Richtung, sondern drehte sich zu Matt, doch sie fühlte die Blicke der Geschwister auf sich, heiß wie ein Ofenfeuer.

Matt seufzte. »Sie sind so etwas wie die Adoptivkinder von Pfarrer Harry«, erklärte er. »Und das ist schon alles, was sie mit einem Geistlichen gemeinsam haben. Tee?«

Emily schüttelte den Kopf. Sie sehnte sich so dringend nach einem Kaffee. Und sie hätte so gern gewusst, worüber Matt und Cullum gesprochen hatten, vorhin, als sie mit Fee telefoniert und die beiden vom Hügel aus beobachtet hatte. Sie spürte, dass es bei dem Gespräch um sie gegangen war, doch sie traute sich nicht, Matt danach zu fragen. Stattdessen sagte sie: »Wo waren die beiden vergangene Woche, an dem Abend, an dem wir alle im Pub saßen?«

»Verhindert«, gab Matt zurück. Die Antwort kam viel zu schnell. »Krank, glaube ich.«

Emily hob erstaunt die Augenbrauen. »Für jemanden, der so oft lügen muss wie du, war das gerade ziemlich erbärmlich«, sagte sie.

Matt rieb sich die Stirn, als habe er ganz plötzlich Kopfschmerzen bekommen. »Hör zu«, begann er, »sobald sich alle hingesetzt haben, werden sie dich mit Fragen bombardieren.«

»Und soll ich die mit dem gleichen Enthusiasmus beantworten wie du meine?«, gab Emily zurück.

Matt sah sie an, drei Sekunden, vier, und Emily hielt seinem Blick stand. *Gerade eben wolltest du noch reden,* versuchte sie ihm stumm mitzuteilen, und schließlich veränderte sich der Ausdruck in seinen Augen. *Du hast recht,* las Emily darin. *Wir waren schon einen Schritt weiter.*

»Du weißt, was die beiden getan haben«, sagte er. »Das Gleiche wie Silly und Joe, als wir sie auf dem Hügel getroffen haben, auf der Suche nach Quayle. Das Gleiche wie ich, als ich dir das erste Mal im Moor begegnet bin.«

»Sie haben versucht herauszufinden, warum sie hier, in dieser Zeit gelandet sind?«

»Im Speziellen haben sie versucht herauszufinden, wie und warum du nach Hollyhill gekommen bist. Und was das für uns bedeutet.« Er betonte das *du* und das *uns,* und Emilys Mund formte sich zu einem lautlosen *Oh.*

Sie spähte in Richtung Cullum und Chloe, die dankenswerterweise mit sich selbst beschäftigt waren. Sie fragte sich, was die beiden über sie erfahren hatten bei ihrer *Recherche.* Und was davon sie Matt erzählt haben könnten. Und ob diese Chloe tatsächlich eine von Matts *Freundinnen* war.

20

Und was das für uns bedeutet.

Sie hätte selbst gern gewusst, was es für Matt bedeutete, dass sie hier war. Vorhin, noch vor ihrem Sprung und vor ihrem Kuss, da hatte er ihr gesagt, er sei froh, dass sie hergekommen sei. Im Moment war sich Emily dessen nicht mehr so sicher. Im Moment hatte Emily den Eindruck, als fühle sich Matt verpflichtet, sich um sie zu kümmern, als sehe er es als seine Aufgabe an, sie vor den neugierigen Blicken und den neugierigen Fragen der anderen zu schützen.

Sie zu beschützen – wovor? Es gab noch so vieles, das sie nicht wusste, über diesen Ort und seine Menschen, über deren Leben, über ihre Wurzeln, wenn man so wollte, und über das, was es für *sie* bedeutete.

Emily starrte auf das Gedeck vor ihr, auf die blaugeblümte Schale, gefüllt mit bauschiger Clotted Cream.

Matt trank mit stoischer Miene seinen Tee.

Beide schwiegen, während sich der Garten nach und nach mit Menschen füllte. Als Emily den Blick hob, balancierte Silly gerade einen Stapel Holz über den Rasen, ihren besten Freund Joe im Schlepptau, der es ihr gleichtat. Silly strahlte. Sie trug ein nachtblaues Sommerkleid, das von einem breiten, weißen Gürtel zusammengehalten wurde, und dazu passende Ballerinas. Ohne Frage musste sie wieder Model für eine von Joes Kreationen spielen, doch Emily wusste, dass Silly dessen Enthusiasmus in Sachen Mode mit liebevoller Geduld ertrug. Wenn sich schon sonst niemand im Dorf freiwillig von Joe einkleiden ließ, wollte wenigstens sie ihm den Gefallen tun. Joe selbst sah in seinem dunkelblauen Nadelstreifenanzug sehr elegant aus, und so vollkommen overdressed, dass Matt bei seinem Anblick die Stirn runzelte.

Die beiden trugen das Holz zu Josh, der eine große Feuerschale in der Nähe des Tisches platziert hatte. Er wartete, die Hände in die Hüften gestemmt, und zwinkerte Silly zu, die prompt rot anlief.

Von einer Sekunde auf die andere begann Emilys Herz zu rasen. Sie war sich auf einmal schmerzlich bewusst, dass es erst gestern gewesen war, als sie Josh mit ihrer Mutter gesehen hatte. Auf einem Parkplatz im Jahr 1981. Die beiden hatten gestritten, und dann war ihr Vater aufgetaucht, und später war die Situation gänzlich außer Kontrolle geraten. Quayle, der Mädchenmörder, hatte sie gekidnappt und beinahe verschleppt, und am Ende hatte sich Emily schluchzend in den Armen ihrer Mutter Esther wiedergefunden. Seit Emily vier Jahre alt war, hatte sie ihre Mutter nicht mehr gesehen, denn da waren sie und Emilys Vater bei einem Autounfall ums Leben gekommen. Und sie, Emily, hatte dies nicht verhindern können. Sie war in die Vergangenheit gereist und hatte nichts, gar nichts tun können, um das Schicksal ihrer Eltern abzuwenden. Sie hatte ihre Mutter nicht festhalten können.

»Emily, ist alles in Ordnung? Du starrst mich an, als wärst du einem Geist begegnet?« Silly war zu ihnen an den Tisch gekommen, sie klopfte sich die Holzspäne vom Kleid und setzte sich Emily gegenüber.

»Na, ist sie doch auch«, antwortete Joe an ihrer Stelle. Er zog den Stuhl neben Silly zurück, setzte sich ebenfalls und zupfte die Ärmel seines Anzugs zurecht. »So gut wie, jedenfalls. *Ich war zumindest ziemlich erscheinungsmäßig überrascht, als ich mich urplötzlich daran erinnerte, dass ich Emily schon einmal begegnet war. Auf einem Hügel. In den Achtzigerjahren.*« Mit jedem Satz hatten sich Joes Augenbrauen ein wenig mehr gehoben, und Emily rang sich ein Lächeln ab.

»Dann war es tatsächlich so für euch beide?«, fragte sie. »Peng, und ihr erinnert euch plötzlich an etwas aus einer Vergangenheit, die es vorher noch nicht gab?«

»Um Himmels willen, wie kompliziert das klingt!« Pfarrer Harry hatte sich in das Gespräch eingemischt, quetschte ein weiteres Tablett auf den Tisch – Pasteten, soweit Emily erkennen konnte – und klatschte in die Hände. »Kinder, lasst uns beginnen«, rief er fröhlich. »Die Sonne geht bald unter, hier wird schon Tee getrunken, und die spannenden Gespräche haben offenbar bereits begonnen.«

Er ließ einen Stuhl zwischen sich und Emily frei, setzte sich und raunte ihr zu: »Vorsicht bei den Pasteten, die sind von Adam.«

»Hab ich meinen Namen gehört?« Der Wirt des Holyhome war an den Tisch getreten, an der Hand seine Frau Eve. Sie hatte ihre rote Haarmähne in einem hohen Dutt gebändigt und zwinkerte Emily zu.

Emily erwiderte das Lächeln. Oh, sie mochte sie alle so sehr! Sie mochte Adams warme Augen und die Art, wie er mit seinem Daumen Eves Handrücken streichelte. Sie mochte es, wie Josh – der gutherzige, liebenswerte Josh – um Martha-May herumschlich, um ihr gegebenenfalls auf dem Weg zur Tafel behilflich zu sein. Wohl wissend, dass die kleine alte Dame, die im Dorf den Kramerladen führte, sich gar nicht gern helfen ließ. Emily liebte es, wie ihre Großmutter Rose sie ansah, als sie sich neben sie setzte und ihre Hand auf ihren Arm legte. Sie liebte es, wie in Hollyhill offenbar jeder jeden unterstützte, bedingungslos, wie es schien. Sie warf einen kurzen Blick auf Chloe und Cullum. Dann auf Matt. Sie liebte diesen Ort und all diese Menschen hier. Fast alle. Und sie fürchtete sich davor, dass diese Willkommensparty ihre Abschiedsparty sein könnte.

Denn sie wollte nicht Abschied nehmen, war es nicht so? Emilys Lächeln gefror. Was würde passieren, wenn sie in einer Woche, in zehn Tagen, den Heimweg nach München antrat? Würde sie Hollyhill und seine Bewohner je wiedersehen? Würde sie Matt je wiedersehen?

Emily war selbst überrascht von der Wucht ihrer Gefühle. Die Erkenntnis, dass dies hier ihre Familie war, die Familie, die sie nie hatte, traf sie mitten ins Herz.

Sie hatte gar nicht darüber nachgedacht, ob es nicht auch möglich wäre hierzubleiben. Denn sie musste doch zurück. Zu ihrer Großmutter, die sie aufgezogen und für sie gesorgt hatte, nachdem ihre Eltern gestorben waren. Sie musste zurück zu ihr. Zu Fee. Zurück zu ihrem Leben.

2

Es wurde ein langer Abend, voller Worte und Lachen und nicht gestellter Fragen. Emily bemühte sich, ihre Reise so ausführlich wie möglich zu schildern, Matt half ihr dabei. Wie gebannt hing Rose an Emilys Lippen, als diese von dem Moment erzählte, in dem Matt ihr offenbart hatte, dass sie eine Zeitreisende war. Pfarrer Harry kicherte über ihre Flucht über den Balkon des Cottages, in dem sie Unterschlupf für die Nacht gefunden hatten. Sillys Augen wurden riesig, als Emily die Begegnung mit ihrem Vater beschrieb, auf der Bühne des Ärztekongresses in dem Hotel in Exeter. Adam schüttelte den Kopf darüber, dass Eve plötzlich in der Bar aufgetaucht war und Matt von Emily weggezerrt hatte. Sie war allein mit Quayle zurückgeblieben, was Martha-May mit der Zunge schnalzen ließ. Matt erklärte, wie Emilys Traum ihm dabei geholfen hatte, Quayles Wagen durch das nächtliche Moor zu verfolgen. Wie sie den Unfall überlebt hatten, weil sie dank Emilys Vision dem Hindernis auf der Straße ausgewichen waren. Dank der Gabe, die ihre Mutter ihr vererbt hatte.

Es war dieser Augenblick, der, in dem Matt den Hinweis

auf Emilys Mutter Esther gab, in dem sie spürte, wie sich die Stimmung am Tisch veränderte, ein kleines bisschen nur, aber doch. Pfarrer Harry hatte aufgehört zu kauen, Chloes Finger, die langsam um den Rand ihrer Tasse gestrichen waren, hielten still. Ein, zwei Minuten lang war nichts zu hören außer dem monotonen Zirpen einer Grille, dann setzte leises Gemurmel ein.

Emily konnte sich vorstellen, dass insbesondere Rose darauf brannte zu erfahren, was sie über Esther gelernt hatten, was ihre Tochter vor mehr als dreißig Jahren dazu bewegt hatte, ihr Heimatdorf Hollyhill zu verlassen, ihren Freunden, ihrer eigenen Mutter den Rücken zu kehren, ohne Abschied, ohne ein Wort. Sie wusste nicht, ob Matt bereits mit jemandem darüber gesprochen hatte, aber sie bezweifelte es. Er war nicht der Typ, der die Geschichten anderer erzählte. Auch dafür mochte sie ihn.

Letztlich schwiegen sie darüber, sie tranken Tee stattdessen. Matt saß jetzt so aufrecht in seinem Stuhl, als habe jemand seinen Rücken an der Lehne festgeklebt, und die Falte über seiner Nase malte einen tiefen, schwarzen Schatten in sein Gesicht. Emily widerstand der Versuchung, die Hand zu heben und sie glatt zu streichen, doch sie berührte wie zufällig seinen Arm. Matt sah sie an, einen Moment länger als nötig, die blauen Augen dunkel wie der Abendhimmel über ihnen, mit kleinen Lichtpunkten darin, funkelnd wie Sterne.

Es war Joe, der sie rettete. Sie und die Stimmung.

»Und da standen wir auf dem Hügel, und dann war urplötzlich Matt dort mit Emily – die Silly und ich da aber noch gar nicht kannten –, und dann stellte sich heraus, dass am nächsten Tag die große Hochzeit stattfinden würde. Lady Di und Prinz Charles! Es war – *aaaaaaaaaaah*!« Joe schlug die Hände vor das Gesicht und schüttelte den Kopf. Zwischen seinen gespreizten Fingern sah man ihm an, wie viel Vergnügen es ihm bereitete, seine Sicht der Geschehnisse zu erzählen.

»Liebe Güte, Joe«, rügte Rose. »Als hätte das bei dieser Reise auch nur die geringste Rolle gespielt.«

»Ja, genau, Joe«, warf Cullum ein, »als würde dein royaler Fetisch *irgendwann* einmal eine Rolle spielen.«

»Oh, verdammt, Cul«, mischte sich Chloe in das Gespräch, »jetzt hast du das böse Wort gesagt.«

»Fetisch?«

»*Royal.*« Sie kicherte, Joe aber schien die Bemerkung überhaupt nicht komisch zu finden. Langsam ließ er die Hände sinken und begann in beleidigtem Tonfall: »Ihr erinnert euch vielleicht, dass ich es war, der seinerzeit dafür gesorgt hat, dass wir neben all unseren anderen Verpflichtungen ...«

»... nicht zu spät zur Krönung von Queen Elizabeth II. kamen«, stimmten Cullum und Chloe in den Satz mit ein. »Klar.«

»Dafür mussten wir allerdings auch einige – äh, *Unannehmlichkeiten* in Kauf nehmen«, bemerkte Josh lächelnd. Adam schüttelte den Kopf. »Nicht zu fassen, dass sie Joe beinahe verhaftet hätten wegen seiner Kommentare.«

»Ich hätte ihn ebenfalls verhaftet«, sagte Cullum. »*Als Nächstes schwört sie auf die Bibel*«, äffte er Joes Stimme nach. »*Und dann hängt man ihr den goldenen Mantel um. Schauen Sie mal, sehen Sie? Hach, das war so wundervoll!«* Cullum schüttelte den Kopf. »Kein Wunder, dass ihn alle Umstehenden vor diesem Fernsehladen für verrückt hielten.«

»Sie hätten ihn abgeführt«, sagte Adam, »hätte Eve die Wachposten nicht verwirrt.«

»Und hätten Joshs und Matts Eltern nicht so getan, als wollten sie einem der Gardeoffiziere die Mütze stehlen«, ergänzte Cullum. Er lachte, aber am Tisch war es still geworden. »Was?«, fragte er. »Dürfen wir sie jetzt nicht einmal mehr erwähnen?«

»Cullum«, warnte Josh.

Matt bewegte sich in seinem Stuhl.

»Sie war eine so schöne junge Frau«, beeilte sich Eve zu sagen. »Elizabeth, meine ich. Und genauso sympathisch wie ihr Vater.«

»Dessen Krönung uns ebenfalls nicht entgangen ist«, informierte Pfarrer Harry die Runde. »Kann das ein Zufall sein?« Er zwinkerte Emily zu.

»Ich nenne es Fügung«, bemerkte Joe.

Cullum schnaubte. »Ach, komm schon, Joe«, sagte er. »Du weißt so gut wie ich und alle anderen auch, dass weder du noch sonst jemand hier am Tisch beeinflussen kann, wohin die Reise geht.«

»Umso bemerkenswerter«, Joes Stimme war eine Spur lauter geworden, »dass es uns trotzdem vergönnt war, an so manch historischem Ereignis teilzunehmen.«

»Der Titanic nachzuwinken, würde ich in diesem Zusammenhang nicht romantisieren wollen«, erklärte Chloe trocken.

Emily sah Joe Luft holen, doch Silly sprang für ihn ein: »Wir haben das schon tausendmal besprochen«, erklärte sie empört. »Das war ein Abschiedsgruß an ein Schicksal, das wir tragischerweise nicht ändern konnten.«

Chloe verdrehte die Augen, Cullum lachte wieder, Emily verschränkte die Arme vor dem Körper. Sie fröstelte. Und sie hatte plötzlich das Bedürfnis, sich an jemandem festzuhalten, zur Not an sich selbst.

Die Titanic? Lieber Himmel!

»Mach dir nichts daraus, Liebes«, hörte sie Pfarrer Harry mit vollem Mund rufen, »das geht seit Jahrzehnten so, aber im Grunde verstehen sich alle prächtig.«

Emily schloss für einen Moment die Augen. *Seit Jahrzehnten.* Natürlich. Sie sah Matt an, der wiederum Cullum einen tödlichen Blick zuwarf.

Würde sie das alles jemals begreifen können? *Wirklich begreifen?*

»Geht es dir nicht gut?« Josh war von seinem Platz aufgestanden und neben Emily in die Hocke gegangen. Er legte ihr eine Hand auf die Schulter und sagte leise: »Du siehst aus, als würdest du frieren. Sollen wir das Feuer anzünden?«

Wie alt ist Silly? Und Joe? Was ist mit Matts Eltern geschehen? Die Gedanken schienen von innen gegen Emilys Stirn zu hämmern und sie zu zermürben. Also nickte sie, dankbar für die Ablenkung, und folgte Josh zu der Feuerschale.

Sie spürte Matts Blicke in ihrem Rücken. Emily war sich plötzlich nicht mehr sicher, ob die Kälte nicht von ihm ausgegangen war.

»Eigentlich müssen wir sie nur noch anzünden«, erklärte

Josh, als sie neben der Schale stehen blieben. »Silly ist sehr gut im Einschlichten.« Er lächelte Emily zu. »Allerdings hatte ich den Eindruck, du könntest eine Pause vertragen.« Er nickte in Richtung der anderen. »Von all diesen Geschichten über Könige und Schiffe und ... du weißt schon.«

Emily nickte. »Danke«, sagte sie. Sie verschränkte die Arme wieder vor dem Körper, während Josh mit einem langen Streichholz einen Anzünder am Boden der Feuerschale entflammte. Er wartete, bis die Funken auf die unteren Holzscheite übergesprungen waren, beugte sich vor und blies ihnen sanft Luft zu. Die Späne knackten und knisterten, und Josh schwieg. Emilys Herzschlag wurde ruhiger und ruhiger.

Vom ersten Augenblick an hatte sie Josh gemocht, seine besonnene, freundliche Art, seine Ausgeglichenheit und Güte, sein ganzes Wesen, das so vollkommen anders schien als das von Matt. Konnten Brüder unterschiedlicher sein? Emily bezweifelte es. Während der eine mit seiner unnahbaren, aufwühlenden Art ihren Puls zum Rasen brachte, verströmte der kaum ältere Josh eine Geborgenheit, die Emily einhüllte wie ein Federbett.

Ein Federbett? Liebe Güte, Emily!

Sie räusperte sich. »Erinnerst du dich daran?«, fragte sie. »Ich meine, dass wir uns getroffen haben im Jahr 1981? Auf diesem Parkplatz?«

Josh richtete sich auf, das Feuer im Blick. Emily sah zu, wie sich die Flammen auf seinem Profil spiegelten, orangerot und warm. »Wir sind es so gewohnt, in das Leben, in die Vergangenheit und die Zukunft anderer Menschen einzugreifen«, begann er, »dass es wirklich mehr als überraschend ist, wenn es einem selbst passiert. Es kommt nicht oft vor, dass ein Außenstehender in unser eigenes Dasein eingreift, unsere eigenen Erinnerungen verändert.« Er schüttelte den Kopf und sah Emily an. »Ich kann das Gefühl gar nicht beschreiben, als ich dich heute Nachmittag, nach eurer Rückkehr, sah und mir klar wurde, wann wir uns das erste Mal begegnet sind. Auf einer Reise in die Vergangenheit, die ich vor vielen, vielen Jahren angetreten hatte.«

Sie sahen sich an, und Emily suchte still nach den richtigen Worten für das, was sie als Nächstes sagen wollte.

»Ich habe mit ihr gesprochen«, erklärte sie schließlich.

Josh nickte. »Es muss schrecklich für dich gewesen sein, all das zu erleben. Erst eine ... *Zeitreise* als solches, dann dieser widerliche Quayle, und zuletzt Esther, die ...« Er beendete den Satz nicht, stattdessen legte er Emily eine Hand auf die Schulter. »Sie hat sich nichts sehnlicher gewünscht als ein Kind«, fuhr er fort, »wusstest du das? *Ich* wusste es, mir war nur nicht klar, wie groß dieser Wunsch war.«

»Sie hatte von mir geträumt.« Emily spürte, wie sich ihre Augen mit Tränen füllten, also holte sie Luft und blinzelte sie fort. »Sie wusste, sie würde weggehen aus Hollyhill, und sie wusste, dass ...« Emily schluckte, und Josh nahm sie in die Arme und streichelte ihr behutsam über den Rücken.

»Shhhh«, machte er.

»... dass sie sterben würde«, flüsterte Emily.

Sie drehte den Kopf und sah hinüber zum Tisch, zu Rose, die den Blick gesenkt hielt, und zu Matt, der Emily mit ausdruckslosem Gesicht beobachtete.

Sie löste sich aus Joshs Armen und räusperte sich. »Ich

kann es ihr nicht sagen«, erklärte sie. »Rose, meine ich. Ich ... ich kann meiner Großmutter nicht sagen, dass ihre Tochter für mich gestorben ist.«

Josh nickte wieder. »Ich werde mit ihr reden«, versprach er.

Emily seufzte. »Ich frage mich, ob sie sich auch für mich entschieden hätte, wenn ihr klar gewesen wäre, dass wir nur vier Jahre miteinander haben würden«, sagte sie. Ihre Stimme klang bitter, doch Joshs war nach wie vor voller Mitgefühl.

»Ich denke, sie wusste es«, sagte er sanft. »Sie hätte sich trotzdem für dich entschieden. Immer.«

Emily schloss die Augen. Die Worte ihrer Mutter hallten in ihrem Kopf wider.

Du sollst wissen, dass ich dich liebe. Vergiss das nicht. Nie. Was auch immer passiert.

»Ist es wahr, dass sie dir das Herz gebrochen hat?«, fragte sie leise.

Josh hob überrascht die Augenbrauen. »Das hat Matt dir erzählt?«

Emily nickte. Sie warf Matt einen Blick zu, doch der hatte sich zu Rose gebeugt.

»Emily«, begann Josh. Er fuhr sich mit einer Hand durch die Haare und seufzte. »Sie konnte kein Kind bekommen«, sagte er. »Niemand in Hollyhill kann das.«

Emilys Lippen öffneten sich einen Spalt, doch sie sagte nichts. Der Knoten in ihrem Magen, der sich seit ihrem Telefonat mit Fee nicht gelöst hatte, begann von Neuem zu schmerzen. Sie war nicht wirklich überrascht – oder doch? Ihre Mutter hatte ewig gebraucht, um schwanger zu werden, nachdem sie mit Richard nach Deutschland gegangen war. Emily kam es vor, als habe diese Information schon lange in ihrem Inneren geschlummert, in ihrem Magen womöglich, und als sei sie nur noch nicht zu ihrem Verstand vorgedrungen.

»Sie hat mich mehrmals gebeten, mit ihr fortzugehen«, hörte sie Joshs Stimme, »mit ihr ein anderes Leben zu wählen. Für sie. Aber ich konnte es nicht.« Er schwieg einen Moment, sein Blick wanderte zu Matt. »Nicht nach dem, was mit unseren Eltern passiert war«, sagte er und wandte sich wieder Emily zu. »Esther und ich, wir waren bereits getrennt, als sie deinen Vater kennenlernte.«

»Eure Eltern«, sagte Emily. »Was ist mit ihnen geschehen?«

Josh sah sie an, während er über eine Antwort nachzudenken schien, dann lächelte er. »Matt mag dich sehr, weißt du das?«

»Oh, ich ...«. Emily war sich sicher, dass ihre Wangen im Schein der Flammen Feuer fingen, so heiß fühlten sie sich an. Erst Silly, jetzt Josh – wieso glaubten eigentlich alle, über Matts Gefühle so genau Bescheid zu wissen?

Joshs Lächeln vertiefte sich. »Er wird es dir selbst erzählen«, fuhr er fort. »Jedenfalls sollte er das. Das sollte er wirklich.«

Matt sah nicht einmal auf, als sich Emily zurück an den Tisch setzte. Seine Augen waren auf die Feuerschale gerichtet, den Platz, an dem sie eben noch gestanden hatte. Würde sie jemals schlau werden aus ihm? Emily bezweifelte es.

Würde er sich ihr jemals öffnen? Auch darauf hatte Emily keine Antwort. Sie hatte nicht die geringste Ahnung, was in Matt vorging, und sie konnte wirklich nicht behaupten, dass sie das kalt ließ. Es verunsicherte sie. Sehr.

Emily rutschte tiefer in ihren Stuhl, und als sie den Kopf hob, blickte sie geradewegs in Cullums Katzenaugen. Er beobachtete sie. Wie auf Kommando begann ihr Herz schneller zu schlagen, doch da hatte er schon angefangen zu sprechen.

»Emily«, sagte er, »da bist du wieder!« Er grinste, und Emilys Augen verengten sich. »Das müssen aufregende Tage für dich gewesen sein, nicht? Nun hast du selbst einen Vorgeschmack davon bekommen, wie es ist, eine Zeitreisende zu sein.«

»Hör auf damit«, sagte Matt scharf.

»Was denn?«, gab Cullum zurück. »Ich zeige doch nur Interesse.« Er lächelte Emily zu, die keine Miene verzog. Plötzlich war es wieder so still in der Runde. So still wie der Augenblick zwischen Blitz und Donner.

»Kinder«, sagte Rose, »es ist so ein herrlicher Abend! Wer möchte ein Schlückchen Wein? Harry? Josh?«

»Wie fühlt sich das an?«, fragte Cullum laut. »Wäre das ein Leben für dich?«

Er hatte die Frage an Emily gerichtet, sein Blick aber ruhte auf Matt.

Um was geht es hier eigentlich? Emily hatte keine Ahnung, was zwischen den beiden Jungen vorgefallen war, aber die Spannung am Tisch schien plötzlich zum Zerreißen. Rose sah unglücklich von einem zum anderen. Chloe gab ein abfälliges Geräusch von sich.

»Wirklich, ich ...«, setzte Emily an, doch da fiel ihr Silly ins Wort.

»Sie hat sich sehr gut geschlagen«, erklärte sie schnell. »Und was meinen Teil angeht, ich habe sofort gewusst, dass sie eine von uns ist.« Sie bedachte Emily mit einem liebevollen Blick. »Vom ersten Moment an.«

Joe schnaubte, während Emily kaum mehr richtig atmen konnte. Sie fühlte sich müde und ausgelaugt und angestrengt und *bedrängt* und sie sehnte sich danach, ihren Kopf wie ein Vakuum vor noch mehr Worten zu verschließen. Und ihr Herz.

»Ach«, setzte Joe an, »dann war ich wohl der Einzige, dem es ein bisschen seltsam vorkam, dass Matt mit einer uns unbekannten Person durch die Gegend reist?«

»Durch die Zeiten, meinst du wohl«, warf Harry gut gelaunt ein.

»So hab ich das doch überhaupt nicht gemeint«, verteidigte sich Silly, »ich sagte doch bloß ...«

»Wichtig ist doch eigentlich nur«, fuhr Chloe dazwischen, »wie lange will sie bleiben? Hoffentlich nicht bis zur Krönung von William und Kate.«

»Chloe!« Mehrere Personen riefen den Namen, doch niemand so eisig wie Matt.

»Keine Sorge«, begann Emily, und sie konnte ihre Stimme nicht daran hindern, gekränkt zu klingen, »ich werde sicher nicht ...«

»Emily wird nächste Woche wieder zu ihrer Großmutter nach München fahren«, erklärte Matt. Er legte Emily eine Hand auf den Arm, um sie am Weitersprechen zu hindern, und hob die Stimme, sodass er alle anderen übertönte. »Es war nie geplant, dass sie länger als ein paar Tage in Hollyhill bleibt.«

Emily warf ihm einen überraschten Blick zu. Alle anderen schwiegen. Und fast war diesem Schweigen anzuhören, wie sehr Matt die Anwesenden mit seiner heftigen Antwort verblüfft hatte. Als sei es ihm gerade erst eingefallen, zog er seine Hand von Emilys Arm zurück. »Entschuldigt mich«, murmelte er, stand auf und ging ins Haus.

Rose fand als Erste ihre Sprache wieder. »Emily«, sagte sie heiser, »Liebes. Wir freuen uns wirklich sehr, dass du noch ein paar Tage bei uns sein wirst.« Sie klang nach wie vor erstaunt, doch sie lächelte darüber hinweg. »Im Namen aller heiße ich dich ganz offiziell herzlich willkommen in Hollyhill.«

Herzlich willkommen in Hollyhill. Die Worte hallten in Emilys Kopf nach, während sie die Tür zu ihrem Zimmer hinter sich schloss.

Stille.

Endlich.

Sie ließ sich in einen der gemütlichen Ohrensessel fallen und atmete ein.

Nein, ganz falsch. Sie war viel zu unruhig, um hier zu sitzen und ihre Gedanken kreisen zu lassen, also stand sie auf, lief über den dicken roten Teppich in das kleine Badezimmer, schaltete das Licht ein und drehte die altmodischen Wasserhähne der Badewanne auf.

Abtauchen. Prima Idee.

Sie brauchte ein paar Sekunden, um aus dem kalten und heißen Strahl die richtige Mischung zu finden, doch schließlich gelang es ihr. Das Wasser dampfte, und Emily hielt ihr Gesicht in die Wolke aus Wärme und Feuchtigkeit. Seit sie in Hollyhill angekommen war, hatte sie kaum eine Verschnaufpause gehabt, weder für ihren Kopf noch für ihre überstrapazierten Muskeln. Nun würde sie sich ins Wasser gleiten lassen, die Augen schließen und falsche Songtexte vor sich hinbeten, wenn es sein musste – sie wollte nur nicht mehr nachdenken müssen.

Emily wird nächste Woche wieder zu ihrer Großmutter nach München fahren. Es war nie geplant, dass sie länger als ein paar Tage in Hollyhill bleibt.

Himmel, Matt!
Mit einer Hand zerrte Emily an den Bändern ihrer Turnschuhe und zog sie dabei irrtümlich nur fester. Also beugte sie sich nach vorn, um den Knoten zu lösen, ungeduldig und gereizt. Ja, sie würde zu ihrer Großmutter nach München zurückkehren, und nein, es war nie geplant gewesen, dass sie länger in Hollyhill blieb. Und natürlich hatte es überhaupt keinen Sinn, so zu tun, als habe Matts kleine Ansprache sie nicht mitten ins Herz getroffen. Denn – verflixt noch mal – es war immer noch ihre Entscheidung, oder etwa nicht? Sie allein bestimmte, wann sie das Dorf verlassen würde und ob überhaupt. Und Matt hätte zumindest so tun können, als täte es ihm leid, dass sie ging. Falls sie ging.

Ungehalten trat Emily auf die Fersen ihrer Sneakers und

schleuderte die Schuhe von ihren Füßen. Sie war sich selbst nicht sicher, was ihre Gefühle für Matt betraf, immerhin kannten sie sich kaum. Und sie war ehrlich nicht die Art Mädchen, die sich hopplahopp einem Typen an den Hals warf, den sie vor ein paar Tagen das erste Mal gesehen hatte. Aber sie hatte gedacht, *gehofft*, nach all dem, was sie in der vergangenen Woche gemeinsam erlebt hatten ... Da hatte sie – ja, was?

Emily seufzte. Sie drehte die Wasserhähne zu und ließ sich auf den Wannenrand sinken.

Ja, was.

Hatte sie sich gewünscht, Matt würde sie bitten zu bleiben? Und dann? Was wäre dann?

»Emily? Liebes?«

Nachdem das Rauschen des Wassers verstummt war, drang die Stimme ihrer Großmutter ins Bad, und Emily beeilte sich, das Zimmer zu durchqueren und ihr die Tür zu öffnen.

»Entschuldige«, sagte sie sofort. »Das Wasser ... Wartest du schon lange?«

Rose schüttelte lächelnd den Kopf. »Der Kakao ist noch heiß«, sagte sie, während sie Emily eine dampfende Tasse entgegenstreckte. »Er soll beim Einschlafen helfen, zumindest hat deine Mutter das immer behauptet.«

Emily starrte einen Augenblick auf die Tasse, dann in das Gesicht ihrer Großmutter. Kakao. Ihre Oma in München machte Emily Kakao, zum Trost, zur Beruhigung, zum Einschlafen. Um sie davon abzuhalten, allein nach England zu fliegen. Die beiden Frauen schienen auf den ersten Blick kaum etwas gemeinsam zu haben, doch Emily wurde in diesem Moment klar, dass sie durchaus etwas verband. Sie war Enkelin, hier wie dort, und wie auch immer ihre Entscheidung ausfallen würde – mal angenommen, sie hätte eine Wahl –, es würde jemand verletzt zurückbleiben.

Emily blinzelte, dann nahm sie Rose die Tasse aus der Hand, stellte sie auf der Kommode neben der Tür ab und umarmte ihre Großmutter.

Rose holte Luft, während sie Emily durchs Haar strich. Eine ganze Weile sagte sie gar nichts, und dann: »Josh hat mir erzählt, was passiert ist.«

Emily hielt still.

»Ich bin so froh, dass du uns gefunden hast«, fuhr Rose fort. »All die Jahre, die Jahrzehnte, habe ich mich gefragt, warum sie einfach fortgegangen ist, ohne sich zu verabschieden, ohne sich zu erklären. Das war so ganz und gar nicht sie. Es hat mich zermürbt, mich andauernd zu fragen, *warum*.«

Das Wort summte um Emilys Kopf herum, während sie darauf wartete, dass ihre Großmutter noch etwas hinzufügen würde, doch sie schwieg. Also flüsterte sie an ihre Schulter: »Ich glaube, sie hatte Angst, dass sich ihr jemand in den Weg stellen würde.« Sie schluckte. »Hättet ihr gewusst, was sie vorhat, ihr hättet sie sicher...« *aufgehalten*, wollte Emily sagen, doch da hatte ihre Großmutter sie bereits von sich geschoben und ihr Gesicht in beide Hände genommen.

»Emily«, sagte sie. »Esther war eine sehr erwachsene Person, als sie fortging, so erwachsen, wie nur jemand sein kann, der bereits seit mehr als sechs Jahrzehnten durch die

Jahrhunderte gereist war.« Emilys Augen weiteten sich, während Rose die Hände von ihren Wangen zu ihren Schultern wandern ließ, um diese zu drücken.

»Sechzig Jahre«, wiederholte sie leise.

»Mehr als sechzig Jahre«, sagte Rose, »und das wiederum ist mehr als dreißig Jahre her. Was für uns andere ein knappes Jahrhundert bedeutet, seit wir das erste Mal durch Zeit und Raum katapultiert wurden.«

Emily schüttelte den Kopf, ließ ihre Großmutter dabei aber nicht aus den Augen. »Wieso?«, platzte es schließlich aus ihr heraus. »Ich meine, wie ist so etwas überhaupt möglich?«

Das war die Frage aller Fragen, nicht wahr? Obwohl Emily schon ahnte, wie unsinnig es eigentlich war, sie zu stellen.

»Das haben wir uns viele, viele Jahre gefragt«, sagte Rose, »du kannst dir vorstellen, wie weit wir damit gekommen sind.« Sie lächelte. »Wir wissen nichts über das *Wie*, nichts, bis auf die Umstände, unter denen es passiert, die Art und Weise. Und das *Warum*... darüber gibt es in diesem Dorf die unterschiedlichsten Ansichten. Harry mag das Ganze aus religiöser Sicht betrachten. Martha-May sieht es als unsere Aufgabe an, anderen zu helfen, weil sie...« Rose stockte einen Moment, dann schüttelte sie den Kopf. »Sie hat jemanden verloren, aber das ist eine wirklich, *wirklich* lange Geschichte.«

Sie seufzte. »Und natürlich gibt es diejenigen, die ihr Dasein als eine Art Fluch betrachten. Chloe«, sagte sie, und Emily runzelte die Stirn. »Matt. Vielleicht auch deine Mutter. Hier zu leben bedeutet, auf so vieles zu verzichten. Es bedeutet, sich selbst aufzugeben, in gewisser Weise. Es bedeutet, Abschiede in Kauf zu nehmen und den Schmerz, den diese nach sich ziehen. Es bedeutet aber auch, ein Leben voller Abenteuer, voller Wissen und Erfahrungen, es bedeutet...« Rose suchte nach Worten, dann lachte sie kurz auf, wurde aber gleich wieder ernst. »Wir haben viele Jahrzehnte gemeinsam verbracht, und es war oft, *sehr, sehr oft* hart. Man fühlt sich unbesiegbar, und dann... Auch wir haben erfahren müssen, was es bedeutet, Verluste hinzunehmen. Und trotzdem hatten wir immer noch uns.« Sie sah Emily an. »Es ist eine unglaublich schwere Entscheidung, dieses Leben hinter sich zu lassen«, sagte sie. »Unglaublich schwer und unglaublich mutig.«

»Mutig.« Emily räusperte sich. In ihrem Kopf schwirrte es, und sie brauchte einen Moment, um einen klaren Gedanken zu fassen. Und dann einen weiteren, um zu entscheiden, ob sie ihn laut aussprechen sollte. Was, wenn sie die Antwort ihrer Großmutter nicht würde ertragen können?

Sie holte Luft. »Ich frage mich, ob ich hätte bei ihr bleiben sollen«, sagte sie schließlich. »Ich meine, sie hat sich für mich entschieden, hat quasi ihr Leben für mich gegeben, und ich... ich hätte den Unfall verhindern können. Wäre ich bei ihr geblieben, ich...«

»Shhhh«, machte Rose, während sie eine Hand hob, um Emily am Weitersprechen zu hindern. »Shhhh. Denk nicht einmal daran, dass es in deiner Verantwortung liegen könnte, was geschehen ist. Wir mögen das Schicksal von sehr vielen Menschen verändert haben und unser eigenes zum Teil, aber es ist, was es ist und immer war und immer bleiben wird – Schicksal. So oder so. Verändertes Leben oder nicht. Wir greifen nicht da ein, wo wir nicht eingreifen sollen. Wir verändern nichts, was nicht verändert werden soll.«

»Aber woher weiß ich, dass ihr Schicksal nicht verändert werden sollte?«, fragte Emily. Sie verzweifelte fast an diesem Gedanken, den sie nicht zu fassen bekam, seit Matt ihr zum ersten Mal gesagt hatte, sie seien nicht hier, um die Zukunft ihrer Eltern in eine andere Bahn zu lenken.

Warum nicht?

Warum denn nicht?

Und ihre Mutter – sie hatte Emily fortgeschickt. Hatte die Autotür hinter sich zugeschlagen, um sich ihrer eigenen Bestimmung zu fügen.

Geh und rette ihn. Das waren ihre Abschiedsworte gewesen.

Und Emily war gegangen.

»Liebes.« Rose strich noch einmal über Emilys Wange, dann ließ sie die Hand sinken. »Ich weiß nicht, warum sie sterben musste«, sagte sie, »aber ich werde es wohl so sehen müssen – als das, was für sie vorgesehen war. Es war ihr vorherbestimmt, eine Entscheidung zu treffen, Hollyhill zu verlassen, dich zu finden. Es war dir vorherbestimmt, diese Entscheidung nicht infrage zu stellen.« Rose betrachtete Emily.

Vorherbestimmt. Nicht infrage zu stellen. Huh?

»Es ist so eine Freude, dass es dich gibt«, sagte Rose. Und dann, lauter: »Es ist so eine Freude, dich hier zu haben. Bleib, so lange du möchtest. Und ... dann komm wieder.«

Emily sah ihre Großmutter an, die in Jeans und Baumwollhemd eine so jugendliche Figur abgab, wären da nicht die kurzen, grauen Haare und der Hauch von Schwermut, der in ihren hellblauen Augen lag. Sie wusste, ihre Großmutter wollte sie nicht fortschicken, doch tief in ihrem Inneren, das konnte Emily in ihrem Gesicht lesen, hatte auch sie sich bereits entschieden. Dafür, dass Emily dies eben nicht konnte. Sich entscheiden. Emily hatte ganz offensichtlich keine Wahl. Offensichtlich war es *vorherbestimmt*, dass sie ging.

»Gute Nacht, Liebes«, sagte Rose und drückte Emily einen Kuss auf die Wange. Sie trat einen Schritt zurück, und es raschelte unter ihren klobigen Stiefeln. »Oh«, machte sie, während sie sich bückte und ein gefaltetes Blatt Papier aufhob, das sie Emily sogleich entgegenstreckte. Sie zwinkerte ihr zu. »Er mag dich sehr, weißt du«, sagte sie, und Emily konnte nicht anders, sie verdrehte die Augen. Woher wollte sie wissen, dass dieser Zettel von Matt kam? *Und würdet ihr bitte aufhören, mir zu erklären, dass er mich mag?*

»Gute Nacht, Großmutter«, sagte Emily eine Spur zu laut, und Rose lachte, während sie sich ins Erdgeschoss ihres B&Bs zurückzog. Emily schloss die Tür ihres Zimmers hinter sich. Sie nahm einen Schluck Kakao, der noch warm war und der sie schrecklich melancholisch stimmte.

Sie faltete das Papier auseinander.

Ich möchte dir etwas zeigen. Triff mich um 4:30 Uhr vor dem Haus.
Matt
PS.: Es tut mir leid
PPS.: Zieh Schuhe an

Mit einem Schnauben faltete Emily den Zettel zu einem winzigen Viereck zusammen, das sie in den Taschen ihrer Jeans verschwinden ließ.

Auf Wiedersehen, Melancholie.

4:30 Uhr, hallo?

Zieh Schuhe an?

Sie seufzte, griff nach ihrem Kakao und zog sich damit ins Badezimmer zurück. Sie ließ das heiße Wasser noch eine Weile laufen, gab etwas von ihrem Duschgel in den Strahl, schlüpfte aus den Kleidern, ließ sich in die Wanne gleiten und tauchte unter. Die Stille, die sie umhüllte, war eine Wohltat.

Emily konzentrierte sich auf den dumpfen Druck auf ihren Ohren und dachte an nichts. Sie blieb so lange in der Wanne, bis das Wasser zu kühl wurde, dann stieg sie heraus, trocknete sich ab und ließ sich in ihr Bett fallen.

Zieh Schuhe an war womöglich das Letzte, was sie dachte, bevor sie in einen schwarzen, unruhigen Schlaf sank.

3

Um 4:34 Uhr zog Emily die Eingangstür des Crooked Chimney hinter sich zu, leise, um ihre Großmutter nicht zu wecken, und zitternd, vor Kälte, aus Schlafmangel und ein bisschen vor Wut. Wieso hatte sie einfach hingenommen, dass Matt sie mitten in der Nacht aus dem Bett und in die Kälte trieb? Sie musste verrückt geworden sein, sich darauf einzulassen. Als der Wecker ihres Handys sie zehn Minuten zuvor aus dem Tiefschlaf gepiept hatte, hatte sie für einen Augenblick nicht einmal mehr ihren Namen gewusst. Oder seinen.

Mit einem Ruck zog Emily den Reißverschluss ihrer Regenjacke zu. Ja, ihr war sein Name wieder eingefallen. Und ja, ihr Herz klopfte bei dem Gedanken daran, ihn gleich zu sehen. Aber trotzdem, Himmel noch mal. Erst bestimmte er vor allen anderen, wie lange sie in Hollyhill bleiben und wann sie das Dorf verlassen würde, dann scheuchte er sie mitten in der Nacht aus dem Haus, um – keine Ahnung! Sie in der Kälte stehen zu lassen?

Sie hatte so ein fürchterliches Durcheinander geträumt. Erst von Josh an einem Krankenbett, vornübergebeugt, die braunen Locken nass geschwitzt. Dann von Cullum, die Zügel eines Pferds um sein Handgelenk geschlungen – er zwinkerte ihr zu. Zuletzt hatte sie sich selbst gesehen, wie sie aus dem Fenster eines Hauses nach unten blickte auf eine Gestalt, die in einen schwarzen Kapuzenmantel gehüllt war. Sie schlich eng an einer schmutzigen Mauer entlang, geduckt und ängstlich, und als sie dann doch nach oben sah und ihr Blick den von Emily traf, da waren ihre Augen so voller Entsetzen und Panik gewesen, dass es Emily die Kehle zuschnürte.

Hier, in der Kälte der Nacht, bekam sie allein beim Gedanken daran eine Gänsehaut.

Sie schüttelte sich, als könne sie so auch die Erinnerung an diesen jüngsten Traum abschütteln. Schließlich verschränkte sie die Arme vor dem Körper und blinzelte in die Dunkelheit. Es war stockfinster. Weder spendete ein Mond am Himmel Licht noch die altmodischen Laternen entlang der Straße. Sie sah nichts, außer den schemenhaften Umrissen von Martha-Mays Laden und dem Holyhome gegenüber, und sie hörte nichts als ihren eigenen Atem, den sie bibbernd in die Nachtluft stieß. Hatte sie sich am Ende geirrt? Hatte Matt nachmittags gemeint und nicht nachts? Hatte sie die englische Uhrzeit verkehrt herum gedeutet?

»Sind das deine Wanderstiefel?«

Emily stieß einen erstickten Schrei aus. »Oh, verdammt«, flüsterte sie. »Verflixt noch mal.«

Matt lachte leise. »Tut mir leid«, sagte er, »beziehungsweise – ich konnte nicht widerstehen. Es sah so witzig aus, wie du da standest und in die Nacht geblinzelt hast.«

»Witzig.«

»Genau. Hier.« Er drückte Emily einen Gegenstand in die Hand, der sich als Taschenlampe entpuppte, nachdem Matt einen kleinen Schalter gedrückt hatte. Der Lichtkegel war auf ihre Füße gerichtet, doch nun konnte Emily Matts Gesicht erkennen. Er sah zweifelnd nach unten, auf Emilys Chucks.

Sie gab einen genervten Laut von sich. »Hör zu«, setzte sie an, »ich werde mich hier nicht mit dir über meine Schuhe unterhalten. Das ist kein Wanderurlaub, und du bist nicht ... der Oberpfadfinder.« Sie starrte ihn an. »Was wolltest du mir zeigen?«

Matt erwiderte ihren Blick schweigend, um seine Mundwinkel zuckte es.

O Mann, dachte Emily, *das ist irgendeine Marotte von ihm. Mich so lange anzusehen, bis ich schmelze.*

»Das Dartmoor ist bekanntermaßen ein Wanderparadies«, sagte er schließlich. »Und wir müssen uns beeilen.« Damit drehte er sich um und lief mit großen Schritten voraus in Richtung Brücke, vorbei an der Kirche, den Bach entlang, ins Moor hinein.

Okay – der Boden war nicht gerade eben, die Ginsterbüsche stachlig, der Wind unbarmherzig und kalt. Emily leuchtete mit der Taschenlampe auf die Fersen von Matts Stiefeln, um ihn nicht aus den Augen zu verlieren. »Ich finde auch, wir sind noch nicht genug nachts durchs Moor gewandert«, murmelte sie, während sie sich bemühte, bei Matts hohem Tempo mitzuhalten.

Er bewegte sich mühelos durch die Nacht, so als fände er sich blind zurecht in dieser Landschaft aus Geröll und Schatten und Nichts. Und Emily fühlte sich schmerzlich an ihren letzten Ausflug dieser Art erinnert, als sie nach einem Zeitsprung, von dem Emily noch nicht einmal geahnt hatte, dass es einer war, stundenlang durchs Moor gelaufen waren, auf der Suche nach Hollyhill, das wie vom Erdboden verschluckt schien.

Für eine Sekunde dachte sie daran, dass es diesmal wieder so sein könnte – dass sie das Dorf nicht mehr vorfanden und sie mit Matt allein in ein neues Abenteuer stürzte. Schnell schob sie den Gedanken beiseite. Es gab nichts mehr zu tun für sie beide, nichts, das Emilys Aufenthalt in Hollyhill rechtfertigte.

Matt warf ihr über die Schulter einen Blick zu. »Es ist nicht mehr weit«, sagte er, und erst jetzt fiel Emily auf, dass sich der Himmel über ihnen von einem tiefen, sternlosen Schwarz zu einem matten Dunkelgrau gewandelt hatte.

Sie waren eine Weile dem Flusslauf gefolgt und dann einem breiteren Pfad, der sich einen Hügel hinauf durch einen Wald schlängelte. Nun wurden die Bäume weniger, die Sicht wurde besser, und Emily knipste ihre Taschenlampe aus. Neben ihr, auf einer Weide, schliefen Kühe und Schafe eng aneinandergekuschelt, und Matt hielt auf ein Gatter zu, das die Wiese vom Weg trennte.

Wieder liefen sie querfeldein, immer weiter bergauf. Bäume wurden seltener, Gras und Steinbrocken mehr. Hier, wo nichts mehr ihn aufhielt, pfiff der Wind so stark, dass sich Emily mit ihrem ganzen Gewicht dagegenstemmen musste, um vorwärtszukommen. Er schien ihr zuzuraunen. An einem Punkt war sich Emily sicher, durch das Säuseln und Wispern des Winds Stimmen auszumachen, die ihren Namen flüsterten.

Emily. Emily.

»Matt!« Sie schrie beinahe.

»Da vorne, siehst du?«, rief er ihr über die Schulter zu. »Da ist es.«

Etwa hundert Meter vor ihnen ragte auf der Spitze des Hügels eine Steinformation in den Himmel, so als hätte jemand flache Hinkelsteine aufeinandergestapelt, mehr schlecht als recht. Im Näherkommen erkannte Emily, dass es sich um Riesen gehandelt haben musste – das zweifelhafte Konstrukt war mindestens fünf Meter hoch, vielleicht sogar mehr. Matt hielt zielstrebig darauf zu, schritt die Längsseite ab und verschwand an dessen Spitze. Emily folgte ihm atemlos. Als sie die Stirnseite des Felsgebildes erreichte, blieb sie überrascht stehen.

Im Schutz der Steine war der Wind verstummt und die Stille überwältigend. Hinter ihnen ragten die grauen Felsen in den ebenso grauen Himmel, vor ihnen breitete sich ein Abgrund aus, in dessen Ausläufer sich die Landschaft wie ein auberginefarbener Teppich schmiegte. Matt stand dicht am Rand, und Emily stellte sich neben ihn. Ein paar Minuten lang taten sie nichts weiter als den Anblick des Moors zu genießen, das sich aus seinem nächtlichen Umhang schälte, mehr und mehr Konturen von sich preisgab, mehr schimmernde Nässe, mehr rostiges Grün. Schließlich ließ Matt den Rucksack von den Schultern gleiten und ging zurück zu den Felsen.

»Das hier ist ›Patter Tor‹«, erklärte er, »zumindest nennen wir es so.« Er stellte die Tasche auf einem Felsvorsprung ab und drehte sich zu Emily um. »Ein Hügel mit einer Granitfelsbildung auf seiner Spitze, wie es sie Dutzende im Dartmoor gibt. ›Bellever Tor‹ sieht ganz ähnlich aus. Aber es wäre zu weit gewesen.«

Er lächelte. Emily lächelte zurück.

»Du jagst mich mitten in der Nacht fast eine Stunde lang bergauf durch das Dartmoor«, fragte sie, »um mich daran zu erinnern, dass ich keine Karten lesen kann?« Sie hatte »Bellever Tor« irrtümlich für einen Ort gehalten, in dem sie sich ein Zimmer suchen wollte, als Matt sie aufgelesen hatte. Als er sie gefunden hatte, auf ihrer Suche nach Hollyhill.

Matt legte den Kopf schief. »Ein netter Nebeneffekt«, erklärte er grinsend. »Komm, es geht gleich los.«

Am Fuße des Steingebildes hatte sich ein Vorsprung in den Fels gegraben – in etwa so breit wie ein dreisitziges Sofa, allerdings doppelt so tief. Matt breitete eine Isomatte darauf aus, dann eine Decke. Sie setzten sich, die großen Steine in ihrem Rücken dienten ihnen als Lehne. Es war beinahe bequem, fand Emily, so als habe jemand den Fels geglättet, durch jahrzehntelange Abnutzung. Sie warf einen Blick auf Matt, der eine Thermoskanne aus seinem Rucksack zog und einige in Papier gewickelte Sandwiches zwischen ihnen verteilte. Er war schon öfter hier gewesen, dessen war sie sich sicher. Mit einem anderen Mädchen? Mit Chloe? Sie ärgerte sich augenblicklich über die Gedanken, die diesen schönen Moment zu zerstören drohten, und über die plötzliche Bitterkeit, die die Eifersucht in ihr auslöste.

Matt hielt ihr einen Becher mit dampfender Flüssigkeit hin. »Ich bin mir nicht sicher, wie er schmeckt«, erklärte er. »Aber wenn ich deinen Blick gestern richtig gedeutet habe, ist schlechter Kaffee immer noch besser als Tee?«

Er nickte Emily zu, und sie nahm ihm zögernd den Becher aus der Hand. Er hatte ihr Kaffee gekocht? *Du liebe Güte!*

Sie trank einen Schluck.

Okay, Emily. Das war... nett.

Der Kaffee schmeckte gar nicht so übel.

Es hat keinen Sinn, sich ewig zu fragen, was gewesen wäre, wenn...

»Danke«, murmelte sie. Sie nippte stumm an ihrem Kaffee. Sie war sauer auf Matt gewesen, richtig? Weil er ihr – wieder einmal – das Gefühl vermittelt hatte, als wollte er sie loswerden, als gehörte sie nicht hierher. Nicht nach Hollyhill. Nicht zu ihm.

Sie mochten sich, ja. Er hatte ihr Kaffee gekocht. Sie hatten sich geküsst, na und? Sie würde bald abreisen. Sie sollte sich nicht verlieben. Nicht mehr, als sie es ohnehin schon war. Sie sollte ihr Herz auf keinen Fall an einen Menschen hängen, den sie in ein paar Tagen wieder verloren haben würde.

»Emily.«

Matt flüsterte ihren Namen, und Emily löste den Blick von dem Kaffeebecher in ihrer Hand. Der Himmel um sie herum hatte sich verändert. Er war von einem düsteren Grau in ein dunkles Violett übergegangen, das die aufgehende Sonne bereits erahnen ließ. Emily sah zu, wie die Wolkendecke brach und sich am Horizont ein Streifen roten Lichts abzeichnete.

Er tauchte alles um ihn herum in Wärme und Glut, und sie stellte den Becher neben sich und setzte sich aufrechter, um das Farbspiel des Himmels in sich aufzusaugen.

Und dann hörte sie es. Überrascht drehte sie sich zu Matt, der einen Finger an die Lippen legte und ihr zunickte, ganz langsam. Gras raschelte, sachte, und Emilys Stirn kräuselte sich, so angestrengt lauschte sie. Steine klackten aneinander, leise und dumpf. Sanftes Schnauben. Emily wandte den Kopf nach links, den Geräuschen zu, und obwohl sie bereits ahnte, was diese Laute verursachte, weiteten sich ihre Augen vor Staunen: Eine kleine Herde Ponys – vier, fünf, sechs Stück – schritt gemächlich an dem Felsen vorbei, auf den Rand des Plateaus zu, dem Sonnenaufgang entgegen. Sie blieben an der Stelle stehen, an der Matt und Emily eben noch gestanden hatten, und blickten genauso stumm in Richtung Horizont.

»Wilde Ponys.« Matts Stimme war nur ein Hauch, kaum hörbar, doch das Ohr eines der Tiere zuckte. »Wenn der Himmel aufklart, so wie heute«, flüsterte er, »kommen sie hier herauf und sehen sich den Sonnenaufgang an.«

Vier Ausgewachsene, zwei Kleine. Keines von ihnen sehr groß. Emily starrte wie paralysiert auf die Tiere. Sie traute sich nicht, auch nur einen Finger zu bewegen, aus Angst, die Pferde aufzuscheuchen. Sie warf einen flüchtigen Blick auf Matt, der sie anlächelte, und wandte sich wieder der Szene vor ihnen zu.

Der Himmel, er brannte jetzt. Eine grellgelbe Sonnenkugel hatte sich bereits halb über den Horizont geschoben und das Rot um sie herum in strahlendes Orange verwandelt. Die Sonne breitete ihr Licht wie einen Fächer über der Landschaft aus, die Wolkenschicht darüber war aufgebrochen in einzelne flauschige Gebilde, die wie lila Schäfchen am Himmel schwebten. Emily starrte auf das Naturschauspiel und auf die Pferde, die bewegungslos das Gleiche taten.

Erst als die Sonne mehr Gelb als Orange hinterließ und der Himmel mehr blau als violett strahlte, rührten sie sich wieder. Emily sah zu, wie die Ponys ihre Mähnen zurückwarfen und Luft durch die Nüstern bliesen. Als hätten sie sich abgesprochen, wandten sie sich um und traten den Rückzug an, diesmal an der anderen Seite des Felsens entlang.

Die Tiere betrachteten sie aus den Augenwinkeln, das spürte Emily. Und dann, ganz unvermittelt, trat eines von ihnen aus der Reihe heraus. Es blieb etwa einen Meter vor Emily stehen, ein braun-weißes Pony mit schwarzen Augen, langen Wimpern und eindringlichem Blick. Sie sah die feinen Härchen auf seinen Nüstern und den weichen Pelz an den Ohren. Schließlich senkte das Pony den Kopf, als nicke es Emily zu, ging einen Schritt rückwärts und seiner Gruppe hinterher.

Sobald der letzte Schweif außer Sichtweite war, atmete Emily geräuschvoll aus. Sie hatte nicht gemerkt, dass sie die Luft angehalten hatte, doch jetzt schrie quasi alles in ihr nach Sauerstoff.

Matt lachte leise. »Für jemanden, der keine Pferde mag, sah das hier gerade ganz schön niedlich aus«, sagte er.

Emily warf ihm einen strafenden Blick zu. »Ich sagte doch bereits, ich habe nichts gegen Pferde«, erklärte sie spitz. »Sie dürfen nur nicht zu groß sein. Die hier waren klein.« Sie seufzte, zog die Knie dicht an den Körper und ließ den Kopf nach hinten gegen den Stein sinken. Sie schloss die Augen. Die Sonne hatte den Felsen noch nicht erreicht, doch Emily konnte die Vorboten ihrer Strahlen bereits erahnen.

Flirtet er etwa mit mir?

Sie könnte ewig hier sitzen bleiben. Hier, auf diesem Stein, mitten im Dartmoor, Matt so dicht an ihrer Seite, dass sie seine Wärme spürte. Sie drehte den Kopf in seine Richtung und öffnete die Augen wieder. Er hatte den Blick geradeaus ins Moor gerichtet und er lächelte nicht mehr. Emilys Herzschlag beschleunigte sich, noch ehe sie die Gedanken zu Ende gedacht hatte. *Wir müssen reden,* hatte Matt gesagt. Sie wusste, dies war der Augenblick, noch bevor Matt den Mund öffnete und etwas ganz anderes herauskam, als Emily erwartet hatte.

»Das war der Lieblingsplatz meiner Mutter«, sagte er.

Überrascht hielt Emily die Luft an.

Matt sprach schnell, ohne sie anzusehen. »Sie kam im Sommer oft hierher«, erklärte er, »zwei- bis dreimal die Woche, sie liebte den Spaziergang am Morgen und dann den Anblick der Ponys. Außerdem ...« Er zögerte einen Moment, bevor er fortfuhr: »Außerdem vermittelte es ihr ein Gefühl von Sicherheit, dass die Ponys immer da waren. Ich meine, *immer*, egal, in welcher Zeit wir uns gerade befanden. Jedes Mal, wenn der Himmel aufklart, sind Ponys da, es ist ...« Matt stoppte seinen Redefluss, um Luft zu holen, und Emily hing wie betäubt an seinen Lippen. Sie konnte sehen, wie schwer es ihm fiel, ihr all das zu erzählen, und sie hielt mucksmäuschenstill, damit er nicht aufhörte.

»Ich glaube, die Zeitreisen machten ihr Angst«, fuhr er fort, leiser jetzt, »die Zeitreisen und ...« Er stockte. »Sie hat es nie ausgesprochen, aber – ich bin mir ziemlich sicher, dass es so war. Die Ponys haben ihr Halt gegeben. Und sie getröstet, irgendwie.«

Sie schwiegen eine Weile. Emily ließ ihre Arme sinken und drückte beide Handflächen neben sich auf die Decke in den Stein. Hier hatte sie gesessen, Matts Mum, und das Gleiche gesehen wie sie heute Morgen, und das Gleiche gefühlt womöglich, mit dem gleichen Matt neben ihr.

»Sie wurde erschossen.«

»Was? Matt!« Emily kreischte, so sehr erschreckten sie die Worte. Sie sah Matt entgeistert an, und er erwiderte ihren Blick, genauso entsetzt.

»Sorry«, sagte er schnell, »so wollte ich das nicht rausposaunen.« Er fuhr sich mit der Hand durch die Haare und seufzte. »Meine Eltern sind bei einer Schießerei ums Leben gekommen«, erklärte er, »bei einem Streit vor dem Holyhome. Der Angriff galt eigentlich meinem Vater, meine Mutter wollte ihm zu Hilfe kommen und ... ja. Sie wurden beide getötet.« Matt starrte sie an, dann blinzelte er und wandte den Blick ab.

Emily konnte sehen, wie sich seine Brust hob und senkte, wie ihm das Atmen schwerfiel. Sie legte ihre linke Hand auf seine rechte und drückte sie sanft. Sie wünschte sich, ihre Finger mit seinen zu verflechten und ihren Kopf an seine Schulter zu lehnen, aber sie brachte es nicht über sich, diesen Schritt zu tun.

Stattdessen geschah Folgendes: Matt zog seine Hand unter

Emilys hervor. Er holte Luft, wandte sich ihr zu und sagte förmlich: »Ich wollte, dass du das siehst, bevor du gehst.«

Whooooooooooooooooosh.

Da rauschte er vorbei, der Sonnenaufgang, der Anblick der Pferde, Matts Offenheit, der Augenblick – er rauschte an Emily vorbei, dass ihr ganz schwindelig wurde.

Sie sah Matt an. »War es das, was du mir gestern sagen wolltest? Dass es besser für mich ist zu gehen?« Sie formulierte es sehr ruhig, mehr wie eine Tatsache als einen Vorwurf, obwohl er sie verletzt hatte. Und mit einem Mal wollte sie auch, dass er das spürte.

Matt hielt ihrem Blick stand. »Es tut mir leid, dass du wütend auf mich bist«, sagte er, und Emily schnaubte.

»Ich bin nicht wütend auf dich«, sagte sie.

Wie könnte ich, nach dem, was du gerade erzählt hast.

»Ich weiß nicht, weshalb du es gestern unbedingt allen mitteilen musstest«, fuhr sie fort, »aber ja, du hattest recht – es war nie geplant, dass ich länger hierbleibe.«

»Das ist sicher das Beste.«

Herrje. Er machte es Emily wahrlich schwer, nicht wieder wütend zu werden.

Sie griff sich ein Sandwich und wickelte es aus dem Papier – Roastbeef mit Remoulade.

»Du weißt nicht, wie es hier ist«, sagte Matt.

Überrascht blickte Emily auf. »Wie ist es hier?«, fragte sie.

»Es ist …« Matt raufte sich die Haare. Natürlich. Statt einer Antwort sagte er: »Du willst doch Medizin studieren, richtig? Du willst eine Zukunft haben, oder nicht? Du willst nicht immer nur die Zukunft von anderen leben müssen.«

Emily starrte Matt an. Matt starrte auf seine Hände.
Schließlich sagte sie: »Es tut mir leid, dass du ...«
»Es muss dir nicht leidtun. *Ich* muss dir nicht leidtun.«
Oh. Okay.
Eine Weile schwiegen beide, schließlich sah Matt auf.
»Wie lange wirst du noch hier sein?«, fragte er.
»Eine Woche mindestens«, erwiderte Emily tonlos, »das bin ich Rose schuldig.« Sie betrachtete das Sandwich in ihrer Hand. Ihr war der Appetit vergangen.
»Wenn ich ...« Sie stockte. »Sollte ich wiederkommen wollen«, fragte sie, »irgendwann. Werde ich euch finden?«
Matt antwortete nicht, also drehte Emily ihr Gesicht in seine Richtung.
Himmel, er sah unglücklich aus. Emily spürte das vertraute Flattern in ihrem Herzen, als sie dachte: *Du willst nicht, dass ich gehe – warum sagst du es mir nicht?* Doch sie kannte die Antwort bereits. Er würde dies hier nicht vertiefen, nicht noch unerträglicher machen, als es ohnehin schon war.
Er wird mich nie wieder küssen.
»Ich weiß es ehrlich nicht«, sagte Matt schließlich. »Ich weiß nur, dass es besser für dich ist, nicht einmal in Erwägung zu ziehen, hier in Hollyhill ...«
Emily ließ ihn nicht ausreden. Sie wickelte das Sandwich zurück ins Papier, stand auf und sprang von ihrem Felsen.
»Hör zu«, beeilte sich Matt zu sagen. »Ich weiß, wie das klingt. Aber ... du kannst dieses Leben nicht führen, niemand sollte das, und selbst wenn es möglich wäre, dann ...«
»Okay!«, rief Emily dazwischen. Sie drehte sich zu ihm um, einen Arm in die Luft gestreckt, um Matt am Weiterreden

zu hindern, und als er schwieg, ließ sie die Hand langsam sinken. »Es ist okay«, wiederholte sie, leiser jetzt. »Lass uns zurückgehen. Rose wird sich schon fragen, wo ich bin.«

Nichts war okay, gar nichts. Den Rückweg verbrachten sie und Matt schweigend, und die ganze Zeit über fragte sich Emily, was passiert war, dort oben am ›Patter Tor‹. Wie es möglich war, dass so ein empfindsamer, intimer Moment sich in etwas so Herzloses, Schmerzvolles verwandeln konnte.

Und dann wusste sie es plötzlich: Matt hatte ihr nicht vom Tod seiner Eltern erzählt, weil er sich Emily anvertrauen wollte, weil er das Bedürfnis hatte, sie an seinem Leben teilhaben zu lassen. Er hatte ihr davon erzählt, um sie abzuschrecken – um ihr zu zeigen, wie grausam das Leben war, das er führte, und wie wenig sie dort hineingehörte.

Sie blieb stehen. Matt, der vor ihr ging, hielt ebenfalls inne. »Alles in Ordnung?«, fragte er.

Emily sagte gar nichts. Sie ließ ihre eigenen Gedanken auf sich wirken, dann ging sie einfach weiter, an ihm vorbei, den Hügel hinab.

Gut.

Es hatte ein Abschied werden sollen, von Beginn an, kurz und schmerzlos. Und sehr drastisch. Bei dem Gedanken an Matts Worte zog sich Emilys Herz zusammen.

Sie wurde erschossen.

Gott.

Sie konnte jetzt ganz leicht das Mädchen sein, das die Schuld bei sich suchte, die Schuld dafür, dass er sie nicht wollte – aber das wollte sie nicht. War sie verliebt in ihn?

Vielleicht. War er verliebt in sie? Vielleicht nicht, aber er mochte sie, das spürte Emily genau. Und sie hatte es in seinen Augen gesehen, mehrfach und zuletzt vor etwa dreißig Minuten, oben auf dem Felsen, bei den Worten *Ich weiß es ehrlich nicht*.

Er stieß sie weg, weil er es für das Beste hielt, und auf einmal war sich Emily sicher, dass er recht hatte. Sie konnte nicht bleiben, so viel stand fest, warum also den Kummer noch vertiefen und die Trennung hinausschieben? Warum nicht gleich auf Abstand gehen, die Herzen versiegeln, die Qual minimieren? Ob Matt ahnte, wie ähnlich sie sich waren? Dass sie genau das Gleiche entschieden hätte, vielleicht nicht jetzt sofort, aber später, in einigen Tagen? Er war genauso einsam wie sie.

Als Matt sie eingeholt hatte, kurz vor der Kirche, und ihr sagte, er könne sie die nächsten Tage kaum sehen, Schreinerarbeiten, irgendetwas für Martha-May, sehr beschäftigt und so weiter und so weiter, da lächelte sie fast.

Fast.

Und dann passierte es, ausgerechnet in dem Moment, in dem sie die Brücke erreichten.

4

Matt war vor ihr stehen geblieben, doch Emily spürte es ebenfalls: Der Boden unter ihnen zitterte, ganz leicht nur, als liefe ein Schauer durch die Erde.

»Was soll das?«, flüsterte Emily in die Stille, die darauf folgte. Die Vögel, der Wind, nichts rührte sich mehr. Als habe die Welt aufgehört zu atmen. Als habe die Welt außerhalb von Hollyhill aufgehört zu atmen. Als sei Hollyhill das Herz der Welt, das kurzerhand einen Takt ausgesetzt hatte – um dann in doppeltem Tempo weiterzuschlagen.

Die Ruhe vor dem Sturm.

Der losbrach.

Als Matt Emily auf die Brücke zog.

»Was soll das?«, wiederholte Emily, lauter jetzt, während sie sich an Matts Hand klammerte – der Wind hatte wieder eingesetzt, und er zischte um ihre Ohren, und die Steine unter ihren Füßen schienen sich zu bewegen, sich zu verschieben, sich aneinanderzureiben. Sie liefen über die Brücke wie über einen Hindernisparcours.

»Wir springen«, rief Matt über das Knirschen und Krachen hinweg und über das Tosen des Orkans, der durch das

Dorf stob. Als hätte sich Emily diese Antwort nicht selbst geben können. Sie wusste, *was* passierte. Sie hätte nur gern gewusst, *warum*.

»Okay, beweg dich nicht.« Matt zog Emily in seine Arme, sobald sie wieder festen Boden unter den Füßen hatten, und so standen sie, am Rande der Straße, mit flauen Mägen und wirbelnden Haaren und flatternden Jacken und sahen zu, wie sich das Dorf aus der Zeit schälte.

Es wirkte wie ein Kartentrick. *Rrrrrrrrrrrt* machte es, und das Kopfsteinpflaster fächerte sich auf und ließ nichts als platt gewalzte Erde zurück. Das Rinnsal vor den Cottages mit seinen knarzigen Stegen bäumte sich auf, dann platschte ein schmutziger Streifen Matsch an seine Stelle. Metallschilder quietschten und verformten sich. Kleine Wirbel aus Wind schraubten sich an den Hausfassaden hoch und an den Straßenlaternen, als wollten sie sie liebkosen. Fasziniert starrte Emily auf Matts Geländewagen, der vor ihren Augen zerfiel wie eines dieser Puzzle-Spielzeuge aus einem Überraschungs-Ei, um sich dann auf die gleiche Art wieder zusammenzusetzen, diesmal allerdings in Form einer Kutsche.

Einer Kutsche!

Emily sah Lichter hinter den Fenstern aufblitzen, Rauch aus den Schornsteinen paffen, über ihnen jagte ein Wolkenmeer hinweg, als sei es auf der Flucht. Und dann veränderte sich plötzlich das Tempo. Die Verwandlung Hollyhills pendelte aus wie ein Kreisel, bis der Ort wacklig zum Stehen kam.

Als sich Emily zögernd aus Matts Armen löste, knisterte Laub unter ihren Turnschuhen. Nebel drängte aus dem Moor an die Ränder des Dorfs, grau wie der Himmel und kalt wie der Winter.

In den Laternen flackerte düsteres Licht. War das Gas? Öl? Emily wusste es nicht. Und für einen Moment empfand sie die Stille fast als träge nach all dem Getose und Geächze, doch dann brach erneut der Sturm los, diesmal in Form von Stimmen, die alle durcheinanderriefen.

»Igitt, ist das matschig.«

»Was ist das, November?«

»Wann wurde das Gaslicht erfunden?«

»Irgendwann Ende des 18. Jahrhunderts, würde ich denken.«

»Oh, Mist, ich hätte noch duschen sollen.«

»Warum ist es so dunkel? Ist es etwa schon Nachmittag?«

»Mann, ich hasse diese Zeitverschiebungen!«

»Das muss ein Traum sein«, murmelte Emily.

Sie schob ihre klammen Finger in die Taschen ihrer Regenjacke und lief neben Matt den anderen entgegen, die aus ihren Cottages gestürmt waren: Silly und Joe, Josh, Adam und Eve. Rose schlug die Tür ihres B&Bs hinter sich zu, über dessen Eingang in altmodischen schwarzen Buchstaben die Worte Coaching Inn gemalt waren. Ihre Schuhe landeten ohne Umschweife in dem Matsch, der das Rinnsal ersetzt hatte, sie ließ sich jedoch nicht beirren und marschierte in vor Dreck quietschenden Stiefeln direkt auf Matt zu.

»Wie ist das möglich?«, rief sie ihm entgegen. »Emily ist nur zu Besuch, wir hätten in ihrer Zeit bleiben müssen!«

Sie wirkte ehrlich entsetzt, die kurzen grauen Haare standen in alle Richtungen ab, die Augen hatte sie weit aufgerissen.

Matt schüttelte den Kopf. »Ich habe keine Ahnung«, sagte er, während seine Augen die Straße absuchten. »Wie sieht es innen aus?«

»Wie bei Jane Austen«, antwortete Silly mit glänzendem Blick.

»Oh, nicht schon wieder«, stöhnte Cullum, der mit Chloe aus dem hellgrünen Cottage gekommen war, das an Joes Laden grenzte. »Wo ist Martha-May, sie wird wissen, wann genau wir gelandet sind.« Er schlenderte auf die Gruppe zu, die sich in der Mitte der Straße gebildet hatte, und lächelte in Emilys Richtung. »Sieh an«, sagte er leise. »Noch hier?«

Wonach sieht es denn aus?, dachte Emily, während sie den Blick abwandte und auf Rose lenkte. Sie wusste nicht genau, weshalb, aber Cullum sollte sie nicht anlächeln. Und ansprechen sollte er sie auch nicht.

Rose drückte aufmunternd Emilys Arm. »Keine Sorge, Liebes«, sagte sie tröstend. »Wir bringen dich heil wieder nach Hause.«

Hatte sie sich Sorgen gemacht? Emily wusste es nicht. Eben, vor der Brücke, als ihr klar geworden war, was passieren würde, da war sie aufgeregt gewesen – aufgeregt und voller Vorfreude darauf, in welches Abenteuer sie nun hineinstolpern würde, was Hollyhill als Nächstes für sie bereithielt. Jetzt, in der Kälte nach dem Sturm und umgeben von den ratlosen Gesichtern der anderen meldete sich ihr Verstand zurück.

Erstens: Sie konnte hier nicht bleiben.

Zweitens: Wieso waren sie gesprungen?

»1811.« Ihre heisere Stimme eilte Martha-May voraus, die

mit kleinen Schritten aus ihrem Laden trippelte, der weiße Pferdeschwanz wippte um ihren Kopf. »2. November«, fügte sie atemlos hinzu, »zwanzig nach fünf.« Sie warf Emily einen Blick zu, den diese nicht recht deuten konnte – zweifelnd, überrascht, interessiert? –, dann wandte sie sich an Joe.

»Joe?«, fragte sie nur, und der klatschte begeistert in die Hände, während er auf seinen Schuhsohlen auf und ab wippte.

»Regency!«, brachte er schließlich schrill hervor, »Reee- geeeencyyyyyy!« Er drehte sich um und bedeutete den anderen mit einer Handbewegung, ihm ins Innere seines Ladens zu folgen, und währenddessen redete er unaufhörlich. »Wir brauchen: Kleider aus Seide und Mäntel aus Leinen, Hauben und diese kleinen, zierlichen Brillen und natürlich Spitze, jede Menge Spitze! Und Stiefel – ich hoffe, es sind noch genügend von diesen Reiterstiefeln da, und Capes und ...«

Während sich Joes Gebrabbel immer weiter von Emily entfernte, stand sie wie angewurzelt in der Mitte der Straße, Matt neben sich. Sie sah zu ihm auf, und er, eine Hand im Nacken, schüttelte den Kopf. »Was auch immer hier gerade passiert, du wartest einfach ab. Okay? Du wirst nicht ...«, setzte er an, wurde jedoch von Pfarrer Harry unterbrochen.

»Husch, husch, Kinder«, rief er, während er sich von hinten zwischen Matt und Emily schob und ihnen jeweils einen Arm um die Schultern legte, »wir sollten nicht trödeln. Keine Ahnung, wann hier jemand auftaucht – aber 1811 könnten Jeans und T-Shirt für so manche Ohnmacht sorgen.«

»Das ist ...« Emily blieb vor Staunen der Mund offen stehen, als sie den Kellerraum unter Joes Laden betrat. Die schmale Treppe hatte sich ewig nach unten geschlängelt, weiter und weiter, tiefer in den Erdboden hinein, und als sie letztlich unten ankam, war ihr schlagartig klar, warum. »Kneif mich mal«, bat sie. »Ich kann das nicht glauben. *Autsch!*«

»Gern geschehen!« Cullum grinste in Emilys entsetztes Gesicht. »Du wolltest doch, dass ich dich zwicke?«

Emily runzelte die Stirn. Sie sah sich nach Matt um, er war plötzlich verschwunden, und dann wieder in den Raum vor ihr, der eigentlich ein Saal, nein, eine Kathedrale war. Sie machte zwei Schritte zur Seite, aus dem Türrahmen heraus, und Cullum folgte ihr. Die anderen eilten mit klackernden Schritten voran, doch Emily blieb stehen. Dieser Ort war riesig. *Riesig.* Und die Luft darin so voll von Geheimnissen, voll von Geschichten, dass ihr für einen Moment das Atmen schwerfiel.

»Es ist dem Inneren von Westminster Abbey nachempfunden«, erklärte Cullum.

»Niemals!« Emily sah ihn entgeistert an. Vergessen war der Vorsatz, sich möglichst fernzuhalten von den teuflischen Geschwistern mit dem giftgrünen Blick. »Du machst Witze«, fügte sie ungläubig hinzu.

Cullum lachte. »Ich finde auch, es ist nicht wirklich geglückt«, sagte er. »Ich meine« – er machte eine ausladende Handbewegung, die das ganze Gewölbe zu umfassen schien – »diese gotischen Bögen findest du in jeder zweiten englischen Kirche, richtig? Und was bitte schön ist eine Abbey ohne Altar? Ganz abgesehen davon, dass ein Rosettenfenster ohne Tageslicht seinen Zweck hinlänglich verfehlt hat.«

Emily folgte seinem Blick ans Ende des Raums, wo sie weit entfernt ein rundes Fenster ausmachte, das sich offenbar aus vielen kleinen, farbigen zusammensetzte, in sich aber dunkel wirkte. Sie konnte dennoch ein Gesicht erkennen, in einem Kreis, die Haare sahen irgendwie seltsam aus ... Was? Stand da *Versace* unter der Abbildung?

»Er hat aus dem Logo eines Modelabels ein Mosaik-Fenster gestaltet«, murmelte sie.

Cullum seufzte theatralisch.

Emily legte den Kopf zurück und besah sich die meterhohe Decke. Es wirkte, als fächere sie sich auf wie Stoff, der in der Mitte von runden Platten zusammengehalten wurde, die aussahen wie – Knöpfe? Der Boden, auf dem sie nun tiefer in den Raum hineinging, war gepflastert mit Steinplatten unterschiedlicher Farbe und Beschaffenheit, auf denen Namen eingraviert waren. Emily blieb abermals stehen.

»Coco Chanel«, las sie, »1883 – 1971. Thomas Burberry, 1835 – 1926, Christian Dior, 1905 – 1957.«

»Das grenzt an Blasphemie, nicht wahr?«, fragte Cullum. Er hatte diese gestelzte Art zu sprechen. Und er lächelte dieses ironische Lächeln, das Emily nicht so recht einzuschätzen wusste, das genauso gut ein Test sein konnte.

Statt zu antworten, fragte sie: »Warum macht sich jemand die Mühe, all das hier zu erschaffen, wenn es mit dem nächsten Zeitsprung auseinanderfällt wie ein Kartenhaus?«

»In sich zusammenfällt, meinst du«, korrigierte Cullum, »und nein, diese Gefahr besteht nur oberhalb des Erdbodens. Genauso wie die Kleider, die du am Körper trägst, sind auch die tiefen Keller sicher. Was insbesondere Harrys Weinsammlung zugutekommt.«

»Hm«, machte Emily. Ihr Blick hing in einer der Nischen fest, die sich hinter den Bögen verbargen und in denen sich dicht an dicht Kleider drängten, wie in einem begehbaren Schrank. Sie hingen an Stangen, stapelten sich auf Brettern, türmten sich in Hut- und Schuhschachteln. Die Regalwände an den Seiten reichten bis unter die Decke, die in den Nischen zwar nur halb so hoch hing wie außerhalb, aber dennoch eine etwa drei Meter lange Leiter notwendig machte.

Emily ging auf die nächste Nische zu: das gleiche Bild. Auf der anderen Seite ebenso. Kleid an Kleid, Jacke an Jacke, Wände voller Schuhe. Emily blinzelte, um ihren Blick zu schärfen, aber sie hatte tatsächlich richtig gesehen: In einer Vitrine in der hinteren Ecke schmiegten sich Perücken aneinander, weiße, aufgeplusterte Lockenprachten von anno dazumal.

»Schrecklich unbequem«, raunte Cullum in Emilys Ohr. »Ist Gott sei Dank ziemlich kurz, diese Epoche.«

»Nun komm schon, Cullum!« Chloes Stimme hallte durch den langen Gang zu ihnen, zu sehen war sie allerdings nicht. Stattdessen tauchte Silly plötzlich auf, sie eilte ihnen entgegen. »Da bist du«, erklärte sie strahlend, nahm Emily am Arm und zog sie von Cullum weg in Richtung des Punkts, an dem Emily das Querschiff vermutete. »Klapp den Mund wieder zu, Joe hat schon ein Kleid für dich rausgesucht.«

»Wieso sind es so viele?«, fragte Emily dumpf. »Ich meine, wen kleidet er ein – das halbe britische Königreich?«

»Er sammelt«, antwortete Silly schlicht. »Auswahl ist alles.«

»Endlich!« Kaum hatten sie Joe erreicht, drückte er Emily auch schon ein Bündel Stoff in die Hand. Dann drehte er sie um, schob sie in eine Art Umkleidekabine und zog einen Vorhang hinter ihr zu. »Hey«, protestierte sie, während Joe im Weggehen kommandierte: »Sag Bescheid, wenn du fertig bist, Silly soll dir beim Schnüren des Korsetts helfen.«

Emily steckte den Kopf hinter dem Vorhang hervor. Joe war bereits zehn Schritte entfernt und kniete vor Adam nieder, um eine moosgrüne Kniehose in schlammbraunen Stiefelschäften zu befestigen. Eve drehte sich neben ihm vor einem ausladenden Spiegel. Sie hielt ein lindgrünes Kleid vor sich, das in raschelnden Wellen um ihre Knöchel schlug.

Das Querschiff dieses Kleidertempels war in der Tat mehr Edelboutique als alles andere, mit einer Reihe von Umkleidekabinen und Spiegeln auf der einen sowie zahlreichen Schmink- und Frisiertischen auf der anderen Seite. Emily sah zu, wie ihre Großmutter ihren kurzen Haarschopf unter einer Perücke mit elegant gesteckter Hochfrisur verschwinden ließ. Ihr Blick traf den von Emily in dem von Lämpchen umrahmten Spiegel, und sie zwinkerte ihrer Enkelin zu. Als Martha-May nach ihr rief, stand sie auf und verschwand in einer der Kabinen neben der von Emily, und gleichzeitig trat Josh aus einer anderen, mit beiden Händen damit beschäftigt, ein Tuch um seinen Hals zu einer Art Krawatte zu binden.

Alle wirkten so pragmatisch, so geübt, so hochprofessionell, als täten sie in ihrem Leben nichts anderes, als sich für lang vergangene Jahrhunderte in Schale zu werfen. Was ja auch irgendwie der Fall war.

Sie sah sich nach Matt um, konnte ihn aber nirgendwo entdecken. Hinter den Vorhängen der restlichen Kabinen ließen sich Bewegungen ausmachen, und sie vermutete ihn dahinter – diesmal würde nicht einmal er sich weigern, Jeans und Stiefel gegen... was auch immer einzutauschen.

Seufzend verschwand Emily in ihrer Kabine und widmete sich ihrem eigenen Verkleidungsprojekt. Sie zog sich aus, schlüpfte erst in ziemlich fragwürdige Unterwäsche und dann in ein dunkelrotes Kleid mit langem Arm, riesigem Ausschnitt und einem Band unter der Brust, das diesen entsprechend auszufüllen half. Das Korsett würde sie auf keinen Fall tragen. Sie fühlte sich ohnehin schon nackt genug mit ihrem hochgepushten Dekolleté, da musste keinesfalls noch ein Mieder nachhelfen.

Silly kicherte, während sie sich die etwa dreißig Zentimeter lange Knopfreihe auf Emilys Rücken entlangarbeitete. »Am besten versteckst du das Korsett irgendwo«, flüsterte sie. »Wenn Joe erfährt, dass du nicht standesgemäß geschnürt bist...« Sie lachte, und Emily stöhnte auf.

»Es kommt mir noch schlimmer vor als beim letzten Mal«, sagte sie mit Blick auf ihr Dekolleté. »Wie hältst du das nur aus? Ich kann schon diese Verkleiderei an Fasching nicht leiden, habe ich das mal erwähnt? Kostüm-Muffel, absolut. Es ist – es passt einfach nicht zu mir.«

Sie ließ es zu, dass Silly sie umdrehte, breitete allerdings spontan eine Hand über die Haut unter ihrem Hals aus und klopfte nervös mit den Fingern darauf herum.

Silly grinste sie an. »Es sind nur Kleider, Emily, nichts weiter. Ein bisschen Stoff, der dafür sorgt, dass du dich besser in die Umgebung einpasst.«

»Zu wenig Stoff«, sagte Emily.

»Warte hier.« Silly verschwand für zwei Minuten und kehrte mit einem grauen Wolltuch zurück, das sie Emily über die Schultern legte. »Besser?«, fragte sie.

Emily nickte dankbar. »Ich passe trotzdem nicht hierher, oder?«, fragte sie. »Ich meine, was tue ich hier? Ich sollte zurück nach Hause. Meine Großmutter, meine Freunde...« Sie ließ den Rest des Satzes in der Luft hängen.

Silly legte den Kopf schief. »Du weißt, dass niemand diese Sprünge beeinflussen kann, oder? Nicht einmal Matt«, fügte sie augenzwinkernd hinzu, »auch wenn er es noch so gern täte.«

»Ich weiß«, sagte Emily. »Ich verstehe es nur nicht.«

»Vielleicht musst du das auch gar nicht. Vielleicht reicht es erst einmal zu wissen, dass nichts geschieht, was nicht geschehen soll.«

»Sagt wer?«

»Sagt der gesunde Menschenverstand der Bewohner des kleinen Orts Hollyhill im englischen Dartmoor«, antwortete Silly. »Vertrau mir, kleine Ungläubige, wir machen das schon eine Weile.«

Emily seufzte.

Silly sagte: »Ich denke nicht, dass du dir Sorgen machen musst. Ganz sicher wird sich alles so fügen, wie es für deine

Zukunft vorgesehen ist. Und bis dahin ...«, damit neigte sie ihren Kopf auf die andere Seite, »haben wir ein ganz anderes Problem.«

»Was für eines?«

»Deinen Pony.«

»Was ist mit meinem Pony?« Nervös strich Emily zunächst über ihre Haare und zog dann den Schal fester um die Schultern, sodass auch das letzte Stückchen Haut darunter verborgen war.

Silly lachte. »Keine Sorge«, sagte sie, während sie Emily am Ellbogen aus der Kabine zog, »niemand hier interessiert sich für deinen Ausschnitt.«

Niemand hier interessiert sich für meinen Ausschnitt, dachte Emily, als sie im weinroten Empire-Kleid mit von Löckchen umwölbter Hochsteckfrisur und geringeltem Pony unschlüssig neben dem Frisiertisch wartete, an dem sich Silly gerade noch eine rosafarbene Schleife in ihre blonde Perücke band, passend zu ihrem perlweißen Kleid mit den pinkfarbenen Blüten. Sie sah umwerfend aus mit ihren wippenden Ziehharmonika-Locken. Sie alle sahen umwerfend aus: ihre Großmutter, die eine Haube trug und einen eleganten Schirm, Joe in Frack und Zylinder, und natürlich Chloe, die in dem weißen, luftigen Kleid mit den verspielten Puffärmeln und den winzigen Perlen wie ein Engel aussah.

Engel? Okay, streich das, Emily.

Matt trug ein weißes Hemd unter einer dunkelblauen Jacke, die ebenfalls wie ein Frack geschnitten war. Der Kragen dieses Hemds reichte ihm fast bis zum Kinn, so steif war er, und darum war wie bei Josh ein weißes Tuch gebunden. Emily starrte auf seine beigefarbene Hose, die in hohen Reiterstiefeln steckte, er sah aus wie ... wie ... und er sah sie an, flüchtig erst, bevor er schnell den Blick abwandte, um sie dann noch einmal anzusehen.

In seinen Augen blitzte es.

Und binnen zwei Sekunden hatte Emilys Gesicht die Farbe ihres Kleids angenommen. Wie automatisch senkte sie den Kopf, während sie hastig einen Schritt nach vorn machte, in Richtung Ausgang. Sie blieb am Saum ihres Rocks hängen und wäre beinahe gestürzt, hätte nicht eine Hand nach ihrem Arm gegriffen.

»Himmel, pass doch auf, willst du es zerreißen?« Chloe funkelte Emily an, als hätte sie ihr höchstpersönliches Eigentum zerstört. »Ich weiß nicht, was zermürbender ist«, fuhr sie fort. »Dich zu ignorieren oder darauf zu achten, dass du nichts kaputt machst.«

»Chloe!«, rügte Silly, und Emily wurde, wenn überhaupt möglich, noch röter.

»Ist schon gut«, murmelte sie und drehte sich zu Chloe.

»Es wäre mir lieber, du ignorierst mich«, sagte sie ruhig. »Ich habe nämlich keine Lust zu streiten.«

»Hast du nicht?« Chloe legte den Kopf schief. »Wie schade.«

Emily seufzte. »Was ist dein Problem?«, fragte sie, und Chloe lachte sie aus.

»*Mein* Problem?«, rief sie. »Es sieht wohl eher so aus, als hättest *du* Probleme – zu laufen, beispielsweise.« Sie sah über Emily hinweg, zu Matt vermutlich, und ihr schließlich wieder in die Augen. »Das ist sicher alles sehr aufregend für dich«, sagte sie. »Da stolperst du aus deinem kleinen, langweiligen Leben in das große Abenteuer und ...«, ihr Blick wanderte zurück zu Matt, »... in die Arme dieses gut aussehenden Fremden, der dir plötzlich wie das Maß aller Dinge erscheint. Atemberaubend«, flüsterte sie. »Geheimnisvoll.« Sie starrte Emily an. »Unerreichbar. Zu schade, dass du ihn nicht haben kannst, nicht wahr?«

»Chloe, was soll das?«, fuhr Silly dazwischen. »Wieso musst du ...«

»Silly!«, rief Joe. »Ich brauche dich hier drüben! Bring das Nähset mit!«

Silly seufzte und verschwand, Emily verschränkte die Arme vor der Brust. Um Matt ging es also. Natürlich.

»Ich weiß nicht, was zwischen Matt und dir ist«, sagte sie, »zwischen Matt und *mir* ist jedenfalls alles geklärt.«

»Ach ja?«

»Ach ja.«

»Freut mich zu hören.«

»Schön.«

Chloe sagte nichts weiter. Emily hielt ihrem Blick fünf Sekunden stand, dann drehte sie sich um und beeilte sich, Joes Kleiderkammer auf schnellstem Wege zu verlassen.

Luft, dachte sie. *Ich brauche dringend frische Luft.* Mit beiden Händen bauschte sie den Stoff ihres Kleids nach oben und kam sich furchtbar lächerlich dabei vor, wie sie so in ihren schimmernden Ballerina-Schühchen an Matt und Cullum und den anderen vorbeitippelte. Bis sie die Treppe erreicht hatte, rannte sie, der Schal rutschte von ihren Schultern und blieb an ihren Ellbogen hängen, und so stürmte sie die Wendeltreppe nach oben in Joes Laden, den sie mit zornigen Schritten durchquerte, und dann lief sie auf die Straße, wo sie keuchend stehen blieb.

Chloe und Matt, dachte sie.

Chloe. Und Matt.

Es war beinahe dunkel, und die Straßenlaternen spendeten kaum Licht. Es roch nach ... Dreck und Feuchtigkeit und Nebel. Mit einem Seufzer holte Emily Luft.

1811.

Das war unglaublich.

Sie stand still, einige Minuten lang, und sog die fremde Luft ein, bis sich ihr Atem beruhigt hatte. Bis sie die Stimmen der anderen hörte, die sich murmelnd ihren Weg nach oben bahnten. Sie hörte, wie jemand ihren Namen rief, und das Rattern der Räder und das Stieben der Hufe, das so unwirklich in ihren Ohren klang, dass sie es nicht gleich zuordnen konnte.

Als sie endlich nach rechts sah, war die Kutsche schon so dicht vor ihr, dass ihr nichts weiter übrig blieb, als sich nach hinten fallen zu lassen, weg von den Hufen des Pferds, das sich wiehernd vor ihr aufbäumte, weg von dem Rad, das bedrohlich in seiner Halterung schlingerte. Mit rudernden Armen und quietschend vor Schreck landete Emily mit dem Hintern im Matsch, während vor ihr die Kutsche krachend zum Stehen kam.

Das Mädchen auf dem Kutschbock hatte den Kopf ganz merkwürdig nach vorn geneigt. Es rutschte von seinem Sitz und fiel direkt in Emilys Arme.

5

Das darf nicht wahr sein, schoss es Emily durch den Kopf, während sie nach hinten kippte und ihr Herz anfing zu rasen bei dem Gedanken daran, ein totes Mädchen könnte auf ihr liegen. »O Gott«, rief sie, ziemlich leise allerdings, während sie versuchte, sich von dem leblosen Körper zu befreien.

»Beweg dich nicht!« Joshs Stimme, und Emily hielt still. Sie spürte, wie er sich neben sie kniete und dann vorsichtig das Mädchen aus ihren Armen rollte. »Sie ist bewusstlos«, murmelte er, und Emily stöhnte erleichtert auf. »Silly! Ich hole meine Tasche!«

Damit rannte Josh davon, Silly kniete an seiner Stelle, und Matt hielt Emily eine Hand hin: »Ist alles in Ordnung?«, fragte er. »Tut dir etwas weh?«

»Nein«, murmelte Emily. »Alles gut.« Sie ließ sich von ihm aufhelfen und klopfte sich den Dreck von ihrem Kleid. Der Saum war matschig und ganz sicher auch ihr Hinterteil. Sie hatte keine zwei Minuten gebraucht, den teuren Stoff zu ruinieren – *gut gemacht, Emily.* Sie spürte Chloes verächtlichen Blick, als diese mit Cullum um die Kutsche herumstolzierte, um ins Innere des Wagens zu sehen.

»Was ist passiert?«, fragte Emily und wandte sich Silly zu. Sie konnte Matts Anblick unmöglich länger ertragen. In dieser altmodischen Aufmachung und mit seinen widerspenstigen Haaren, die sich bereits ihren Weg gegen den ordentlichen Scheitel gebahnt hatten, sah er einfach umwerfend aus. *Mein ganz persönlicher Mr. Darcy,* dachte Emily trocken. *Und ganz sicher ohne Happy End.*

»Sie sieht gar nicht gut aus«, beantwortete Silly ihre Frage, und Emily konnte dem nur zustimmen: Die Überreste der obligatorischen Locken klebten wirr und zerzaust im Gesicht des Mädchens, die Lippen wirkten blutleer, die Haut weiß wie Papier. Das tannengrüne Kleid und der dazu passende Mantel hingen schwer und nass und derangiert an ihrem zarten Körper.

»Sie hat etwas an den Kopf bekommen, denke ich. Hier, siehst du?« Silly deutete auf die Schläfe der Fremden, die sich dunkel verfärbt hatte und an dessen Rändern Feuchtigkeit glitzerte, Blut vermutlich, doch das ließ sich in der Dämmerung nicht genau sagen. »Wahrscheinlich hat sie schon vorher die Kontrolle über die Kutsche verloren«, fuhr Silly fort, »und konnte deshalb nicht bremsen, als du auf die Straße liefst.«

»Ist sie der Grund, weshalb wir hier sind?« Emily hockte sich neben Silly und betrachtete das Mädchen. Es hatte die Augen geschlossen und die Lippen halb geöffnet, sein Haar umrahmte in glänzendem Schwarz das blasse Gesicht. Sie sah jung aus. 17, vielleicht erst 16 Jahre alt. Sie stöhnte, als Silly mit der Hand ihre Stirn befühlte. »Josh«, rief sie, »beeil dich. Bring Riechsalz mit!«

Die übrigen Bewohner des Dorfs hatten einen Halbkreis um Emily, Silly und die Fremde gebildet. Sie murmelten und raunten einander zu, doch Emily konnte nicht ein Wort verstehen. Das Holz der Kutsche knackste, während sich Cullum in das Innere beugte – »sie ist leer«, rief er – und Matt hielt die Zügel des Pferds und flüsterte beruhigend auf das Tier ein. Pfarrer Harry löste sich schließlich von der Gruppe, wechselte ein paar Worte mit Matt und lief eilig auf sein Pfarrhaus zu. Josh drängte sich zwischen Adam und Joe zurück zu Silly. Er kniete nieder, hob den Kopf des Mädchens an und hielt ihr das Fläschchen mit Riechsalz unter die Nase. Alle anderen verhielten sich mucksmäuschenstill, während die Fremde seufzend ihr Gesicht abwandte.

»Hey«, sagte Josh sanft, »wach auf. Glaubst du, du kannst das? Wir wollen dir helfen. Sagst du uns deinen Namen?«

Das fremde Mädchen stöhnte leise, seine Lippen bewegten sich wie im Fieber. Sie sagte ein einziges Wort. Dann rollte ihr Kopf zur Seite und blieb reglos in Joshs Schoß liegen.

»Was hat sie gesagt?«, flüsterte Joe.

»Amber«, gab Silly leise zurück. »Ich habe Amber verstanden. Und ihr?«

Emily nickte. Der Brustkorb des Mädchens hob und senkte sich, sie hatte erneut das Bewusstsein verloren. Mehr nicht, Gott sei Dank.

Mit einer Hand fischte Josh ein Stück Tuch aus der Ledertasche, die er mitgebracht hatte, und betupfte damit die Wunde des Mädchens. Dann stutzte er und besah sich ihren Hals genauer. Der schwere Mantel war geöffnet, der Kragen ein wenig zur Seite gerutscht, und darunter zeichnete sich eine dunkle Linie ab.

»Ist das ein Würgemal?« Silly, die Josh über die Schulter sah, kniff die Augen zusammen, um in der Düsternis besser zu sehen.

»Sieht ganz danach aus«, murmelte Josh, während er den Kopf des Mädchens sanft zurück auf den Boden gleiten ließ und seine riesigen Hände um ihre bleichen Wangen schloss. »Amber, hörst du mich?«, fragte er. Eine gefühlte Ewigkeit hielt er sie so, dann senkte er die Hände zu ihren Schultern herab und drückte sie, fuhr mit den Fingern über ihren Brustkorb, tastete ihren Hals ab, platzierte die Hände schließlich auf ihrer Stirn. »Sie reagiert nicht«, murmelte er und blickte auf. »Rose?«

Emilys Großmutter trat einen Schritt vor, beugte sich zu dem Mädchen und nahm ihre Hand. Sie schloss die Augen und schien auf etwas zu lauschen. Nach einer Weile sagte sie: »Ich sehe gar nichts.«

»Ich nur verschiedene Flächen von Grau«, fügte Silly hinzu. »Vielleicht, weil sie nicht bei Bewusstsein ist?« Es entstand eine Pause, in die Josh schließlich hineinsprach: »Emily, könntest du dir vorstellen, wer dieses Mädchen ist?«

Beim Klang ihres Namens runzelte Emily verwirrt die Stirn. Gerade hatte sie sich gefragt, was genau Silly und ihre Großmutter denn zu sehen gehofft hatten, an diesem dämmrigen Abend auf dieser schmutzigen Straße, als ihr Matts Worte wieder einfielen:

Fast alle in Hollyhill haben eine Gabe, die dabei hilft, das zu tun, was wir nun einmal tun.

Wann hast du das erste Mal in die Zukunft geträumt?

Emily richtete sich auf, umschloss ihr Handgelenk und berührte das Armkettchen ihrer Mutter. Sie räusperte sich. »Ich hatte tatsächlich einen Traum letzte Nacht«, erklärte sie, und Josh nickte ihr aufmunternd zu, »ich bin mir nur nicht sicher, ob er irgendetwas bedeutet. Beziehungsweise, ob das Mädchen aus meinem Traum Amber war.« Sie löste den Blick nicht von Josh. »Ich *denke*, dass die Gestalt, die ich gesehen habe, weiblich war, aber sicher bin ich nicht. Es war dunkel und neblig. Ich konnte zwar ihre Augen sehen, aber ich weiß nicht... Das Gesicht war jung. Allerdings...«.

»Sie wird es wohl kaum gewesen sein«, fiel Chloe ihr gelangweilt ins Wort. »Du träumst in die Zukunft, richtig? Da liegt sie, bewusstlos. Die Vergangenheit.«

»Danke für diesen anschaulichen Beitrag«, sagte Josh seufzend, und Chloe zuckte mit den Schultern. »Weißt du noch, wie die Umgebung aussah, Emily? Der kleinste Anhaltspunkt könnte helfen, die Familie des Mädchens zu finden. Oder ihre Herkunft zu klären.«

Emily überlegte einen Moment. Alle Augen schienen auf sie gerichtet, also kniff sie ihre fest zusammen.

Sie selbst war *in* dem Haus gewesen, ganz oben, schätzte sie, womöglich im Dachgeschoss, das Fenster war sehr klein gewesen, und seitlich davon war eine Art Spalier angebracht, an dem sich die herbstlichen Reste einer Pflanze festhielten. Die Hauswand, war sie ockerfarben gewesen? Die Mauer, in dessen Schutz sich die Gestalt bewegt hatte, war womöglich ein Stall. Vermutlich sogar. Seltsamerweise erinnerte sich

Emily an den Geruch. Und an Cullum, er hatte die Zügel eines Pferds in der Hand gehalten.

Emily holte Luft und erzählte den anderen, was sie gesehen hatte.

»Eve, wärst du so nett und klärst Harry darüber auf, dass wir vermutlich nach einem Herrenhaus suchen, mit Ländereien und Pferdeställen und bestimmt auch etwas größer, wenn sie sich Dienstmädchen und Stallburschen halten?« Josh warf Emily einen Blick zu, und diese nickte langsam. Sie war sich auf einmal sicher, dass sie, Emily, dort als Dienstmädchen tätig war, zu hundert Prozent.

»Martha-May, denkst du, du hast ein paar Kerzen in deinem Laden? Dann können sich Cullum und Chloe die Kutsche noch einmal genauer ansehen. Matt«, fuhr er fort, »bringst du das Pferd in den Stall? Und wir werden die Kutsche brauchen, die vor unserer Scheune parkt. Rose, du suchst ein paar Vorräte zusammen, einverstanden? Wir werden Proviant benötigen.« Er steckte Riechsalz und Tuch zurück in seine Tasche und stand auf. »Adam, hilfst du mir, Amber ins Haus tragen?«

Und während alle in unterschiedliche Richtungen strömten und die beiden Männer das bewusstlose Mädchen in Joshs und Matts Cottage trugen, blieben Silly und Emily zurück und sahen sich schweigend an. Silly, in ihrem Blümchenkleid mit den hellblonden Korkenzieher-Locken und der rosa Schleife im Haar. Emily, die Frisur derangiert, das edle Kostüm voller Schlamm.

Sie machte einen Schritt auf Silly zu, und es ratschte unter ihren Füßen, als der Saum ihres Kleids riss. Einen Augenblick lang starrte sie entsetzt auf den schmutzigen, zerrissenen Stoff, dann auf Silly. Und dann, dann prusteten sie los, beide gleichzeitig, sodass Joe noch einmal den Kopf aus seinem Laden steckte und Cullum mit der Zunge schnalzte und Chloe die Augen verdrehte, und hielten sich die Bäuche vor lauter Lachen und die Wangen, die ganz heiß geworden waren.

»O Gott, es tut mir leid«, brachte Emily schließlich prustend hervor. »Ich weiß, das ist nicht komisch, ganz und gar nicht, das arme Mädchen, es ist nur ... Wie wir aussehen!« Sie betrachtete Silly mit funkelnden Augen, angestrengt darum bemüht, ernst zu bleiben, aber es gelang ihr nicht.

Silly holte keuchend Luft. »Ich weiß«, stöhnte sie, »nicht lustig.« Und dann begannen sie erneut zu kichern, laut und schrill.

»Jeeeeez, wollt ihr vielleicht reingehen? Dieses alberne Gegacker ist ja kaum zu ertragen.« Chloe, die inzwischen in die Kutsche geklettert war, steckte den Kopf aus der Tür und warf Emily einen angeekelten Blick zu.

Silly lachte sie an. »Komm«, sagte sie und zog Emily am Arm.

»Warte.« Emily hob ihr Kleid an, so hoch, dass der Saum gerade ihr Knie bedeckte. Silly begann erneut zu kichern.

»Ich hab dir gesagt, ich bin hierfür nicht geschaffen«, sagte Emily grinsend.

»Das hast du«, antwortete Silly in gespieltem Ernst. »Du wirst dich niemals zurechtfinden im 19. Jahrhundert.«

»Und im 20. auch nicht«, sagte Emily, während sie auf Joshs und Matts Cottage zugingen.

»Und im 20. auch nicht«, stimmte Silly zu. Sie schwieg einen Moment. »Es sei denn ...«, begann sie, »ich würde dir zeigen, wie man sich als Dame von Welt zu verhalten hat.« Sie zupfte an ihrem Kleid und tänzelte einige Schritte vor Emily dahin. »Tadaaaaa«, machte sie, und Emily lachte.

»So viel Zeit haben wir nicht«, sagte sie. »Nächste Woche wollte ich eigentlich wieder nach Hause fahren.« *Nächste Woche im 21. Jahrhundert,* fügte sie in Gedanken hinzu.

Silly blieb stehen. »Ich werde dich vermissen«, sagte sie, und peng, diese vier Wörter genügten, um Emily wieder in die Realität dieses kalten Novemberabends zurückzuholen.

Sie räusperte sich. »Was war das vorhin?«, fragte sie und holte Luft. »Das mit den grauen Flächen, die du siehst?«

Silly hakte sich bei Emily unter und schob sie weiter in Richtung von Joshs Cottage. »Ich kann die Aura der Menschen lesen«, sagte sie. »Also, nicht wirklich *lesen* – eher erkennen, würde ich sagen. Ich kann Stimmungen wahrnehmen und grundlegende Charakterzüge. Ob jemand erregt ist oder völlig gelassen. Wie viel negative Energie von ihm ausgeht. Nun ja, es sei denn, die Farben vermischen sich zu sehr.« Jetzt kicherte Silly wieder. »Es gibt nützlichere Fähigkeiten in diesem Dorf.«

»Wie sieht meine Aura aus?«

Silly legte den Kopf schief und sah Emily von der Seite an. »Unsere Gaben funktionieren nicht untereinander«, sagte sie. »Deshalb war ich mir von Anfang an ziemlich sicher, dass du zu uns gehören musst. Schon als ich dich das erste Mal sah, und dann noch stärker oben, auf dem Hügel. Weil ich deine Aura eben nicht sehen konnte.« Sie überlegte einen Moment. »Aber ich bin mir ziemlich sicher, sie ist rot«, sagte sie dann.

»Rot?«

»Rot. Wie die Glut, die die Hitze entfacht, rot wie die Leidenschaft, rot wie ... Lippen nach einem feurigen Kuss, rot wie die Liebe, die ...«

»Himmel, Silly!« Emily lachte auf. »Hör auf damit«, verlangte sie. »Erzähl mir lieber von den anderen. Rose, sie kann Bilder aus der Vergangenheit desjenigen sehen, den sie berührt – richtig?« Matt hatte ihr davon erzählt, und auch von Adam, der die Menschen auf wundersame Weise dazu bringen konnte, ihm die Wahrheit zu sagen.

Silly nickte. »Fragmente«, sagte sie. »Bilder. Sie sieht Bruchstücke dessen, was im Leben des anderen bis heute geschehen ist.« Sie sah Emily an. »Sie hat deinen Arm berührt, als wir an diesem ersten Abend im Pub zusammensaßen. Sie war so erleichtert, dass sie *nichts* sehen konnte. Sie wusste bereits, wer du warst, aber sie brauchte wohl diese unmissverständliche Gewissheit, dass du zu uns gehörst. Irgendwie.«

Irgendwie.

Emily seufzte in Gedanken. Es tat ihr leid, dass sie ihrer Großmutter keine größere Stütze sein konnte, dass sie sie verlassen musste, genauso wie ihre Mutter es getan hatte. Sie mochte sie. Sie mochte alle hier in ...

Du drehst dich im Kreis, Emily.

»Was ist mit Josh?«, fragte sie.

»Er hat die zauberhafte Fähigkeit, andere zu heilen«, antwortete Silly. Sie seufzte. »Es funktioniert in den allermeisten Fällen – ich weiß nicht, warum er diesem Mädchen noch kein bisschen helfen konnte.«

»Und Eve?«

»Eeeeve. Adam bringt die Menschen zum Reden – Eve sorgt dafür, dass sie *tun*, was *sie* möchte. Als pflanze sie ihre eigenen Gedanken in die Köpfe anderer ein. Also, in der Theorie.« Silly lachte. »Wir wissen nicht, woran es liegt, aber allermeistens schafft es Eve eher, die Leute komplett zu verwirren, als sie zu irgendeiner Tat zu bewegen. Das liegt vermutlich in ihrem Wesen – man kann ihr so schon kaum widerstehen, und dann noch diese Gabe.« Sie schüttelte den Kopf, dann fuhr sie in pragmatischem Ton fort: »Man kann sie nur sehr gezielt einsetzen! Je schwächer die Psyche des Opfers, desto größer ihr Einfluss. Es gibt Menschen, die bringen keinen vernünftigen Satz mehr heraus, wenn Eve sie betört.«

Sie blieben stehen. Es waren nur noch ein paar Schritte zum Eingang des Cottages, das im Dunkeln lag, bis auf ein Fenster im Erdgeschoss, in dem Kerzenlicht flackerte.

»Noch Fragen?«

»Hunderte! Welche Gabe hat Joe?«

Matt. Sie wollte nach Matt fragen, aber …

»Hm, Joe«, machte Silly. »Das siehst du dir am besten selbst an. Es ist so eine Art Trick, der dafür sorgt, dass man ihn für eine bestimmte Zeit in einer bestimmten Umgebung nicht wahrnehmen kann.«

»Heißt das, er kann sich unsichtbar machen?« Emily hob erstaunt die Augenbrauen.

»Nicht wirklich«, erklärte Silly. »Es hat eher etwas mit Anpassung zu tun.«

Mit Anpassung. Emily dachte daran, wie sie Joe gesehen hatte auf dem Hügel, wie sie gedacht hatte, er sei mit dem Hintergrund verschmolzen, mit dem Dunkelbraun des Baumstamms, mit dem Smaragdgrün der Farne. Letztlich hatte sie ihn erkannt, doch sie konnte sich vorstellen, dass es für einen Fremden unmöglich gewesen wäre, ihn aus seiner Umgebung herauszulösen.

»Wir sind ein schön seltsamer Haufen, nicht wahr?«, brach Silly die Stille.

Emily lächelte. »Schön und magisch, würde ich sagen. Und ziemlich seltsam, ja.«

Silly lächelte ebenfalls. »Wie du«, sagte sie. »Du gehörst jetzt dazu – *irgendwie.*«

»Wir haben etwas gefunden!« Cullums Stimme drang aus der Kutsche zu ihnen, noch bevor Emily ein weiteres Mal Luft holen konnte. Sie hatte es nicht über sich gebracht, nach Matt zu fragen, denn aus irgendeinem Grund fürchtete sie sich vor der Antwort. Matt auf dem Parkplatz. In dieser grotesken Umarmung mit Quayle, der von innen heraus zu leuchten schien. Matts Augen. Glanzlos und voller schwarzer Schatten.

»Was ist es?«, rief Silly zurück.

»Ein Monogramm am Türgriff der Kutsche. Wir geben Harry Bescheid, dann kommen wir zu euch!«

Silly nickte und machte einen Schritt auf das Cottage zu.

»Warte«, bat Emily und hielt sie am Arm fest. »Ich wollte noch ...«

»Hey.« Matt stand plötzlich neben ihr, die Haare zerwühlt, die Stiefel voller Laub und Dreck. Wie auf Knopfdruck lief Emily rot an, aber er hatte den Blick auf Silly gerichtet. »Weiß man schon etwas Neues?«, fragte er.

»Nichts«, antwortete Silly, während sie die Tür zum Cottage öffnete. »Harry ist noch nicht aus seinem Keller zurückgekehrt.«

»Was macht er dort eigentlich genau?«, warf Emily ein.

»Recherchieren«, hallte es zweistimmig zurück.

Sie standen im dunklen Flur des Steincottages, das Emily bislang nur von außen gesehen hatte. Sie wusste, Matt lebte darin mit seinem Bruder, und sie hatte sich schon gefragt, wie er wohl wohnte, wie sein Zimmer aussah, wo er frühstückte, wo er schlief. Sie warf einen Blick auf die rauen Wände und die schmale Holztreppe, die vor ihnen nach oben führte. Es sah mehr wie eine Stiege aus. Durch die Schwelle der Tür links davon drang ein schwacher Lichtschein. Matt ging darauf zu und öffnete sie.

Josh war allein in dem gedrungenen Zimmer, abgesehen von dem Mädchen, das unter einem dünnen Laken auf einer schmalen Pritsche lag. Ein Stuhl, ein Tisch, ein Holzzuber, der womöglich eine Badewanne darstellte – mehr Einrichtung gab es nicht in diesem kargen Raum. Auf einem Brett über dem Tisch waren Mörser in verschiedenen Größen und ein paar Dutzend brauner Fläschchen aufgereiht, mit klecksigen, unleserlichen Beschriftungen. An den Wänden hingen Kerzenhalter, und es roch nach heißem Wachs.

»Sag mir, dass es in meinem Zimmer nicht genauso aussieht«, flüsterte Emily Matt zu.

»In deinem Zimmer sieht es völlig anders aus«, flüsterte Matt zurück.

Sie sah zu ihm auf, und er verzog keine Miene.

Herrje, ihr Magen. Mit ihm war heute offenbar nicht zu spaßen, und Emily sollte ganz dringend damit aufhören, die Knoten darin noch fester zu ziehen. Sie sollte dringend damit aufhören, Matt anzusehen. Schnell wandte sie den Blick ab, im gleichen Moment schwang mit einem ordentlichen Knall die Tür auf, und Pfarrer Harry wehte praktisch in den Raum hinein.

»Kinder«, dröhnte er.

»Pssssst«, machte Josh.

»Ist sie aufgewacht?«

»Nein, aber ...«

»Aber das sollte sie, nicht wahr? Dann kann es doch nicht schaden, ein bisschen Wirbel zu veranstalten.«

Den Arm voller Papiere, rauschte er auf den wackligen Holztisch zu, wo er sie ablegte und mit den Händen auseinanderfächerte. Hinter ihm drängte sich Joe durch den Türrahmen, in jeder Hand eine offensichtlich prall gefüllte Tasche, den Zylinder schief auf dem Kopf, gefolgt von Adam, der eine Porzellanschale mit Wasser zu Josh balancierte.

»Also, liebe Freunde, was haben wir?« Cullum schlenderte gemeinsam mit Chloe in den Raum, er stellte sich neben Emily und flüsterte: »... und Freundinnen, versteht sich«, und zwinkerte ihr zu.

Emily überhörte ihn geflissentlich. Matt warf ihm aus dem

Augenwinkel einen Blick zu. Als Eve, Rose und Martha-May als Letzte die Tür hinter sich geschlossen hatten, nahm Harry einen der Zettel in die Hand. Die Gruppe füllte die kleine Stube quasi vollständig aus und drängte sich um den Tisch und den Pfarrer, der sich nun räusperte.

»GW – das ist das Monogramm, das Cullum und Chloe an der Kutsche gefunden haben.«

»Sie sagte, ihr Name sei Amber«, warf Silly ein.

»Natürlich«, stimmte Harry zu, »die Kutsche wird ja auch nicht ihr gehören. Ihrem Vater vielleicht oder sie hat sie gestohlen.«

Gestohlen. Emily betrachtete das Mädchen, dem Josh mit einem feuchten Tuch die Stirn abtupfte. Sie wirkte nicht wie eine Diebin.

Pfarrer Harry sah Emily über den Rand seiner Brillengläser hinweg an. »Es ist ganz und gar erstaunlich, dass dieses junge Mädchen allein in der Kutsche war«, sagte er. »Nicht nur, dass es sich für Frauen egal welchen Alters in diesen Zeiten nicht schickt, allein zu reisen – es ist auch mehr als gefährlich. Die Straßen sind schmutzig, uneben, nicht ausgebaut. Wenn es dunkel ist, dann *ist* es dunkel – schwarz wie die Nacht.« Er wackelte mit den Augenbrauen. »Man braucht ewig, um von A nach B zu kommen. Und dann lauern Bösewichte in den Büschen, bereit, die Kutsche und deren Insassen hinterrücks zu überfallen.«

»Oh, Harry«, rief Rose.

Harry zwinkerte ihr zu.

»Eine Kutsche ist vor allem eins«, sagte Cullum, »unglaublich teuer. Nicht jeder kann sich eine leisten – erst recht keine Frau.« Er warf einen Seitenblick auf Emily, und deren Augen wurden schmal.

»Vielleicht ist sie auf der Flucht vor einem gewalttätigen Ehemann«, schlug Chloe vor.

»Vielleicht ist sie ein Dienstmädchen, das die Kleider ihrer Herrin geklaut und sich mit dem Familienvermögen aus dem Staub gemacht hat«, fuhr ihr Bruder fort.

»Wir haben nichts bei ihr gefunden«, erklärte Adam.

»Ganz abgesehen davon«, mischte sich Eve ins Gespräch. »Wie kommt die Wunde an ihren Kopf?«

»Und wie das Würgemal an ihren Hals?«, fragte Rose.

Martha-May sagte: »Seht euch ihre Hände an. Wie sehen sie aus?«

Und Silly, die sich neben Josh ans Krankenbett gestellt hatte, antwortete: »Es sind Schwielen an ihren Händen. Sie können von Hausarbeit, aber genauso gut von den Zügeln stammen.«

Einen Moment lang herrschte grüblerische Stille. Emily sah von einem zum anderen. »Was, wenn sie einfach nur jemanden besuchen wollte?«, fragte sie schließlich. »Heimlich vielleicht. Und dann hat sie ein Ast am Kopf getroffen? Und... und am Hals?«

»O ja, natürlich!« Chloe prustete. »Und weshalb sind wir dann hier? Wegen dir? Weil wir unbedingt noch ein wenig mehr Zeit mit *dir* verbringen sollen?«

»Chloe, Liebes«, sagte Pfarrer Harry schnell, noch bevor Emily rot werden konnte, dann stand Josh ihr bei. »Das sind eindeutig Würgemale an ihrem Hals«, erklärte er freundlich, »keine Kratzer von Ästen oder derlei. Bevor wir irgendjemandem verraten, dass wir sie gefunden haben, sollten wir zunächst herausfinden, wer ihr das angetan hat.«

Harry wedelte mit dem Zettel in seiner Hand. »Und wir werden herausfinden, was passiert ist«, versprach er. »Also.« Er hob seine Brille ein Stück von der Nase, um besser lesen zu können, und erklärte währenddessen: »Folgendes hat die Maschine ausgespuckt.«

Die Maschine?

»Die Maschine?«, flüsterte Emily.

»Im Keller«, flüsterte Matt zurück. »Ich erklär's dir bei Gelegenheit.« Er betrachtete sie besorgt, so als könnten Harrys Schauergeschichten ihr Angst gemacht und Chloes scharfe Worte echte Schnitte hinterlassen haben. Dabei war es der Gedanke daran, er und Chloe könnten mehr sein als Freunde, mehr als sie beide, dieser Gedanke tat Emily weh, nichts sonst.

Cullum beugte sich zu ihr. »Ich kann es dir auch erklären, wenn du möchtest.«

Automatisch zog Emily den Schal ein bisschen fester um ihren Körper.

»GW«, begann Harry erneut, »es gibt folgende Hinweise auf die Initialen GW, immer im Zusammenhang gesehen mit der Richtung, aus der die Kutsche kam, nämlich aus Norden.« Er beugte sich über den Tisch, um eine ziemlich zerlesene Karte aufzunehmen, und fuhr fort: »Zum einen wäre da ein Anwesen namens God's Whistling etwa 23 Meilen nordwestlich von hier.«

»Ist sie wirklich so weit gefahren?«, fragte Rose.

»Das Pferd war in ziemlich schlechtem Zustand«, antwortete Matt an Harrys Stelle. »Es war ganz sicher schon etliche Stunden unterwegs. Wenn wir von fünf Meilen die Stunde ausgehen, die so eine Kutsche im Durchschnitt vorankommt, vier oder sogar nur drei, mit nur einem Pferd und abhängig von Wetter und Straße...« Er nickte, und Rose nickte ebenfalls.

Harry fuhr fort: »Im Nordosten, etwa dreißig Meilen entfernt, gibt es das Anwesen Travestor House in dem ein gewisser Garnet Wakefield mit seiner Familie lebt. Und schließlich, 17 Meilen entfernt, Giddy Waters, ein winziger Weiler an einer Flussmündung.«

»Das war's?«, fragte Cullum fröhlich. »Nur drei? Dann macht es uns deine kleine Maschine ja diesmal richtiggehend einfach.«

»Nicht ganz«, antwortete Harry, »wobei ich mit dieser Information hier nicht wirklich etwas anfangen kann.« Er fischte abermals in seinen Unterlagen nach einem bestimmten Papier und hielt es sich dann unter die Nase. »Es war ziemlich schwierig, den Andeutungen zu folgen«, murmelte er, »und jetzt kann ich meine eigene Schrift nicht mehr lesen.« Er seufzte. »Wakefields Frau... Ist sie verschwunden oder verstorben? Wenn ich das richtig interpretiere, sind die Umstände mysteriös, wie sie auch sein mögen.«

»Für eine Ehefrau ist sie reichlich jung.« Silly betrachtete das Mädchen skeptisch.

»Du weißt, wie früh die armen Dinger in diesen Zeiten verheiratet wurden«, warf Martha-May ein.

»Ein Hinweis führt außerdem nach Exeter«, fuhr Harry fort. »Im Zusammenhang mit God's Whistling allerdings.

Keine Ahnung, wie dies zu deuten ist – das Gut liegt in der Nähe von Launceston.« Er raschelte noch einmal mit seinen Papieren. »Ja, hier ist es – die Entfernung zwischen beiden beträgt in etwa vierzig Meilen.« Er blickte auf.

»Gut«, brummte Adam in seinem tiefen Bass. »Ich würde vermuten, Giddy Waters können wir hintanstellen. Welches Dorf hat schon eigene Kutschen, die die Initialen des Ortes spazieren fahren? Ganz abgesehen davon, dass Emily von einem Gut geträumt hat, mit Ställen und Ländereien.«

Pfarrer Harry lächelte Emily aufmunternd an. »Das sehe ich ganz genauso«, stimmte er zu. »Und überdies sagt mir mein Gefühl, wir sollten bei Wakefields Frau einhaken. Matt, möchtest du bei Travestor House mit der Suche beginnen?«

»Das will er«, antwortete Cullum, noch bevor Matt Luft holen konnte, »und ich werde ihn begleiten. Chloe?«

»Zu Diensten.« Chloe warf einen herablassenden Blick auf Emily, musterte sie und ihr in Mitleidenschaft gezogenes Kleid von oben bis unten, bevor sie sich neben Matt stellte, der wiederum sofort die Arme vor der Brust verschränkte.

Die Aussicht darauf, Matt die kommenden Tage nicht zu sehen, versetzte Emily einen Stich. Die Vorstellung, dass er die kommenden Tage mit *ihr* verbringen würde, machte alles noch schlimmer.

»Ist es unbedingt notwendig, dass wir zu dritt fahren?«, fragte Matt, und Emily konnte nicht verhindern, dass sich ihre Mundwinkel ein winziges Stück hoben.

So!

Harry sah von seinen Notizen auf. »Nun ja«, sagte er, »es wird vermutlich nicht schaden, in der umfassenden Recherche auch einen weiblichen Blickwinkel zu berücksichtigen.«

»Silly...«, begann Matt, doch die unterbrach ihn sogleich. »Ich bleibe hier«, erklärte sie, »und helfe Josh.« Sie hielt nun ebenfalls ein Tuch in der Hand und befeuchtete damit Ambers Unterarme. »Sie ist fürchterlich heiß«, fuhr sie fort, »womöglich hat sie sich bei dem nassen Wetter ein Fieber zugezogen. Es sieht nicht so aus, als würde es ihr bald besser gehen.«

Josh betrachtete das Mädchen stirnrunzelnd, widersprach Silly jedoch nicht.

»Okay«, begann Adam, »zählen wir durch. Rose, du bleibst hier im Coaching Inn, falls jemand im Dorf auftauchen sollte, Martha-May und Harry machen weiter mit ihren Recherchen. Vielleicht schaut ihr doch in Giddy Waters vorbei? Eve und ich machen uns auf den Weg nach God's Whistling. Dann bliebe noch Joe für die Fahrt nach Exeter.«

»Exeter?« Es war das erste Wort, das Joe zu der Unterhaltung beitrug, und es klang in Emilys Ohren wie »Nutella« oder »Wir fahren in den Urlaub«, voller Enthusiasmus und Vorfreude. »Das ist ja großartig«, fuhr Joe fort, »ich meine, Exeter ist nicht gerade Bath, eine der elegantesten Städte dieser Tage und sicherlich viel mehr des Besuchs wert als Exeter, aber sicher kann man auch dort wunderbar einkaufen, Stoffe und Bänder und...«

»Joe!«, riefen Harry und Cullum und Matt gleichzeitig, und Joe verstummte. »Schon gut«, murmelte er. »Wer kommt mit?«

»Chloe«, antwortete Matt sofort, und diese holte empört Luft: »Ich dachte, wir seien uns einig gewesen, dass ich bei euch mitfahre!«

»Du warst dir einig – mit wem auch immer. Mit mir nicht«, erklärte Matt. »Joe kann nicht allein fahren. Du fährst mit Joe. Cullum und ich schaffen das.«

Oh. Er konnte also nach wie vor arrogant sein – arrogant und stur –, nur hatte Emily ihn schon länger nicht mehr so erlebt.

»Du weißt ganz genau«, erklärte Chloe jetzt so leise, dass es Emilys Nackenhärchen aufstellte, »dass es sinnvoller ist, wenn ich gemeinsam mit Cullum reise.«

»Fahr mit Joe nach Exeter«, erklärte Matt völlig unbeeindruckt, »wir wissen doch ohnehin noch nicht, wo dieses Mädchen hingehört. Am Ende treffen wir wieder zusammen.«

»Aber ...«

»Alles klar«, fuhr Cullum dazwischen, »dann soll Emily mit uns kommen.«

Wie?

»Auf keinen Fall!« Matt klang jetzt richtig verärgert, aber Cullum lachte.

Ganz plötzlich kam Emily der Gedanke, Cullum könnte von Anfang an geplant haben, wie diese Unterhaltung ausgehen würde. Als habe er sie nur angezettelt, damit sie sich genau an diesem Punkt zuspitzen konnte, an dem sie nun standen: Matt mit funkelnden Augen vor Cullum, der sich köstlich zu amüsieren schien, neben Chloe, die Emily giftige Blicke zuwarf, und umringt von peinlich berührten Menschen, die lieber schwiegen angesichts des Ärgers, der sich zwischen den beiden jungen Männern auftürmte.

Noch einen Moment lang herrschte tödliche Stille, dann wandte sich Matt ab und richtete den Blick auf Rose: »Wie viele Kutschen haben wir?«, fragte er, und Rose antwortete prompt: »Nur eine. Plus die, mit der Amber gekommen ist, doch da muss erst das Rad repariert werden.«

Matt nickte und wandte sich in Richtung Tür. »Ich kümmere mich darum, dann können wir gleich am Morgen starten. Adam und Eve in die eine Richtung, Chloe und Joe in die andere. Wir spannen euch je zwei Pferde ein, dann seid ihr etwas schneller, als es Amber war. Cullum und ich können reiten.« Er hatte den Türknopf bereits in der Hand, als Emily Luft holte.

»Matt.«

Während der gesamten Szene hatte Matt Emily keines Blickes gewürdigt, doch als sie jetzt seinen Namen aussprach, sah er sie überrascht an. »Was? Bleib bei Rose, in Hollyhill. Du solltest gar nicht hier sein.«

Arrogant und stur und reichlich rot im Gesicht.

Cullum legte den Kopf schief. »Das kann interessant werden«, sagte er leichthin. »Hat außer mir sonst noch jemand eine Ahnung, wie dieses Gespräch hier ausgehen wird?«

Er grinste Emily an, und Emily ignorierte ihn.

»Ich sollte mitkommen«, sagte sie zu Matt.

»Nein.«

Emily seufzte. »Ich bin ohnehin dort, oder nicht?« Sie sah Matt fest in die Augen. »Ich schaue aus dem Fenster, und ich

95

sehe Cullum, und nachts sehe ich im Nebel ein Mädchen ums Haus schleichen.«

Emily spürte die Gänsehaut, die ihre eigenen Worte in ihr auslösten.

Doch es war so wahr wie unausweichlich.

Sie war dort gewesen.

Sie würde dort sein.

Matt starrte sie an, dann drehte er sich um, stapfte aus dem Zimmer und knallte die Tür hinter sich zu.

6

Der Wagen rumpelte über den zerfurchten Weg, und Emily hielt sich eine Hand vor den Mund. Gott, ihr war übel. Wer hatte eigentlich je behauptet, so eine Kutschfahrt sei gemütlich? Romantisch? Wer auch immer es war, hatte offensichtlich nicht den Schimmer einer Ahnung. Die Straßen waren uneben und schmutzig, genau wie Harry gesagt hatte, die Räder spritzten den Dreck an die Scheiben, und das Holz ächzte und grollte unter ihnen, als wollte es jeden Augenblick auseinanderbrechen.

Ob es klüger gewesen wäre, die Pferde zu nehmen? Emily wusste es nicht. Sie hatte absolut keine Lust gehabt, es auszuprobieren, und als sich Joe und Chloe am Morgen wie selbstverständlich aufmachten, den Weg nach Exeter zu reiten, hatte sie diese Entscheidung nicht hinterfragt.

Sie selbst waren ebenfalls im Morgengrauen aufgebrochen, inzwischen musste es schon weit nach Mittag sein. Demnach kauerte Emily bereits seit Stunden in einer Ecke dieser Droschke, so weit entfernt von Cullum wie möglich, der ihr auf diesem engen Raum gegenübersaß. Er hatte die Augen geschlossen und den Zylinder ins Gesicht gezogen. Er atmete ruhig und gleichmäßig und sagte kein Wort, weshalb Emily davon ausging, dass er schlief.

Du Glücklicher, dachte sie, während sie zum gefühlt hundertsten Mal die Sitzposition wechselte. Ihr Hintern schmerzte, ihr Rücken, ihr Kopf. Sie fragte sich, ob Mr. Darcy wohl auch so unbequem hatte reisen müssen, verwarf den Gedanken allerdings wieder. Ganz sicher hatte er nicht auf blanken Holzbänken sitzen müssen. Und ganz sicher musste er nicht in einer Art Holzkiste schlafen, deren Matratze aus zusammengepresster Wolle bestand.

Emily dehnte ihren Nacken und lehnte den Kopf gegen die Rückwand ihres ruckelnden Gefährts. Sie hatte also eine fast schlaflose Nacht hinter sich, eine Begegnung mit einer Schüssel kalten Wassers für die Morgentoilette, sie war gezwungen gewesen, sich mit einem dünnen Ästchen und einem seltsamen weißen Pulver die Zähne zu putzen, und durfte sich schließlich von Joe eine Standpauke darüber anhören, wie sich *normale* erwachsene Frauen in aufwändigen Kleidern zu benehmen pflegten. Diese nämlich wälzten sich *nicht* in Laub und Matsch. Als hätte sie sich gestern absichtlich auf den Boden fallen lassen.

Gedankenverloren zupfte sie an dem Stoff des Kleids, das ihr Joe heute früh gebracht hatte. Es war deutlich schlichter als das rote von gestern Abend, ein grober dunkelgrauer Stoff mit robusten Puffärmeln, der ganz offensichtlich weniger leicht zu zerstören war als der vorherige. Darüber trug sie eine schwarze Jacke, eine Art Bolero, und auf dem Kopf eine lächerliche Haube aus Stroh und Stoff, die Joe *Bonnet* nannte und die offenbar absolute Grundvoraussetzung war, wollte man als anständiges Mädchen im Jahr 1811 einen Fuß auf die Straße setzen.

Emily fand, sie sah aus wie eine Ente. Entschlossen griff sie nach den Bändern, die Silly unter ihrem Kinn zu einer Schleife gebunden hatte, zog sie auf und nahm die Haube ab. *Wer weiß, ob ich überhaupt je wieder einen Fuß auf die Straße setzen werde,* dachte sie und legte die Kappe neben sich auf die Bank.

Matt hatte nicht mit ihr gesprochen, seit er am Vorabend die Tür hinter sich zugeknallt hatte. Er hatte sie nicht angesehen, als er heute Morgen auf den Kutschbock gestiegen war. Er hatte nicht gehalten, um eine Pause zu machen, geschweige denn, um Emily eine Auszeit von dieser Ruckelei zu gönnen. Sie hatte Durst. Sie war genervt.

Es war, als wollte Matt sie durchrütteln bis ans Ende ihrer Tage.

»Du weißt nichts über ihn.«

Emily neigte den Kopf und sah Cullum mit schmalen Augen an. Er hatte seine Position nicht verändert, die Lider geschlossen, den Hut tief in die Stirn gezogen. Aber er war offensichtlich wach. Und er konnte offensichtlich Gedanken lesen. Emilys Augen weiteten sich. *O Gott,* dachte sie. *Er kann es nicht wirklich, oder etwa doch?*

»Über wen?«, fragte sie.

Cullum lächelte.

»Und du hast keine Ahnung, wozu er fähig ist.«

Die Räder der Kutsche ächzten, als sie durch ein tiefes Schlagloch schlingerten, und Emily sah durch das Fenster hinaus. Sie waren ewig unterwegs, aber sie schienen nicht wirklich voranzukommen. Wiesen, Hügel, vereinzelte Bäume. Die Landschaft hatte sich seit Stunden nicht verändert, zumindest kam es ihr so vor. Verwaschenes Grau, verwaschenes Grün. Darüber eine schwammige Schicht Niesel.

»Hör zu«, begann sie und richtete den Blick wieder auf Cullum, der seine Augen inzwischen geöffnet hatte und sie interessiert beobachtete. »Ich weiß wirklich nicht, was da läuft zwischen dir und Matt, und ich will es auch nicht wissen. Also verschon mich mit deinen... mit deinen *Ratschlägen* und lass mich in Frieden.«

»Aber das war kein Ratschlag«, erklärte Cullum, während er sich den Hut aus dem Gesicht schnippte und Emily ansah. »Nur ein kleiner Hinweis.«

»Hm-hm.«

»Hmmmm.« Er legte den Kopf schief, während er Emily unverhohlen betrachtete, dann nahm er seinen Zylinder ab, ließ ihn wie ein Jongleur einige Male zwischen Handgelenk und Oberarm hin und her hüpfen, bevor er ihn schließlich neben sich legte. Seine blonden Haare, die er im Nacken zu einem Zopf zusammengebunden hatte, waren zerzaust und seine Augen beunruhigender denn je. Emily hätte gern gewusst, was er dachte, während sie versuchte, Cullums Blick standzuhalten, oder vielleicht wollte sie es lieber doch nicht wissen. Denn was immer es auch war, es würde ihr Angst machen, tief in ihrem Inneren fühlte sie das.

»Wie gut hast du ihn kennengelernt, deinen Matt?«

»Er ist nicht *mein* Matt«, antwortete Emily sofort.

Cullum lachte. »Ah, natürlich nicht! Ihr seid nur Freunde. Also, wie gut?«

Emily seufzte. Statt zu antworten, fragte sie: »Müssten wir nicht allmählich mal ankommen? Es fühlt sich an, als wären wir schon Tage unterwegs.«

Cullum sagte nichts. Er schlug ein Bein über das andere und faltete die Hände im Schoß. Er starrte Emily an, mit schmalen Augen, und Emily starrte zurück. Dann beugte er sich urplötzlich vor, seine Hand schnellte in Richtung von Emilys Ohr, und bevor sie auch nur zusammenzucken konnte, hatte er etwas aus ihren Haaren gezogen.

Eine Münze.

Er legte sie flach in seine Hand und streckte sie Emily hin. Diese rührte sich nicht.

»Ich mag ihn, deinen Matt«, erklärte Cullum und strich mit dem Daumen über die glänzende Oberfläche des Goldstücks. »Ich meine, wir kennen uns seit zig Jahren und wir kommen gut miteinander klar.« Er lachte leise. »Meistens«, fügte er hinzu. »Er hat viel durchgemacht. Musste ziemlich herbe Verluste hinnehmen, wie so einige andere von uns auch.«

Ja, dachte Emily bitter, *so kann man es auch ausdrücken. Ein herber Verlust, seine Eltern zu verlieren, zumal, wenn sie erschossen werden.*

Sie drehte das Gesicht zum Fenster und versuchte, ihren Ärger herunterzuschlucken.

»Es wird gar nicht richtig hell da draußen«, sagte sie.

Was Cullum ignorierte. »Alles, was ich sage«, sagte er, »ist, dass jede Münze zwei Seiten hat. Und nicht jede ist golden und glänzt.« Er wartete, bis Emily den Blick vom Fenster ab- und ihm wieder zuwandte, dann tippte er das Geldstück in seiner Handfläche mit dem Daumen an und auf die andere Seite. Die schwarz war, angelaufen und schmutzig.

Emily besah sich das Geldstück und verschränkte dann demonstrativ die Hände vor ihrem Körper.

»Was bist du – ein Trickbetrüger?«, fragte sie.

Sie würde niemals – wenn nicht noch länger – mit Cullum über Matt sprechen. Nie.

Du kannst Gedanken lesen?, dachte sie. Dann nimm das! Das Zeichen, das sie ihm in ihrer Vorstellung bedeutete, hätte Joe sicherlich in die Ohnmacht getrieben.

Cullum lachte. »Ein Betrüger – willst du mich beleidigen? Rhetorische Frage.« Er grinste sie an. »Einst war ich Taschenspieler«, fuhr er theatralisch fort, »und darin gar nicht so übel.«

Emily starrte ihn an, und Cullum lachte noch lauter. Er lehnte sich zurück und ließ die Münze in seiner Westentasche verschwinden, dann sagte er laut, sehr laut: »Ich freue mich jedenfalls, dass es dir gelungen ist, diese elende Fehde zu beenden.«

Emily atmete ein und stieß dann geräuschvoll die Luft wieder aus. Sie wollte sich nicht provozieren lassen, wollte sich nicht auf Cullums Spielchen einlassen, aber …

»Was für eine Fehde?«, fragte sie zwischen zusammengebissenen Zähnen.

Cullums Augen leuchteten auf. »Ich persönlich war der Meinung, er würde deiner Mutter nie verzeihen, wir alle dachten das, aber nun …« Er zuckte mit den Schultern. »Die dunkelste Stelle in Matts Herzen scheint erleuchtet. Bravo, Liebchen.«

Bei der letzten Silbe machte die Kutsche einen Satz nach vorn und mit ihr Emily, die beinahe von ihrer Bank gerutscht wäre.

»Ho«, murmelte Cullum und stützte sie mit einer Hand. Emily schüttelte ihn ab. Sie spähte aus dem Fenster. Waren sie schneller geworden? Es holperte schlimm wie nie.

»Was konnte er meiner Mutter nie verzeihen?« Emily schaukelte auf ihrer Bank hin und her, ihr Kopf wippte, sie musste lauter sprechen jetzt, weil das Klackern der Hufe jedes Gespräch übertönte. »Was?«, rief sie.

Cullums Grinsen wurde breiter und breiter, während die Kutsche immer mehr an Fahrt aufnahm, schließlich lachte er laut auf. »Ist ja gut!«, rief er und hämmerte mit seiner Faust gegen die Decke des Wagens, »ganz ruhig, mein Junge!«

Diese Mahnung allerdings kam ein bisschen zu spät. Emily kreischte, als sie mit voller Wucht nach hinten geschleudert wurde. Sie ratterten bergauf, schneller und schneller, sie rasten förmlich, und dann, ganz plötzlich, kam der Wagen zum Stehen.

Emily rutschte von ihrem Sitz, direkt in Cullums Arme, der sie auffing, immer noch lachend. Für einige Sekunden schloss sie die Augen und rührte sich nicht. Dann stieß sie Cullum von sich, rappelte sich auf und versuchte hektisch, die Tür der Kutsche zu öffnen.

Matt riss von der anderen Seite daran. Er fing sie auf, als Emily herausstolperte, und er hielt sie im Arm, während er Cullum anfunkelte.

Dieser zeigte sich unbeeindruckt, während er ausstieg

und sich imaginären Staub von den Ärmeln klopfte. »Du hast sie repariert«, erklärte er, »du darfst sie auch wieder kaputtmachen.«

Der Kutsche fehlte nichts, stattdessen waren sie endlich an ihrem Ziel angekommen. Hier, von einem kleinen Hügel aus, hatte man einen umfassenden Blick auf das Gut, das Travestor House sein musste.

Es lag in einer Senke, ein schnörkelloses Haus, kantig, mit hohen Kassettenfenstern, einer breiten Steintreppe, knorrigen Pflanzenranken an der ockerfarbenen Hauswand und einer niedrigen Mauer, die den Vorgarten einfasste. Das Haus selbst hatte die Form eines liegenden L's und gegenüber der kurzen Seite erkannte Emily das Stallgebäude, das sie in ihrem Traum gesehen hatte. Es war weiß getüncht, von schweren, hölzernen Toren durchbrochen, und es schien sich unter dem vom Wind zerzausten Reetdach zu biegen. Das Wiehern von Pferden drang zu ihnen herauf.

Emily fand, dass das Haus anheimelnd wirkte, weniger stattlich oder herrschaftlich, wie man sich diese Häuser womöglich vorstellte, sondern freundlich und einladend, trotz der braun-grauen Novemberlandschaft, die es umgab.

»Das ist es, denke ich«, sagte sie leise, und Matt nickte.

Sie beobachteten eine Frau, die das Wohnhaus an der Rückseite verließ und den Weg durch einen in das L eingebetteten Garten einschlug. Sie steuerte auf ein Glashaus zu, das vermutlich ein Gewächshaus war, und hielt eine runde Schale in Händen. Emily ließ den Blick über sie und das Haus hinwegschweifen, über eine Wiese mit vereinzelten

Obstbäumen zu einer Gruppe Tannen, die fast ein kleiner Wald war. Ein See glitzerte in dessen Mitte. Zwischen den Bäumen, auf einer winzigen Anhöhe, thronte ein Pavillon als Aussichtspunkt.

»Lasst uns bis zum Morgen warten«, sagte Matt. »Das gibt uns noch ein bisschen Zeit.«

»Zeit«, wiederholte Cullum, und Matt warf ihm einen finsteren Blick zu. »Für ein klein wenig Vorbereitung«, fügte er flüsternd hinzu.

Das Feuer knackste, und Emily sah den Funken nach, die sich in kleinen Explosionen von den Spänen lösten und gen Abendhimmel verpufften, durch das offene Dach der Stallruine, in der sie ihr Lager aufgeschlagen hatten. Sie saß im Schneidersitz auf dem Boden und wärmte sich auf, denn es zog in dieser Baracke, und es roch nach Moder, und Emily war froh, dass sich ganz allmählich der Duft nach verbranntem Holz in ihrer Nase festsetzte.

Durch die glaslosen Fenster erkannte sie die Umrisse der zwei Pferde, die vor den Mauern grasten, die Kutsche hatte Matt auf der anderen Seite geparkt. Für die Tiere hatte es Hafer aus einem Leinensack gegeben und für sie alle Wasser aus einem nahegelegenen Flussbett. Sie hatten den trockenen Kuchen gegessen, den Rose ihnen für die Fahrt eingepackt hatte, und nicht über den Vorfall gesprochen – nicht über das, was Cullum gesagt hatte, und nicht über Matts halsbrecherische Reaktion darauf.

Cullum hatte entspannt vor sich hingesummt und Matt sein grimmigstes Gesicht aufgesetzt.

Emily hatte nachgedacht.

Du hast mich angelogen.

Meine Mutter hat nicht das Herz von Josh gebrochen, sie hat dir etwas angetan. Etwas, das du ihr nicht verzeihen konntest.

Bloß was?

Was?

Inzwischen war der Nachmittag in den Abend übergegangen, und Emily war immer noch nicht klüger. Also starrte sie in die Flammen und grübelte darüber nach, wie sie Matt dazu bringen sollte, mit ihr zu reden.

Er kniete neben ihr und legte Holz nach. Mittels Tannenzapfen und Rinde, Steinen und Zweigen hatte er das Feuer entzündet, und Emily überraschte nicht, dass er zu so etwas fähig war, ganz und gar nicht. Was sie überraschte, war ihre eigene Reaktion auf ihn: Sie fühlte sich mehr zu Matt hingezogen als je zuvor, so als hätten Cullums Warnungen und Chloes Andeutungen und Matts dauernd abweisende Haltung exakt das Gegenteil dessen bewirkt, wozu sie gedacht waren.

Sie konnte ihn nicht haben, und jetzt wollte sie ihn umso mehr.

Und sie wollte ihn nicht nur, sie wollte ihn beschützen. Vor Cullum und seinen düsteren Anspielungen. Vor seiner eigenen Traurigkeit. Vor ihren aufkommenden Zweifeln.

Was wollte Cullum ihr sagen? Dass Matt nicht der war, der er vorgab zu sein? Dass er gefährlich war? Dass er sie belogen hatte? Wer war dieser Cullum, dass sie ihm mehr vertrauen sollte als Matt? Und wer war Chloe, dass sie ihn ihr ausreden konnte, wo ihm doch offensichtlich gar nichts an ihr lag?

Du willst ihn küssen, Emily.
So einfach ist das.

»Es tut mir leid, dass du wütend auf mich bist«, sagte sie schließlich, und Matt blickte auf. Sie sah in seinen Augen, dass er die Worte erkannte, die er selbst benutzt hatte, gestern, im Sonnenaufgang bei den Ponys. Zum ersten Mal seit diesem Zeitpunkt lächelte er, ein kleines, müdes Lächeln.

»Ich bin nicht wütend auf dich«, sagte er.

»Ich weiß.«

Sie schwiegen. Das Feuer knackte. Draußen war die Sonne bereits untergegangen, und sie warteten auf Cullum, der von irgendwoher irgendetwas zu essen bringen wollte. Matt legte mehr Zweige nach, dann setzte er sich im Schneidersitz neben Emily. Und dann begann er zu sprechen: »Was Cullum da gesagt hat, in der Kutsche ...«

Er brach ab, und Emily sagte nichts. Hatte er gehofft, sie würde ihn bremsen? *Ist schon gut, du musst es mir nicht erklären. Nicht, wenn du nicht möchtest?*

Matt seufzte, dann raufte er sich die Haare, seine immer gleiche Reaktion auf Situationen, mit denen er nur schwer umgehen konnte, so viel wusste sie inzwischen.

Sie sah Matt an. Es wurde Zeit, dass er ihr die Wahrheit sagte. Jetzt.

»Du hast mich angelogen, damals beim Billard, oder? Du bist nicht fortgegangen aus Hollyhill, weil sie Josh das Herz gebrochen hat. Du bist gegangen, weil sie *dir* etwas angetan hat. Richtig?« Emilys Herz klopfte einen seltsamem Rhythmus. Aber sie musste es wissen.

»Was war das, Matt?«, fragte sie leise.

»Es hat mit meinen Eltern zu tun«, antwortete er. »Mit der Nacht, in der sie starben.« Seine Stimme klang ruhig und gefasst, sein Blick war auf das Feuer gerichtet.

»Wir waren in den 1920er-Jahren«, begann er, »ein Gaunerpärchen hatte sich ins Crooked Chimney eingemietet, wir brauchten nicht einmal Adam, um zu erfahren, was sie vorhatten. Sie waren darauf spezialisiert, einsame Landsitze auszuräumen. Vorher wollten sie die Kasse des Holyhome leeren. Wegezoll, sozusagen. Deine Mutter«, sagte er, »Esther – sie hatte einen Traum.«

Emily saß vollkommen still. Sie konnte sich vorstellen, was jetzt kam, aber sie wollte es von ihm hören.

»Sie hatte geträumt, dass die beiden durch die Hintertür ins Pub gelangten und dass mein Dad und Josh sie dort in Empfang nehmen und überwältigen würden. Es war nie die Rede davon, dass es gefährlich werden könnte. Nicht mehr als sonst. Und mein Dad – er war ... ich weiß nicht. Stark. Er schien unbesiegbar. Bis zu diesem Abend.«

Emilys Magen zog sich zusammen. Als Matt nicht weitersprach, flüsterte sie: »Was ist damals passiert?«

Matt zuckte die Schultern. Äußerlich wirkte er gefasst, doch Emily konnte die Stürme förmlich spüren, die in seinem Inneren tobten.

»Josh konnte später nicht mehr sagen, was genau im Holyhome geschehen war, es gab wohl ein Handgemenge, und dann fielen Schüsse. Wir – meine Mom, Adam und ich – hatten uns draußen platziert, für alle Fälle, falls drinnen doch irgendetwas schiefgehen sollte, und als mein Vater aus der Tür des Pubs gestürmt kam, rannte Mum ohne zu zögern auf ihn zu. Sie ...«

Matt räusperte sich, und Emilys Herz wurde schwer. Sie hasste sich dafür, dass er all das nun noch einmal durchleben musste und dass sie der Grund dafür war, doch sie wusste, sie durften jetzt nicht aufhören. All das durfte nicht länger zwischen ihnen stehen.

»Dad wurde in den Rücken getroffen, meine Mum in die Brust. Sie sackten vor dem Holyhome zusammen, und weil diese zwei verfluchten Mörder wie verrückt um sich schossen, konnten Adam und ich zunächst nicht zu ihnen. Sie sind geflohen, und für meine Eltern kam jede Hilfe zu spät. Josh konnte nichts für sie tun und auch sonst niemand – du weißt, die Gaben haben untereinander keine Wirkung.«

Matt zuckte wieder mit den Schultern, und Emily stieß zittrig die Luft aus, die sie unbewusst angehalten hatte.

Und endlich, endlich sah Matt sie an. »Deine Mutter hat sich das nie verziehen«, sagte er, und Emily hörte an seinem Tonfall, dass er auch darunter litt. Für den Schmerz ihrer Mutter verantwortlich zu sein – weil er ihr nicht hatte vergeben können.

»Es war nicht ihre Schuld«, sagte Emily leise. »Sie konnte doch nicht ... ich meine ...«

Matt schüttelte den Kopf. »Nein, sie konnte nichts dafür, natürlich nicht. Und das weiß ich nicht erst, seitdem klar ist, dass ihre Träume viel weniger genau waren, als es deine sind.« Er seufzte. »Sie hätte meine Eltern nie bewusst in eine Falle geschickt, sie war mit Josh zusammen, sie ... es ist nur ...«

Sekunden verstrichen.

»Was?«, fragte Emily.

Matt holte Luft. »Sie war anders als du«, sagte er. »Sie war impulsiv und chaotisch und immer ein bisschen abgelenkt. Und ich war so wütend. Ich weiß nicht, ich... vielleicht dachte ich, sie hätte nicht aufgepasst, sie hätte etwas übersehen, sich nicht konzentriert, sie... sie hätte es vorausahnen müssen. Und verhindern können.«

Emilys Lippen öffneten sich einen Spalt, aber es kam nur ein Hauch heraus.

Matt sagte: »Letztlich war es meine Schuld. Ich hätte Mum zurückhalten müssen, *ich* hätte derjenige in dem Pub sein müssen, ich...«

»Shhhhh.« Emily legte ihren Finger auf Matts Lippen, zog die Hand jedoch gleich wieder zurück. Es war absolut still in diesem Augenblick, nicht einmal das Feuer knackte, kein Laut war zu hören, nur der Nachhall von Matts Worten in Emilys Kopf.

Sie hat es nicht gesehen, dachte sie. *Sie konnte nichts dafür.*

»Niemand hat schuld«, flüsterte sie schließlich. »Auch du nicht.« Sie schluckte. »Du kannst unmöglich für alles verantwortlich sein. Dein Vater war stark, richtig? Er hatte seine Aufgabe, so wie du, so wie meine Mutter.«

»Ich bin ihretwegen weggegangen. Und ich glaube, sie ist meinetwegen gegangen.« Matt sah Emily an. »Womöglich, wenn ich ihr nicht dauernd und andauernd die Schuld am Tod meiner Eltern gegeben hätte, dann wäre sie geblieben. Sie hätte Hollyhill nie verlassen. Sie...« Er stockte. »Sie wäre vielleicht noch am Leben.«

Emily zog die Stirn in Falten.

»Verstehst du, was ich damit sagen will?«

»Nein«, gab sie zurück. »Was soll das?« Sie löste den Blick von seinem und verschränkte die Hände vor der Brust. Es machte sie wütend, dass er so etwas sagte. Dass er überhaupt daran *dachte*, sich diese Schuld auch noch aufzuladen.

»Meine Mutter hat Hollyhill verlassen, weil sie sich Kinder wünschte«, erklärte sie, »und hätte sie es nicht getan, gäbe es mich überhaupt nicht. Sie ist bei einem Autounfall ums Leben gekommen. Niemand trägt daran die Schuld.«

Matt sagte nichts, aber sie wusste, was er dachte. Dass sie sich selbst lange genug die Schuld dafür gegeben hatte, weil sie den Unfall überlebt hatte. Als Einzige. Was völlig absurd war. Dass sie eine Heuchlerin war, ihm vorzuwerfen, genauso zu fühlen wie sie.

Schließlich sagte er: »Es tut mir leid, dass ich anfangs so fies zu dir war. Es war nur ...«

Die Ähnlichkeit, vervollständigte Emily in Gedanken. *Du dachtest, ich wäre wie sie. Und wie könntest du je jemanden gern haben, der genauso aussieht wie die Frau, die in den Tod deiner Eltern verstrickt war?*

Er musste es nicht aussprechen. Emily verstand auch so.

Und Matt sagte nichts weiter. Sie schwiegen eine lange, lange Weile, hingen ihren eigenen Gedanken nach.

Am Ende brach Matt die Stille. »Erinnerst du dich, wie wir vom Hügel aus Hollyhill gesehen haben? Du hast mich damals gefragt, ob wir beide das Gleiche sehen.«

»Ja?« Sie erinnerte sich. Von ihrem Standpunkt aus hatte

das Dorf in allen Farben geschimmert, wie ein Regenbogen oder eine Seifenblase, auf der sich das Licht spiegelte.

»Wie genau sah es aus?«

Emily überlegte einen Moment. »Wie eine Versuchung«, sagte sie dann.

Matt nickte. Er sammelte einen übrig gebliebenen Strohhalm vom Boden auf und drehte ihn zwischen den Fingern. »Es wird jetzt anders für dich aussehen«, sagte er. »Jetzt, nachdem du dich entschieden hast zu gehen.«

Emily neigte den Kopf zur Seite und sah Matt in die Augen. »Ich bin mir ziemlich sicher«, sagte sie, »dass es noch ganz genauso aussehen wird.«

Emily schreckte auf, weil jemand ihren Namen flüsterte, in ihr Ohr, mit heißem Atem, wieder und wieder.

Emily.

Emily.

Emily.

Sie fuhr hoch, und Cullum wich ein Stück zurück. Er kicherte. »Na endlich«, flüsterte er, »du schläfst wie eine Tote.«

»Wo ist Matt?«, fragte Emily sofort, während sie sich mühsam auf dem Steinboden aufrichtete. Es war dunkel in der Ruine und kalt, das Feuer erloschen, der Himmel über ihr finster. Im Mondlicht konnte sie Cullums Silhouette erkennen, mehr nicht. Und das Letzte, an das sie sich erinnerte, war, dass Matt ihren Kopf auf seinen Schoß gebettet hatte, nachdem sie Brot und Käse und Speck gegessen hatten, die Ergebnisse von Cullums Beutezug.

Dann war sie eingeschlafen.

»Wo ist er?«, wiederholte sie.

Cullum lachte. »Nur keine Sorge, du bekommst ihn ja wieder«, versprach er. »Deshalb habe ich dich geweckt. Damit du nichts verpasst, sozusagen. Bereit für eine kleine Lehrstunde in Sachen Matthew?«

»Cullum.« Allmählich war Emily wirklich genervt. »Was willst du von mir?«

»Na, gar nichts«, antwortete Cullum. »Ich bin lediglich davon ausgegangen, dass du ein gewisses Interesse an unserem Matt zeigst.« Er hielt ihr eine Hand hin. »Oder nicht?«

Emily betrachtete die Hand einen Augenblick lang und schob sie dann zur Seite. Sie stand auf, schüttelte den Staub von ihrem Kleid und zupfte ihre Jacke zurecht. Sie fühlte sich schmutzig und steif und müde und gänzlich überrumpelt.

»Wie spät ist es?«, fragte sie.

»Kurz nach Mitternacht«, antwortete er.

»Wo ist Matt?«

Wieder hörte sie Cullum lachen. »Kommen Sie, staunen Sie«, sagte er, beugte sich elegant vor und deutete nach draußen.

Das Haus lag dunkel und still, doch aus dem Stall drangen Geräusche. Menschliche Geräusche. Unterdrücktes Stöhnen.

Es klang, als würde jemand ersticken.

»Was ist das?«, wisperte Emily, doch Cullum legte einen Finger an die Lippen. Im matten Licht des Mondes schlichen sie näher, langsam und geduckt, bis sie die Mauer des Gebäudes erreichten, an der Wand entlang, zum Eingangstor. Es stand einen Spalt offen, und Cullum spähte ins Innere. Dann zog er Emily am Arm und hindurch und drückte sie gegen die Wand.

Das Wimmern hatte aufgehört. Während sich Emilys Augen an die Dunkelheit gewöhnten, lauschte sie hektischen Schritten und einer Art Schleifen, als würde jemand einen Sack Kartoffeln über den Boden zerren. Oder einen Körper.

Emily stand mucksmäuschenstill, während ihr Blick durch den Stall wanderte, nach rechts, zu den beiden mit niedrigen Mauern abgeteilten Parzellen, die – der Futterrinne nach zu urteilen – womöglich schlafende Schweine beherbergten, nach links, wo sich an beiden Längsseiten Pferdeboxen aneinanderreihten. Viele. Emily zählte acht, dann zupfte Cullum sie am Ärmel und bedeutete ihr, ihm wieder nach draußen zu folgen. Sie schlichen zum hinteren Ende des Stalls zu einer weiteren Tür, um, wie Emily annahm, sich den Boxen von der rückwärtigen Seite zu nähern.

Hier, am anderen Ende des Gebäudes, zeichneten sich in der Schwärze stachelige Arbeitsgeräte für die Felder ab und eine Kutsche, bevor es zu den Pferden ging. Aus der vordersten Box auf der linken Seite drang schwacher Lichtschein, und Cullum bedeutete Emily mit einem Nicken, ihm zu folgen. So gut wie geräuschlos bewegte er sich vor ihr her – oder konnte sie ihn nur nicht hören, weil plötzlich das Klappern von Hufen durch den hohen Raum hallte? Tore quietschten, und Pferde wieherten, und Emily kam es so vor, als würde Matt diesen Wirbel absichtlich verursachen, um auf sich aufmerksam zu machen.

Dann war alles still.

Sie duckten sich an der Wand der ersten Box entlang und blieben an deren Kopfende stehen. Emily kam sich vor wie eine Verräterin. Aus dem Schatten linste sie über die Mauer der kleinen Kammer und zwischen den Stäben hindurch und sah ein Pferd, das stand wie eine Statue, dahinter Matt, ebenfalls mucksmäuschenstill und starr an die Mauer gelehnt, das Gesicht im Dunkeln verborgen. Der Körper des Mannes, der über den Rücken des Tiers geworfen worden war, hing schlaff an den Seiten herab. Seine Haut glomm, ein milchiges, fasriges Licht, das Emily eine Gänsehaut über den Rücken schickte.

Sie wusste nicht, ob er noch atmete.

Sie wusste nicht, was Cullum ihr hier zeigen wollte, aber sie war sich sicher, es würde ihr nicht gefallen.

Und sie wusste auch, er würde nicht ruhen. Er würde nicht eher ruhen, bis er ihr die schwarze und schmutzige Seite der Münze vorgeführt hatte.

»Lennis? Was ist denn los? Warum scheuchst du die Pferde auf?«

Cullum zog Emily wieder ein Stück tiefer in den Schatten.

Jemand war in den Stall gekommen. Und dieser Jemand hatte sich in der Tür zur Pferdebox aufgebaut. Er blickte erstaunt drein und müde, er rieb sich die Augen, doch in dem Moment, als er den Körper auf dem Pferderücken entdeckte, riss er sie auf.

»Lennis«, rief er und stürmte auf den Hengst zu. Er schüttelte den leblosen Körper des Jungen und wollte ihn vom Rücken des Pferds heben, doch Matt hatte ihn dort festgebunden. Matt, der sich immer noch nicht rührte, der wie ein Brett an den rauen Steinen lehnte. Jetzt erst trat er einen Schritt nach vorn, und Emily stockte der Atem.

Sie hatte ihn schon einmal so gesehen, mit Quayle auf dem Parkplatz, aus dem Augenwinkel, während sie halb narkotisiert auf dem Asphalt lag. Er sah fürchterlich aus. Sein Gesicht war grau, die Augen blutunterlaufen, das sonst so strahlende Blau von schwarzen Schatten getrübt.

»Verdammt, was haben Sie mit ihm gemacht?« Der Mann, der eher ein Junge war, klein und schmächtig, in schmutzigen Hosen und einem fleckigen Hemd, zischte Matt seinen Fluch entgegen, während er gleichzeitig einen Schritt rückwärts machte. Er riss sich seine Kappe vom Kopf und knetete sie in den Händen. »W-Wer sind S-Sie?«, stammelte er, leiser jetzt, denn vermutlich hatte auch er Matts Augen gesehen. »Hiiiiii…«

Er kam nicht dazu, den Schrei zu vollenden. Schon klebte Matts Hand auf seinem Mund, während er mit der anderen den Hals des Jungen umfasste und ihn zu Boden drückte. Der Bursche strampelte mit weit aufgerissenen Augen, während sich Matts Finger nach oben schoben, die Hälfte seines Kopfes umfassten und zudrückten.

»Ganz ruhig«, flüsterte er, und es klang genau so: absolut ruhig.

Der Junge gab einen gequälten Laut von sich.

»Wenn ich meine Hand wegnehme«, sagte Matt, »wirst du nicht schreien. In Ordnung?«

Der Junge schüttelte den Kopf, gleichzeitig nickte er.

Jedes Härchen in Emilys Nacken stellte sich auf.

Matt löste die Hand von dem Mund des Jungen, und dieser schnappte nach Luft. »Wer sind Sie?«, wiederholte er krächzend. »Was wollen Sie von mir?«

»Wie heißt du?«

Der Junge starrte Matt an. »Brixton«, flüsterte er schließlich. »Brixton ... Sir.«

»Lennis – ist er der Stallbursche?«

»Ist er tot?« Seine Stimme klang schrill. Matt verstärkte den Druck auf Brixtons Hinterkopf, und dieser schloss die Augen.

»Der Stallbursche?«

Brixton ließ den Kopf einmal nach links, einmal nach rechts fallen. »Der Gärtner«, sagte er leise. »Er hat im Stall geschlafen. Der Bursche bin ich.«

Matt hatte die Jacke ausgezogen und die Ärmel seines Leinenhemds aufgekrempelt. Emily konnte sehen, wie sich die Muskeln in seinem Unterarm spannten, als er den Jungen auf den Bauch drehte, ihn mit einem Knie am Boden festhielt und seine Hände auf dem Rücken mit einem Stück Seil zusammenband.

»Was wollen Sie von mir?«, jammerte der Junge, und dann schluchzte er auf, und Emily wurde vor Mitleid ganz schlecht.

»Wo ist Amber?«, fragte Matt, während er die Beine des Jungen zusammenband. Er machte das so geschickt, so elegant, so schnell, dass sich Emily unwillkürlich fragte, wie oft er schon unschuldige Menschen verängstigt, gefesselt und ... was sonst noch mit ihnen getan hatte.

»Amber?«, stöhnte der Junge. »Welche Amber?«

Emily kniff die Augen zusammen. Sie hatte völlig vergessen, weshalb sie hier waren, dass sie wegen Amber hier waren, dass sie sie retten und ihr Geheimnis lüften wollten.

Matt drehte sein Opfer auf den Rücken und zog ihn dann am Kragen nach oben. Er drückte ihn gegen die Stallwand und legte die Hände an seine Wangen. Sie beide drehten Emily ihr Profil zu. Brixton atmete schwer und starrte Matt an.

»Je weniger du dich bewegst, desto...«, begann Matt, da holte Brixton auf einmal Luft und rief: »Anna! Hat das hier mit Anna zu tun?«

Matt drückte dem Stallburschen den Mund zu. »Ssssshhhhh«, machte er ungeduldig. »Welche Anna?«

»Sie... sie ist verschwunden«, stammelte er, sobald Matt seine Hand sinken ließ, »vor zwei Tagen. Ihre Mutter ist krank geworden, wir dachten, sie besucht sie.« Er holte zittrig Luft. »Gesagt hat sie das aber nicht, sie war einfach weg.«

Matt zögerte einen Augenblick, dann nahm er die Hände aus Brixtons Gesicht und legte sie stattdessen auf seine Schultern.

»Mittelgroß, dunkle Locken?«

»Wo ist sie?«, hauchte der Junge.

»Ist sie eine Magd?«

»Hausmädchen. Ist sie...?« Brixtons Augen weiteten sich ebenso wie sein Mund, und Matts Kiefermuskeln spannten sich an.

»Und sie ist verschwunden, sagst du? Vor zwei Tagen?«

»Vor zwei Tagen«, wiederholte der Junge leise. »Verschwunden.«

Matt schien einen Augenblick zu überlegen. »Mit wem war sie zuletzt zusammen?«, fragte er schließlich. »Hat ihr jemand gedroht? Ist ihr irgendetwas geschehen, bevor sie fortging?«

Der Junge starrte mit riesigen Augen. »Ich weiß nicht«, stammelte er. »Ich weiß nicht. Ich weiß doch nichts. Ist sie tot? Ist sie tot? Ist sie ...«

Matt legte seine Hände wieder auf die Wangen des Jungen, die Finger gespreizt, und dieser klappte den Mund zu. Und obwohl Emily eine ähnliche Szene schon einmal beobachtet hatte, war sie schockiert über das Licht, das der Junge verströmte – seine Haut sah aus wie ein Lampenschirm, der von innen heraus leuchtete, und Matts Finger wie die Streben, die das fragile Konstrukt zusammenhielten. Einige Sekunden leuchtete der Junge, und als der Schein verglomm, landete mit einem leisen Rascheln seine Mütze auf dem Boden. Er hatte sie festgehalten, die ganze Zeit über, in seinen auf den Rücken gebundenen Händen.

Es war dieser Augenblick, der Emily das Herz brach. Das Bild des verlorenen Kampfs und Matts ungerührte Art, damit umzugehen.

Er zögerte nicht eine Sekunde, hob den Jungen hoch und warf ihn auf den Körper seines Kollegen, der seinen eigenen Kampf bereits verloren hatte. Er ging dabei keinesfalls zimperlich vor, ganz im Gegenteil: Seine Handgriffe waren pragmatisch, sein Ausdruck finster, die Augen leer. Es machte Emily traurig, unsagbar traurig, ihn so zu sehen.

Matt, dachte sie.

Matt.

Sie hing an seinem Anblick fest, als er den zweiten Jungen ebenfalls auf dem Rücken des Pferds festband, die Kappe aufhob, sie in dessen Hosentasche steckte, dann die Zügel nahm. Gleich würde er das Tier aus seiner Box führen und an ihnen vorbeikommen, doch bevor das Hufgeklapper laut und gespenstisch durch den nächtlichen Stall hallte, zog Cullum Emily hinter sich her und in das Innere der Kutsche. Sie warteten, bis Matt fort war. Cullum sah ihm durch das Fenster nach, während Emily wie paralysiert auf dem Boden des Wagens kauerte.

Schließlich drehte er sich um und ließ sich neben Emily nieder.

»Er ist weg«, sagte er.

»Sind sie tot?«, fragte sie.

»Wo denkst du hin?« Sie konnte sein Lächeln nicht sehen, aber sie hörte es in seinem Tonfall, und es machte sie verrückt, weil es wie eine Beleidigung wirkte, eine Beleidigung ihrer Intelligenz.

Sie schnaubte. »Schön, dass du dich amüsierst«, sagte sie und wollte aufstehen, aber Cullum hielt sie zurück. Also setzte sie sich vom Boden auf die Bank der Kutsche, und er setzte sich neben sie.

»Sie sind vorübergehend außer Gefecht gesetzt«, erklärte er, »nicht tot, aber auch nicht gerade lebendig, und wenn sie in ein paar Tagen zu sich kommen, werden sie sich an nichts mehr erinnern.«

Emily starrte ihn an. Seine helle Haut zeichnete sich grau gegen den dunklen Hintergrund ab, und es beunruhigte sie, nicht den Ausdruck in seinem Gesicht lesen zu können.

»Was war das für ein Licht?«, fragte sie.
»Energie, nehme ich an.«
»Lebensenergie?«
»Womöglich. Wer weiß.«
Emily rieb sich die Stirn. »Gibt es keine weniger gewaltsame Methode, Unschuldige, die euch bei euren ... *Aufgaben* im Weg stehen, unschädlich zu machen?« Sie seufzte. Sie musste aufpassen, dass Cullum nicht erreichte, was er vermutlich von Anfang an bezweckt hatte. Dass sie Matt infrage stellte. Dass sie begann, an ihm zu zweifeln.
Cullum hob eine Augenbraue. »Weniger gewaltsam als nahezu schmerzfrei und, sagen wir, mit den himmlischen Auswirkungen einer Amnesie verbunden?«
Emily antwortete nicht. Wie spät war es? Sie fühlte sich so leer. Sie konnte nicht mehr denken.
»Sie werden aufwachen und dann sind sie wie neu.«
Emily schwieg.
Schließlich fragte sie: »Diese Anna – könnte das unsere Amber sein? Haben wir ihren Namen falsch verstanden?«
Cullum wiegte den Kopf hin und her. »Ja, vielleicht«, sagte er. »Keine Ahnung.« Er schien einen Augenblick zu überlegen, dann fuhr er fort: »Das hat was, findest du nicht?«
Emily runzelte die Stirn. »Was hat was?«, fragte sie.
»Na, wir beide, hier in dieser Kutsche. Wie in diesem Film – was war das gleich?« Er tippte sich mit dem Zeigefinger gegen die Schläfe. »Silly steht so drauf, und ich fürchte, Joe auch. Wie hieß denn der Kerl? Leo DiCaprio und Kate ...«
»Himmel, Cullum, du bist widerlich.« Mit einem Satz war

Emily aufgesprungen und drängte an ihm vorbei aus dem Wagen. Matt hatte gerade zwei Menschen aus dem Weg geräumt, und er dachte an die Liebesszene aus Titanic? Sie hob den Saum ihres Kleids an und lief so schnell es ging auf den mondbeschienenen Ausgang des Stalls zu. Draußen blieb sie stehen und atmete tief ein, während sie darauf wartete, dass Cullum sie einholte. Er grinste breit und zwinkerte ihr zu, als er an ihr vorbeiging und den Weg zurück zur Ruine einschlug.

Sie sprachen kein Wort, bis sie dort ankamen.

Emily ging zurück zu ihrem Schlafplatz und nahm ein Bündel Stoff in die Hand, das ihr vorher als Kissen gedient hatte. Es war Matts Jacke. Er musste sie unter ihren Kopf geschoben haben, bevor er sich auf den Weg zu dem Gut gemacht hatte.

Emily faltete sie zusammen und legte sie in ihren Schoß.

Matt war nicht hier.

Es war immer noch tiefe Nacht, doch an Schlaf war nicht mehr zu denken.

Gedankenverloren strich Emily über den Stoff, als sie spürte, dass Cullum sie beobachtete.

»Du weißt, warum ich wollte, dass du siehst, was Matt tut? Was er tun kann?«

»Allerdings«, antwortete Emily bitter. »Aber ich muss dich enttäuschen: Er tut, was er tun muss. Und das ändert nichts daran, wie ich zu Matt stehe. Wir sind Freunde.« Sie starrte Cullum an. Er sollte verdammt noch mal wissen, dass er damit aufhören konnte.

Cullum zuckte mit den Schultern. »Matt tut, was er tun

muss, wie jeder von uns. Absolut richtig. Ich wollte, dass du siehst, *wie* er es tut.«

»Wie meinst du das?« Emilys Herz begann zu hämmern.

»Hast du sein Gesicht gesehen?«

»Was soll das, Cullum?«

»Es zermürbt ihn«, sagte er. »Es höhlt ihn aus. Es zieht ihn in die Tiefe. Und mit ihm jeden, der ihm nahesteht.«

7

Sie hasste ihn. Vom ersten Augenblick an, aus tiefstem Herzen und obwohl er noch nicht ein einziges Wort an sie gerichtet hatte: Sie hasste ihn. Mehr noch als Cullum.

»Also, Mr. ...«

»Chauncey. Matt Chauncey.«

Chauncey? Emilys Augen weiteten sich einen Moment lang, dann blickte sie wieder zu Boden. *Chauncey.*

»Gut, Mr. Chauncey. Sie wollen mir also erklären, Sie seien zufällig hier auf unser Gut gekommen, gemeinsam mit ihrem Cousin, Mr. ...«

»La Barre, Sir. Cullum La Barre.«

»La Barre?«

»Französische Vorfahren, Sir.«

»So.« Der Mann musterte Cullum, dann Matt, dann Emily, die unter ihrem mittlerweile zerrupften Kringel-Pony hervorlinste, ohne den Kopf zu heben. So hatte sie sich den Herrn eines Guts namens Travestor House im beginnenden 19. Jahrhundert vorgestellt, genau so: Haare kurz, Koteletten lang, das Kinn kantig, die Haltung eitel. Er trug eine Uniform aus grauer Hose und roter Jacke und blitzblanken

Knöpfen und ebensolchen Stiefeln und er war geradezu heran*geschritten*, nachdem sie dem Butler ihr Anliegen vorgetragen hatten, ein Mann von stattlicher Größe und stattlicher Natur, mit dunklem Haar und dunklen Augen und düsterer Attitüde.

»Und das ist?«, fragte er, und nickte in Emilys Richtung. Er war von unaussprechlicher Arroganz.

»Emily«, sagte Matt. »Sie hat als Mädchen gearbeitet, seit sie von zu Hause fort ist.«

Aha, dachte Emily. *Interessant.*

»Emily.« Der Gutsherr, Mr. Wakefield vermutlich, nickte. Eine Emily wurde offensichtlich nicht nach ihrem Nachnamen gefragt. »Und Sie kommen hier zufällig vorbei«, merkte er an, »ein Gärtner, ein Stallbursche und ein Mädchen?«

Uh-oh.

»Wir sind auf dem Weg nach Norden, Sir«, erklärte Matt, »zu dem Castle, in dem ein Verwandter als Verwalter tätig ist. Wir hörten von Ihrer personellen Notlage und könnten ein wenig Extralohn sehr gut gebrauchen. Der Weg ist weit, Sir.«

»Hm.« Mr. Wakefield betrachtete Matt mit unergründlicher Miene. »Sie haben von unserer personellen Notlage gehört – wo?«, fragte er.

»In Crediton«, antwortete Cullum sofort. Es musste der nächstgelegene Ort sein. Sie hatten bis zum Nachmittag in der Ruine gewartet, um sicherzugehen, dass sie erstens eine Chance haben würden, irgendwo von dem mysteriösen Verschwinden der Mitarbeiter von Travestor House zu hören und zweitens die Lage auf dem Gut verzweifelt genug war, um ihr zufälliges Aufkreuzen nicht zu hinterfragen.

Letzteres schien gescheitert zu sein.

Mr. Wakefield musterte Cullum skeptisch, dann Matt, dann blieb sein Blick an Emily hängen. Schließlich ertönte aus dem Inneren des Hauses eine heisere Stimme.

»Jonathan! Was ist da draußen? Ist Lennis aufgetaucht? Jemand muss das Holz für die Kamine bereitstellen, es ist eiskalt im Inneren. Was ist mit Brixton? Die Pferde müssen versorgt werden. Gibt es in diesem Haus irgendjemanden, der noch etwas arbeiten kann? Ist es zu viel verlangt, dass ...«

»Vater«, unterbrach besagter Jonathan den Redefluss seines Vaters, »das hier sind Mr. Chauncey, Mr. La Barre und ihre ...«

»Cousine Emily«, erklärte Matt.

»... Cousine Emily«, fuhr er fort. »Wie es der Zufall wollte, hörten sie von unserem personellen Engpass und erklärten sich bereit, vorübergehend einzuspringen.«

Der Tonfall, der Blick – es war glasklar, dass er ihnen kein Wort glaubte. Wollte er sie dennoch ins Haus lassen?

Wieso?

Er sah noch immer auf Emily, mit dunklen, düsteren Augen.

Gruselig, dachte sie. Sie musste sich wirklich anstrengen, sich nicht vor Gänsehaut zu schütteln.

»Ja, also, das ist ...« Wakefield senior war aus dem Haus auf sie zugekommen, nun stützte er sich mit beiden Händen auf seinen Stock und sah von einem zum anderen. Er wirkte noch nicht übertrieben alt, vielleicht war er in seinen Fünfzigern, vielleicht schon sechzig, doch die dunklen Haare hatten erst an den Schläfen begonnen, grau zu werden, und seine Haut war faltig, aber noch nicht sehr. Es war der Stock, der ihn alt machte, die in sich zusammengesunkenen Schultern, der matte Glanz in seinen Augen.

Natürlich, dachte Emily. *Seine Frau ist unter mysteriösen Umständen ums Leben gekommen. Oder verschwunden? Was hatte Pfarrer Harry noch gleich gesagt?*

Er rief nach seinem Butler, seine Stimme klang erschöpft. »Mr. Graham, zeigen Sie Mr. Chauncey und Mr. La Barre, was es zu tun gibt und wo sie nächtigen können«, sagte er. »Mrs. Pratt, kümmern Sie sich um das Mädchen?« Er nickte einer älteren Dame zu, die mit dem Butler aus dem Haus gelaufen kam.

Noch einen Augenblick starrte er auf die drei Neuzugänge, dann runzelte er die Stirn und wandte sich an seinen Sohn. »Wir werden morgen gemeinsam nach ihnen suchen«, sagte er.

»Vater, ich denke nicht ...«, warf Jonathan Wakefield ein, doch Wakefield senior unterbrach ihn.

»Bis dahin danken wir dem Zufall für jede Unterstützung, die wir bekommen können.« Er starrte seinem Sohn in die Augen, wandte sich um und ging ins Haus zurück.

Jonathan Wakefields Gesicht blieb unbewegt. Mr. Graham forderte Matt und Cullum auf, ihm in Richtung Stall zu folgen. Mrs. Pratt, eine hagere Frau mit strengem grauem Dutt unter ihrem Häubchen und strengem braunem Kleid unter ihrer Schürze, winkte Emily ins Haus. Als die sich in Bewegung setzte, hielt Jonathan Wakefield sie am Arm fest, ganz leicht nur.

»Ein Mädchen, seit sie von zu Hause fort ist«, flüsterte er. »In diesem Kleid?« Er musterte Emily, dann fuhr er ausdruckslos fort: »Macht hier die kleinste Dummheit, *Emily*, und ihr werdet es auf ewig bereuen.«

Na, das war ja mal ein großartiger Einstieg.

Emily wartete mit pochendem Herzen, dass Wakefield junior ihren Arm freigeben würde, und als er es endlich tat, schloss sie schnell zu Mrs. Pratt auf, die stirnrunzelnd auf sie gewartet hatte.

Sie musste sich nicht umdrehen – sie spürte, wie Matt ihr nachsah, mit großen Augen, die Hände zu Fäusten geballt.

Dann war sie auf sich allein gestellt.

»Die oberen Räume sind tabu«, sagte Mrs. Pratt in dem Augenblick, in dem sie die Eingangshalle von Travestor House betraten, einen hohen, eleganten Raum mit weißen Türen und goldschimmernden Knäufen und einem blank polierten Holzboden. In der Mitte führte eine breite Treppe nach oben, auf der rechten Seite gab eine halbrunde Türöffnung den Blick auf einen schmalen Gang frei. Emily nahm an, dass er in den kürzeren Teil des L's führte, das sie vom Hügel aus gesehen hatten.

Sie staunte, während sie sich umsah. Es wirkte alles so neu, so ... *schick*.

»Mr. Wakefields Arbeitszimmer, das Speisezimmer, der Salon.« Mrs. Pratt war in die Mitte des Raums marschiert, vor der Treppe stehen geblieben und deutete nun mit dem Zeigefinger rundherum auf jede einzelne Tür. »Das Musikzimmer«, fuhr sie fort, »und hier das private Zimmer von

Lady Joyce, das niemand zu betreten hat. *Niemand* hat hier Zutritt, es ist verschlossen, seit – nun ja.« Sie bekreuzigte sich, murmelte »Gott hab sie selig« und fuhr fort: »Oben befinden sich die Privatgemächer der Herrschaften, das hat dich nicht zu interessieren. Das alles nur zu deiner groben Orientierung. Da hinten geht es zu den Räumen für das Personal. Folge mir.«

Aber Emily hatte Mühe, Mrs. Pratt zu folgen – sowohl ihrem zackigen Schritt als auch ihrer Art, ohne Punkt und Komma Instruktionen zu erteilen. Es rasselte bei jedem dieser ehrgeizigen Schritte, so als verwahre sie Münzen in der Tasche ihres Kleids oder einen ziemlich großen Schlüsselbund, und ganz abgesehen davon war Emily abgelenkt: von einem reich bestickten Stuhl hier, einer kostbaren Vase da, einem funkelnden Bilderrahmen dort. Dieses Haus sah aus wie ein Museum, nur dass hier die Farben nicht verblasst, das Porzellan nicht hinter Glas und die Führung nicht multimedial waren. Es war alles echt, im Hier und Jetzt, Emilys ganz persönliches BBC-Kostümdrama zum Anfassen.

»Nichts anfassen«, kreischte Mrs. Pratt, und Emily zog schnell die Hand zurück, deren Fingerspitzen gerade über das glänzende Holz einer Kommode tasten wollten.

Die Haushälterin seufzte theatralisch, dann drehte sie sich zu Emily um und blieb vor dem Türbogen zum kurzen L stehen. »Ich weiß nicht, wo du gelernt hast, Kind, aber hier befolgen wir die Regeln.« Sie maß Emily mit einem unnachgiebigen Blick, zwei, drei Sekunden lang, dann hoben sich ihre Augenbrauen erwartungsvoll gen Stirn. »Nun?«, fragte sie.

»Nun ...«, setzte Emily an. *Nun was?* Sie hatte keine Ahnung, was dieser mittelalte Hausdrachen von ihr erwartete. Wenn sie es genau betrachtete, sah sie allerdings viel weniger nach Drachen aus als nach Nagetier. Ihre Augen standen viel zu eng zusammen, und der Kopf, er war so spitz.

»Vermutlich sollte ich ...«, begann Emily noch einmal. Nein, ihr wollte einfach nichts einfallen.

»... knicksen?«, schlug Mrs. Pratt vor. »Und zwar nicht nur vor den Herrschaften, wie du es gerade eben schon versäumt hast, sondern auch vor Mr. Graham und mir, die wir dem Personal vorstehen?«

»Oh, okay«, stammelte Emily und starrte Mrs. Pratt in das steinerne Gesicht. *Knicksen.* Sie hob ihren Rock mit beiden Händen und ging vorsichtig in die Knie.

Mrs. Pratt kniff ihre Augen zusammen. »Nachdem Anna fort ist«, erklärte sie, »hat Becky ihre Pflichten übernommen, was bedeutet, sie hilft Mr. Wakefields Töchtern Miss Mary Wakefield und der kleinen Miss Millicent beim Ankleiden, sie ist für ihre Waschtische und Bäder zuständig sowie für ihre Räume, sie weckt sie morgens auf und bringt sie abends ins Bett, etc. etc. Es ist ein Segen, dass Miss Margaret, die mittlere, dieser Tage bei ihrer Cousine in Exeter weilt. Gott steh mir bei, sonst wäre Becky ihrer neuen Aufgabe sicher nicht gewachsen. Anna war ... ist ... ach.« Mrs. Pratt kniff die dünnen Lippen zusammen, und Emily machte »Hm«, mehr sagte sie vorsichtshalber nicht.

»Für dich«, fuhr Mrs. Pratt fort, »bedeutet dies, dass du Beckys Aufgaben übernimmst. Dazu gehört es, den Tisch zu decken und abzuräumen, das Geschirr zu waschen, die ebenerdigen Zimmer ordentlich zu halten, die Teppiche zu klopfen, das Silber zu reinigen, selbstverständlich nur unter Mr. Grahams Aufsicht, und wenn noch Zeit ist, hilfst du bei der Wäsche, etc. etc. Im Moment fehlt es einfach an allen Ecken.«

»Gut, aber womit …«

»Und das Wichtigste …« Mrs. Pratt presste beide Arme an ihren Körper und streckte den ohnehin stockgeraden Rücken noch ein wenig mehr. »… du tust das alles, als wärest du unsichtbar. Hast du das so weit verstanden? Man sieht dich nicht, man hört dich nicht. Die Herrschaften sollen sich durch die Präsenz einer Magd auf keinen Fall gestört fühlen.«

Emily sah die Haushälterin mit großen Augen an. Diese Ansprache war … ungeheuerlich irgendwie und machte sie sprachlos. Am Ende nickte sie. Einmal. Ganz schnell.

»Nun, nachdem das geklärt wäre«, sagte Mrs. Pratt, »folge mir zu dem Trakt, in dem das Personal untergebracht ist. Küche, Waschküche, Schlafkammern etc, etc.«

Sie drehte sich um, das Kleid rasselte, und Emily seufzte. Sie hatte so eine Ahnung, dass dies nicht ihre letzte Unterredung mit der Hausdame gewesen sein konnte. »Hier entlang«, kommandierte sie denn auch gleich, und sie verschwanden in dem schmalen Flur, der sie geradewegs in die Hölle führte.

»Uh, was ist das hier?«, fragte Emily, während sie sich Qualm aus dem Gesicht wedelte. Der Rauch war dicht und heiß und schlug ihnen bereits im Gang entgegen, begleitet von Geschirrgeklapper, Keuchen und einer leidenschaftlichen Schimpftirade.

»Himmel Herrgott, Becky, soll ich denn alles allein machen? Lässt die Pastete verbrennen! Das Geschirr ist auch nicht abgeräumt!«

»Miss Mary braucht mich oben. Sie ist noch nicht angekleidet fürs Dinner!«

»Ah, und was, wenn hier alles anbrennt? Dann gibt es gar kein Dinner, dummes Kind.«

»Kann Hope nicht helfen? Mrs. Pratt sagte, solange Anna noch nicht wieder…« Den Rest des Satzes erstickte ein Hustenanfall.

»Hope ist in der Waschküche – weiß der Himmel, was sie dort so lange treibt! Was macht sie mit der Wäsche? Das möchte ich zu gern mal wissen. Ich kann hier nicht alles allein bewerkstelligen! Kochen, backen, abräumen, Geschirr waschen – Grundgütiger, habe ich sechs Hände?«

»Ich habe auch nur zwei, und die kleine Miss Milly ist schon wieder zu den Schweinen entwischt! Sie liebkost sie, als wären sie ihre Püppchen! Alle naselang muss ich ihr ein frisches Kleidchen anziehen.«

Die Stimme, die vermutlich Becky gehörte, klang weinerlich.

»Nun«, antwortete es unnachgiebig, »spätestens am Samstag wird sie ein Püppchen weniger haben, wenn zur Hochzeitsfeier eins geschlachtet wird.«

Emily hörte ein Quietschen, wahrscheinlich das Fenster, denn schließlich lichtete ein Luftzug die Wand aus Rauch, und ein Raum zeichnete sich dahinter ab, groß und viereckig, mit groben Holzflächen, einem knackenden Ofenfeuer, klobigem Tisch und zwei Figuren, die mit Schüsseln, Töpfen und Pfannen hantierten. In einer kupferfarbenen Spüle dampfte ein schwarzes Stück Teig.

Mrs. Pratt klatschte in die Hände.

»Genug der Aufregung«, befahl sie, »am Ende bekommt noch das ganze Haus mit, dass hier Tohuwabohu herrscht.« Sie schritt durch den Raum auf eine Tür zu, die nach draußen führte, und öffnete sie. Dann machte sie kehrt und schob Emily ins Zimmer. »Hier, der Ersatz für Anna.« Sie sah Emily von der Seite an. »Wie war dein Name noch gleich?«

»Emily.«

»Emily also. Mrs. Whittle, das hier ist Emily. Emily, das ist unsere Köchin, Mrs. Whittle. Bis auf Weiteres wirst du ihren Anweisungen Folge leisten.«

Emily zögerte einen Augenblick, dann machte sie einen kleinen Knicks. *Wer weiß?* Womöglich war diese Mrs. Whittle auch eine Vorsteherin des niederen Volkes.

»Guten Tag, Mrs. Whittle«, sagte Emily. Sie nickte Becky, einem hageren, schwarzhaarigen Mädchen zu, das sie schüchtern anlächelte.

Mrs. Whittle sah erst Emily entgeistert an, dann Mrs. Pratt. »Wo kommt sie auf einmal her?«, fragte sie. Sie sah gar nicht aus wie eine Köchin, so zierlich und drahtig. Sie wirkte so jung. Und irgendwie hungrig. Bekamen die Leute im 19. Jahrhundert denn gar nichts zu essen?

Mrs. Pratt zuckte mit den Schultern. »Mr. Wakefield hat sie eingestellt, gemeinsam mit zwei Burschen, die in Stall und

Garten aushelfen sollen.« Sie seufzte. »Fragen Sie nicht. Als fleddere man die Leiche, solange sie noch warm ist, etc., etc., ich weiß.« Sie nickte Emily zu. »Ich zeige dir dein Zimmer«, sagte sie, »dann kannst du anfangen.«

Damit durchquerte sie die Küche bis zu einer Tür am gegenüberliegenden Ende, und Emily folgte der Haushälterin eine schmale Holzstiege hinauf und weiter nach oben, bis unters Dach in einen niedrigen Gang, von dem mehrere Türen wegführten. Sie öffnete die letzte auf der linken Seite. »Hier«, erklärte sie. »Annas Kammer.«

Emily machte einen Schritt nach vorn und blieb im Türrahmen stehen. Das war ja mal ein eklatanter Unterschied zu den Räumen im Erdgeschoss – deutlicher ließ sich das Gefälle zwischen Reich und Arm in Sachen Möblierung kaum darstellen. Allein beim Anblick der Pritsche, auf der sie offenbar die Nacht verbringen sollte, tat Emily der Rücken weh.

Mrs. Pratt schob sich an ihr vorbei und legte die zwei kurzen Schritte zum Schrank zurück. »Der junge Herr hat recht«, erklärte sie dabei, »ich habe selten ein Kleid an einem Hausmädchen gesehen, das weniger seinem Stand entsprach. Da möchte man gar nicht wissen, wo es herkommt.«

Emily sah an sich hinunter. »Ein Freund hat es mir ausgesucht, er sagte, es sei …«

Mrs. Pratt wirbelte herum, und Emily blieb der Rest des Satzes im Hals stecken. »Ein Freund?«, rief sie, die Augen aufgerissen. »Welche Art *Freund* kann ein Mädchen wie du haben, bitte schön?«

Oh. Ja, also … Nun ja.

Emily nahm Mrs. Pratt das Stoffbündel aus der Hand, das

diese aus dem Schrank gezogen hatte. »Ich ziehe mich eben um«, murmelte sie, und Mrs. Pratt nickte streng. »Das ist ein Kleid von Anna«, sagte sie, »also gib ein bisschen Acht. Und beeil dich«, fügte sie hinzu. »Du hast selbst gesehen, es brennt an allen Ecken und Enden.«

Sie war bereits an der Tür, da sagte Emily: »Anna – war das ihr einziger Name?«

Mrs. Pratt drehte sich überrascht um.

»Ich meine, sie hat sich nie als Amber ausgegeben, oder? Hatte sie vielleicht einen zweiten Namen?«

Mrs. Pratt runzelte die Stirn.

»Und Sie wissen nicht, warum sie fortgegangen ist? Ich meine, hat sie gesagt, wo sie hinwill?«

»Hör zu, mein Kind«, setzte Mrs. Pratt an und stemmte die Hände in die Hüften. »Ich weiß nicht, warum der Herr dich eingestellt hat, aber ich behalte dich im Auge. Hast du das verstanden?«

Etc. etc., schon klar. Emily seufzte. Dann nickte sie. *Meisterdetektivin,* dachte sie, während sich die Tür hinter der Haushälterin schloss. Kein Wunder, dass Matt sie nicht hier haben wollte.

Matt!

Emily lief zum Fenster und spähte hinaus. Sie sah die Stallmauer, die sie bereits aus ihrem Traum kannte, und davor Cullum, der mit jeder Hand die Zügel eines Pferds umschlungen hielt. Als habe er ihren Blick gespürt, hob er den Kopf und zwinkerte ihr zu. Emily hob die Augenbrauen. Sie konnte Matt nirgendwo entdecken. Und sie fragte sich, ob nicht eigentlich er sich um die Pferde hätte kümmern sollen,

135

in Hollyhill jedenfalls war dies seine Aufgabe, er liebte Pferde, er hatte selbst eins, und das letzte Mal, als sie ihn mit einem gesehen hatte, hatte er zwei bewusstlose Männer über den Rücken des Tiers geworfen.

Emily schloss die Augen. Immer wieder schob sich die Szene von vergangener Nacht in ihre Gedanken, und immer wieder schob sie sie weg.

»Emily!« Jemand schrie nach ihr, und Emily begann hastig damit, die Knöpfe auf dem Rücken ihres Kleids aus den Schlaufen zu lösen. Gar nicht so einfach.

»Neues Mädchen!«

Emily stöhnte und öffnete die Tür. »Ich bin gleich so weit!«, rief sie, während sie eilig aus dem Kleid stieg. Sie verschwendete nicht mehr als einen klitzekleinen Gedanken an ihre lächerliche, knielange Unterwäsche, dann schlüpfte sie in den Leinensack, den Mrs. Pratt ihr als »ein Kleid von Anna« verkauft hatte. Er hing wie eine Jute-Tüte an Emilys Körper.

»Vergiss nicht die Schürze, die Haube liegt im Schrank!«, hallte es zu ihr nach oben. »Und dann beeil dich, wie lange kann es dauern, Himmel Herrgott!«

»Wieso«, murmelte Emily, während sie sich suchend nach der Schürze umsah, »wieso nur musste ich unbedingt mit?«

Sie öffnete die Tür des Schranks, der leer war, bis auf einen kleinen Stapel Kleider. Emily zog eine weiße Schürze heraus und nahm die Haube, die dahinter lag. Sie wollte eben die Schranktür schließen, als etwas ihre Aufmerksamkeit erregte. Hinter dem Kleiderstapel, zuvor von der Haube verdeckt, blitzte etwas auf. Emily streckte die Hand danach aus und ertastete an der Rückwand eine kleine Erhebung. Sie zog die Schranktür weiter auf, um mehr Licht zu bekommen, und entdeckte ein winziges Schloss.

»Mädchen!«

Emily sah sich rasch um, während ihre Finger weitersuchten, nach irgendetwas, einem Schlüssel vielleicht oder dem Hinweis darauf, was sich mit diesem Schloss überhaupt öffnen ließ.

Es war ein Geheimfach.

Emily brauchte nicht einmal einen Schlüssel, denn als sie den Rand des Fachs mit ihren Fingerspitzen ertastet hatte, ließ es sich problemlos öffnen.

Ihr Herz klopfte schneller, als sie die Hand hineinsteckte. Ihre Finger umschlossen einen harten, eckigen Gegenstand und zogen schließlich ein Holzkästchen hervor. Es war nicht sehr groß, aber massiv, und in seinen Deckel waren Muster geschnitzt. Emily hielt es ins Licht, das durch das Fenster hereinkam, und betrachtete das winzige Schloss, das im Gegensatz zu dem vorherigen verschlossen war.

»Willst du nun endlich runterkommen?«

Emily stöhnte genervt. Sie blickte sich im Zimmer um, versteckte das Kästchen unter ihrem Bett und setzte die merkwürdige Haube auf den Kopf, die an Schlabbrigkeit nicht zu überbieten war, glibberig wie ein Haarnetz. Sie hatte die Schürze noch nicht auf ihrem Rücken gebunden, da stob sie bereits die Treppe hinunter, in die Küche und direkt in die drahtigen Arme von Mrs. Whittle.

»Da bist du«, rief diese, und in ihrer Erleichterung sah sie

137

fast freundlich aus. »Husch, husch, Kind! Ruhen kannst du nach dem Tod.«

Emilys erste Aufgabe bestand darin, das Geschirr im Salon abzudecken, wo die Herrschaften ihren Nachmittagstee eingenommen hatten. Also stapelte sie Teller und Tassen und klaubte Krümel und angebissene Kuchenstücke von den kleinen runden Tischen, die neben Sesseln und Zweisitzern drapiert waren. Sie stapelte alles auf ein Tablett, das ihr Mrs. Whittle in die Hand gedrückt hatte. Und sie schickte ein Stoßgebet an die stuckverzierte Decke, dass sie ihre Fracht heil in die Küche würde bringen können. Und dass sie dort womöglich auch etwas zu essen bekam. Beim Anblick der Sandwich- und Keksreste knurrte ihr Magen.

Sie sah sich in dem Zimmer um. Sie war schließlich nicht zum Spaß hier, nicht wahr?

Der Raum war groß, und in der Anordnung seiner Sessel, Sofas und Chaiselongues wirkte er beinahe rund. Der Boden war übersät mit Teppichen, die Wände waren in einem warmen Hellbraun gehalten. Viele kleine Gemälde schmückten sie, von Fuchsjagden und stattlichen Häusern und blühenden Landschaften. Den größten Blickfang aber stellte das gerahmte Porträt einer Frau dar, das über dem offenen Kamin hing.

Es war nicht Amber. Die Frau auf dem Bild hatte blondes Haar, das in sanften Wellen ihr bleiches Gesicht umspielte. Sie sah ernst und traurig mit braunen Augen auf ihre Bewunderer herab. Ein bisschen schief allerdings. Das Bild neigte sich ein wenig nach rechts. Gerade beugte sich Emily vor, um es zurechtzurücken, da klackte die Tür, als sie ins Schloss gezogen wurde, und Emily wirbelte wie ertappt herum.

»Matt«, rief sie überrascht. Dann senkte sie die Stimme zu einem Flüstern. »Was machst du hier?«

»Das Feuer vorbereiten«, antwortete er, während er einen mit Holz beladenen Korb zum Kamin trug und ihn dort abstellte. Anstatt ein Feuer vorzubereiten, ging er auf Emily zu und legte ihr ohne zu zögern beide Hände auf die Schultern.

»Hör zu«, begann er, und Emily runzelte verwirrt die Stirn. »Ich denke, es war doch keine so gute Idee, dich hierher mitzunehmen. Dich hier einzuschleusen, in dieses Haus. Allein.« Er ließ die Hände sinken.

»Hast du deshalb Cullum die Pferde überlassen? Damit du durchs Haus schleichen und mich überwachen kannst?«

Matt reagierte kein bisschen, aber Emily wusste, dass sie recht hatte. Sie spürte das vertraute Flattern in ihrer Herzgegend und riss sich von Matts Augen los, die sie fragend und fordernd und durchdringend anblickten.

»Ich könnte dich heute Nacht zurückbringen«, schlug er vor, während Emily das Geschirr auf ihrem Tablett zurechtrückte. »Wir nehmen die Pferde, und bis zum Morgen...«

»Ich steige auf kein Pferd, das weißt du.«

»Dann fahren wir mit der Kutsche zurück, das ist ein bisschen langsamer – mir wird schon eine Erklärung einfallen. Ich bringe dich nach Hollyhill, und dort könntest du warten, bis...«

»Matt.« Emily richtete sich auf und strich mit den Fingern ihre Schürze glatt. Sie sah ihn an. »Ich denke, Pfarrer Harry hatte recht. Es ist wichtig, auch eine Frau hier zu haben, und sei es nur deshalb, weil ich mich im Haus freier bewegen kann.«

»Sie trauen uns nicht.«

»Ich weiß, und das mit gutem Grund. Was würdest du denken, wenn drei deiner Angestellten auf mysteriöse Weise verschwinden und ein paar Stunden später steht wie aus dem Nichts passender Ersatz vor der Tür?«

»Ich würde denken: Sie führt etwas im Schilde, und ich lasse sie besser nicht aus den Augen.«

»Sie?« Emily starrte Matt an.

Der fuhr sich mit einer Hand durch die Haare. »Alles, was ich sage, ist, dass ich kein gutes Gefühl bei der Sache habe«, erklärte er. »Sie haben uns im Stall einquartiert. Du bist hier allein im Haus, und das ist nicht gut.«

»Niemand hat je behauptet, es würde einfach werden«, gab Emily zurück, »aber ...« Sie warf einen raschen Blick über ihre Schulter, dann senkte sie die Stimme und wisperte: »Ich habe das Gefühl, wir sollten an dieser Anna-Geschichte dranbleiben. Ich habe etwas gefunden, in ihrem Zimmer. Ein kleines Holzkästchen, in einem Geheimfach, im Schrank.«

»Und?« Matt hob die Augenbrauen. »Was ist drin?«

Emily schüttelte den Kopf. »Es ist verschlossen, und ich konnte es noch nicht öffnen«, erklärte sie. »Ich musste mich erst umziehen, Joes Kleid war wohl doch ein wenig zu auffallend.«

Matt betrachtete sie mit zusammengekniffenen Augen, und sofort bereute Emily, was sie gerade gesagt hatte. »Hat er dich deshalb draußen festgehalten?«, fragte er. »Wakefield junior? Wegen deines Kleids?«

Da war er wieder. Mr. Arrogant und Von-oben-herab.

»Das Auftauchen von uns dreien hat im Allgemeinen nicht für Willkommens-Fanfaren gesorgt«, gab Emily zurück. »Das Kleid war nur das Tüpfelchen auf dem i.«

»Was hat er gesagt?«

»Er hat wohl angenommen, es sei gestohlen.«

Matt schnaubte. »Er hält dich für eine Diebin? Das sind ja großartige Voraussetzungen für deinen Aufenthalt hier.«

Aufenthalt? Das waren hier keine Ferien für sie, oder was glaubte er eigentlich? Emily spürte Ärger in sich aufsteigen. Sie hatte ebenso eine Berechtigung, hier zu sein, wie er oder Cullum. *Sie* hatte von diesem Haus geträumt. *Sie* konnte genauso gut ihren Beitrag zu diesem Fall leisten wie alle anderen auch.

»Besser Diebin als Prostituierte«, sagte sie schließlich bemüht ruhig. »Dafür nämlich scheint mich der Hausdrache zu halten, seit ich ihr sagte, das Kleid sei von einem Freund.«

»Was …« Matts Augen weiteten sich. »Und du findest es nach wie vor in Ordnung, allein in diesem Haus zu sein?«

»O ja«, gab Emily zurück, »ich finde es ganz wunderbar, allein in diesem Haus zu sein! Wolltest du nicht sowieso auf Abstand gehen? Na, da hast du ihn!«

Sie funkelte Matt an, und Matt runzelte die Stirn. Dann schüttelte er den Kopf, ganz langsam.

Mist, dachte Emily. *Mist, Mist!* Sie hatte dieses Thema nicht anschneiden wollen, nicht so, nicht jetzt, eigentlich niemals, und nun hatte sie es getan. Und nicht nur das. Nicht nur hatte sie Matt unterstellt, dass er sie nicht wollte. Sie hatte ihm ihre eigenen Gefühle quasi auf dem Silbertablett serviert.

Sieh her, Matt, wie sehr du mich verletzt hast! Eigentlich wollte ich mir nichts anmerken lassen, aber nun ja. Ich bin eben – aaaaargh!

Sie drehte sich um, schnappte ihr Tablett mit beiden Händen und marschierte auf die Tür zu, die nach wie vor verschlossen war. Emily räusperte sich. »Würdest du …«, presste sie zwischen zusammengebissenen Zähnen hervor und nickte in Richtung Türknauf.

Matt ging an ihr vorbei und legte eine Hand darauf.

Er wartete einen Moment, und Emily kam es wie eine Ewigkeit vor, bis er sprach.

»Ich wollte nicht auf Abstand gehen«, sagte er leise. »Nicht … deshalb. Nicht weil ich es wollte.«

Emilys Fingerknöchel zeichneten sich weiß ab, so sehr umklammerte sie ihr Tablett. Sie brachte es nicht fertig, Matt anzusehen. Sie sah geradeaus auf die weißen Kassetten der Tür. Ihr Herz raste.

»Bitte«, sagte sie, und Matt seufzte.

»Ich dachte, es sei besser für uns beide«, sagte er. »Mit der Aussicht, dass du so bald wie möglich wieder nach München gehst, und …«

»Natürlich«, fiel Emily ihm ins Wort. »Wir hatten das alles schon. Es ist besser.« Sie atmete tief ein und wandte ihm nun doch ihr Gesicht zu. Um ihn zu überzeugen. Um sich zu überzeugen. »Für uns beide«, sagte sie.

Eine Weile war es still, dann holte auch Matt Luft. »Lass mich dich zurück nach Hollyhill bringen«, bat er, und dann flog die Tür auf und Matt stolperte zur Seite.

»Wo ist Hollyhill?«, rief eine helle Kinderstimme, und das

Tablett in Emilys Händen schwankte, als sie vor der Tür zurückwich. Matt griff danach und nahm es ihr ab. »Und warum willst du sie dort hinbringen?«

Im Türrahmen stand ein Mädchen, fünf, vielleicht sechs Jahre alt und das Ebenbild der Frau auf dem Porträt, abzüglich deren Traurigkeit. Sie hatte eine Hand in die Hüfte gestemmt, mit der anderen hielt sie eine braune Ledermappe im Arm, aus der ein Stapel Papiere quoll. Die hellblonden Locken tanzten um ihr pausbackiges Gesicht, während sie Matt mit großen braunen Augen anstarrte. Ihre linke Wange war schmutzig, und auch auf dem hellblauen Kleidchen zeichneten sich dunkle Schmierflecken ab. Die Schweine, vermutlich, von denen Becky vorhin gesprochen hatte.

»Hallo«, sagte Matt freundlich. »Ich bin Matt, und das ist Emily. Wir arbeiten hier. Und wer bist du?«

Das Mädchen sah von Matt zu Emily.

»Bist du die neue Anna?«, fragte es.

»Ähm, nun ja …«

»Dann darfst du nicht mit mir reden. Hausmädchen dürfen das nicht.«

»Aha«, sagte Emily, »vielleicht solltest du mich dann nichts fragen, hm?«

Das Mädchen rümpfte die Nase.

Emily legte den Kopf schief. »Bist du Miss Millicent?«, fragte sie.

»Miss Milly«, erklärte sie und nickte ziemlich majestätisch, und Emily verkniff sich ein Lächeln.

»So, so«, sagte sie so ernst wie möglich. »Und was hast du

da?« Mit dem Finger deutete Emily auf die Mappe unter dem Arm der Kleinen.

Die schien einen Augenblick abzuwägen, ob sie nun mit Emily reden wollte oder nicht, doch schließlich zog sie die Mappe unter ihrem Arm hervor.

»Ich habe Chester gemalt«, verkündete sie stolz. »Willst du mal sehen?«

Emily beugte sich ein Stück herunter. »Chester«, sagte sie. »Wohnt der womöglich im Stall?«

Das Mädchen strahlte und entblößte dabei eine entzückende Zahnlücke. »Chester ist ein Schwein«, erklärte sie fröhlich und hielt Emily ein Blatt hin. Die Zeichnung zeigte ein Ferkel mit runden, schwarzen Augen, einer feucht glänzenden Steckdosennase und riesigen, schlabberigen Ohren. Es sah zu seiner Betrachterin auf und strahlte eine ungeheure Freundlichkeit aus. Es war so gut getroffen und mit so viel Detailverliebtheit gezeichnet, dass Emily fast Zweifel kamen, ob ein kleines Mädchen so viel Talent haben konnte. Dann fiel ihr Blick auf Millys Finger, die schwarz waren und voller Tinte.

»Wow«, machte Emily in nur ein klein wenig übertriebener Bewunderung. »Das ist das schönste Schweinchen, das ich je gesehen habe. Und es scheint dich auch zu mögen – guck mal, wie es zwinkert.« Sie bog das Blatt ein wenig, sodass das Gesicht des Tierchens in Bewegung geriet, und Milly quietschte. Emily hielt Matt das Bild unter die Nase, der anerkennend durch die Zähne pfiff.

»Ein unglaublich schönes Schweinchen«, erklärte er ernst. »Allerdings müssen Emily und ich jetzt weiterarbeiten.« Er lächelte sie entschuldigend an, und Milly runzelte die Stirn. »Vielleicht zeigst du uns später mehr von deinen ...«

»Wo ist Hollyhill?«, fragte sie, als wäre ihr gerade wieder eingefallen, was sie eigentlich mit Matt und Emily besprechen wollte. Sie riss Emily das Bild aus der Hand. »Und wieso willst du sie von hier fortbringen?«

»Interessante Frage«, warf eine ironische Stimme ein, und Wakefield junior tauchte hinter dem Mädchen auf.

»John!«, rief die Kleine und umschlang mit der freien Hand die Beine des Mannes. Sie grinste und sah zu ihm hoch. »Das ist die neue Anna«, erklärte sie geschäftig. »Sie ist lustig. Darf sie mit mir spielen?«

Emily nahm Matt das Tablett aus den Händen, der sich sofort umdrehte, zum Kamin zurückging und damit begann, Holzscheite einzuschlichten.

Man sieht mich nicht, man hört mich nicht, murmelte sie in Gedanken. Sie unternahm einen Versuch, sich in Richtung Küche davonzuschleichen, doch Jonathan Wakefield stellte sich ihr mit einem unauffälligen Schritt in den Weg.

»Geh auf dein Zimmer, Milly«, sagte er. »Wir müssen dich noch sauber bekommen vor dem Abendessen.«

»Darf sie mit mir spielen?«, fragte Milly.

»Wir sprechen später. Nun geh.« Er wollte Milly in Richtung Treppe schieben, doch sie sträubte sich und wandte sich wieder an Emily.

»Das ist mein Bruder John«, erklärte sie mit der absoluten Ernsthaftigkeit, die nur eine Sechsjährige aufbringen konnte. »Er ist beim Militär und erst seit zwei Tagen hier auf Heimurlaub. Er ist seeeehr beschäftigt, und mit ihm darfst du

145

auch nicht sprechen.« Sie grinste. »Es sei denn, er erlaubt es dir. Darf sie mit mir spielen, John?«

Emily biss sich auf die Lippen.

»Milly, nach oben!«, kommandierte John.

Das Mädchen zuckte mit den Schultern, hob mit einer Hand sein Kleidchen an und stapfte in Richtung Treppe.

Emily lächelte. Genau eine Millisekunde lang.

»Was führt ihr beiden hier im Schilde?«, fragte Wakefield kalt, sobald Milly außer Hörweite war.

»Ich bereite die Feuer für den Abend vor, Sir«, antwortete Matt sofort. Er stand auf und stellte sich neben Emily, die immer noch das Tablett hielt. Es wurde langsam schwer in ihren Händen.

»Sicher wartet Mrs. Whittle schon auf mich«, murmelte sie und setzte sich in Bewegung, als Wakefield sie am Arm festhielt, wie schon zuvor. Er starrte sie an, und Matt trat einen winzigen Schritt nach vorn.

»Gibt es noch andere Räume, in denen heute Abend ein Feuer geschürt werden soll – *Sir*?«, fragte er. Er war Emily so nah, dass sie seinen Ärger spüren konnte.

Wakefield starrte weiter auf Emily, ließ aber ihren Arm los. »Dann solltest du Mrs. Whittle nicht länger warten lassen«, sagte er leise, und Emilys Nackenhaare stellten sich auf. Aus dem Augenwinkel warf sie einen letzten Blick auf Matt, dann lief sie eilig davon.

»Wir werden morgen nach ihnen suchen, Chauncey«, hörte sie Wakefield sagen. »Nach Lennis und Brixton. Irgendwo müssen sie ja sein.« Es klang wie eine Drohung und es war ohne Zweifel wie eine gemeint.

Emily dachte an Anna.
Wieso lässt du nach ihr nicht suchen?, fragte sie sich.
Wieso nicht?
Weil du etwas mit ihrem Verschwinden zu tun hast?
Emily hatte den Gang zum Personaltrakt gerade erreicht, als ihr ein Gedanke kam. Sie blieb stehen.

Jonathan Wakefield war seit zwei Tagen auf Heimurlaub, hatte Milly gesagt. Laut Brixton müsste er also am gleichen Tag angekommen sein, an dem Anna verschwunden war. Was, wenn sie seinetwegen fortgelaufen war? Wenn Anna, die womöglich Amber war, sich vor Jonathan Wakefield gefürchtet, der sie gewürgt und womöglich am Kopf verletzt hatte?

Emily kam nicht dazu, sich eine Antwort auf ihre Fragen zu überlegen, sie kam nicht einmal mehr dazu, einen einzigen Gedanken an Wakefield zu verschwenden. Den Rest des Nachmittags verbrachte sie damit, Befehle entgegenzunehmen und sie auszuführen – und zwar schnell.

»Wie lange kann es dauern, einen Topf zu spülen?«

»Kannst du Unkraut nicht von Salbei unterscheiden? Kind, wo bist du aufgewachsen – in einem Stall?«

»Die Wäsche auf das Brett klopfen! Was soll das, willst du dieses Laken sauber bekommen oder in den Schlaf streicheln?«

»Gütiger Himmel, womit haben wir das verdient! Du bist doch keine alte Frau!«

Am Ende des Tages hatte Emily das Geschirr einer Armee geschrubbt, die Wäsche einer Kompanie aufs Waschbrett geklopft, sie hatte den Boden gekehrt und Waschschüsseln geleert, und als es daran ging, das Abendessen vorzubereiten, hatte sie geweint vor lauter Zwiebelschneiden und geflucht über den Berg aus Teig, der wie Beton an ihren Fingern klebte.

Ihr war weder gestattet worden, den Tisch im Salon zu decken, noch das Essen aufzutragen. Für den Umgang mit den Herrschaften, hieß es, sei ausschließlich Becky zuständig.

Emily fragte sich, ob sich Jonathan Wakefield über sie beschwert hatte, aber dann verwarf sie den Gedanken wieder. Es gab eine Rangfolge, was das Personal in einem solchen Haus betraf, und Mrs. Pratt hatte ihr bereits erklärt, dass sie in dieser Reihe den letzten Platz einnahm. Noch hinter Hope, dem armen, getriezten Küchenmädchen, dessen sommersprossige Wangen vor lauter Anstrengung vermutlich nie mehr die kupferrote Farbe ihrer Haare ablegen würden.

Emily seufzte. Sie sah nach wie vor keinen Sinn darin, weshalb sie hier war. Weshalb sie nicht im Hollyhill des 21. Jahrhunderts geblieben war.

Inzwischen war es 21 Uhr. Das Geschirr war abgeräumt und gespült, Mr. Wakefield hatte sich mit seinem Sohn und seiner Tochter Mary ins Musikzimmer zurückgezogen. Becky hatte Milly ins Bett gebracht, dann hatten sie, Hope und Emily einen Teller Suppe mit Brot gegessen.

Sie lag schon mehr auf dem Küchentisch, als dass sie saß, also verabschiedete sie sich von den beiden Mädchen. Becky reichte ihr eine Kerze, und so schleppte sie sich die Treppe hinauf in ihre Dachkammer. Das schräge Geklimper von Marys Spinettspiel klang furchtbar, und leider konnte sie es auch dann noch hören, als sie die Tür zu ihrem Zimmer hinter sich geschlossen hatte.

Sie stellte die Kerze auf ihrem Nachttisch ab, ließ sich in ihren Kleidern auf die Pritsche fallen und schlief dennoch auf der Stelle ein.

Sie dachte nicht an Matt, den sie seit dem Vorfall im Salon nicht mehr gesehen hatte.

Sie dachte nicht an das Holzkästchen, das unter ihrem Bett darauf wartete, sein Geheimnis zu lüften.

Das Licht der Kerze malte Emilys ruhig atmenden Schatten an die Wand, während sie tiefer und tiefer in einen beunruhigenden Schlaf sank.

8

Diesmal konnte es unmöglich einer *dieser* Träume sein. Noch während Emily an ihrem Dämmerzustand festhielt, formte sich der Gedanke in ihr, dass diese Vision auf keinen Fall wahr werden konnte. Liebe Güte, sie hätte nie gedacht, dass er sie überhaupt je wieder küssen würde. Und nun das.

Matt bedeckte ihr Gesicht mit seinen warmen, weichen Lippen, als hätte er nie etwas anderes getan. Und sie, sie hielt ihn umschlungen, als wollte sie ihn nie mehr loslassen.

Nie.

Mehr.

Emilys Herz klopfte so laut, dass sie fürchtete, er könnte es hören. Oder war es sein Herz? Es klopfte. Ihre Konzentration ließ nach, und Matts Gesicht löste sich auf vor ihren Augen. Sie wollte es festhalten, aber ... Es hämmerte geradezu, und dieses Geräusch riss sie weiter und weiter von ihm fort. Widerstrebend ließ sich Emily in die Wirklichkeit ziehen und schlug die Augen auf. Die Kerze brannte noch auf ihrem Nachttisch, sicher hatte sie kaum geschlafen, und das nervtötende Klopfen drang vom Fenster zu ihr herüber.

Jemand versuchte, es zu öffnen. Von außen. Und dieser Jemand war Matt.

»Was soll das? Wieso kommst du denn nicht durch die Tür?«, flüsterte sie, während sie den Holzrahmen vorsichtig nach oben schob und Matt, der halb in der Weinranke hing, halb auf der Fensterbank hockte, ins Zimmer kletterte. Er sah erhitzt aus, genauso erhitzt wie eben in ihrem Traum, wenn auch aus völlig anderen Gründen.

Schnell wandte sich Emily ab und huschte zur Tür. Sie tastete nach einem Schalter, sie wollte diesen romantischen Kerzenschein unbedingt in grelles Licht auflösen, als ihr einfiel, dass dies im Jahr 1811 wohl eine eher dämliche Idee war. Sie ließ die Hand sinken und sah auf Matt, der unschlüssig im Raum stehen geblieben war.

Nicht deshalb. Nicht weil ich es wollte.

Seine Worte spukten durch Emilys Kopf. Was hatte sie sich nur dabei gedacht? Es war alles geklärt zwischen ihnen beiden, sie wollte nicht darüber sprechen, sie wollte nicht einmal darüber nachdenken, und jetzt konnte sie es sehen, in seinem unglaublich unsicheren Blick, dass er es getan hatte. Er hatte nachgedacht und er wollte mit ihr reden.

Matt räusperte sich. »Hast du geschlafen?«, fragte er. »Ich habe ewig da draußen gehangen und an die Scheibe geklopft.« Er lächelte sie an. Warm. Freundlich.

Emily dachte an den Stall, an Brixton, an Augen ohne Strahlen und einen leeren Blick, der jede Reue vermissen ließ.

Sie dachte: *Was macht es mit dir?*

Und dann: *Ich liebe dich.*

»Hier«, platzte sie heraus und starrte Matt an, zu erschrocken, um sich zu bewegen. *Gott,* dachte sie. In ihrem Hirn schwirrte es nur so. Als Matt verwirrt die Stirn runzelte, ging sie einen Schritt auf ihn zu und zog das Kästchen unter dem Bett hervor. Sie setzte sich damit auf die Matratze und bedeutete Matt, das Gleiche zu tun.

»Hier«, wiederholte sie, um Ruhe bemüht, und hielt ihm die Schatulle hin, nachdem er sich neben sie gesetzt hatte. »Es ist abgesperrt, und einen Schlüssel konnte ich nicht finden. Vielleicht spielt es auch überhaupt keine Rolle, was drin ist, aber…« Sie zuckte mit den Schultern. »Vielleicht gibt es uns auch einen Anhaltspunkt.«

Matt betrachtete das Kästchen, dann wieder Emily. »Wegen heute Nachmittag…«, begann er, und Emily holte Luft.

»Ich konnte nicht wirklich viel herausfinden«, erklärte sie schnell, »ich meine, was sind das, Sklavenhalter?« Sie lachte kurz auf, und Matts Stirnrunzeln vertiefte sich. »Jedenfalls haben sie mich rund um die Uhr beschäftigt, mit Geschirrspülen und Wäschewaschen und Teppich klopfen und… und… ich musste unter den Argusaugen dieses Butlers das Silber polieren. Ich meine, dann hätte er es auch selbst machen können, oder? Ich habe Jonathan Wakefield in Verdacht, was denkst du? Ich meine, er hat uns unterschwellig gedroht, nicht wahr? Und er ist genau an dem Tag hier angekommen, an dem Anna verschwunden ist – das hat Milly doch gesagt. Vor zwei Tagen. Das könnte etwas zu bedeuten haben, nicht? Ob er ihr etwas getan hat? Und dann ist sie weggelaufen?«

Sie hielt inne und fragte sich, ob sie genauso verzweifelt aussah, wie sie sich fühlte. *Nimm das verdammte Ding,* dachte sie und hielt Matt abermals das Kästchen hin. Er betrachtete sie mit halb zusammengekniffenen Augen. Sie hätte zu gern gewusst, was er wohl dachte, oder aber ... nein. Lieber nicht. Als er schließlich den Kopf schief legte und ihr das Geheimkästchen aus der Hand nahm, atmete sie erleichtert aus.

Matt schüttelte es, und ein dumpfes Klackern war zu hören. Er betrachtete die Schatulle von allen Seiten, hielt das Schloss in den Lichtschein der Kerze und richtete den Blick schließlich wieder auf Emily.

»Das war seltsam«, sagte er, und Emily stockte für eine Sekunde der Atem. Sie starrte ihn an. »Ich wollte dich eigentlich nur fragen, ob du deine Meinung geändert hast«, fuhr er fort. »Nachdem sie dich den ganzen Nachmittag haben schuften lassen, dachte ich, du würdest vielleicht gern wieder zurück zu Rose.« Er sah Emily fragend an, und diese rührte sich nicht.

Wirklich?, dachte sie. Sie glaubte ihm kein Wort.

Matt streckte eine Hand aus und berührte damit Emilys Haar, direkt hinter ihrem Ohr. Ihr Mund klappte ein Stück auf, und ihre Augen weiteten sich, während seine Finger vorsichtig ihre vom Schlaf zerwühlte Frisur ertasteten. Als er seine Hand zurückzog, hielt er eine Haarnadel darin, und eine dicke Strähne raschelte auf Emilys Schulter. Matts Augen lächelten, obwohl er keine Miene verzog.

Er macht sich lustig über mich, dachte Emily, und plötzlich musste auch sie lächeln. Ihre Kopfhaut flirrte, und sie ertrug es kaum, hier so nah neben ihm zu sitzen, aber sie war froh, so, so froh, dass es Matt war, in den sie verliebt war, und niemand sonst.

Das hier würde kein Happy End haben können, so viel stand fest.

Doch Matt würde ihr niemals bewusst wehtun, dessen war sich Emily sicher.

Sie wusste nicht einmal, wo dieser Gedanke plötzlich herkam, aber sie spürte es. Sie konnte ihm vertrauen. Noch nie hatte sie jemandem so sehr vertraut wie Matt.

»Okay, was haben wir hier?«, sagte er, nachdem er das Schloss mit Emilys Haarnadel geknackt und es mit einem leisen Klacken nachgegeben hatte. Er klappte den Deckel auf und nahm ein Bündel Papier heraus, das von einem kirschroten Samtband zusammengehalten wurde.

»Briefe«, murmelten beide gleichzeitig, und Emily rückte ein Stück näher an Matt heran, um ihm über die Schulter zu sehen.

»Mein Gott, Matt«, flüsterte sie, und Matt nickte. »Sie sind für Amber«, sagte er leise, löste das Band und fächerte die Briefe in seinen Händen auf. Es waren zehn, vielleicht zwölf gefaltete Bögen Papier, sie alle waren mit einem dunkelroten Wachssiegel versehen, das gebrochen war, und jeder war mit der gleichen schnörkeligen Handschrift verziert.

Für Amber. stand darauf. In Liebe. Emerald.

»Emerald«, murmelte Emily. »Amber.« Sie sah Matt an. »Was macht Anna mit diesen Briefen?«, fragte sie, »wenn sie nicht Amber ist?«

Matt legte den Kopf schief und betrachtete die Briefe von allen Seiten. »Ich habe keinen blassen Schimmer«, sagte er. Dann nahm er den untersten, faltete das Papier auseinander und las.

Launceston, 17. Juli 1811
Meine geliebte Amber,
ich kann nicht glauben, dass ich fort bin, noch will ich glauben, dass wir uns erst in vier Wochen wiedersehen. Es ist, als habe sich Ihr Duft wie eine Glocke über mein Haupt gewölbt; ich kann nicht anders, als Sie atmen und denken und fühlen, bis ich wieder bei Ihnen bin.
Ich weiß, ich sollte anderes denken, habe anderes zu tun, hier, nach dem Tod meines Vaters.
Aber es ist, wie es ist.
Nie habe ich mich nach einem Menschen mehr gesehnt, nie einen Menschen mit Haut und Haaren so sehr gewollt.
Ich bin so unendlich dankbar, dass R. diese Briefe möglich macht. Ich wüsste nicht, was ich tun sollte andernfalls. Ich wüsste nicht, wie ich die Zeit überstehen sollte, ohne von Ihnen zu hören.
Amber, meine geliebte, über alles verehrte Amber – ich kann immer noch nicht glauben, dass es einen Weg geben soll für uns beide. Dass wir es tatsächlich wagen, unseren Traum vom gemeinsamen Sein zu verwirklichen.
Ah, mein Liebling! Ich kann es nicht erwarten, Sie in meinen Armen zu halten, Sie zu spüren, Ihr Haar, Ihre Haut, Ihr...

Matt räusperte sich.
Emily richtete sich kerzengerade auf. »Ist das nicht ein bisschen ... ähm ... *gewagt* für das neunzehnte Jahrhundert?«, fragte sie.

Matts Augenbrauen hoben sich, er sagte aber nichts. War er rot geworden? Im Schein der Kerze konnte Emily es nur erahnen. *Ihr war heiß geworden ob dieser schwülstigen Ergüsse, so viel stand fest.*

Matt überflog die restlichen Zeilen und legte den Brief schließlich weg. »Es geht so weiter bis zum Schluss«, murmelte er, während er den nächsten auseinanderfaltete. »Er liebt sie, er vermisst sie, er kann nicht glauben, dass sie einen Weg gefunden haben, wie sie zusammenbleiben können.«

Rötlich. Definitiv.

»R.«, wiederholte Emily. »R. hat diese Briefe erst möglich gemacht.«

Matt nickte und las.

Exeter, 12. August 1811
Meine geliebte Amber,
der Ball steht kurz bevor, und ich ersehne Ihre Anreise. Die Tage ziehen sich dahin, und diese Stadt, diese Gesellschaft, sie lässt sich kaum ertragen ohne Sie.
Meine Amber. Mein wertvollstes Schmuckstück.
Ich kann nicht aufhören, daran zu denken, was wir uns vorgenommen haben. Ich kann nicht aufhören, mich zu fragen, ob wir das Richtige tun. Was verlange ich von Ihnen? Wie viel ist zu viel?
Ich weiß, Sie fragen sich das Gleiche, und obwohl ich nur versichern kann, ich würde alles tun, alles, damit wir zusammen sein dürfen, hat sich der Zweifel in mein Herz geschlichen wie ein Dieb.
Ich bin mir bewusst, wie viel auch Sie auf sich nehmen,

Diese Entscheidung ist die weitreichendste, die wir je in unseren Leben getroffen haben. Und doch habe ich das Gefühl, es gibt keine andere Wahl, keinen anderen Weg. Ich wünschte, es wäre schon so weit. Ich wünschte, ich wäre bereits in Plymouth, oder, umso mehr noch, bei Ihnen, verehrte Amber, ganz nah. Ich weiß, ich muss Geduld haben, doch kann ich die Trennung von Ihnen kaum ertragen. Ich zähle die Tage, die Stunden, die Sekunden, bis ich Sie wieder umarmen, Sie spüren, Sie ...

»Phhhhhhhhhhhhh«, machte Matt. Sein Blick überflog die verbliebenen Zeilen, schließlich legte er auch diesen Brief beiseite und nahm sich den nächsten vor.

Exeter, 18. August 1811
Meine geliebte Amber,
der Ball, er war ... Ich finde kaum Worte für mein Empfinden. Sie in diesem Kleid, nur wenige Schritte entfernt, und doch so unerreichbar. Dieser eine Tanz an diesem Abend, dieser einzige Tanz, er war mir alle Entbehrungen wert, doch ... sind Sie sicher, Geliebte, dass wir das Richtige tun? Ganz sicher? Es fühlte sich merkwürdig an, falsch, so falsch und so unrecht.
Doch natürlich weiß ich, wofür wir dies tun, ich weiß es. Es ist nur ... Sind Sie sich Ihrer Sache ganz sicher, mein Liebling? Wird es Ihnen möglich sein, fernab von Travestor House glücklich zu werden? Ich hoffe es. Ich hoffe, ich werde derjenige sein, der Sie bis ans Ende Ihrer Tage glücklich macht!

Und auch wenn es nur noch wenige Monate sind, Wochen, werden sie mir wie Jahre vorkommen, bis wir endlich für immer vereint sind.

»Stopp«, rief Emily und nahm Matt den Brief aus der Hand. »Das ist interessant, oder? Sie plante, Travestor House zu verlassen. Sie ist weder geflohen noch wurde sie verjagt oder verschleppt oder ...«

Matt lachte leise. »... oder Schlimmeres«, ergänzte er. »Du hast eine blühende Fantasie, hat dir das schon mal jemand gesagt? Verheerend geradezu.«

»Verheerend?« Emily zog eine Augenbraue hoch. »Inspirierend, meinst du wohl.«

»Eher verwirrend. Meistens sind es die naheliegenden Hinweise, die entscheidend sind. Sie werden gern übersehen, besonders wenn alles darum herum total verfahren ist.«

»Ich habe mich nicht *verfahren*«, erklärte Emily förmlich, »aber von einem Mädchen, das blutend und halb tot vor meine Füße fällt, kann ich durchaus mal *Schlimmeres* annehmen.«

»Wir wissen immer noch nicht, wer diese Amber ist«, sagte Matt und nahm sich den nächsten Briefbogen vor. »Ob Amber Anna ist oder warum sonst sie ihre Briefe aufbewahrt.«

»Sie könnte sie gestohlen haben«, schlug Emily vor. »Deshalb hat sie sie auch in einem Geheimfach in ihrem Schrank aufbewahrt.«

»Oder Anna *ist* Amber, ein Dienstmädchen, das sich für jemanden ausgegeben hat, der sie gar nicht ist.«

Emily betrachtete den Brief in ihrer Hand, dann wieder Matt. »Das würde erklären, warum sich dieser *Traum vom gemeinsamen Sein* so schwierig gestaltet. Und weshalb sie... Ich weiß nicht... Sie hatten irgendetwas vor, richtig? Irgendetwas, das *nicht recht* ist. Allerdings...« Emily legte den Kopf schief. »Wenn Anna Amber ist – wie soll sie nach Exeter gekommen sein? Ich bin ja noch nicht lange Dienstmädchen in diesem Haus, aber ich kann mir nicht vorstellen, dass man hier so leicht verschwindet, ohne dass es jemand bemerken würde.«

Matt sah Emily an, dann lachte er los.

»Was?«, fragte sie.

»Gar nichts«, sagte er. Er presste die Lippen zusammen, und Emily blinzelte.

»Wie weit ist es bis Exeter?«, fragte sie.

»Nicht sehr weit«, sagte Matt. »Zwei Stunden mit der Kutsche, schätze ich.«

»Hm«, murmelte Emily. »Wie ist sie dort hingekommen? Als Dienstmädchen hat man doch sicherlich nicht oft Gelegenheit, auch nur einen Tag zu verschwinden, oder?« Sie überlegte einen Moment, dann kam ihr plötzlich eine Idee. »Mr. Wakefields Tochter ist gerade in Exeter«, rief sie. Es klang viel zu laut in ihren Ohren. »Margaret«, fügte sie flüsternd hinzu. »Vielleicht ist Amber/Anna mit ihr hingefahren?«

»Aber ist diese Margaret nicht immer noch dort? Und Anna ist erst seit zwei Tagen verschwunden... das ergibt keinen Sinn.«

Emily sah Matt an. »Vielleicht ist sie geritten?« Es sollte ja

Frauen geben, die sich allein auf ein Pferd trauten. »Allerdings wäre sie dann schon früher mehrere Tage am Stück fort gewesen, um sich heimlich mit diesem Emerald zu treffen. Das müsste doch jemandem aufgefallen sein?«

»Was, wenn es jemandem aufgefallen ist?«, warf Matt ein. »Wir haben bis jetzt nicht danach gefragt.«

Emily schnaubte. »Als würde einem hier jemand eine Antwort geben. ›Man sieht dich nicht, man hört dich nicht‹«, äffte sie Mrs. Pratt nach.

Matt sah sie mit gespieltem Bedauern an. »Arme Emily«, sagte er. »Muss sich hier als Magd verdingen, wo sie ihre letzten Tage in England doch viel lieber im schönen Hollyhill verbringen würde. Mit ihrer Großmutter beispielsweise.«

Emily sah ihn an. »Witzig«, sagte sie, aber es klang ganz und gar nicht amüsiert.

»Nicht wahr?« Er nahm sich den nächsten Brief und reichte Emily ebenfalls einen. »Beschleunigen wir das Ganze ein bisschen«, sagte er. »Wir suchen nach irgendeinem Anhaltspunkt, wie sich Amber und Emerald ihre gemeinsame Zukunft vorgestellt haben.«

»Ob Emerald klar war, dass Amber eigentlich nur eine Magd ist?«

»Das ist die Frage«, sagte Matt. »Wenn Amber wirklich Anna sein sollte.«

»Ein falscher Name, ein gestohlenes Kleid, eine erfundene Geschichte. Einmal Prinzessin sein.« Emily seufzte. »Und was ist dann passiert? Hat er es herausgefunden? Hat er ihr etwas angetan? Wie kam sie nach Hollyhill? Wieso...« Emily stockte. Sie starrte Matt an, dann nahm sie sich den ersten Brief noch einmal vor. Ihre Augen überflogen die Zeilen, bis sie an einer ganz bestimmten hängen blieben. »Ich weiß, ich sollte anderes denken, habe anderes zu tun, hier, nach dem Tod meines Vaters«, murmelte sie. »Oje, oje, oje. Oje.« Emily seufzte.

»Emily?«

»Ja?« Sie hob den Kopf.

Matt betrachtete sie. Er sah belustigt aus. »Was ist los?«, fragte er.

»Jonathan Wakefield. Er kann nicht Emerald sein. Sein Vater ist nicht gestorben und ... na ja. Es klingt nicht nach ihm, oder?« Emily biss sich auf die Lippen. »Allerdings«, begann sie erneut, »nehmen wir an, Anna ist Amber und Jonathan Wakefield ist ihr auf die Schliche gekommen. Er hat die Briefe gefunden. Er weiß, dass sie ein falsches Spiel treibt, er hält sie für leicht zu haben, für ein bequemes Opfer, er bedroht sie, vielleicht würgt er sie, und Anna/Amber stiehlt die Kutsche und flieht mitten in der Nacht, ganz auf sich allein gestellt ...«

Matt räusperte sich.

»Hm?«

»Ich würde Jonathan Wakefield auch gern für den Schurken halten«, sagte er, »aber noch wissen wir zu wenig.«

»Oh.«

Sie sahen einander an, und auf einmal hatte Emily vergessen, worüber sie gerade geredet hatten, was sie so aufgeregt hatte, welchen Gedanken sie weiterverfolgen wollte, denn er war weg.

Matt nickte in Richtung des Briefs, den Emily in der Hand hielt. »Lies«, sagte er.

»Okay.«

Sie begann zu lesen, aber ihre Konzentration war dahin. Die Buchstaben tanzten vor ihren Augen, und es war ihr unmöglich, einen Sinn zu erkennen, weder in dem Brief noch in Matt. Sie wurde nicht schlau aus ihm. Er war ... anders seit heute Nachmittag. Und ganz offensichtlich war sie es auch.

Wären sie in Hollyhill geblieben, hätte Matt Martha-May bei was auch immer geholfen, wären sie sich kaum begegnet und hätten keine Zeit miteinander verbracht, hätten nicht so nah beieinandergesessen und nicht gemeinsam über diesem Rätsel gebrütet, vielleicht – *vielleicht* – hätte sie darüber hinwegsehen können, was sie für ihn empfand. So aber ... Emily blinzelte. Sie versuchte, ihre Aufmerksamkeit auf den Brief in ihren Händen zu richten, aber es gelang ihr nicht. Wie spät es wohl schon war? Sie war auf einmal so müde, so ... Emily gähnte.

Matt sah sie an, dann stand er auf und streckte sich. »Es ist spät«, sagte er leise. »Ich sollte besser gehen.«

»Okay«, flüsterte Emily. Sie erhob sich ebenfalls. »Matt?«

»Ja?«

»Bitte sag nicht dauernd, dass du mich nicht hier haben willst.«

Tadam.

Emilys Herz setzte einen Schlag aus.

Sie brachte es nicht über sich, Matt anzusehen, also sah sie auf seine Brust, die sich wölbte, als er einen tiefen Atemzug nahm. Und dann, dann drückte er sie an sich, und Emily schlang ihre Arme um ihn.

»Okay«, murmelte Matt in ihre Haare.

Emily schmiegte sich an ihn.

Sie hätte ewig so stehen bleiben können. Sie, den Kopf an seiner Brust. Er, die Hände auf ihrem Rücken.

Sie verharrten einige Minuten in dieser Position.

Gut. *Irgendwann* wäre ein Kuss ganz schön gewesen.

Schließlich löste sich Matt von ihr und nahm ihr Gesicht in beide Hände. »Ich lasse dich jetzt schlafen, okay?«, sagte er.

»Okay.« Emily starrte ihn an, und sie wartete darauf, dass er sich vorbeugen und seine Lippen auf ihre legen würde. Ihr Traum fiel ihr wieder ein, und sie spürte, wie ihre Wangen brannten unter Matts Händen.

Aber er küsste sie nicht. Stattdessen strich er mit dem Daumen eine Locke aus ihrer Stirn, dann wandte er sich ab, nahm den Stapel Briefe und ging zum Fenster.

»Matt«, rief Emily ihm leise nach. »Du willst nicht wirklich wieder da rausklettern, oder?« Sie nahm seine Hand und führte ihn zur Tür. »Geh durch das Treppenhaus runter und dann rechts in die Küche, von dort führt eine Tür nach draußen.« Emily öffnete ihre eigene Tür, spähte in den Gang hinaus und schob ihn nach draußen. »Gute Nacht«, wisperte sie, als er sich noch einmal zu ihr umdrehte.

Und dann, so schnell, dass Matt überhaupt keine Chance blieb zu reagieren, drückte sie ihm einen Kuss auf die Lippen und zog sich in ihr Zimmer zurück.

Von innen lehnte sie sich an die Tür und schloss für einige

Sekunden die Augen. Dann lief sie zum Fenster und spähte hinaus.

Sie sah Matt nach, wie er über den Hof zum Stall schlich, leise wie eine Katze.

Und dann sah sie die Gestalt, die im Schatten der Stallmauer kauerte. Sie war nicht mehr als ein dunkles, starres Häufchen, und erst als Matt im Inneren des Gebäudes verschwunden war, löste sie sich vorsichtig aus ihrer Bewegungslosigkeit. Langsam und geräuschlos setzte sie einen Fuß vor den anderen, und dann, kurz unter Emilys Fenster, huschte ihr Blick nach oben, und sie erstarrte vor Schreck. Fast panisch blinzelte sie ein paarmal, dann zog sie ihren Kapuzenmantel fester um die Schultern und lief in Richtung Wald davon.

9

Zum zweiten Mal in dieser Nacht wurde Emily von einem Klopfen geweckt, diesmal allerdings ließ es sich kaum mit dem Pochen eines Herzens verwechseln. Die Tür vibrierte geradezu unter den Faustschlägen, die von außen dagegendonnerten, dazu dröhnte die Stimme von Mrs. Pratt. »Himmel, Kind, willst du wohl aufwachen? Was hat man dir gestern in die Suppe gerührt? Baldrian?«

Emily sprang so schnell von ihrer Pritsche, dass diese mit einem Knall gegen die Wand schlug, stürmte zur Tür und riss sie auf.

»Wie spät ist es?«, rief sie atemlos. Sie konnte kaum die Augen offen halten.

»Fünf Uhr zehn«, erklärte Mrs. Pratt von oben herab. Sie hielt eine Kerze in der Hand und deren Schein ließ ihr hageres Gesicht noch kantiger erscheinen. »Zehn Minuten später, als es eigentlich sein sollte. Also beeil dich nun, Kind, das Frühstück muss vorbereitet werden.«

Fünf Uhr zehn?

Emily blinzelte, während sie den Kopf schüttelte, schließlich murmelte sie: »Okay, ich gehe nur noch schnell ins Bad.«

»Ins *Bad*?« Mrs. Pratts Stimme hätte nicht ungläubiger klingen können. »Bist du verrückt geworden, Mädchen? Geh hinunter zum Brunnen und spritze dir kaltes Wasser ins Gesicht. Und dann in die Küche. Schnell!«

Damit drängte sie an Emily vorbei ins Zimmer, entzündete die Kerze auf dem Nachttisch, bevor sie sich mit klirrenden Schritten entfernte und Emily die Tür hinter ihr zudrückte.

Konnte ein Tag verheißungsvoller beginnen?

O ja, er konnte.

Als Emily wenig später die Küche betrat, blieb sie wie angewurzelt im Türrahmen stehen. Der Raum war finster, bis auf ein knackendes Feuer im offenen Kamin und drei dicke Stumpen auf dem klobigen Tisch, an dem sich versammelt hatten: Mrs. Whittle, daneben Becky und Hope, gegenüber Cullum und Matt. Am anderen Ende der Tafel beugten sich Mr. Graham und Mrs. Pratt schweigend über ihre Teller, doch sie alle sahen auf, als Emily schließlich eintrat und sich neben Hope niederließ.

Sie fühlte sich unwohl, wegen ihrer notdürftigen Katzenwäsche mit dem eiskalten Brunnenwasser, mit dem sie den Krug ihres Waschtischs gefüllt hatte, wegen ihres zerknitterten Kleids und ihrer hoffnungslos zerstörten Hochsteckfrisur, die sie unter der lächerlichen Stoffhaube verbarg. Sie war auf einer Toilette gewesen – gut, es war wohl eher ein... *Topf*... Emily schloss die Augen. Sie sehnte sich nach einer Zahnbürste und einer Haarwäsche, nach einem starken Kaffee und einem weichen Bett.

Sie sah Matt an. Er sah genauso zerknittert aus, wie sie

sich fühlte, doch er lächelte ihr zu. Emily lächelte zurück. Aus dem Augenwinkel nahm sie wahr, dass Cullum sie interessiert beobachtete, doch an diesem frühen Morgen dieses kalten Novembertages dieses unwirklichen Jahres war es ihr ausnahmsweise einmal egal.

»Guten Morgen, Liebchen, darf ich dir Tee eingießen?« Cullum grinste sie an, frisch wie der Frühling, und Mrs. Pratt warf ihm einen entgeisterten Blick zu.

Was Cullum selbstverständlich überhaupt nichts machte.

»Danke«, murmelte Emily, nahm sich ein Stück Brot und strich Marmelade darauf.

»Wie war die Nacht? Kurz?« Er goß die heiße Flüssigkeit in Emilys Tasse und zwinkerte dabei Becky zu, die prompt rot anlief.

Lieber Himmel, dachte Emily. *Er wird doch wohl nicht...* Der Tee schimmerte durchsichtig wie Wasser. Emily schüttelte sich, während sie einen Schluck von der dünnen Brühe trank. »Warum ist er so hell?«, flüsterte sie, und Hope antwortete: »Das ist der vierte Aufguss. Wir bekommen den Tee erst, wenn die Herrschaften damit durch sind. Tee ist so schrecklich teuer.«

Ein Stuhl quietschte, dann erhob Mrs. Pratt ihre Stimme. »Nun«, begann sie, »nachdem endlich *alle* eingetroffen sind, hier eure Aufgaben für den heutigen Morgen. Hope, du hilfst Mrs. Whittle bei den Vorbereitungen zum Lunch, dann Waschküche. Becky, um sechs Uhr weckst du zunächst Miss Mary, dann Miss Millicent, beide nehmen heute ein Bad nach dem Frühstück, das sie auf Miss Marys Zimmer einnehmen. Emily, du deckst für die Herrschaften den Frühstückstisch im Speisezimmer – ohne dich dabei sehen zu lassen. Mr. Chauncey, Sie erhitzen ausreichend Wasser in den Kesseln und befüllen damit den Badezuber im zweiten Stock. Mr. La Barre, satteln Sie drei Pferde, Mr. Wakefield, Mr. Jonathan und Mr. Graham wollen sich später auf die Suche nach unseren verschwundenen Burschen machen.« Sie holte einmal Luft, dann setzte sie sich wieder.

Automatisch sah Emily zu Matt und dann schnell wieder auf ihren Teller. Er wusste nicht, dass sie wusste, was mit Lennis und Brixton passiert war… und das sollte vorerst auch so bleiben. Es stand schon genug zwischen ihnen. Mehr als genug.

»Wo werden sie nach ihnen suchen?«, fragte Cullum, und Emily biss sich auf die Lippen. *Das werden sie ausgerechnet uns erzählen,* dachte sie. *Klar.*

»Nun, Mr. La Barre«, erwiderte Mrs. Pratt, »das soll Ihre Sorge nicht sein.« Sie tupfte sich die Lippen mit einem Stück Stoff ab und stand auf. »Kommt zum Ende«, sagte sie, »es ist gleich sechs.«

Mr. Graham schob ebenfalls seinen Stuhl zurück. »Ich werde die Feuer entzünden«, brummte er. Er nahm eine Kerze aus ihrer Halterung an der Wand, entflammte den Docht an einer der Kerzen auf dem Tisch und machte sich damit auf den Weg.

Und dann, während Emily dem Butler stirnrunzelnd nachsah, Hope leise seufzend ihren Tee austrank und Cullum seine Zaubertricks mit Beckys Kaffeelöffel vollführte, passierte es. Eben lachte sie noch über Cullums kleine Show, und auf einmal…

»Uuhhhhh«, machte Becky, presste sich eine Hand vor den Mund und lief durch die Tür nach draußen. Röcheln war zu hören, danach ersticktes Husten und wieder Beckys Stöhnen, und dann sprangen alle auf einmal auf, alle, außer Cullum und Matt, die einander ansahen, und Cullum grinste. Emily beobachtete, wie er ein kleines Fläschchen in der Brusttasche seiner Weste verschwinden ließ, dann zwinkerte er ihr zu.

»Was hast du gemacht?«, flüsterte sie, nachdem Mrs. Pratt, Mr. Graham und Hope hinter Becky nach draußen gestürmt waren.

»Sag danke, Liebchen«, zwitscherte Cullum, und Matt stöhnte auf.

»Ich muss mit dir reden, Emily«, sagte er, stand auf, griff sich eine der Kerzen und bedeutete ihr, ihm zu folgen. Verblüfft starrte Emily erst ihn, dann den strahlenden Cullum an, dann folgte sie Matt in die Waschkammer. Der schmale Raum zwischen Küche und Stiegentreppenhaus war sicher kaum mehr als zwei Quadratmeter groß und bestand lediglich aus je einem Regalbrett an jeder Wand, das als Ablage für Bottiche und Waschbretter diente. Hier wurde die Wäsche ausgekocht – und entsprechend feucht und abgestanden roch es auch.

Matt stellte die Kerze neben einen der Kübel und verriegelte die Tür hinter ihnen.

»Hier«, sagte er ohne Umschweife und hielt ihr eine Seite eines Briefs hin, »lies das.«

»Matt, was hat er ihr in den Tee gekippt?«, fragte Emily entgeistert. Sie konnte nicht glauben, dass Matt einfach darüber hinwegging, was Cullum getan hatte.

Matts Mund war ein schmaler Strich geworden. »Nichts, was ihr ernsthaft schaden wird«, erklärte er. Durch ein kleines Fenster über der Tür drangen Beckys Gejammer und Mrs. Pratts Rufe zu ihnen.

»Himmel, Mädchen, reiß dich zusammen! Du weckst noch das ganze Haus auf! Wo steckt diese Emily? Sie muss aushelfen, wir müssen Becky nach oben bringen. Becky, hörst du mich? Kind?«

Emily sah Matt ungläubig an. »Er hat sie vergiftet, damit ich ihren Job machen kann?« Das durfte doch alles nicht wahr sein! Emily schüttelte sich, und es war nicht nur die kühle Feuchtigkeit des Raums, die ihr unter die Haut kroch.

»Nicht vergiftet, um Gottes willen – höchstens ein bisschen ver…verstimmt.« Mit einer Hand fuhr sich Matt durch die Haare, mit der anderen hielt er Emily den Brief unter die Nase.

Die verschränkte die Arme vor der Brust. »Ist euch jemals der Gedanke gekommen«, sagte sie streng, »dass dies hier alles nicht mehr zu rechtfertigen ist? Wie weit wollt ihr noch gehen, um etwas über ein Mädchen herauszufinden, von dem ihr nicht einmal sicher den Namen wisst? Vielleicht ist sie die Böse hier? Becky ist es jedenfalls nicht. Und dann dieser arme Braxton! Wie alt war der, vierzehn? Er sah jedenfalls nicht so aus, als hätte er jemals einer Fliege etwas…« Mitten im Satz brach Emily ab.

Mist, dachte sie.

Matt sah sie an, er war vollkommen ruhig. »Sein Name ist Brixton«, sagte er. »Und es geht ihm den Umständen entsprechend gut.«

Emily schloss für einen Moment die Augen, dann nahm sie Matt den Brief aus der Hand. »Was ist das?«, fragte sie.

»Der letzte von Emeralds Briefen, datiert vor nicht einmal drei Wochen.« Matt wirkte auf einmal ziemlich steif. Emily wollte ihn nicht ansehen, also hielt sie den Brief ins Kerzenlicht und begann zu lesen.

Exeter, 20. Oktober 1811
Meine geliebte Amber,
endlich, endlich gute Neuigkeiten: Ich habe den richtigen Mann in unserer Sache aufgetan, er ist sogar in Plymouth, und er erwartet uns, nachdem es Ihnen gelungen sein wird, Ihren Teil unseres Planes in die Realität umzusetzen! Ich weiß, es wird nicht einfach werden, und ich kann nur hoffen, dass alles gut geht, bis wir am 4. November endlich alles hinter uns gelassen haben. Amber, mein Juwel, Meine Liebe. Sind Sie sicher, sind Sie sich wirklich absolut sicher, dass Sie dies tun wollen? Ich würde Sie niemals dafür kritisieren, wenn Sie sich umentschieden, dafür liebe und verehre ich Sie zu sehr. Doch wenn nicht... Wenn Sie sich wirklich sicher sind, dann kommen Sie am 3. November nach Sutton Pool, nehmen von dort die Friary Street in Richtung Zentrum. Am dritten Häusereck vom Hafen aus gesehen

Emily drehte das Papier in ihrer Hand, suchte nach weiteren Wörtern auf der Rückseite, aber da waren keine. »Und?«, fragte sie und sah auf. »Wo ist die zweite Seite?«

»Das ist es, was ich dir sagen wollte«, antwortete Matt, »sie ist weg.«

»Das ist ein Witz, oder?« Emily gab einen frustrierten Laut von sich. »Das kann doch nicht wahr sein. Vermutlich steht auf dieser Seite, was sie vorhatten.«

»Sieh noch einmal in dem Zimmer nach, okay? Vielleicht liegt sie irgendwo in Annas Kammer. Vielleicht ist sie unters Bett gerutscht.«

Emily nickte, dann sah sie zur Tür. Es war still geworden im Haus, seit die anderen Becky offenbar hineingetragen hatten, nun aber hörte es sich an, als trample eine Herde Elefanten die Holztreppe hinunter. »Emily?«, schrie Mrs. Pratt. »Wo steckt das dumme Mädchen?«

Emily seufzte. Matt hob eine Hand und strich ihr damit über die Wange. »Du siehst müde aus, dummes Mädchen«, sagte er leise, und Emily nickte. »Irgend so ein Kerl hat mich die halbe Nacht wachgehalten, um mir verquaste Liebesbriefe vorzulesen«, sagte sie.

Ach je. Es fühlte sich so richtig an, mit Matt zusammen zu sein. So natürlich. So ...

»*EMILY!*«

»Ich muss gehen.« Emily drehte sich um, lief zur Tür und öffnete sie. »Wir sehen uns später.«

»Okay.«

Sie war schon halb im Gang, als sie sich noch einmal zu Matt umdrehte.

»Ich war da«, erklärte sie, »in dem Stall. Bei Brixton und ... Lennis. Cullum hat mich hingebracht.«

Matt sagte gar nichts, er sah sie nur an.

»Was auch immer er damit bezweckt hat«, fuhr Emily fort, »es hat nicht funktioniert.«
Sie drehte sich um und schloss die Tür hinter sich.

»Aua, Mrs. Pratt, Sie reißen mir ja die Haare aus!« Emily hob die Arme und versuchte, den ziependen Kamm in die Hände zu bekommen, doch die Hausdame klatschte ihr damit auf die Finger.

»Sei nicht kindisch, Mädchen«, schimpfte sie, »du kannst dich nicht mit diesem zerrupften Schopf im ersten Stock sehen lassen.« Unbeirrt riss sie an Emilys Haaren und tackerte die Strähnen dann regelrecht mit Haarnadeln fest. Automatisch rutschte Emily tiefer in den Küchenstuhl hinein, aber es half nichts.

»Aaaah«, stöhnte sie, und Mrs. Pratt sagte: »Und mit dieser Schürze schon gar nicht.« Damit riss sie Emily den zerknitterten Stoff herunter. »Hope«, rief sie, »geh da mit dem Eisen drüber, und zwar noch in diesem Jahrhundert! In der Zwischenzeit bring mir eine von Beckys Schürzen aus der Kleiderkammer.«

Hope warf Emily einen mitfühlenden Blick zu. Die verdrehte die Augen.

»Also, du weißt, was du zu tun hast?«, fragte Mrs. Pratt.
Emily nickte. »O ja, Mrs. Pratt«, sagte sie, »das weiß ich genau.«

»Dann wiederhole das doch bitte noch einmal für mich.«
Emily seufzte. Und leierte ihren Text herunter. »Sie bringen mich in den ersten Stock, und ich folge Ihnen stumm zu den Gemächern«, begann sie. »Dann stellen Sie mich Miss

Mary Wakefield als Ersatz für die kranke Becky vor, ich knickse und sage absolut überhaupt nichts, es sei denn, es fragt mich jemand, und auch dann antworte ich ausschließlich mit ›Ja, Miss Wakefield‹ oder ›Nein, Miss Wakefield‹, denn das ist die offizielle Anrede der ersten Tochter des Hauses. Ich erledige, was mir gesagt wird, und das möglichst schnell und möglichst stumm.«

Mrs. Pratt schnaubte. »Warum nur gefällt mir dein Tonfall nicht?«, murmelte sie, riss Hope die frische Schürze aus der Hand und stülpte sie Emily über den Kopf. »Hopp!«, rief sie und rauschte davon.

Im Stechschritt folgte Emily Mrs. Pratt die Treppe hinauf, während sie sich gleichzeitig darum bemühte, die Kerze in ihrer Hand am Brennen zu halten, kein Wachs auf den Boden zu tropfen und die Gemälde zu betrachten, mit denen die Wand nach oben gesäumt war. Es war zum Verzweifeln düster in diesem Haus! Himmel, wann wurde eigentlich die Elektrizität erfunden? Emily hoffte für alle Beteiligten, dass sie sich bis dahin nicht die Augen verdorben hatten.

Mrs. Pratt trug ein großes Tablett mit Frühstücksutensilien, und sie rauschte den breiten, selbstverständlich nur spärlich beleuchteten Gang im ersten Stock entlang, als könnte sie im Dunklen sehen. Sie passierte ein, zwei, drei, vier Türen und blieb vor der letzten auf der linken Seite stehen. Sie nickte Emily mit schmalen Lippen zu, die daraufhin den Türknauf bewegte und …

»Becky!« Die Stimme klang dünn und weinerlich, als habe man ihrer Besitzerin seit Tagen nichts mehr zu trinken gegeben. »Da bist du endlich!«, nölte sie. »Ich sitze auf Kohlen!«

»Oh, Miss Wakefield!« Mrs. Pratt trat eilig ins Zimmer. »Sie sind schon wach!«

Emily konnte nicht sehen, wo sie ihr Tablett abstellte, sie hörte es nur, dann nahm ihr Mrs. Pratt die Kerze aus der Hand und entzündete damit eine weitere, die auf dem Tisch stand, sowie einige mehr, die in Ständern steckten, die an den Wänden angebracht waren. Ein großer, quadratischer Raum, ausgestattet mit schweren, üppigen Möbeln, wand sich aus der Finsternis. Ein kleines Kohlenfeuer brannte, Mr. Graham war wohl schon hier gewesen.

Mrs. Pratt brabbelte: »Es ist unsere Schuld. Wir sind spät.«

Sie schritt durch das Zimmer und begann damit, die Läden der insgesamt drei Fenster zu öffnen, was allerdings kaum etwas half. Es war nach wie vor finstere Nacht vor Travestor House. Emily unterdrückte ein Gähnen.

»Wo ist Becky?«, fragte Mary Wakefield. Es klang nicht gerade nett.

»Becky ist leider das Frühstück nicht bekommen«, erklärte Mrs. Pratt, die auf einmal einen sehr unterwürfigen Tonfall pflegte. »Sie hat sich ein paar Stunden hingelegt. Sicher wird sie heute Nachmittag wieder zu Ihrer Verfügung stehen.«

Es raschelte, dann schwang Miss Wakefield ihre Beine aus dem klobigen Himmelbett, stand auf und nach ein paar Schritten direkt vor Emily. Sie war in mehrere Lagen beigefarbenen Stoffes gehüllt, die gemeinsam wohl ein Nachthemd darstellen sollten.

»Und du bist?«, fragte sie.

Emily öffnete den Mund, da fuhr Mrs. Pratt auch schon dazwischen.

»Das hier ist Emily«, erklärte sie wichtig, »sie wird Ihnen beim Frühstück und bei der Morgentoilette behilflich sein.«

Emily versuchte einen Knicks.

Mary Wakefield hob das Kinn.

Sie war jung, höchstens zwanzig, und sie sah völlig anders aus als die kleine Millicent – dunkel, mit fast schwarzen Haaren, die sie für die Nacht zu einem dicken Zopf geflochten hatte. Ihr Gesicht war blass, beinahe durchsichtig, überhaupt nicht hübsch zu nennen, eher kränklich, und der herablassende Blick, mit dem sie Emily musterte, verbesserte diesen Eindruck nicht. Sie stierte mit den gleichen braunen Augen, mit denen Milly sie so herzerwärmend angelächelt hatte.

»Mein Morgenrock«, befahl sie, anscheinend nicht weiter zum Klagen aufgelegt.

Emily begriff nicht sofort, doch schließlich sah sie sich suchend um, nahm einen Schlabbermantel in Eierschalenfarbe, der über eine Stuhllehne geworfen worden war, und reichte ihn Miss Wakefield. Mrs. Pratt riss Emily den Umhang aus der Hand und half der Tochter des Hauses hinein. »Man weiß nicht, was die jungen Dinger dieser Tage lernen«, sagte sie spitz, »zu dienen jedenfalls nicht.«

Im Geiste verdrehte Emily die Augen. Was war das nur *dieser Tage*, dass alle Welt glaubte, sie müsse ihre Fähigkeiten als Servicekraft perfektionieren? Und was war bloß mit diesem Haus los, dass alle so unglaublich unhöflich waren?

»Und weiß sie«, fragte Mary Wakefield in süffisantem Tonfall, »wie wichtig die nächsten Tage hier in Travestor House sein werden? Die Vorbereitungen für die Hochzeit sind im Moment das Einzige ...«

»Ich kann ihr davon erzählen, Mary!« Die Tür war aufgestoßen worden, und schon stand die kleine Milly vor ihnen und sah auf zu ihrer Schwester, dann zu Emily, dann zurück. Auch sie trug ein Rüschenhemd aus Leinen und eine kitschige Haube auf dem Köpfchen. Bei ihrem Anblick schmolz Emily dahin, Schwester Mary allerdings schaute strafend auf sie herab. »Warum schläfst du nicht?«, pampte sie. »Du solltest doch im Bett bleiben, bis Becky dich weckt.«

»Becky ist lahm.« Milly machte ein runzeliges Gesicht und sah dann zu Emily, die sich auf die Lippen beißen musste, um ein Lachen zu unterdrücken. »Ist sie die neue Becky?«, fragte Milly. »Darf sie mit mir spielen?«

Mary Wakefield seufzte. Mrs. Pratt zupfte nach wie vor an ihrem Morgenrock herum. »Geh und ziehe dir etwas über, Milly«, sagte sie. »Emily, decken Sie den Tisch. Mrs. Pratt, würden Sie wohl damit aufhören, an mir herumzuzerren! Sicher haben Sie in der Küche noch einige Dinge zu tun, damit wir alsbald mit den Bädern beginnen können.«

»Du musst erst das Wasser erhitzen«, flüsterte Milly, »du kannst doch nicht mit kaltem Wasser Tee aufbrühen.« Sie kicherte, hielt sich aber sofort eine kleine Hand vor den Mund. Mary Wakefield widmete sich vor dem Frisierspiegel dem Auskämmen ihrer Locken, während sie leise und schräg vor sich hinsummte. Ihre kleine Schwester war darum bemüht, sie nicht darauf aufmerksam zu machen, dass Emily keine Ahnung davon hatte, was von ihr in Sachen »Frühstück machen« erwartet wurde.

»Wasser erhitzen«, murmelte Emily, nahm den Kupferkessel in die Hand und sah sich suchend um. »Wasser erhitzen ...«

Milly kicherte wieder. »Hier, du Dummchen«, wisperte sie, nahm Emily den Kessel aus der Hand und trippelte damit zum Kamin. Erst jetzt fiel Emily der gusseiserne Feuerrost auf, unter dem die Kohlen glommen und das beinahe wie eine Herdplatte aussah. Milly stellte den Kessel darauf ab. »Wenn das Wasser kocht, kannst du damit die Teeblätter in der Kanne dort aufgießen«, flüsterte sie.

Emily nickte. »Danke«, sagte sie und zwickte Milly sachte in die Nase. »Du bist mir eine große Hilfe.«

Milly grinste zu ihr hinauf. »Tisch decken kannst du allein, oder? Ich komme gleich wieder.« Damit drehte sie sich auf dem Absatz um und sauste aus dem Zimmer.

Emily deckte den Tisch: Zwei Tassen, zwei Teller, eine Platte, auf der sie Kuchen und Gebäck verteilte, sie stellte das kleine Schälchen Butter zwischen die Gedecke, den Zucker, die Marmelade.

»Emily«, rief Miss Wakefield, und Emily hob den Kopf. »Komm hier herüber«, befahl sie, »du musst mir die Haare hochstecken.«

Ach du liebe Güte. Emily wischte sich die Hände an ihrer Schürze ab und ging dann zögernd auf den Frisiertisch zu. *Wenn ich wüsste, wie man sich die Haare hochsteckt, hätte Mrs. Pratt mir keine Löcher in den Kopf hämmern müssen.*

Die Tür fiel krachend ins Schloss, und Milly stapfte zurück ins Zimmer.

»Milly, bitte!«, stöhnte ihre Schwester, und griff sich an die Schläfen.

Milly hatte ihre Zeichenmappe unter den Arm geklemmt, Tinte und Feder in der Hand und steuerte damit auf den Frühstückstisch zu. Sie grinste Emily an, schob ihren Teller beiseite und begann dann fieberhaft, auf ein Blatt einzukritzeln.

»Für das Frühstück wird ein schlichter Knoten ausreichen«, näselte die Miss. »Nach dem Bad werden wir die Haare mit dem Eisen bearbeiten.«

Klingt ja grauenvoll, dachte Emily und nahm die Bürste, die Mary ihr entgegenstreckte.

Miss Wakefield griff nach einem Buch. Ein paar Minuten war nichts zu hören als das gelegentliche Umblättern der Seiten und das Kratzen von Millys Feder auf Papier. Emily kämmte Marys Haare und überlegte dabei fieberhaft, wie sie einen Dutt dazu bringen konnte, nicht von deren Kopf zu rutschen. Sie formte einen langen Zopf, drehte diesen ein paarmal um sich selbst und faltete ihn schließlich wie eine Schnecke um Marys Kopf. Ihre Bemühungen, das Gebilde mit Haarnadeln festzustecken, wurde mit stetigen »Aaah«s und »Ts«s kommentiert. Sobald Emily ihre Hände von dem Haarkranz löste, fiel er in sich zusammen. Das Ergebnis sah schauderhaft aus.

»Um Himmels willen«, rief Mary Wakefield, klappte ihr Buch zu und begann damit, die losen Strähnen auf ihrem Kopf festzustecken. »Was soll das werden? Ein Vogelnest?

Kann man sich nicht einmal zurücklehnen in diesem Haus? Muss man sich denn wirklich um alles selbst kümmern?« Sie riss Emily eine letzte Haarnadel aus der Hand und stach damit, so sah es zumindest aus, auf ihre Kopfhaut ein.

»Verzeihung«, setzte Emily an, »ich ...« Und dann fiel ihr Blick auf das Buch, das Mary Wakefield auf ihrem Schminktisch abgelegt hatte.

»Oh«, machte sie, als sie den Titel erkannte. »›Sinn und Sinnlichkeit‹ von Jane Austen. War das vor ›Stolz und Vorurteil‹ oder danach?«

Mary runzelte die Stirn. In dem matten Spiegel vor ihr suchte sie Emilys Blick. »Wovon redest du, Mädchen?«, fragte sie.

»Ähm, das Buch, das Sie gerade lesen«, präzisierte Emily. »Das ist doch ›Sinn und Sinnlichkeit‹? Ich habe es gelesen, nachdem meine Freundin Fee mich quasi dazu gezwungen hat, sie ist ein Riesenfan von Jane ...«

»Du hast es *gelesen*?« Mary Wakefield hätte nicht entgeisterter aussehen können. »Wie kommt ein Mädchen wie du ... Du kannst *lesen*? Wer hat dir das beigebracht, du liebe Güte?« Sie drehte den Kopf, um Emily nun direkt in die Augen zu sehen. Sie maß sie mit einem derart abschätzenden und gleichzeitig fassungslosen Blick, dass Emilys Herz in ängstlichen Galopp verfiel.

»Nicht gelesen«, murmelte sie, »ich meinte, man hat mir *erzählt*, dass dies ein unglaublich schönes Buch sein soll, voll mit ...«

»*Wer* erzählte dir davon?«

»Ähm.« Emily überlegte fieberhaft. »Vielleicht war es

auch ein anderes Buch«, sagte sie schließlich. »Und gar nicht von Jane Austen.«

Marys Augen waren mittlerweile nur noch schmale Schlitze. »Das Buch ist vor ein paar Tagen erst erschienen«, sagte sie kalt. »Mein Bruder hat es mir mitgebracht, aus Plymouth. Und wer um alles in der Welt ist Jane Austen?« Sie nahm das Buch wieder in die Hand und besah sich den Umschlagdeckel. *By a Lady* war oben aufgedruckt.

»Das ... Jane Austen. Sie hatte mir von diesem Buch erzählt.« Emily nickte heftig. »Sehr gutes Buch«, sagte sie. »Über ... ähm ... eine Frau, die aussieht wie Emma Thompson, und die dann ...«

Milly kicherte an ihrem Platz am Frühstückstisch. »Emily«, rief sie. »Das Wasser kocht über.«

Emily schloss leise die Tür hinter sich und ließ ihre Stirn gegen das Holz sinken. Himmel, diese Zeitreisen waren anstrengend. Man sollte eine Prüfung absolvieren müssen, bevor man ohne Vorwarnung in ein anderes Jahrhundert geschleudert wurde. *Umgangsformen im beginnenden 19. Jahrhundert. Keine Angst vorm Feuermachen mit dem Feuerstein. Wie bewege ich mich fort, ohne über meine eigenen Füße zu stolpern?*

Emily seufzte. Sie wäre ohne Frage durchgefallen.

»Milly, ich möchte nicht, dass du mit dieser Emily sprichst.« Und da drang auch schon dumpf Marys Stimme durch die Tür. Emily drehte den Kopf, um besser lauschen zu können.

»Wieso nicht?«, nuschelte Milly mit vollem Mund. »Ich finde sie lustig.«

»Und *ich* finde sie *seltsam*.«

»Sie mag Chester.«

Mary schnaubte. »Und du wirst bis Samstag nicht mehr in den Schweinestall gehen, hörst du?«

»Aber Mary! Chester wird verhungern, wenn ich nicht …«

»Und sieh dir deine Hände an! Sie sind schwarz! Sag Emily, sie muss dir die Tinte aus der Haut schrubben, und wenn dir die Finger abfallen!«

»Ich dachte, ich soll nicht mit Emily sprechen.«

»Millicent Wakefield!« Mary seufzte theatralisch. »Tu einfach, was ich dir sage! Du wirst mir nicht meine Hochzeit verderben. Und morgen, bei der Kleiderprobe, wirst du keine dunklen Tintenspuren auf deinem Rock hinterlassen, hörst du!«

Milly schwieg. Emily machte einen Schritt weg von der Tür, als die des Nebenzimmers auf- und mit einem Knall gegen die Wand flog. »Vater, ich bitte dich!« Jonathan Wakefields Stimme eilte ihrem Besitzer voraus, und Emily ließ sich spontan in die Hocke sinken. »Solange wir nicht wissen, was mit Lennis und Brixton passiert ist, solange solltest du nicht einmal daran denken, den Schmuck aus seinem Versteck zu holen.«

Emily krabbelte über den Teppich, bis zum Fenster und zum Vorhang, hinter dem sie in Deckung ging. Wakefield senior schien seinem Sohn zu antworten, doch bis zu Emily drang nur ein unverständliches Murmeln. Sie wartete drei Herzschläge lang, dann schob sie sich langsam, *langsam* an der Wand nach oben und linste hinter dem Vorhang hervor.

»Mag sein, du hast es Mary schon zur Anprobe versprochen. Sie wird sich dennoch gedulden müssen bis zur Trauung am Samstag.«

»Ach, John.« Wakefield senior trat aus dem Raum, gefolgt von seinem Sohn, und Emily hielt unwillkürlich die Luft an. »Nimm doch bitte nicht immer das Schlimmste an. Wer sollte von dem Schmuck wissen? Wer sollte wissen, dass Mary ihn zur Hochzeit tragen wird? Und wer sollte überhaupt wissen, wo ich ihn verwahre? Nicht einmal die Familie weiß, wo das Collier ist.«

»Die Familie vielleicht nicht«, knurrte Jonathan Wakefield, »aber diese Wände haben Ohren.« Er trug eine elegante Reitmontur, wie sein Vater, mit hohen Stiefeln und einer Gerte, die er lässig unter den Arm geklemmt hatte. Mit der anderen Hand schloss er die Tür. »Alles, worum ich dich bitte, Vater, ist ein Aufschub von ein paar Tagen.«

Wakefield senior seufzte und schlug den Weg in Richtung Treppe ein.

»Lass uns erst Lennis und Brixton finden«, hörte Emily Jonathan Wakefield im Weggehen sagen. »Und dann lass uns herausfinden, was es mit diesen drei zwielichtigen Gestalten auf sich hat, die du eingestellt hast.«

Emily lauschte, bis sich die Schritte der beiden Männer entfernt hatten, dann stieß sie langsam Luft aus. *Zwielichtige Gestalten?* Sie runzelte die Stirn. Sie sollten sich beeilen mit ihrer Suche nach Amber und der Aufklärung von Ambers Schicksal, und vor allem sollten sie herausfinden, was es mit diesem Schmuck auf sich hatte. Spielte er in ihrem Fall eine Rolle? Ging es womöglich sogar die ganze Zeit darum? Um das Familienerbe?

Emily kam es so vor, als drehten sie sich im Kreis mit ihren *Ermittlungen*, als hätten sie kaum einen Schritt nach vorn gemacht. Sie fragte sich, wo sie ansetzen sollte, und sie fragte sich, was passieren würde, wenn die beiden Wakefield-Männer tatsächlich fänden, wonach sie suchten. Was geschah dann mit ihnen? Was geschah dann mit Matt?

Ein Kichern riss Emily aus ihren Gedanken, und sie zuckte zusammen, als jemand an ihrer Schürze zupfte. »Was machst du denn hinter dem Vorhang?«, fragte Milly, den Mund mit Krümeln und Marmelade beschmiert.

»Und was hast du mit deinem Brot gemacht?«, fragte Emily zurück. »Wolltest du die Reste an deiner Wange für Chester aufheben?«

Milly kicherte, dann hielt sie sich die Hand vor den Mund. »Komm mit«, flüsterte sie und zog Emily hinter dem Vorhang hervor. »Mary möchte, dass ich dir zeige, wo der Badezuber steht – aber ich soll nicht mit dir reden.«

»Wir feiern Hochzeit«, erklärte Milly in ihrem kindlich-strengen Tonfall, »das solltest du womöglich wissen. Der Glückliche heißt Geoooorge.« Sie stapfte voraus in den zweiten Stock, ihre Mappe im Arm, die Zeichenutensilien in Händen, und Emily biss sich auf die Lippen, um nicht laut loszulachen. »Geooooorge«, wiederholte sie, so ernst wie möglich. »Aha.« Von hinten beobachtete sie, wie Milly mit den schmalen Schultern zuckte. »Sie hat ihn auf einem Ball kennengelernt«, erzählte sie weiter, »in Eeeexeter.«

Emily runzelte die Stirn. Ein Ball in Exeter? »Wer?«, fragte sie verwirrt. »Wer hat wen auf einem Ball in Exeter kennengelernt?«

Milly warf einen Blick über die Schulter. »Na, Mary diesen Geoooorge!«, sagte sie ungeduldig. »Und dann hat er sie geküsst.«

Emily lachte laut auf, bevor sie einen Hustenanfall vortäuschte. »Das ist aber sehr forsch«, sagte sie, und Milly nickte ernst.

»So«, sagte sie dann und öffnete eine Tür zu ihrer Rechten. Sie waren am Ende des Gangs angekommen und mussten sich jetzt in etwa auf Höhe von Marys Zimmer befinden, nur ein Stockwerk höher und auf der gegenüberliegenden Seite. Hier führte eine schmale Tür in einen kleinen Raum, in dem ein Paravent aufgebaut war und ein Badezuber aus Holz. Ein großer Spiegel stand neben dem Fenster. Sonst nichts. Nichts außer Matt, der mit hochgekrempelten Ärmeln heißes Wasser aus einem Eimer in die Badewanne fließen ließ. Er sah auf, als sie eintraten, und er lächelte sie an, erst Emily, dann das Mädchen.

»Hey«, grüßte er, und Milly rief: »Hat er dich auch mal geküsst?«

Emily bekam einen Hustenanfall. Sie starrte Matt an und japste zwischen zwei Atemzügen: »Wusstest du, dass Jane Austen lebt?«

10

Wie sich herausstellte, führte eine in die Wandverkleidung integrierte Tür an der gegenüberliegenden Seite des Raums in ein schmales Stiegentreppenhaus, über das das Personal von den Herrschaften unbemerkt in seinen Trakt gelangen konnte. Matt lief diesen Weg und die damit verbundenen Treppen an diesem Dienstagvormittag ungefähr siebenundzwanzigmal auf und ab, mit zwei Kübeln heißen Wassers nach oben, mit den leeren nach unten, bis der Badezuber gefüllt war.

Milly hatte es sich in der Fensternische gemütlich gemacht, sie zeichnete. Emily stand mit vor der Brust verschränkten Armen neben ihr und blickte nach draußen. Es war hell geworden, so hell, wie es unter dem dichten Novembernebel eben möglich war, und der Garten und die Bäume und der See ruhten friedlich zu ihren Füßen. Dies hier war ein anderer Ausblick als der aus ihrer Kammer, der rückseitige vermutlich, und sie hatte den Gedanken kaum zu Ende gedacht, da fiel ihr die verlorene Seite des Briefs wieder ein, nach der sie suchen musste. Die Geschichte von Emerald und Amber.

Emerald und Amber. Auch sie waren in Exeter auf einem

Ball gewesen, so wie Mary und dieser George. War das ein Zufall? War Amber/Anna mit Mary Wakefield dort gewesen? Und wer war Emerald? Konnte er am Ende Marys George sein?

»Milly, dieser Verlobte von Mary, George …«, begann Emily und warf Matt über die Schulter einen raschen Blick zu, »weißt du, wie dieser George mit Nachnamen heißt?«, fragte sie.

Milly schüttelte den Kopf. Ihre Feder kratzte über das Papier.

»Hat er womöglich noch einen zweiten Namen? Emerald vielleicht?«

Milly legte ihren Kopf schief und betrachtete ihr Bild. »Nur George«, sagte sie abwesend und zeichnete weiter.

Emily seufzte. Was dachte sie sich auch? Dass der Bräutigam von Miss Mary Wakefield ein Gauner war, der sich mit der einen verlobte und der anderen glühende Briefe schrieb? Sie strich mit einer Hand über Millys Kopf und versuchte es anders.

»Hast du Anna sehr lieb?«, fragte sie.

»Sie ist auch lustig, aber nicht so wie du«, antwortete Milly, ohne aufzusehen.

»Hm.« Emily kaute nachdenklich an ihrer Unterlippe. »Und war sie schon öfter länger weg? Zum Beispiel auf Reisen? Mit deiner Schwester Margaret vielleicht, in Exeter?«

»Ich bin hier fertig.«

Emily drehte sich zu Matt, der vor ihr stand, die Hände in die Hüften gestemmt, die dunklen Haare feucht vom Wasserdampf. Er warf einen schnellen Blick zur Tür, dann zu ihr, und die Botschaft war unmissverständlich: *Sei vorsichtig. Pass auf, was du sagst.*

Emily nickte einmal. »Dann werde ich Miss Wakefield Bescheid geben«, sagte sie laut, doch in diesem Moment öffnete sich die Tür, und Mary Wakefield betrat den Raum, ein »das wird nicht nötig sein«, auf den Lippen.

Emily sah zu Matt. Er war verschwunden. Mary begab sich hinter den Paravent und legte ihren Morgenmantel ab. Es klapperte und knisterte, und als sie schließlich wieder hervorkam, trug sie ein beigefarbenes Unterkleid. Sie stieg damit in den dampfenden Zuber.

»Was ...?«, machte Emily, doch dann klappte sie den Mund wieder zu. Miss Mary wollte in Klamotten baden?

Warum nicht?

»Zunächst die Haare«, näselte sie, schloss die Augen und legte den Kopf in den Nacken.

Emily runzelte die Stirn. Erst sollte sie ihr unter Einsatz all ihrer nicht vorhandenen Fingerfertigkeit die Haare hochstecken, und nun wollte sie sie gewaschen haben? Emily zuckte die Schultern, nahm eine Haarnadel nach der anderen aus Mary Wakefields Dutt und hielt schließlich ratlos inne.

Milly räusperte sich.

»Der Becher«, formte sie lautlos mit den Lippen. Sie deutete auf einen Holzbecher, der neben dem Bottich auf einem Schemel stand, und Emily griff danach. Milly machte Schütt-Bewegungen. Emily grinste, tauchte den Becher ein und ließ das Wasser anschließend über Marys Haare rinnen.

»Ist das Wasser warm genug?«, fragte sie und zwinkerte Milly zu. Diese kicherte leise.

»Ist es«, gab die Miss zurück.

Milly deutete auf das klobige Stück Seife, das ebenfalls auf dem Schemel platziert worden war, und Emily nahm es. Sie ließ den Becher für einen Augenblick im Wasser treiben, seifte beide Hände ein und begann damit, Marys Haare einzureiben. Sie überlegte, ob sie etwas fragen sollte, und wenn ja, was, und vor allem wie, sodass sie nicht wieder als Irre dastand oder, noch schlimmer, als Verdächtige.

Sie haben wundervolles Haar, Miss Wakefield. Sicher würde sich ein Collier zu diesen dunklen Locken sehr gut machen. Wie ich hörte, wird Ihr Vater Ihnen das Familienerbstück zur Trauung zur Verfügung stellen?

Sie wirken ganz und gar nicht nervös, Miss Wakefield. Dabei ist doch morgen der große Tag der Anprobe – inklusive des Familienschmucks, wie ich hörte?

Sagen Sie, was macht Ihr Verlobter eigentlich in Exeter? Schreibt er gern Briefe?

Emily seufzte.

Achten Sie gar nicht auf mich, Miss Wakefield. Ich bin nur ein dummes Dienstmädchen, das keine Ahnung hat, was es tut.

»Emily hat auch einen Verehrer«, sagte Milly. »Er hat das Wasser gebracht.«

Emily warf ihr einen entsetzten Blick zu, während Mary Wakefield nur eines ihrer beiden Augen öffnete.

»Red keinen Unsinn, Kind«, sagte sie. Weiter nichts. Emily presste die Lippen aufeinander. Sie warf Milly einen strafenden Blick zu, und die Kleine grinste.

»Er ist stattlich und charmant«, trällerte sie, und Emily verkniff sich ein Lachen.

Milly legte ihre Zeichnung beiseite und hüpfte von der Fensterbank. Dann stellte sie sich neben den Badezuber und fuhr mit ihren kleinen Händen durch das Wasser.

»Ich wünschte«, sagte sie, »Maggie wäre hier. Sie schafft es doch rechtzeitig zur Hochzeit, oder, Mary?«

»Aber natürlich«, antwortete Mary mit geschlossenen Augen. »Sie reist am Freitagabend an, gemeinsam mit George.«

Emily sah Milly an. Milly hauchte: »Geooooorge!«

»Miss Margaret ist in Exeter, oder?«, fragte Emily, und Milly nickte, und Mary Wakefield runzelte die Stirn. Emily ließ von der Seife ab und begann damit, sie mithilfe des Bechers wieder aus den Haaren zu spülen. Dabei legte sie die eine Hand unauffällig auf Marys Ohr.

»Und sie kommt gemeinsam mit dem Bräutigam zur Hochzeit?«, fragte sie leise.

Milly zuckte mit den Schultern. »Emily«, mischte sich Mary Wakefield ins Gespräch, »hat dir noch nie jemand gesagt, dass es sich nicht schickt, seinen Herrschaften neugierige Fragen zu stellen? In der Tat bin ich es überhaupt nicht gewohnt, von einer Magd angesprochen zu werden.«

Emily räusperte sich. Abermals tauchte sie den Becher ins Wasser und machte dabei ein wenig mehr Lärm als nötig.

Mary seufzte. »Da du es nun unbedingt wissen musst«, begann sie gelangweilt, »George ist geschäftlich in Exeter. Er verwaltet nahe Launceston ein großes Gut, das sein Vater ihm vererbt hat. Er ...«

»... ist stinkreich«, plapperte Milly.

»... hat angeboten«, fuhr Mary fort, »meine Schwester Margaret in Exeter abzuholen.« Sie zögerte einen Moment und fuhr dann fort: »Nicht, dass es dich etwas angehen würde, aber mein Verlobter ist sehr wohlhabend. Es ist ein Glück für unsere Familie, dass er sich für mich entschieden hat. So wird wenigstens eine von uns dreien eine gute Partie gemacht haben und nicht unserem Bruder zur Last fallen müssen.«

Milly rümpfte die Nase. »Ich will auch eine gute Partie«, quäkte sie.

Emily zupfte sanft an ihrer Wange. »Die bekommst du auch, kleine Maus, ganz sicher«, sagte sie.

»Dafür solltest du allerdings sauber sein«, erklärte Mary und griff nach der Seife. Als wollte sie demonstrieren, wie man richtig damit umgeht, begann sie damit, sich selbst Arme und Beine zu schrubben – allerdings nur die Stellen, an denen nicht der Stoff an ihr klebte wie Milchhaut am Teelöffel.

Milly wusch weiter gedankenverloren ihre Hände in dem Badewasser ihrer Schwester, was ihren schwarzen Fingerkuppen allerdings kein bisschen Farbe entlockte. »Wird Maggie auch eine gute Partie machen?«, fragte sie.

»Milly«, mahnte Mary Wakefield, und Emily richtete sich auf. Sie wischte sich die Hände an ihrer Schürze ab und verschwand hinter dem Paravent, wo sie laut raschelnd Marys Kleider zusammenlegte.

Weiter, drängte sie in Gedanken. *Was ist mit Margaret?*

»Ist sie noch böse wegen Mamas Kette?«, hörte sie Milly fragen.

Mary Wakefield brummte. »Es war immer klar, dass diejenige den Schmuck bekommt, die als Erste heiratet«, zischte sie Milly im Flüsterton zu. »Und nachdem ich die Ältere bin, war wohl auch immer klar, dass ich das sein werde.« Sie gab ein genervtes Schnauben von sich. »Ich weiß wirklich nicht, warum sie dachte, es wäre ihr Collier. Weil Mutter sie so gern hatte? Weil sie ihr Liebling war? Das arme, zarte, zerbrechliche Schwesterlein?«

Uh-oh, dachte Emily.

»Sie hätte so gern ein Andenken an sie«, sagte Milly leise.

»Es gibt tausend Andenken an Mutter in diesem Haus, nicht bloß ihre Kette.«

»Vater hat sie uns nicht mal mehr ansehen lassen, seit … seit sie fort ist.«

Mary schnaubte wieder. »Wir können von Glück sagen«, erklärte sie spitz, »dass es sie überhaupt noch gibt. Dass sie sie nicht getragen hat auf ihrem Weg in den See.«

»Mary!« Emily ließ den Mantel fallen, den sie gerade in der Hand hielt. Sie eilte um den Paravent herum und sah Milly stocksteif neben dem Zuber stehen, die Augen groß, gefüllt mit Tränen. Sie blinzelte einmal, drehte sich um und stürmte aus dem Zimmer. Mit einem Knall fiel die Tür ins Schloss.

»Ich werde sie zurückholen«, murmelte Emily und durchquerte rasch den Raum, während Mary ihr hinterherrief: »Es ist wichtig, Emily, dass Sie Milly nachher von sämtlichen Tintenresten befreien. Morgen werden wir die Hochzeitsgarderobe anprobieren, und ich werde wohl verlangen dürfen, dass Millys Kleid bis zur Trauung ohne Schmierflecken bleibt.«

Emily sagte gar nichts. Sie öffnete die Tür und schloss sie

hinter sich, froh darüber, der nervtötenden Stimme von Mary Wakefield zu entkommen. Sie lauschte und hörte nichts mehr. Es war gespenstisch still im Haus.

Bestimmt hat sie sich in einem dieser gruseligen Schränke versteckt, dachte Emily und machte einen Schritt in den Gang hinein.

»Sie ist da lang«, erklärte eine kalte Stimme neben ihr. »Und dann die Treppe hinunter. Sie ist schnell.«

Emily blieb wie angewurzelt stehen. Links von ihr, nur einen halben Meter von der Tür entfernt, lehnte Jonathan Wakefield an der Wand, einen Fuß angewinkelt, die Reitgerte in Händen. Emily fragte sich, wie lange er da wohl schon stand, was er gehört haben mochte und warum verflixt noch mal er nicht auf einem Pferd saß, um nach dem Jungen, Brixton, zu suchen, da kniff er die Augen zusammen und sprach.

»Nun«, sagte er, »weißt du alles über unsere Familienangelegenheiten, nicht wahr?«

Eiskalt wurde Emily beim Klang seiner Stimme, beim Blick seiner Augen, beim Nachhall der Drohung, die in seinen Worten schwebte.

Sie hob ihr Kleid an, machte einen Knicks und lief in Richtung Treppe davon.

Sie fand die kleine Milly im Garten, auf der untersten Stufe einer alten Steintreppe, die von der Veranda auf den Rasen in Richtung Gewächshaus führte. Ihre Wangen waren mit Tränen verschmiert, und sie hatte einen Schluckauf.

»Milly«, sagte Emily leise und setzte sich neben die Kleine.

»Ich hab mein Malzeug vergessen«, kam es schniefend zurück.

Emily legte einen Arm um ihre schmalen Schultern und den Kopf sanft gegen ihren. »Habt ihr eigentlich auch Bleistifte im Haus?«, fragte sie. »Ich sollte den Tintentopf bis zur Hochzeit besser verstecken.«

Milly lachte, ganz, ganz kurz nur, dann holte sie schluchzend Atem.

»Wir holen dein Malzeug gleich«, sagte Emily.

»Mama ist im See ertrunken«, flüsterte Milly.

Emily drückte den Arm der Kleinen, und gemeinsam huckelten sie im Schluckauf-Rhythmus auf und ab.

»Maggie war furchtbar traurig«, hickste Milly. »Schlimmer als Mary, glaube ich. Und seitdem ist sie fast nie mehr zu Hause.«

»Aber zur Hochzeit kommt sie«, sagte Emily. »Und dann wird sie sicher bei dir bleiben, wenn du sie darum bittest, hm?«

Milly zuckte mit ihren kleinen Schultern, und Emily drückte sie fester. Sie hätte das Mädchen so gern getröstet, doch sie hatte keine Ahnung, wie sie das anstellen sollte. Die Mutter tot, die Schwester weg, das Haus voller Menschen, die nicht gerade liebevoll mit ihr umsprangen. Emily seufzte.

»Sie mag Mary nicht besonders, weißt du?«, sagte Milly.

Ach, wieso bloß?, dachte Emily. Laut sagte sie: »Ihr seid Schwestern, Miss Mary heiratet, sie wird kommen.«

»Sie wird ihr nicht verzeihen, dass sie die Kette nimmt.«

»Die Kette«, wiederholte Emily. Sie wollte wissen, was es mit dieser Kette auf sich hatte, warum Mary sie unbedingt wollte, warum Wakefield senior sie versteckt hielt – aber sie wollte nicht Milly ausfragen. Nicht jetzt.

Milly schniefte. »Sie ist ...« hicks »... wertvoll«, sagte sie. »Fami...lienerbstück.«

»Ssshhhhh«, machte Emily. Sie legte ihre Wange auf Millys Haar.

»Maggie will nicht, dass Mary sie bekommt.« Milly hob ihren Kopf und sah Emily an. »Mary soll Mamas Kette nicht haben.«

Ganz langsam holte Emily Luft, ganz tief, bis in die entfernteste Pore ihrer Lungen, fast bis es wehtat. Sie drückte Milly noch einmal, stand auf und zog die Kleine mit nach oben. »Machen wir dich sauber, Süße«, sagte sie, und Milly trabte hinter ihr her.

Um Milly abzulenken, nahm Emily den Weg über die Küche – sie hoffte, bei Mrs. Whittle ein wenig Milch und Kekse zu ergattern, und sie wurde nicht enttäuscht. Zumindest der kleinen Milly schien die geschäftige Köchin nichts abschlagen zu können, und soweit Emily die Situation beurteilen konnte, hatte das Mädchen dies mehr als verdient.

Deshalb stimmte sie auch zu, dass Milly »ein letztes Mal«, bevor sie sich »nieeee wiiieeeder« schmutzig machen durfte, Chester besuchte.

Sicher waren Mary Wakefield in ihrem Badezuber schon Schwimmhäute gewachsen, und sicher war Mrs. Pratt gehörig *etc. etc.* ob ihres eigenmächtigen Handelns, und ganz bestimmt stand Jonathan Wakefield an irgendeinem Fenster und beobachtete sie dabei, was sie tat, doch das war Emily

195

egal. Das kleine Mädchen hatte schon genug durchgemacht, und so, wie sie die Familie bislang kennengelernt hatte, würde noch einiges folgen.

Im Stall trafen sie auf Cullum, der Chester für Milly einfing, damit sie ihn besser an der Nase kraulen konnte und der ihr eine Blume ins Haar zauberte, was Milly ihren Kummer auf der Stelle vergessen ließ. Cullum grinste breit, er sah entspannt und freundlich aus mit seinem blonden Zopf und den grünen Augen, die dunkler wirkten in diesem Stall, als hätten sie die Farbe des Heus angenommen.

Emily erschauerte. Sie wusste selbst nicht, weshalb, aber über all das Quieken und Lachen und Cullums Necken hatte sich eine Melancholie gelegt, die ihr Herz wie eine Eiszange umklammerte.

Als habe sie eine Ahnung, dass etwas passieren würde.

Etwas Fürchterliches.

Bald?

»Ist Emilys Freund auch da?«, fragte Milly und riss Emily aus ihren düsteren Gedanken.

Cullum lachte auf. »Mal sehen«, sagte er und sah sich suchend um. »Wo könnte Emilys Freund wohl stecken?«

»Wie lustig«, sagte Emily und griff nach Millys Hand. »Komm, bevor ich mich noch kringle vor Lachen und deine Schwester einen Suchtrupp nach uns ausschickt.« Sie wandte sich zur Tür, als Cullum sagte:

»Apropos Suchtrupp.«

Emily blieb stehen.

»Sie sind eben zurückgekehrt, und ich glaube kaum, dass sie etwas gefunden haben.« Er legte den Kopf schief und sah erst Emily an, dann Milly. »Emilys Freund hat viele Talente, weißt du«, sagte er. »Und er ist uuuunglaublich schnell!«

Milly kicherte. »Stattlich und charmant«, erklärte sie dann, »so wie du.«

Cullum warf lachend den Kopf zurück.

Emily schnaubte.

Sie werden nichts finden, sagte sie sich. *Was auch immer das bedeuten mag.*

Es war eine ausgesprochen schwierige Angelegenheit, Millys Finger von der schwarzen Tinte zu befreien, aber schließlich gelang es ihr doch: Das klobige Stück Seife, das Mary Wakefield im Bad zurückgelassen hatte, war auf einen Bruchteil seiner Größe geschrumpft, als Emily mit Millys kleinen Händen fertig war.

Sie war erleichtert, Mary Wakefield, die sich offenbar allein angekleidet hatte, nicht mehr angetroffen zu haben. Und weil das Wasser im Zuber noch warm war, entschloss sie sich kurzerhand, Milly ganz darin zu baden. So ein Bad hatte noch jedem gutgetan, oder etwa nicht? Sehnsüchtig ließ Emily den Blick über das Wasser gleiten. *Ihr* würde es guttun, und sie lebte erst seit wenigen Tagen in diesem seltsamen, unbequemen Jahrhundert.

Sie trocknete die Kleine ab, die für ihre Verhältnisse während des Bads reichlich still gewesen war, und half ihr zurück in ihr Kleid. Dann nahm sie die Mappe mit Millys Zeichnungen in die Hand. Sie wollte das Papier, das oben auf dem ledergebundenen Einband lag und offenbar das war, an dem Milly zuletzt gemalt hatte, gerade zu den anderen legen, als ihr Blick auf das Motiv fiel. Emily hielt die Luft an. Die Zeichnung zeigte Matt, wie er sich über den Holzzuber beugte, die Haare wirr, die Ärmel seines schweren Leinenhemds aufgekrempelt, er trug schäbige Reiterhosen und Stiefel, und ein Lächeln umspielte seine Lippen, während er Milly von unten herauf einen Blick zuwarf. Er sah freundlich aus, verschmitzt – und doch war da etwas in seinen Augen, das dem Bild viel mehr Tiefe verlieh, als es zu vertragen schien.

Das ... phhhhh ...

Emilys Herz begann schneller zu schlagen, so gut hatte Milly Matts Blick eingefangen, seine Haltung, seine Verschlossenheit, seine *Komplexität*. Obwohl er lächelte, war sein Ausdruck ganz und gar defensiv; bis hierhin und nicht weiter, schien er zu sagen, auch du nicht, kleines Mädchen, niemand.

Emily starrte auf die Zeichnung und dann zu Milly, die abwartend zu ihr aufsah.

»Gefällt es dir?«, fragte sie.

Mit einem Mal wusste Emily nicht, was sie sagen sollte, also nickte sie nur. Dieses bezaubernde, hochbegabte, einsame Mädchen. Emily kniete nieder, legte Mappe und Zeichnung neben sich und schloss Milly in ihre Arme. »Das Bild ist wunderschön«, sagte sie leise.

»Ich schenke es dir.«

»Danke sehr.«

»Möchtest du die anderen sehen?«

Emily nickte in Millys Haar, dann schob sie sie kurz von sich, setzte sich auf den Boden und zog sie zurück auf ihren Schoß.

»Lass sehen«, sagte sie, und Milly griff nach ihrer Mappe und öffnete sie.

»Chester in seinem Stall«, erklärte sie und deutete auf das erste Bild, das Emily bereits gestern gesehen hatte.

Emily nickte.

»John in seiner hübschen Uniform.«

Hmpft. Auch ihren arroganten Bruder hatte Milly in all seiner überlegenen Herablassung getroffen und zu allem Überfluss auch noch in einer Attitüde gemalt, die an Napoleon erinnerte.

Jeeeeeez, dachte Emily, was findet sie nur an ihm? Es gab keinen Zweifel daran, dass die Kleine Jonathan Wakefield bewunderte, wofür auch immer.

»Das ist auch sehr gut«, sagte Emily. War ja nicht Millys Schuld, dass ihr Motiv so ein Kotzbrocken war.

Milly blätterte durch die Seiten; sie hatte das Haus gezeichnet und den Garten, die Pferde auf der Koppel, ihren Vater in seinem Lehnstuhl, den Stock auf dem Schoß. Schließlich zog sie ein Bild heraus, das Bild der Frau, die im Salon über dem Kamin thronte.

»Mama«, sagte sie.

Emily nahm die Zeichnung und betrachtete sie. »Wie hieß sie, deine Mama?«, fragte sie, und Milly antwortete: »Joyce.«

»Joyce. Ein schöner Name. Du siehst ihr sehr ähnlich, weißt du?«

Milly nickte.

Emily strich mit der Fingerspitze über das Bild. »Ist das ihr Collier?«

Milly nickte wieder. Die Frau mit dem schwermütigen

Blick hielt mit einer Hand an einer Kette fest, die um ihren Hals gelegt war – ein breites, robustes Band aus kleinen Kugeln und größeren Steinen, die Millys geschickte Striche mit einem Hauch Glitzer versehen hatten. Als sie das Collier jetzt betrachtete, glaubte Emily, es schon einmal gesehen zu haben. Auf dem Porträt Lady Joyce Wakefields im Salon.

»Perlen«, erklärte Milly und deutete auf ihre Zeichnung, »und die hier, die funkeln so schön. Und dieses andere Dings – das braune.«

Emily nickte. »Bernstein«, sagte sie, und dann, mit einem Mal: »Milly, ich muss kurz weg, ja?« Sie schob das Mädchen von ihrem Schoß und stand auf. »Ich muss... Ich werde Matt sein Bild zeigen.« Sie rollte die Zeichnung zusammen, verstaute sie umständlich in ihrer Rocktasche und nahm Milly an die Hand. »Gehst du schon mal vor auf dein Zimmer? Bitte? Ich komme nach, und dann machen wir dich fertig für den Lunch.«

»Gut«, sagte Milly, nur ein kleines bisschen überrascht, und stapfte mit Emily zur Tür. Dann sagte sie: »Du hast ihn sehr lieb, oder?«

Emily beugte sich zu Milly hinunter. »Nicht so lieb wie dich«, antwortete sie.

Sie musste Matt sprechen, und das dringend. Das Collier war der Schlüssel, dessen war sie sich nach dem Anblick von Millys Zeichnung sicher, und sie musste, *musste* Matt erzählen, was sie erfahren hatte.

Sie lief die Treppe hinunter in den ersten Stock und von dort aus nach unten. Ihre Blicke flogen über die Gemälde an der Wand, über die stattlichen Posen der männlichen Seite der Familie. Sie erkannte Jonathan Wakefields Vater und dann ihn selbst, und etwas an dem Porträt bereitete ihr Kopfzerbrechen, aber da war sie schon vorbeigerannt, auf die Eingangstür zu.

Sie musste Matt sprechen – aber wo war er? Sie hatte ihn seit der Begegnung beim Badezuber nicht mehr gesehen, und sie hatte keine Ahnung, wo sie nach ihm suchen sollte. Cullum. Er würde wissen, wo sie Matt finden konnte. Und falls nicht, würde sie Matt eine Nachricht schreiben, bestimmt fände Cullum eine Gelegenheit, sie ihm zuzustecken.

Für einen Augenblick hielt Emily inne.

Schreiben. Schreiben. Das Arbeitszimmer?

Sie drehte sich um und suchte die Eingangshalle ab. Sie war allein, niemand war zu sehen, also steuerte sie auf das Arbeitszimmer von Mr. Wakefield zu und horchte an der Tür. Es war still. Lautlos schlüpfte Emily in den Raum. Sie schloss die Tür hinter sich und lief auf den wuchtigen Schreibtisch zu.

Dort fand sie, was sie suchte: einen Bogen reichlich schweren Papiers und eine Feder, die in einem Fass voll schwarzer Tinte steckte. Emily setzte sich auf den klobigen Stuhl und begann zu schreiben, beziehungsweise, sie versuchte es – Himmel, wie schwer konnte es sein, mit einer Feder die Tinte auf das Papier zu bringen? Milly tat schließlich den ganzen Tag nichts anderes? Doch Emily kratzte und krakelte und sie brauchte ewig für ihre kleine Nachricht und sie war komplett versunken in ihre eigene Unfähigkeit, mit diesem dummen Schreibgerät umzugehen, als plötzlich Schritte durch die Eingangshalle donnerten.

Emily steckte die Feder zurück und nahm das Papier an sich, während sie auf die Tür starrte. Die Schritte kamen näher, und mit ihnen Stimmen, und mit den Stimmen die Panik: Was, wenn wer auch immer da draußen war, ausgerechnet jetzt in dieses Arbeitszimmer wollte?

Hastig sah sich Emily um, und weil ihr nichts Besseres einfiel, riss sie den Stuhl zurück und versteckte sich unter dem Schreibtisch – gerade noch rechtzeitig, denn schon wurde die Tür aufgestoßen. Emily schloss die Augen. Sie wusste, sie würde nicht sofort entdeckt werden, die Rückwand des Schreibtisches verdeckte sie fast vollständig, doch sobald sich jemand hinsetzte und seine eigenen Füße unter diesen Tisch stellte, war sie verloren.

»Mrs. Pratt sagte mir, Mary sei sehr aufgebracht gewesen heute Morgen – außerstande zu schlafen und außerstande, Ruhe zu bewahren. Die Hochzeit wühlt sie doch sehr auf.«

»Ooooh«, antwortete Jonathan Wakefield seinem Vater. »Es wird doch wohl nicht Liebe sein? Das wäre ja etwas gänzlich Neues für meine hochwohlgeborene Schwester.«

»John«, Mr. Wakefield seufzte. »Wird das denn nie ein Ende haben? Ihr seid erwachsen, meine ich.«

»Ja, wir sind erwachsen«, hörte Emily Jonathan Wakefield sagen. »Mittlerweile ist sie ein erwachsener kalter Fisch.«

»Sie ist deine Schwester, John.«

»O ja, nur leider benimmt sie sich selten so. Sie benimmt sich, als wollte sie Mutters Platz einnehmen, nachdem sie –

fort ist. Nur, dass Mutter gütig war und liebevoll, und Mary nichts weiter ist als ein herzloses, kaltes …«

Es klopfte. »Ihr Tee, Mr. Wakefield«, ertönte die Stimme des Butlers, »mit einem kleinen Tropfen Sherry zu Ihrer Beruhigung.«

»Danke, Graham«, kam die Antwort.

Mr. Wakefield stöhnte, wie es alte Männer tun, wenn sie sich hinsetzen, und Emily war heilfroh, dass er sich nicht den Schreibtischstuhl ausgesucht hatte. Die Tür wurde wieder ins Schloss gezogen, Geschirr klapperte, dann knirschte das Holz über Emilys Kopf.

Mist.

Wakefield junior hatte sich offensichtlich halb auf dem Schreibtisch seines Vaters niedergelassen, Emily konnte durch den Spalt vor ihren Augen den Abschnitt zwischen Knie und Stiefel sehen.

»Und es passt zu ihr, dass sie sich dem Erstbesten an den Hals wirft, um ihre erhabene Position zu untermauern«, fuhr dieser fort, die Stimme viel zu nah über Emilys Ohr. »Weil er vermögend ist, weil er signalisiert hatte, sich vermählen zu wollen – und weil sich Maggie mit ihm angefreundet hatte.«

Emily zog die Stirn kraus.

Mr. Wakefield sagte: »Rede keinen Unsinn, Junge! Was hat Margaret damit zu tun?«

»Nun, zum Beispiel hat sie die beiden miteinander bekannt gemacht.«

»Das hat sie«, antwortete der alte Wakefield, »und ich will doch stark hoffen, dass sie damit bezweckte, ihrer Schwester einen Gefallen zu tun. Margaret – sie ist wohl zu jung, um sich mit einem Mann anzufreunden, meinst du nicht? Für Mary wurde es Zeit. Es wurde Zeit. Sie ist keine siebzehn mehr, sie ist nicht so ... Lassen wir das. Margaret wird es einfach haben, formulieren wir es so. Es ist gut, dass Mary nun ihr Glück gefunden hat.«

Jonathan lachte, aber es klang bitter. »Ja, allerdings! Es ist gut, und zwar für alle Beteiligten! Für sie, damit sie endlich über ihre Familie triumphieren kann, so wie sie es immer wollte. Für Maggie, damit sie nicht länger darauf warten muss, selbst heiraten zu dürfen, nachdem der alte Drache aus dem Haus ist, und für Milly ...«. Er stockte, und Emily fragte sich überrascht, ob sie eben tatsächlich eine Art Gefühl aus dieser hochmütigen Stimme herausgehört hatte.

»Milly hat genug durchgemacht«, fuhr er fort. »Sie muss sich nicht noch täglich anhören, wie egoistisch es von ihrer Mutter war, sie allein zu lassen. Dass sie sie nicht geliebt hat, ebenso wenig wie ihre anderen Kinder.«

Mr. Wakefield seufzte. Es klang, als nähme er sich die Bitterkeit der ganzen Welt zu Herzen.

»Eure Mutter war krank«, sagte er leise.

»Ich weiß das.«

»Sie hat euch sehr geliebt.«

Jonathan Wakefield antwortete nicht. Sein Vater seufzte einmal mehr. »Was sind das für Zeiten?«, fragte er. »Und nun noch Anna. Und Lennis. Und Brixton. Ich bin froh, dass wir sie nicht gefunden haben«, fuhr er fort, »das lässt mich hoffen, dass es den beiden gut geht.«

»Gut?« Jonathan Wakefield schnaubte. »Ich weiß, du willst es nicht hören, Vater, aber ich traue diesen neuen

Burschen nicht. Unser Gärtner und unser Stallbursche verschwinden ohne ein Wort, und diese beiden Harlekine tauchen auf und nehmen ihre Plätze ein?«

Emily biss sich auf die Lippen. *Harlekin?* Das traf zumindest auf einen der beiden zu. Sie würde eine Gelegenheit finden, Cullum dies unter die Nase zu reiben.

»Im Augenblick sind die beiden mehr als nützlich«, sagte Mr. Wakefield. »Wir wollen niemanden verurteilen, solange ihm keine Schuld nachgewiesen ist.«

»Gut, wenn du es so willst – aber das Mädchen habe ich heute dabei erwischt, wie es ein Gespräch belauscht hat, zwischen Mary und Milly. Es ging um das Collier.«

»Sie hat die beiden *belauscht*?«

»Die beiden waren bei der Morgentoilette, und das Mädchen war im Raum.«

»O John, das lässt sich wohl schwerlich belauschen nennen.«

»Aber Vater, sie ...«

»Woher willst du das überhaupt wissen? Hast *du* ihnen etwa nachgestellt?«

»Ich, nun ja ...«

»Nun gut. Wenn es dich beruhigt, werde ich heute Nachmittag noch einmal mit den dreien sprechen«, lenkte er ein.

»Das würde es in der Tat«, gab der Sohn gestelzt zurück, und Emily kniff frustriert die Augen zusammen. Um sie gleich darauf erschrocken wieder aufzureißen.

»Zunächst stelle ich Mr. Graham eine Liste zusammen, er wird dich nach Crediton begleiten.«

Nein, dachte Emily. *Nein, nein, nein. Nicht an diesem Schreibtisch.*

Jonathan Wakefield schnaubte. »Soll er gleich den neuen Mantel für mich anprobieren«, sagte er, »mir ist es nämlich ganz gleichgültig, wie ich bei dieser Hochzeit aussehen werde.« Aber sein Vater schien ihn zu ignorieren.

»Mrs. Pratt soll diese Liste ergänzen, nachdem sie mit Mrs. Whittle gesprochen hat«, sagte er. »Es ist noch so viel zu tun bis zur Trauung, und ich bin mir nicht sicher, ob dieses personelle Tohuwabohu am Ende nicht doch noch die Feierlichkeiten ruiniert.«

Emily hörte, wie sich Mr. Wakefield erhob und dann seine Schritte und das Klackern seines Stocks – er kam auf den Schreibtisch zu und er würde gleich dort Platz nehmen und dann würde er sie entdecken. Emily kauerte sich enger in ihr Versteck und schickte ein Stoßgebet gen Himmel.

Bitte, wisperte sie lautlos. *Bitte, bitte, bitte.*

Und dann ...

»Mr. Wakefield.« Die Tür wurde abermals nach einem Klopfen geöffnet.

»Ja, Graham?« Mr. Wakefield blieb stehen.

»Entschuldigen Sie, Sir, aber da ist ... äh ... es sind Gäste vor der Tür. Eine Dame und ein Herr, und sie sagen, sie seien *Verwandte* von Miss Wakefields Bräutigam, Sir.«

»Von Mr. George Forley?«

»Ja, Sir, Mr. Forley, Sir.«

»Es hat niemand etwas davon gesagt, dass Mr. Forley Verwandte zur Trauung erwartet. Nach dem Tod seines Vaters ...

Mary hat nichts davon erwähnt, dass es noch mehr Gäste werden würden.« Mr. Wakefield klang ratlos.

Graham räusperte sich. »Nun, Sir, ich weiß, Sir, aber die beiden bestehen darauf, eingeladen worden zu sein.«

»Aber die Hochzeit ist doch erst am Samstag!«

»Die beiden sind äußerst ... Ich weiß nicht, Sir.«

Einige Sekunden lang herrschte Stille, schließlich sagte Mr. Wakefield: »Nun gut.«

Emily stieß langsam die Luft aus. Diese Verwandten schickte wahrlich der Himmel, egal, was die restlichen Anwesenden von ihnen halten mochten. Sie blieb mucksmäuschenstill, während sich Stock und Schritte wieder von ihr wegbewegten.

»Du wusstest also nichts davon, dass Forley Angehörige in unser Haus eingeladen hat?«, fragte Jonathan Wakefield. Er stand vom Schreibtisch auf und ging ebenfalls in Richtung Tür.

»Nun, nein, aber ich denke, wir werden sie trotzdem begrüßen müssen«, gab sein Vater zurück.

»Vater.« Jonathan hielt den alten Herrn zurück. »Lass mich das machen. Es *sind* seltsame Zeiten, in denen seltsame Dinge passieren – lass mich einfach erst einen Blick auf sie werfen.«

Emily hörte nichts mehr von den beiden Männern, als sie den Raum verließen und die Tür hinter sich schlossen. Sie kroch rückwärts unter dem Schreibtisch hervor und lugte vorsichtig darüber, und erst als sie sicher war, dass sie das Zimmer für sich hatte, stand sie auf. Sie faltete das Papier, das sie immer noch in den Händen hielt, und verstaute es neben Millys Zeichnung in ihrer Rocktasche. Dann nahm sie das Tablett mit dem Teegeschirr und öffnete die Tür.

Gemurmel klang vom Eingang her, und Emily tippelte so unsichtbar wie nur möglich die Wand entlang in Richtung des Gangs, der sie in die Küche führen würde.

Was sie hier zu suchen hatte?

Sie hatte nur das Geschirr abgeräumt, raunte sie sich in Gedanken zu, und dann, ganz plötzlich, blieb sie stehen.

Sie kannte diese Stimme.

Emily sah zur Tür und blinzelte, doch selbst wenn sie nicht gekleidet gewesen wären wie neureiche Mitglieder des britischen Hochadels, hätte sie sie sofort erkannt: Adam, in dunkelblauem Samt mit einem überladenen Rüschenhemd und reichlich engen Hosen, flankiert von Eve in einem Kleid aus ockerfarbener Seide, das sie in Kombination mit ihrer roten Lockenmähne strahlen ließ wie einen Sonnenuntergang. Sie zwinkerte Emily zu.

Was um alles in der Welt, dachte Emily, doch Eve hatte ihre Aufmerksamkeit wieder auf die beiden Wakefield-Männer gerichtet.

»Und Sie sind die Cousins meines künftigen Schwiegersohns?«, hörte sie Mr. Wakefield fragen.

Eve antwortete. Beziehungsweise, sie sang. »Ganz recht, Mr. Wakefield! Mrs. Eve Sutton ist mein Name, George ist mein Vetter, wenn auch nur dritten Grades, und das hier ist Mr. Sutton, mein lieber Gatte. Wir kommen den weiten Weg aus Schottland. George sagte, wir könnten jederzeit anreisen, um sicherzugehen, dass wir es auch garantiert zur Hochzeit schaffen würden.« Sie sprach einen harschen Akzent, den

Emily noch nie an ihr gehört hatte. *Gott, sie war gut!* Sie waren alle so unglaublich gut darin zu lügen.

»Hmmmmmm«, machte Mr. Wakefield. »Das ist sehr großzügig von George.« Es entstand eine Pause, in der Eves Lächeln sich ausweitete, die Männer staunten, die Sekunden tickten.

Emily runzelte die Stirn. Sie fragte sich, was Mr. Wakefield wohl denken mochte, denn selbst auf sie wirkte Eves Stimme wie der Gesang der Sirenen, betörend und irgendwie ... kirre machend. Und sie war eine von ihnen. Eine aus Hollyhill.

»Dann ist es wohl das Beste ...«, begann der alte Wakefield, doch dann fiel ihm sein Sohn ins Wort.

»Bleiben Sie, solange Sie wollen«, sagte er. Seine Stimme klang gar nicht mehr nach ihm. Kein bisschen hochnäsig, kein bisschen kalt.

»Vielen Dank«, antwortete Eve.

»Sie können mein Zimmer haben.« Fast schon ehrfürchtig.

»Oh«, machte Eve. »Danke schön.«

»John, sei nicht albern. Wir lassen zwei der Gästezimmer herrichten.«

»Wie auch immer. Bleiben Sie.« Unterwürfig und bittend.

Emily zog eine Grimasse. *Na toll,* sagte sie sich. Wieso waren sie nicht mit Eve hier angereist? Ihr Charme – oder was auch immer es war – schien die ganze Angelegenheit doch um ein Erhebliches zu vereinfachen.

Oder auch nicht.

»Wer, sagten Sie, hat Sie geschickt?«, fragte Jonathan

Wakefield. »Ein gewisser George?« Wie verwirrt war der Kerl denn auf einmal?

»Mr. Wakefield«, mischte sich Adam ins Gespräch. »Adam Sutton ist mein Name. Danke, dass Sie uns Quartier gewähren, obwohl wir Sie so überfallen.«

»Nun ja«, antwortete Wakefield. »Recht ist mir das ehrlich gesagt überhaupt nicht. Wo kämen wir da hin, wenn wir wildfremde Leute ins Haus ließen? Gerade dieser Tage, wo sich so viel Gesindel herumtreibt? Sie sehen anständig aus, ja, aber wer sagt mir, dass Sie es auch sind? Sie…« Er stockte. Von der Seite konnte Emily sehen, dass er die Augen zusammenkniff, als täte es ihm plötzlich weh, Adam anzusehen. Er wirkte hoffnungslos durcheinander.

Adam machte einen Schritt auf ihn zu. »Umso dankbarer sind wir Ihnen«, erklärte er.

»Ich hoffe, Sie sind nicht genauso aufgeblasen wie Ihr Cousin«, sagte Jonathan Wakefield.

»John!« Der Einwand von Wakefield senior klang halbherzig.

»Wie dem auch sei«, fuhr John unbeirrt fort. »Schade, dass Ihr Kleid bis zum Boden reicht. Ich würde zu gern Ihre Beine sehen.«

»JOHN!«

Emily starrte Jonathan Wakefield an.

Großartig, dachte sie. *Nun hat mein bislang einziger Verdächtiger den Verstand verloren.*

11

Emily war schon halb in dem Gang verschwunden, als Mr. Wakefield sie zurückrief. »Ah, Emily, schönes Kind«, sagte er, räusperte sich und schüttelte den Kopf. »Ähm ... wie gut, dass wir dich hier antreffen. Wärst du so gut, diese zwei ... die, äh ...«

Ach je. Der arme Mann tat Emily leid.

»Herrschaften?«, fragte sie freundlich.

»Herrschaften, äh, ja«, antwortete Wakefield dankbar. »Würdest du die Herrschaften bitte in die Gästezimmer im zweiten Stock einquartieren? Ich werde Mrs. Pratt gleich hinterherschicken, sie wird alles Übrige veranlassen.«

»Ich könnte hierbleiben, Vater. Sicher kann Graham diesen Aufzug für mich anprobieren, wir haben fast die gleiche Größe.« Wakefield junior ließ seine Augen nicht von Eve, keine Sekunde, und er sah dabei aus wie ein liebeskrankes Kalb.

Sein Vater seufzte. »Geh jetzt, John. Warte in der Bibliothek auf mich. Emily!« Er deutete auf die Treppe. »Zweiter Stock, die ersten Zimmer auf der linken Seite des Flurs. Ich werde das Gepäck nachher heraufbringen lassen.«

Jonathan Wakefield sagte: »Bleiben Sie, so lange Sie wollen.«

Emily deutete einen Knicks an, drehte sich zur Treppe und schlug die Augen gen Himmel. Sie stellte ihr Tablett auf einer der Kommoden ab und führte die zwei Neuzugänge in ihre Räume.

»Weißt du jetzt, warum wir sie nur im Notfall mitnehmen?«, sagte Adam, sobald sie im zweiten Stock angekommen waren. Er umarmte Emily herzlich, und diese drückte ihn ebenfalls.

»Allerdings«, gab sie lachend zurück, »wer hätte gedacht, dass sich diese ... diese *Verzauberungsgabe* gleich so niederschmetternd auswirkt. Jonathan Wakefield hat sich bisher nicht gerade von seiner netten Seite gezeigt, ganz im Gegenteil – ich dachte eigentlich, er sei ein ziemlich harter Knochen, den nichts so schnell erweichen kann.«

»Eine Frage des Charakters«, erklärte Eve gut gelaunt. »Dieser junge Mann scheint etwas labil zu sein, entsprechend flattern die Synapsen in seinem Gehirn, wenn sie, sagen wir, ein bisschen zu sehr stimuliert werden.« Sie grinste Emily an.

Diese sagte: »Er kam mir gar nicht labil vor, bis gerade eben.«

»Vielleicht ist er verliebt?« Adam knuffte seine Frau in die Seite.

»Ich nehme an, Mr. Wakefield war ebenfalls nicht ganz freiwillig so unverblümt anzudeuten, wir könnten genauso gut ein Gaunerpärchen sein«, gab Eve zurück. »Und daran ist nun nicht mein kleines Talent schuld, sondern deines.«

»Die beiden können einem fast leidtun«, sagte Emily. »Das wird kein schöner Nachmittag für sie.« Sie sah sich um, um zu prüfen, ob sie noch allein waren, dann führte sie Adam und Eve ein Stück weiter in den Gang hinein.

»Wenn es mit den Gefühlen ganz schlimm wird, werde ich heute Nachmittag mit Kopfschmerzen auf dem Zimmer bleiben«, erklärte Eve. »Manchmal erfährt Adam mehr von der Wahrheit, wenn er allein mit den Menschen spricht.«

»Manchmal?« Adam hob die Augenbrauen.

»Was macht ihr überhaupt hier?«, fragte Emily.

»Wir wollten helfen«, antwortete Eve, »nachdem wir festgestellt haben, dass ihr drei hier auf der richtigen Spur seid.« Sie blickte rasch über Emilys Schulter, dann öffnete sie die Tür zum ersten Zimmer, und die drei huschten hinein. »Zunächst sind wir auf dieses Gut gefahren, God's Whistling«, begann Eve, »wo wir das erste Mal von George Forley gehört haben. Er ist der Besitzer des Anwesens, sein Vater hat es ihm vererbt.«

»Allerdings«, warf Adam leise ein, »scheint er seinem Sohn damit nichts Gutes getan zu haben. Das Haus gehört der Familie eigentlich gar nicht mehr – es ist von Spielschulden belastet, von den Dachziegeln bis zum Keller, könnte man sagen.«

»George Forley war nicht da«, fuhr Eve fort. »Es hieß, er sei in Exeter anzutreffen.«

»Wo Joe und Chloe hinreiten wollten«, sagte Adam. »Wir sind also zurück nach Hollyhill, um auf die beiden zu warten, die auch kamen, denn ...«

»... sie waren inzwischen auf dem Weg nach Plymouth«,

vervollständigte Eve, »um George Forley dort zu suchen. Er hatte Exeter bereits verlassen.« Sie machte eine kurze Pause, und Emily sah von einem zum anderen.

»Und?«, fragte sie. »Was wollte er in Plymouth? Ihr wisst, dass George Forley der Verlobte von Mary Wakefield ist?«

Adam nickte. »Wissen wir«, sagte er, »diese Information brachten Joe und Chloe aus Exeter mit, und deshalb sind wir nun hier. Weil der Name Wakefield fiel und somit feststand, dass die Maschine uns allesamt auf die richtige Spur geschickt hat.«

In Emilys Gedächtnis regte sich etwas.

Die Maschine. Richtig.

Irgendjemand sollte ihr irgendwann erklären, was es damit auf sich hatte. Nur nicht jetzt. Sicher hatten sie nicht mehr viel Zeit, bis Mrs. Pratt zu ihnen stieß.

»Was Forley in Plymouth wollte, wissen wir noch nicht«, fuhr Adam fort. »Dazu könnten Joe und Chloe sicherlich mehr sagen.«

Emily nickte langsam. *George Forley,* dachte sie. *Also doch.* Und dann: *Irgendetwas stimmt hier nicht.*

Hatte Mary Wakefield nicht heute Morgen behauptet, ihr Verlobter sei äußerst wohlhabend? Eine tolle Partie? Offensichtlich wusste sie nichts von dem verschuldeten Gut, aber …

»Emily?«

… aber vielleicht wusste George Forley von dem wertvollen Collier.

Emily sah von Adam zu Eve. »Es gibt hier ein Familienerbstück«, sagte sie, »eine Kette. Mr. Wakefield will sie morgen, zur Anprobe des Hochzeitskleids, an seine Tochter Mary übergeben. Sie wird an Mary Wakefield vererbt, durch die Heirat, wenn ich es richtig verstanden habe.«

»Wie wertvoll ist sie?«, fragte Adam. »Wertvoll genug, um ein hoch verschuldetes Gut zu retten?«

Emily zuckte mit den Schultern. »Milly, das ist die jüngste Tochter hier im Haus, sagt, sie sei sehr wertvoll.«

»Hm«, machte Eve. »Wir werden sehen, was wir herausfinden können.«

Emily nickte. »Allerdings«, sagte sie dann, »hilft uns das in Sachen Amber noch überhaupt nicht weiter, oder?«

»Stimmt«, sagte Adam, »obwohl das Ganze wohl irgendwie zusammenhängen wird.« Er sah Emily an. »Das Mädchen ist nach wie vor ohne Bewusstsein. Josh ist ratlos, ihn hat selbst irgendein Virus erwischt.«

»Wirklich? Was hat er ...«, setzte Emily an, dann wurde sie von Mrs. Pratt unterbrochen: »Meine Herrschaften«, rief sie, und Emily klappte ihren Mund zu und trat automatisch einen Schritt zur Seite. »Es tut mir leid, dass es so lange gedauert hat, ich hoffe, das Mädchen hat Sie mit ihrer Neugierde nicht belästigt.«

Adam und Eve schüttelten stumm die Köpfe. Emily knickste rasch, drehte sich um und verließ das Zimmer.

»Man sieht dich nicht, man hört dich nicht, schon vergessen?«, zischte Mrs. Pratt, die ihr in den Gang gefolgt war und sie am Arm festhielt.

»Nun, ich dachte ...«

»Ts-ts!« Mrs. Pratt hob einen Finger. »Und nun geh, räum bei Miss Wakefield das Geschirr ab und frag sie, ob du ihr beim Frisieren behilflich sein kannst. Auch Milly muss noch umgezogen werden, es gibt bald Lunch. Melde dich bei Mrs. Whittle in der Küche, damit du bei den Vorbereitungen helfen kannst. Ich werde nachher sehen, dass wir Becky wieder auf den Damm bringen. Und du«, fügte sie mahnend hinzu, »mach schnell und sei leise! Besser, ich höre heute nichts mehr von dir.«

Pfffffffffffff, machte es in Emilys Kopf.

Sie knickste – *abermals pfffffffffffffff* –, drehte sich um und stieß mit Matt zusammen, der mit Koffern beladen die Treppe hochgestiegen war.

»Hoppla«, sagte er. »Entschuldigung.«

»Mr. Chauncey, bringen Sie das Gepäck in das erste Zimmer auf der linken Seite«, hörte sie Mrs. Pratt hinter sich.

Emily starrte Matt an. »Ich muss mit dir reden«, formte sie lautlos mit ihren Lippen.

Matt runzelte die Stirn.

»Emily, ist noch etwas?«, fragte Mrs. Pratt.

Emily stöhnte innerlich, dann griff sie in ihre Rocktasche und knüllte die gekrakelte Botschaft in ihrer Faust zusammen. Sie ging dicht an Matt vorbei und drückte die Nachricht in die Hand, die schon den Koffer trug.

Matt ließ sich nichts anmerken. Er folgte Mrs. Pratt den Gang hinunter und sagte laut: »Wunderschöne Gemälde haben Sie da im Treppenhaus hängen. Die sollte man sich unbedingt einmal genauer ansehen!«

Emily blinzelte.

Dann schritt sie gemächlich die Treppe hinunter und sah sich die Gemälde genauer an.

Gut. Jonathan Wakefield hatte also einen zweiten Namen, und der begann mit einem R. *Jonathan R. Wakefield* – so stand es unter dem Porträt im Treppenhaus, auf das Matt sie offenbar hatte aufmerksam machen wollen.
R.
Wie der oder die R., der/die die Briefe zwischen Emerald und Amber erst möglich gemacht hatte?
Emily nahm die Karotten aus dem Waschbecken und setzte sich damit an den Tisch, um sie zu schälen. Mit einem Messer, was die Angelegenheit einigermaßen kompliziert gestaltete für einen Menschen aus dem 21. Jahrhundert, der einen Gemüseschäler gewohnt war, aber Emily bemühte sich. Und sie ließ sich Zeit dabei. Sie hatte an diesem Vormittag schon genug mitgemacht.
Becky ging es wieder besser – zumindest sah Mrs. Pratt das so –, also hatte sie Emily aus Miss Wakefields Zimmer und in die Küche gescheucht und die arme Becky Miss Mary und ihrer Lunch-Frisur überlassen. Zumindest hatte Emily so den Kopf frei, um noch einmal darüber nachzudenken, was sie wusste – angefangen mit dem Brief, dessen zweite Seite fehlte, die Emily auch in Annas Kammer nicht finden konnte, über Lady Joyce Wakefield, deren Tod nicht mysteriös, sondern ein Selbstmord war, über das Collier, das wohl den Schlüssel zu allem darstellte, bis hin zu George Forley, dem mysteriösen Bräutigam, und Jonathan Wakefields zweitem Vornamen, R.
Es konnte doch unmöglich sein, dass dieser aufgeblasene, herablassende, kaltherzige Kerl Mittelsmann spielte für ein liebeskrankes Paar, das offenbar gar nicht zusammen sein durfte?

»Nie im Leben«, murmelte Emily den Karotten zu, wobei...

Er mag Milly, dachte sie, *und selbst über seine Schwester Margaret hatte er im Gespräch mit seinem Vater nur Gutes zu sagen.*
Hm.
Hmmmm.
Sie hatte nicht herausfinden können, wofür das R. in seinem Namen stand. Weder Mrs. Whittle noch Hope hatten eine Antwort auf Emilys Frage, und auch Milly, die Emily auf dem Weg zur Küche mit abermals schwarzen Fingern, tintenverkleckten Ärmeln und ihrem Bündel Zeichnungen unter dem Arm entgegenkam, hatte keine Antwort für sie. »Warum willst du das wissen?«, hatte sie gefragt. »Du darfst sowieso nicht mit ihm reden!« Dann war sie grinsend an ihr vorbeigehüpft in Richtung Schweinestall.

Beim Gedanken an Milly wurde Emily ganz warm ums Herz. Es tat gut zu wissen, dass weder Jonathan noch sein Vater noch Mary Wakefield der Kleinen Fesseln anlegen konnten, so sehr sie es auch versuchten. Vielleicht würde sich das ändern, wenn sie älter war. Vielleicht würde sie irgendwann irgendeinen dominanten Mann heiraten und vor ihm knicksen und dann ihrerseits die Dienerschaft terrorisieren. Diese Zeiten schienen für Mädchen nicht gerade einfach zu sein. Und für Frauen auch nicht. Sie dachte an Joyce Wakefield, die ins Wasser gegangen war. An ihre Familie, die zurückgeblieben war.

Was war das für ein Rätsel, das sie hier zu lösen hatten?
Emily hob den Kopf und sah aus dem Fenster. Der Nebel

hatte sich gelichtet, und die Herbstsonne versuchte ihr Glück zwischen den Wolken.

Sie sehnte sich danach, all dies mit Matt zu besprechen. Sehnte sich. Sie sehnte sich nach Matt.

»Hey«, flüsterte sie und tippte an seine Schulter. Sie hatte bis nach dem Dinner gewartet, Hope beim Abwasch geholfen und sich ein Stück Brot aus der ausnahmsweise mal nicht von Mrs. Pratt verriegelten Speisekammer stibitzt, dann war sie hinausgelaufen in den Garten, der sich hinter dem Haus bis zum Wald hin erstreckte. Matt wartete beim Gewächshaus, wie Emily ihn in ihrer Nachricht gebeten hatte, und als sie ihn berührte, drehte er sich zu ihr um.

»Da bist du ja endlich«, sagte er leise. »Ich warte hier schon gefühlte zwei Stunden.«

»Ich habe doch geschrieben, nach dem Dinner, nach dem Abwasch, wenn alles erledigt ist, also gegen neun Uhr.«

Matt hob die Hand und Emily den zerknitterten Zettel unter die Nase, den sie ihm zugesteckt hatte. »Zeig mir, wo hier eine Uhrzeit steht«, forderte er sie auf, und Emily warf einen Blick auf ihre eigenen Zeilen. Sie zog das Blatt näher zu sich heran, um im Mondlicht überhaupt etwas zu erkennen, und Matt begann zu lachen.

»Ähm«, machte sie. »Hier?« Sie sah ihn fragend an. »Okay, es ist nicht leicht zu entziffern. Hast du schon mal mit Feder und Tinte geschrieben?«

»Schon öfter«, sagte er. »Man braucht Gefühl dafür.«

»Haha.« Emily faltete das Papier zusammen und steckte es in ihre Tasche. Es konnte doch unmöglich sein, dass sie nervös wurde, bloß weil Matt das Wort *Gefühl* erwähnt hatte.

»Warum ich dich sprechen wollte«, setzte sie an, doch Matt unterbrach sie.

»Nicht hier«, sagte er und nahm ihre Hand. »Komm mit.«

Er führte sie am linken Rand des kleinen Walds entlang und dann ein Stück hinein, auf einem sehr gepflegten Weg allerdings, der sich sanft nach oben schlängelte, und keine fünf Minuten später hatten sie ihr Ziel erreicht: eine Lichtung und darauf ein kreisrunder Pavillon, dessen mintgrüne Farbe sich frisch und freundlich gegen das Dunkelgrün der Bäume abhob.

Matt hielt Emily die Tür auf.

»Es ist ein bisschen staubig«, sagte er, »ich glaube nicht, dass in letzter Zeit jemand hier gewesen ist. So wird uns auf jeden Fall niemand belauschen.«

Emily sah sich in dem Raum um. Er war rund und auch innen grün, und etwa die Hälfte der Wände war aus Glas, die den Blick auf den See freigaben, in dem sich klar und ruhig das Mondlicht spiegelte. Gegenüber der Fensterfront stand ein Sofa, auf dem Decken ausgebreitet waren, und dahinter eine Staffelei, an der verhüllte Bilder lehnten, wie auch an der gesamten Rückwand des Häuschens.

Emily ging auf die Gemälde zu und entfernte eines der Laken. Das Bild zeigte den alten Mr. Wakefield an einem Fenster lehnend, hier in diesem Pavillon, den funkelnden See hinter sich. Er posierte mit einer Pfeife in der Hand und einem Lächeln auf den Lippen und sah um Jahre jünger aus. Und glücklicher.

Das nächste Bild zeigte Milly. Sie saß im Gras, ihre Skizzenmappe auf dem Schoß, und war versunken in den Anblick eines Fohlens, das vor ihr auf der Wiese graste.

Emily seufzte. »Sie kam zum Malen her, vermute ich«, sagte sie. »Millys Mutter. Womöglich war niemand mehr hier seit ihrem Tod.« Sie ließ die Stoffe zurück über die Rahmen gleiten, behutsam, und drehte sich zu Matt um. »Sie ist in den See gegangen«, erklärte sie. »Es war kein ›mysteriöses Verschwinden‹, wie Pfarrer Harry ursprünglich vermutet hatte. Sie hatte Depressionen.«

Sie erzählte Matt von dem Gespräch zwischen Vater und Sohn, das sie belauscht hatte, und von Milly, die wegen der Kaltherzigkeit ihrer großen Schwester in Tränen ausgebrochen war.

»Unter anderem ging es bei dem Streit um ein Collier«, sagte Emily. »Und deshalb wollte ich dich sprechen.«

Matt nickte. »Hier«, sagte er und hielt ihr eine der Decken hin.

Emily wickelte sich darin ein, und dann setzte sie sich aufs Sofa – sie rechts, Matt links – mit dem Rücken an die Armlehne gestützt, die Beine bis unters Kinn gezogen, den Körper ihm zugewandt. Es war so eisig in diesem Raum. Emily konnte den Atem vor ihrem Gesicht sehen.

»Diese Kette«, begann sie, »ist anscheinend ziemlich wertvoll und wird der ersten Tochter bei ihrer Heirat überreicht. Mr. Wakefield hält sie an einem sicheren Ort versteckt, morgen will er sie Mary Wakefield zur Anprobe überreichen.«

»Wo bewahrt er sie auf?«, fragte Matt.

Emily zuckte mit den Schultern. »Das hat er offenbar

nicht einmal seinen Kindern erzählt«, sagte sie, »was ziemlich merkwürdig ist, wenn ich es mir recht überlege.« Sie runzelte die Stirn. »Ob es etwas damit zu tun hat, dass Margaret nicht möchte, dass ihre Schwester Mary die Kette bekommt? Milly sagte so etwas. Es scheint, als habe Margaret ein besonderes Verhältnis zu ihrer Mutter gehabt – für sie hat diese Kette eine Bedeutung, die über den eigentlichen Wert hinausgeht. Lady Joyce hat sie angeblich immer getragen – immer, bis auf diesen einen Tag, an dem sie in den See gegangen ist.«

Matts Augen verengten sich nur das kleinste bisschen, er ließ den Blick zum Fenster schweifen, und auf einmal wurde Emily noch kälter.

Oh, nein.

Natürlich war es dieser See. Welcher sollte es sonst gewesen sein?

Matt sah sie an. Er dachte genau das Gleiche wie sie.

»Ein Familienerbstück also«, sagte er. »Hast du mit Adam und Eve gesprochen? Sie meinten, die verschiedenen Spuren, denen sie nachgegangen seien, haben alle zu einem gewissen George Forley geführt.«

Emily nickte. »Dem Verlobten von Mary«, sagte sie. »Angeblich wahnsinnig vermögend.«

»Wirklich? Adam sagte etwas davon, dass er hoch verschuldet sei. Er und das Gut, das er von seinem Vater geerbt hat?«

Wieder nickte Emily. »Ganz genau«, sagte sie, »offenbar spielt er den Wakefields vor, vermögend zu sein, ist in Wahrheit aber völlig pleite.«

»Weshalb ihm so ein wertvolles Familienerbstück gerade recht kommen dürfte«, sagte Matt.

»Exakt. Aber das ist nicht alles.« Emily holte Luft. »Milly hat mir eine Zeichnung gezeigt. Die Kette besteht aus Perlen – und aus Bernstein.«

»Bernstein?« Matts Augen weiteten sich.

Emilys Augen leuchteten. »Bernstein.«

»Amber«, flüsterte Matt. »Das Wort für Bernstein ist Amber.«

»Ich weiß«, erklärte Emily. »Ich hab im Englischunterricht gut aufgepasst.«

»Amber«, wiederholte Matt. »Und Emerald – wieso sind wir nicht gleich darauf gekommen? Emerald ist ebenfalls ein Stein.«

Emily nickte. »Welcher, ist mir allerdings nicht eingefallen«, sagte sie.

»Ein Smaragd.« Matt kniff die Augen zusammen. »Amber und Emerald – zwei Verliebte, die sich offiziell nicht haben dürfen, benutzen falsche Namen für ihre Liebesbriefe, *Schmucknamen* sozusagen, von Steinen, die zu einem Erbstück gehören. Und es geht ... um was? Darum, das Collier zu stehlen?«

»Vermutlich«, sagte Emily, »vielleicht. Zunächst einmal müssten wir die Frage klären, wer dieser Emerald ist, oder?«

»Liegt das nicht auf der Hand? Du hast es selbst gesagt.«

Emily sah Matt an. »Hab ich das?«

»Jonathan Wakefield kann Emerald nicht sein«, wiederholte Matt, »weil sein Vater nicht gestorben ist.«

»Ooooooh«, jammerte Emily. »Erinnere mich nicht daran.

Dieses R. in seinem Namen – soll das bedeuten, dass der Kerl hier auch noch der Gute ist?«

Matt grinste. »Wir werden sehen«, sagte er, »doch erst mal zurück zu George Forley. Er hat das Gut seines Vaters geerbt.«

Emily nickte einmal, und Matt fuhr fort: »God's Whistling, das, wenn ich mich recht an Harrys Worte erinnere, in der Nähe von Launceston liegt.« Während er sprach, nahm er das Bündel Briefe aus der Innentasche seiner Jacke, überflog sie kurz und reichte Emily dann einen davon.

Es war der erste, wie Emily feststellte. Der mit der Ortsmarke …

»… Launceston.« Emily starrte auf das Papier. »Ich weiß, ich sollte anderes denken, habe anderes zu tun, hier, nach dem Tod meines Vaters«, murmelte sie.

Sie sah Matt an.

»George Forley ist Emerald«, sagte sie langsam, »verschuldet bis über beide Ohren und verlobt mit Mary Wakefield.« Sie hielt kurz inne. »Emerald …«, murmelte sie dann, »Emerald. Er traf Amber auf einem Ball in Exeter, wie Mary ihren George. George ist Emerald. Wer ist Amber?«

Emily überlegte, und Matt blätterte durch die Briefe.

»Mary kann es nicht sein, oder?«, fragte er, und Emily schüttelte den Kopf.

»Auf keinen Fall, dafür ist sie viel zu kalt und … unemotional.«

»Dann hat sich der gute George in das Dienstmädchen verliebt? In Anna?«

Emily seufzte. »Aber was hatte sie dann auf dieser Kutsche

zu suchen? Allein? Und verletzt? Wenn die zwei gemeinsam den Schmuck stehlen wollten, wenn Emerald alias George aber erst am Freitag hier ankommt – was hatte Anna/Amber dann allein auf diesem Kutschbock verloren?«

Matt schüttelte den Kopf, die Augen immer noch auf den Briefen in seiner Hand. Er hielt einen davon dicht unter seine Nase. »Das ergibt überhaupt keinen Sinn«, murmelte er.

Emily runzelte die Stirn. »Was genau?«

Matt deutete auf das Papier in seiner Hand, dann hielt er die Zeilen in Richtung Fenster, in Richtung Mondlicht.

»Hier«, sagte er, »... blabla, blabla, und dann sind Sie sich wirklich absolut sicher, dass Sie dies tun wollen? Dann kommen Sie am 3. November nach Sutton Pool... blabla, blabla, ... kann nur hoffen, dass alles gut geht, bis wir am 4. November endlich alles hinter uns gelassen haben.«

Matt blickte von dem Brief auf. »Der 4. November war vorgestern«, sagte er. »Wenn Mr. Wakefield den Schmuck morgen erst aus seinem Versteck holt, wenn Emerald und Amber ihn aber stehlen wollten, wieso sollten sich die beiden dann schon für den 4. verabredet haben? Wieso liegt Amber dann seit dem 3. November auf einer Pritsche in Hollyhill?«

»Weil ...« Emily verzog das Gesicht. »Weil sie den Schmuck bereits haben?«, fragte sie zweifelnd. »Und sich Anna/Amber allein und mit dem Schmuck auf den Weg zu ihrem Geliebten gemacht hat?«

Matt seufzte. »Ich hoffe, du hast unrecht, denn wenn du recht hast und morgen der Schmuck fehlt, wird der Verdacht als Erstes auf uns fallen. Dafür wird Jonathan Wakefield schon sorgen.«

»Oh, Mist!« Emily stöhnte. »Er verdächtigt mich ohnehin schon seit heute Vormittag, seit mir Mary Wakefield während des Bads von der Kette erzählte. Er stand vor der Tür und hat uns belauscht.«

»Er hat an der Badezimmertür gelauscht?« Matt lachte.

»Ein übler Perversling.«

»Scheint mir auch so. Übel, pervers – und eventuell Mittler in einer ganz schön verzwickten Liebesgeschichte.«

»Niemals«, sagte Emily. »Wie käme er dazu, einem Heiratsschwindler und einem Dienstmädchen dabei zu helfen, ein Erbstück seiner Familie zu stehlen?«

»Auch wieder wahr. Dann müssen wir uns wohl auf die Suche nach einem anderen R. machen. Wie dem auch sei ...« Matt holte Luft und sah Emily bedauernd an. »... es sieht nicht danach aus, als hätte Jonathan Wakefield mit der Sache irgendetwas zu tun, oder? Wäre dem so, hätten Adam und Eve längst etwas aus ihm herausholen müssen.«

Emily seufzte. »Vermutlich hast du recht. Wäre ja auch zu schön gewesen.« Sie ließ den Kopf gegen die Lehne sinken und zog die Stirn kraus. »Es hätte zu ihm gepasst, ein kalter, arroganter Kerl zu sein, der ein Dienstmädchen bedrängt und es dazu bringt, vom Hof zu fliehen.«

»Im Moment ist er weniger ein kalter, arroganter Kerl als ein dummer, verliebter Narr«, sagte Matt.

Emily kicherte. »Eve«, sagte sie. »Unglaublich, was sie anrichten kann.«

Matt nickte. »Ich habe sie beim Holznachlegen getroffen –

sie ist unter vorgeschobenen Kopfschmerzen zum Fünf-Uhr-Tee auf dem Zimmer geblieben. Vermutlich wollte sie dem armen Jonathan eine Pause gönnen.«

»Fast könnte er einem leidtun, der arme Jonathan«, sagte Emily. »*Fast.*«

»Wakefield senior weiß ziemlich sicher ebenfalls nichts von dem, was hier vor sich geht.« Matt machte eine kurze Pause, dann fuhr er fort: »Er hat Adam und Eve vom Tod seiner Frau erzählt. Es hat ihn schwer getroffen. Die Kinder natürlich auch, vor allem Margaret. Sie haben sie kaum gesehen in diesem Sommer, seit dieser Geschichte ist sie die meiste Zeit in Exeter bei einer Cousine.«

Sie schwiegen eine Weile, und Emily zog die Decke fester um ihre Schultern. Ob Matt das Gleiche dachte wie sie? Sie beide hatten um ihre Eltern getrauert, sie beide wussten, was es heißt, jemanden zu verlieren, den man über alles liebt, den Mittelpunkt seines Lebens sozusagen; sie beide wussten, wie schwierig es war, diesen Schmerz zu überwinden. Und welche Folgen er nach sich ziehen konnte.

Es war verständlich, dass Margaret, die offenbar das innigste Verhältnis zu ihrer Mutter gepflegt hatte, sich von allem zurückzog, ihr altes Leben hinter sich lassen wollte. Matt hatte das Gleiche getan. Emily verschloss sich noch heute. Wenn sie wieder in München war, würde sie lernen müssen, mit dem Wissen umzugehen, das sie hinzugewonnen hatte. Über ihre Herkunft. Über ihre Mutter. Über sich selbst.

Über Matt.

Sie sah ihn an. Sie hatte so viel über ihn erfahren, über ihn und über seine Welt. Sie hatte ihn gesehen, wie er wirklich war, und je klarer er ihr wurde, desto mehr mochte sie ihn. Und auf einmal hatte sie das dringende Bedürfnis, ihm dies zu zeigen.

Sie schob eine Hand unter die Decke und in ihre Rocktasche, zog das Bild von Milly hervor und reichte es Matt, der es mit fragendem Blick entgegennahm und auseinanderrollte. Er starrte es einige Sekunden lang an, dann wurden seine Züge weicher.

»Sie ist ziemlich talentiert, oder?«, fragte er, und Emily nickte.

»Sehr. Ich war beinahe schockiert, wie gut sie dich getroffen hat.«

Matt sah von der Zeichnung auf. »Du findest, sie hat mich gut getroffen?«

»Sie hat dich perfekt getroffen. Bist du anderer Meinung?«

Matt richtete den Blick auf das Fenster. Emily konnte sich denken, was ihn beschäftigte, und es tat ihr leid, dass er es offenbar nicht fertigbrachte zu sehen, was sie sah. Sich so zu sehen, wie er wirklich war.

»Wie lange warst du dort?«, begann er. »In dem Stall.«

»Lange genug«, sagte Emily, und Matt schloss die Augen.

»Es war nicht so schlimm, wie du offenbar glaubst«, erklärte sie sofort. »Du bist nur halb so furchterregend, wie du denkst.«

Ob er wusste, dass er die Worte schon einmal von ihr gehört hatte? In seinem Wagen, als er sie das erste Mal nach Hollyhill gebracht hatte? Emily nahm es an. Matt sah immer noch in Richtung Fenster, doch seine Mundwinkel hatten sich gehoben.

»Als wir in den Stall kamen«, begann sie langsam, »war der eine Junge schon bewusstlos, und du hast absichtlich Krach geschlagen, um Brixton anzulocken. In dem Lärm haben wir uns an die Pferdebox herangeschlichen. Das einzige Licht in dem Stall kam von dem Körper des Jungen. Er glühte irgendwie. Du bliebst im Schatten verborgen, bis Brixton auftauchte. Du nahmst sein Gesicht in deine Hände, und er fing an zu leuchten.«

Matt schnaubte. »Ich werde Cullum dafür umbringen, dass er dich dorthin gebracht hat.«

»Ich bin froh, dass er es getan hat«, sagte Emily, und jetzt wandte Matt ihr sein Gesicht zu.

»Wie kannst du froh darüber sein?«, fragte er und wedelte mit der Zeichnung, die er immer noch in der Hand hielt. »Das ist es, wie du mich sehen willst, oder etwa nicht? ›Perfekt getroffen‹, das hast du selbst gesagt.«

»Ja, und ich habe es so gemeint – *perfekt getroffen*, denn der auf diesem Bild, das bist ganz du. Sieh dir deine Augen an, Matt.« Sie rutschte näher an ihn heran, nahm die Zeichnung an sich und deutete mit dem Finger darauf. »In diesem winzigen Lächeln steckt so viel mehr, als du Milly hast zeigen wollen. Siehst du das nicht?«

»Emily ...« Matt runzelte verwirrt die Stirn.

Emily legte das Bild auf den Boden und nahm stattdessen Matts Hände in ihre. Er sah überrascht aus, doch er erwiderte ihren Druck sofort.

Sie holte Atem. Dann sagte sie: »Sie sind auf dich angewiesen, habe ich recht? Weil es nun mal nicht immer um Stallburschen und Gärtner geht, die es auszuschalten gilt, sondern um Mörder wie Quayle und Gaunerpärchen mit Pistolen, die meine Mutter in ihrem Traum übersehen hat.«

Matt ließ den Kopf hängen. Emily starrte auf ihre ineinander verflochtenen Finger und suchte nach den richtigen Worten für die Frage, die ihr auf der Seele brannte, seit sie Matt gesehen hatte, in diesem Stall, bei dem, was er tat.

»Tut es weh?«, fragte sie leise. »Ich meine – Cullum stellte es so dar, als müssten die anderen dankbar sein, dass ihnen nur Lebensenergie geraubt und keine Zähne ausgeschlagen würden. Oder so ähnlich.«

»Cullum«, knurrte Matt.

»Was passiert, wenn jemandem Lebensenergie geraubt wird?«, fuhr Emily fort. »Wird sie dann nicht irgendwann an irgendeinem Punkt des Lebens fehlen?«

Matt holte Luft. »Bei allem, was wir tun, ist immer das größte Problem, dass uns niemand entdecken darf«, sagte er. »Die ... *Methode*, die ich anwende, sie gewährleistet, dass derjenige sich später nicht mehr daran erinnern kann, was ihm widerfahren ist.« Er sah Emily an. »Das ist überlebenswichtig für uns«, sagte er. »Stell dir vor, jemand käme dahinter, was wir tun, wer wir sind ...« Matt schüttelte den Kopf. »Jedenfalls tut es nicht weh. Und wir wissen nicht sicher, ob wirklich Lebensenergie dieses Licht freisetzt. Wie könnten wir da sicher sein?«

»Was ist mit deinen Augen?«

Matt blinzelte, dann ließ er Emilys Hände los und rückte ein winziges Stück von ihr ab. »Ich werde Cullum dafür umbringen, dass er dich dorthin gebracht hat«, wiederholte er.

Emily lachte leise.

»Was?« Matt sah sie stirnrunzelnd an. »Das ist nicht witzig!«

»Warum nicht?«, fragte sie. »Weil du tust, was du denkst, dass du tun musst, aber nicht möchtest, dass jemand davon weiß? Weil du dich für ein Monster hältst? Weil du glaubst, andere könnten dich für ein Monster halten, wenn sie ...«

»Meine Mutter«, rief Matt dazwischen, und Emily verstummte augenblicklich. Er atmete geräuschvoll aus. »Mum. Sie war unglücklich. Ziemlich. Und manchmal denke ich ... ich denke, sie war es meinetwegen. Weil ausgerechnet ich, von allen anderen im Dorf, die Aufgabe habe, Menschen zu verletzen. Sie ... Es hat sie zermürbt.« Er sah Emily an. »Es zermürbt jeden, der mir nah ist.«

Für eine Millisekunde hörte Emilys Herz auf zu schlagen. *Es zermürbt ihn. Cullums Worte. Es höhlt ihn aus. Es zieht ihn in die Tiefe. Und mit ihm jeden, der ihm nahekommt.*

Dann stieg eine nie gekannte Wut in ihr auf. »Das ist das Dümmste, was ich je gehört habe«, sagte sie laut. »Wer redet dir so etwas ein? Du selbst? Chloe? Cullum?«

»Was ...«

»Woran willst du dir noch die Schuld geben? Am Ausbruch des Zweiten Weltkriegs? An der Erfindung der Atombombe? An ... der Auflösung der Beatles?«

Matt runzelte die Stirn.

»Okay, dann sind deine Augen eben etwas be...beansprucht, das ist aber doch kein Grund davonzulaufen. Deine Mutter hat dich so gesehen, na und? Sie hat sicher nicht an dir als Person gezweifelt. Sie hat dich geliebt, und sie war glücklich darüber, dass du sie geliebt hast. Sie ...«

Mitten im Satz hielt Emily inne. Matt starrte sie an, die Augen weit, die Lippen halb geöffnet, und mit einem Mal hatte sie das ganz dringende Bedürfnis, diesen Pavillon zu verlassen.

Was tat sie hier? Sie redete sich um Kopf und Kragen und um ihre Souveränität. Noch ein Wort, und sie würde sich ihm an den Hals werfen, das spürte sie genau.

Emily räusperte sich. »Es ist spät, besser, ich ...«

»Geh nicht.«

»Ich ... oh.«

Matt beugte sich vor und legte eine Hand in Emilys Nacken. Er zog sie zu sich heran, seine Lippen kamen näher, Emily schlang ihre Arme um seine Taille und ...

»Das hat nichts damit zu tun, was du gerade eben gesagt hast«, sagte er leise.

Emily nickte unter seinen Fingern. »Okay«, hauchte sie.

»Wobei ich es interessant finde, dass du glaubst, ich könnte jemanden glücklich machen.«

»Matt!«

Musste er unbedingt wiederholen, was sie da eben hinausposaunt hatte?

»Okay.« Seine Lippen kamen näher, aber nur ein winziges Stück. »Eigentlich dachte ich, es sei für uns beide einfacher, wenn wir das nicht noch mal tun«, flüsterte er.

Emily seufzte. »Das dachte ich auch«, flüsterte sie zurück, und dann schloss sie die Augen.

12

War das Dampf in dem Zimmer oder war es Nebel? Sie war doch drinnen, oder etwa nicht? Es war in jedem Fall heiß, und es war stickig, und Emily streckte die Arme vor ihren Körper, um sich vorwärtszutasten durch die dichte, dampfende, weiße Wand. Sie sah auf ihre Hände. Sie kamen ihr so fremd vor. Mit fremden Händen suchte sie sich ihren Weg ans Ende des Raums, hin zu dem Körper, der sich auf eine Liege gekrümmt hatte, mit dem Rücken zu ihr.

Amber. Arme, kranke Amber.

Emily konnte nicht viel erkennen, also fühlte sie mit ihren unbekannten Fingerspitzen. Das durchschwitzte Hemd, die zerzausten Haare, die eiskalte Haut. Darunter Muskeln. Ein viel zu breites Kreuz, um zu einem Mädchen zu gehören.

Das war nicht Amber.

»Matt.« Ihre Lippen formten lautlos seinen Namen. »Matt.« Noch einmal. Ein Flüstern jetzt. »Matt!« Sie umfasste seine Schulter und rüttelte daran. »Matt! Matt!«

»Emily! Hey, wach auf! Shhhhh, du hast geträumt, alles ist okay. Hey!«

Mit einem Ruck öffnete Emily die Augen, um sie dann sofort wieder zu schließen. Sie wusste, wo sie war. Sie schmiegte ihr Gesicht an Matts Brust und zog ihn mit einem Arm näher zu sich heran. Ihr Herz klopfte, und sie hoffte inständig, dass sie seinen Namen nicht laut gerufen hatte. Sie wollte ihn auf keinen Fall beunruhigen, sie wusste ja selbst nicht genau, was dieser Traum zu bedeuten hatte.

Sie atmete ein paarmal ein und aus. Wer war das gewesen auf dieser Liege? Es musste das Mädchen sein, alles andere ergab überhaupt keinen Sinn. Und wessen Hände hatten sich dort vorwärtsgetastet? Waren das wirklich ihre gewesen?

»Was war denn?«, flüsterte Matt. »Du hast gestöhnt und dich gewunden, als hättest du mit jemandem gekämpft.«

Emily kniff die Augen ein wenig fester zusammen. »Ich weiß nicht genau«, gab sie leise zurück. »Es war neblig und... und heiß und...« Sie seufzte, öffnete schließlich die Augen und stützte sich auf den Arm, der nicht Matts Hüfte umschlang.

Es war eng auf diesem Sofa, das definitiv nicht zum Übernachten und definitiv nicht für zwei Personen gedacht war – sie lagen halb aufeinander statt nebeneinander, und trotzdem war es ihnen irgendwie gelungen einzuschlafen. Nachdem sie sich geküsst hatten. Mehrere wundervolle Stunden lang.

Gefühlt.

Apropos.

Emily beugte sich vor und drückte ihre Lippen auf die von Matt, der sofort darauf einging und mit einer Hand ihren Nacken umschloss. Emily lachte leise.

»Was?«, fragte Matt.

»Gar nichts«, flüsterte Emily. »Ich hätte nur nicht gedacht, dass du dich so leicht überzeugen lässt. Sonst warst du immer so stur.«

»Stur?«

»Hm-hm.«

Sie ließ die Hand über seinen Rücken nach oben wandern und vergrub sie in seinen Haaren. Dann küsste sie ihn, als wäre dies das Selbstverständlichste auf der Welt, denn genauso fühlte es sich an: selbstverständlich, absolut natürlich und über jeden Zweifel erhaben. Sie hatte keine Ahnung, wo diese Gewissheit plötzlich herkam. Es war einfach…

… als hätten sie sich schon immer geküsst.

Als gehörten sie für immer zusammen.

»Emily?«

»Ja?«

Sie klangen jetzt beide ein bisschen außer Atem, und es war überhaupt nicht mehr kalt in dem kleinen Pavillon. Kein bisschen.

»Das ist irgendwie eine echt schlechte Zeit für… so etwas«, sagte er.

»Ich wäre schon froh, wenn es das richtige Jahrhundert wäre.«

Matt grinste, küsste sie auf die Nasenspitze und rückte dann ein Stück von ihr ab. »Du bist süß«, stellte er fest.

»Danke«, sagte Emily und strahlte.

»Gern geschehen.« Matt betrachtete sie drei Sekunden lang, dann zog er sie erneut an sich, und diesmal begann Emily zu kichern.

»Hee, du Schizo«, sagte sie lachend. »Wie war das mit der falschen Zeit? Wir waren uns doch einig, dass das Jahrhundert nicht ganz passend ist.«

»Hm«, murmelte Matt gegen Emilys Lippen. »Vielleicht sollten wir das nicht so eng sehen. Immerhin ist das neunzehnte Jahrhundert bekannt für seine heißen Tête-à-têtes.«

»Ist es das? Na, du musst es ja wissen.«

»Ganz recht.« Matt küsste sie, wieder und wieder, doch nach einer Ewigkeit, als er sie erneut ein Stück von sich schob, war aller Humor aus seinen Augen verschwunden.

»Ich wünschte, wir hätten uns unter normalen Umständen kennengelernt«, sagte er leise.

»*Normal?*«, wiederholte Emily. »Du meinst, in der Schule zum Beispiel?«

»Zum Beispiel.«

»In der Disko?«

»Warum nicht?«

Emily lächelte.

»Was?«, fragte Matt.

»Ich stelle mir dich gerade auf der Tanzfläche vor.«

»Und das ist lustig?«

Emily grinste jetzt. »Oh, ja.«

»Hm. Du dagegen würdest sicher hinreißend aussehen in diesem Dienstmädchen-Outfit«, erklärte Matt. »Vielleicht kannst du die Mode ins Nachtleben des 21. Jahrhunderts retten.«

»Das würde vielleicht in Berlin funktionieren, in München sicher nicht.«

Matt hob eine Hand und strich Emily eine Haarsträhne

hinter ihr Ohr, dann küsste er sie auf die Stirn, und schließlich legte Emily ihren Kopf wieder an seine Brust. Sie atmete tief ein. Er roch wirklich ziemlich gut, nach Holz und Heu.

»Erzähl mir von München«, forderte er sie auf.

»Hmmmm«, machte Emily. »München ist die Hauptstadt Bayerns und um einiges größer als Hollyhill«, begann sie, und Matt knuffte sie leicht.

»Ernsthaft«, sagte er.

»Okay, ernsthaft«, sagte Emily. Sie überlegte einen Augenblick, dann begann sie: »Ich wohne bei meiner wunderbaren Großmutter, wie du weißt, in einer kleinen Altbauwohnung. Es ist die gleiche Wohnung, in der schon mein Vater aufgewachsen ist. Ich ... ähm, ich lebe in seinem Zimmer, mit seinen alten Schränken und seinen alten Büchern – was vermutlich der Grund ist, warum ich mich auch für Medizin entschieden habe – und ... ja. Viel mehr gibt es nicht zu erzählen. Fee ist meine beste Freundin seit dem Kindergarten. Sie hat mich damals gerettet, quasi. Nachdem das mit meinen Eltern passiert ist.«

Emily stoppte ihren Redefluss. Sie kam sich auf einmal dumm dabei vor, all dieses langweilige Zeug aus ihrem langweiligen Leben zu erzählen, also hob sie den Kopf und sah Matt an. »Es ist nicht sehr aufregend«, sagte sie entschuldigend. »Eher das Gegenteil.«

Matt lächelte sie an. »Bist du verrückt?«, fragte er. »Ich will alles wissen. Erzähl mir von Fee. Wie hat sie dich gerettet?«

»Das ist eine ziemlich traurige Geschichte.«

»Erzähl sie mir, wenn du willst.«

Emily ließ den Kopf zurück auf Matts Brust sinken. »Die Geschichte handelt von einem Mädchen, das fast ein Jahr lang nicht gesprochen hat«, begann sie. »Sie handelt von Psychologen und Kinderkliniken und Albträumen und einer furchtbar leidenden Großmutter, die auf einen Schlag nicht nur Sohn und Schwiegertochter, sondern im Grunde auch die Enkelin verloren hatte.«

Matt drückte Emily fester an sich.

Emily schloss die Augen. »Ich kann mich kaum noch an dieses erste Jahr nach ihrem Tod erinnern«, sagte sie. »Meine Oma hat mir später davon erzählt.«

Matt seufzte. »Kein Kind sollte so etwas durchstehen müssen«, sagte er, und Emily nickte. »Und kein Erwachsener«, fügte sie hinzu.

Sie schwiegen eine Weile. Emily lauschte auf Matts Herzschlag unter ihrem Ohr. Er ging ruhig und gleichmäßig, und sie hätte ihm ewig zuhören können.

»Was hat Fee getan?«, fragte er.

Emily lachte leise. »Fee war einfach Fee«, sagte sie. »Wir waren in einer Kindergartengruppe, und sie war die Einzige, die mich nicht für verrückt hielt, weil ich nicht gesprochen habe. Sie hatte beschlossen, es zu ignorieren. Jeden Tag saß ich in der gleichen Ecke und habe darauf gewartet, dass meine Großmutter mich wieder abholte, und jeden Tag hat sich Fee vor mich hingesetzt und mir Geschichten erzählt. Oder Szenen mit ihren Puppen vorgespielt. Oder Lieder vorgesungen.«

»Das klingt nach einer ziemlich guten Therapie«, sagte Matt.

»Die Einzige, die geholfen hat«, stimmte Emily zu. »Allerdings singt Fee sehr schlecht. Und mit Texten hat sie es auch nicht wirklich. Irgendwann bin ich ihr ins Wort gefallen, weil sie ›Oh, Tannenbaum‹ jedes Mal falsch gesungen hat. ›Es heißt *du grünst*, nicht *du blühst*‹ hab ich gerufen, und mit einem Mal waren alle Kinder still.«

Matt küsste Emilys Haar.

»Und dann?«, fragte er.

Emily zuckte die Schultern. »Und dann war Fee ausnahmsweise mal sprachlos. Und wir wurden Freundinnen.« Sie hob den Kopf und rutschte ein Stück nach oben, sodass sie Matt bequem ins Gesicht sehen konnte. »Best friends forever«, sagte sie.

»Hm-hm.« Matt fuhr mit dem Zeigefinger die Konturen ihres Munds nach und folgte dann mit seinen Lippen.

»Sie tut es heute noch«, sagte Emily.

»Was?«, murmelte Matt gegen ihren Mund.

»Falsch zitieren.«

»Ja?«

Sie räusperte sich. »*You have bewitched me, body and soul*«, erklärte sie.

Matt hob eine Augenbraue.

»Fee sagt ›beschwipst‹. Sie macht es mit Absicht.«

»Verstehe. Klingt nach irgendeinem Klassiker.«

»›Stolz und Vorurteil‹.«

»Ah«, sagte Matt. »Kommt daher deine Schwäche für Jane Austen?«

»Oh, nein!« Emily schloss die Augen und legte den Kopf in den Nacken. »Erinnere mich bitte nicht daran! Es war so peinlich! *Du kannst lesen? Dieses Buch ist vor ein paar Tagen erst erschienen. Wer ist Jane Austen?*«

Matt lachte, und Emily gab ihm einen Klaps auf die Schulter. »Das war gar nicht komisch«, erklärte sie. »Fast hätte mich Miss Wakefield einsperren lassen.«

»Um welches Buch ging es denn?«

»›Sinn und Sinnlichkeit‹.«

»Und es ist gerade erst erschienen? Jane Austen lebt also wirklich?«

Wieder gab Emily Matt einen Klaps, diesmal ein bisschen fester.

»Autsch«, machte er.

»Geschieht dir ganz recht.«

Matt küsste sie auf die Stirn. Emily küsste ihn auf den Mund.

»Fee würde ausflippen«, erklärte sie. »Sie liebt Jane Austen. Sie liebt diese romantischen Geschichten. Sie hat mich zu ›Colin & Cake‹-Nachmittagen gezwungen, bis selbst ich die Dialoge mitsprechen konnte.« Emily räusperte sich. »*In vain I have struggled*«, begann sie halbwegs theatralisch, »*it will not do. My feelings will not be repressed.*« Sie sah Matt an, absolut ernst. »Colin Firth in ›Stolz & Vorurteil‹«, erklärte sie, »aber es gab auch Gwyneth Paltrow in ›Emma‹, Sally... wie hieß sie mit Nachnamen?... in ›Persuasion‹, Kate Winslet in bereits erwähntem ›Sinn & Sinnlichkeit‹...« Emily stockte. Sie setzte sich auf und schaute auf Matt herab, der sich auf seinen Ellbogen aufstützte.

»Was ist?«, fragte er.

Emily kniff die Augen zusammen. »›Sinn & Sinnlichkeit‹«, sagte sie langsam. »Weißt du noch, um was es in dem Buch geht?«

»Um drei Schwestern, oder?« Matt überlegte einen Moment. »Sind die nicht verarmt und müssen in so einem heruntergekommenen Cottage leben?«

Emily wedelte mit einer Hand. »So ähnlich«, sagte sie, »jedenfalls die mittlere, Marianne, gespielt von Kate Winslet – sie verliebt sich in einen Halunken, *Willoughby*, sie denkt, er will sie heiraten, dabei ist er längst einer anderen versprochen, irgendeiner reichen Tante, und am Ende lässt er sie sitzen, und sie wird schwer krank und …« Emily biss sich auf die Lippen.

»Und?«, fragte Matt. Er setzte sich ebenfalls auf, neben Emily. »Worauf willst du hinaus?«

»Ich weiß nicht genau.« Emily überlegte. Worauf wollte sie hinaus? Gerade eben, als sie an Marianne gedacht hatte und an ihre unglückliche Liebesgeschichte, da war ihr ein Gedanke gekommen.

»Was, wenn Amber gar nicht Anna ist – sondern die in Exeter verschollene Margaret?«

Sie sah Matt an. »Margaret, die unglückliche mittlere Schwester, die sich in einen Halunken verliebt und sich von ihm zu einem perfiden Plan überreden lässt: dazu, die eigene Schwester, die eigene Familie zu hintergehen. Sie stellte George und Mary einander vor, das erwähnte Jonathan Wakefield im Arbeitszimmer, sie mochte ihn – und doch verlobte sich George Forley schließlich mit der älteren Mary Wakefield. Weil Margaret nicht erlaubt war, sich vor Mary zu verloben? Weil so keine Hoffnung darauf bestand, an den Familienschmuck zu kommen?«

Matt nickte langsam. »Es klingt zumindest nicht völlig abwegig«, sagte er, »allerdings – wenn Margaret Amber wäre, warum hätte Anna dann ihre Briefe? Und wo wäre diese Anna überhaupt abgeblieben?«

Emily starrte Matt an, ihr Hirn schien Purzelbäume zu schlagen.

Anna, dachte sie. *Wo war Anna?*

Und dann, dann weiteten sich ihre Augen, und sie schlug sich die Hand vor die Stirn.

»Was?« Matt lachte.

Emily stöhnte. »Ich Idiotin!«, rief sie. »Erinnerst du dich an den Traum, den ich in Hollyhill hatte? Von dem Mädchen, das ich vom Fenster aus dabei beobachte, wie es an der Stallmauer entlangschleicht?«

Matt nickte. »Gestern Nacht, nachdem du gegangen bist, da habe ich sie gesehen«, fuhr sie fort. »Es war genau wie in dem Traum, sie hielt sich im Schatten der Mauer versteckt, und dann lief sie auf das Haus zu und sah zu meinem Fenster hoch. Ich habe mich das bisher nicht gefragt, aber jetzt denke ich – wieso hat sie auf einmal zu dem Fenster hochgesehen, an dem ich stand?« Sie sah Matt fragend an. »Sie konnte mich nicht gehört und nicht gesehen haben, also wieso sieht sie gezielt zu diesem Fenster hoch?«

»Weil es ihres ist«, sagte Matt langsam.

Emily nickte. »Das würde Sinn ergeben, oder nicht?«

»Das heißt, das Mädchen vor dem Fenster ist Anna gewesen. Anna ist hier.«

»Und nicht in Hollyhill. Sie ist in Richtung Wald gelaufen, nachdem sie mich sah.«

»Anna ist hier und kann deshalb nicht Amber sein.« Matt lehnte sich zurück und verschränkte die Hände im Nacken. »Und du denkst, stattdessen spannt die mittlere Schwester der älteren den Bräutigam aus.«

»Nun ja, Margaret hat ihn zuerst kennengelernt, richtig? Außerdem gibt es immer noch die Möglichkeit, dass George Forley der alleinige Bösewicht ist – vielleicht betrügt er sie beide? Und letztlich geht es ihm nur um das Familienerbe?«

Matt lächelte. »Ich liebe es, wenn deine Fantasie mit dir durchgeht«, sagte er.

»Was ist daran so fantastisch?«, beschwerte sich Emily. Natürlich war sie rot geworden. Er hatte *Ich liebe es* gesagt.

»Vermutlich gar nichts«, antwortete Matt. »Also, halten wir fest: Anna ist offenbar hier und versteckt sich, warum auch immer. Sie sollten wir als Erstes finden. Immerhin hielt sie die Briefe versteckt.«

Emily nickte. »Und wir wissen natürlich nicht, ob Margaret tatsächlich Amber ist, aber...« Sie überlegte einen Moment. »Sicher wird Milly ihre Schwester gezeichnet haben, oder?« Plötzlich weiteten sich ihre Augen. »Moment!«, rief sie, sprang auf und lief zu den Bildern an der Rückwand des Pavillons. Sie befreite eins nach dem anderen von seinem Laken, bis sie fand, wonach sie suchte.

Matt hatte sich neben sie gestellt. Er nickte. »Ich schätze, du hattest recht«, sagte er.

»Ja«, sagte Emily, »das schätze ich auch.«

Sie betrachteten beide das Gemälde vor ihnen, das alle

vier Wakefield-Kinder zeigte – Milly, Mary, Jonathan und Margaret, das Mädchen mit den dunklen Locken und den feinen Zügen, in dem Emily sofort die junge Frau erkannte, die ihr in Hollyhill vor die Füße gefallen war. Sie war von großer Schönheit und, obwohl dunkelhaarig, ihrer Mutter sehr, sehr ähnlich. Die gleichen warmen braunen Augen, die auch Milly hatte. Dazu den gleichen in sich gekehrten Blick wie Lady Joyce.

»Und du denkst wirklich, sie lässt sich mit dem Bräutigam ihrer Schwester ein, klaut den Schmuck ihrer verstorbenen Mutter und brennt durch?« Matt sah Emily zweifelnd an.

»Ich weiß nicht«, antwortete sie zögernd. »Millys Beschreibungen nach scheint sie die netteste der Geschwister zu sein, die, die ihrer Mutter beistand, und die, die am meisten unter deren Tod litt. Aber...« Sie ließ das Laken zurück über das Bild fallen. »Sie kann ihre Schwester nicht leiden, das hat Milly gesagt, und... Wer weiß, wozu die Trauer sie getrieben hat?«

Matt sah Emily lange an, dann sagte er: »Ich werde mit den anderen besprechen, was wir herausgefunden haben. Wenn wir damit recht haben, steht hier ein ganz schönes Familiendrama ins Haus.« Er ließ den Blick zum Fenster schweifen und wieder zu Emily. »Es ist spät, wir sollten besser zurückgehen. Wir wollen doch nicht, dass Mrs. Pratt einen Nervenzusammenbruch bekommt, weil sie ihr neues Mädchen nicht finden kann.«

Emily stöhnte. »Nein, das wollen wir sicher nicht«, sagte sie. Sie lehnte sich an Matts Schulter, und er legte einen Arm um sie.

»Ich wünschte, ich könnte bei dir bleiben«, murmelte sie, und erst mit der letzten Silbe wurde Emily klar, was sie da gerade gesagt hatte. Welche Bedeutung diese Worte hatten, weit über diesen Moment hinaus. Und wie wahr sie waren.

Ihr Herz begann schneller zu schlagen, und sie fürchtete sich davor, dass Matt die Doppeldeutigkeit herausgehört hatte.

Und das hatte er vielleicht, als er antwortete: »Das wünsche ich mir auch.«

Sie schlichen den Weg zurück zum Haus, Hand in Hand und ohne ein Wort zu sprechen, am Gewächshaus vorbei und zur hinteren Tür, die in die Küche führte. Emily hatte sie am Abend nur angelehnt, und genauso fand sie sie jetzt vor. Sie drehte sich zu Matt um und küsste ihn zum Abschied.

Ausführlich.

Indes fiel der Vorhang hinter dem Fenster über ihnen zurück an seinen Platz.

»Was meinst du damit, du hast Miss Marys Bräutigam nie gesehen? War er denn nicht hier in Travestor House und hat sich der Familie vorgestellt?« Emily wusch sich die Hände in dem Becken in der Küche und ging dann zurück zu Hope, die gerade ein großes Stück Butter in kleine Stücke hackte und diese in die Schüssel zu dem Mehl gab.

»Mr. George war nie hier, und ich habe ihn nie gesehen«, gab das Mädchen zur Antwort, leise, aus Angst, es würde jemand hören, dass sie tratschte, und schnell, vermutlich aus demselben Grund. »Hier«, fügte sie hinzu und schob Emily die Schüssel hin. »Du musst die Butter in das Mehl kneten, bis sich kleine Flocken bilden.«

Emily seufzte. Sie ließ ihre Hände in die Schüssel gleiten und tat, was Hope ihr aufgetragen hatte. Sie hatte bereits Makronen geformt und Brandy Snaps gefüllt – um genau zu sein, buk sie, seit sie das Frühstücksgeschirr gespült hatte, und das war mindestens drei Stunden her.

Das Komische daran: Sie tat es für Adam und für Eve, denn Mr. Wakefield und insbesondere sein Sohn wollten den Aufenthalt für ihre Gäste so angenehm wie möglich gestalten. Mehr noch – sie wollten sie beeindrucken, das war ziemlich offensichtlich, sei es, weil Eve sie beide verzaubert hatte, oder weil man das eben so tat, 1811. Jedenfalls gehörte ein aufwändiges Frühstück dazu, für das Mrs. Pratt extra den feinen Twinings aus ihrem verbarrikadierten Teeschrank befreit hatte. Ein ausgedehnter Spaziergang mit dem Sohn des Hausherrn, während Vater Wakefield auf dem Anwesen blieb, um Vorbereitungen für die Hochzeits-Anprobe seiner Tochter zu treffen. Lunch in der Stadt. Fünf-Uhr-Tee im Salon.

Emily seufzte. Sie konnte sich nicht vorstellen, dass Adam und Eve dem verwirrt-verliebten Jonathan irgendeinen sinnvollen Satz entlocken würden. Inzwischen wussten sie von Margaret und dem eventuell falschen Bräutigam, Matt hatte Eve bei seinem Rundgang durchs Haus darüber informieren wollen. Ob sie etwas Neues herausgefunden hatten? Emily wusste es nicht. Sie selbst hatte jedenfalls nichts herausbekommen können. So gut wie nichts zumindest.

Denn zunächst hatte Mrs. Whittle sie beim Backen angeleitet und Emily sich nicht getraut, die resolute Köchin auszuhorchen. Und nun, da ihr Hope bei den Scones helfen sollte, quälte sie sich mit den zähen Antworten des Mädchens herum wie mit dem klebrigen Teig an ihren Fingern.

»Ist Miss Mary denn sehr verliebt?«

»Womöglich, ja.«

»Und Miss Margaret? Ist sie gar nicht eifersüchtig, jetzt, da ihre große Schwester heiratet?«

»Ich weiß nicht, vielleicht.«

»Sie kennt den Bräutigam aber, oder? Margaret, meine ich. Sie hat die beiden doch miteinander bekannt gemacht?«

»Ja, das wurde erzählt.«

»Wo haben sich die zwei denn kennengelernt?«

»Ich weiß nicht.« Hope stöhnte. »In Exeter«, gab sie schließlich missmutig von sich. »Miss Margaret ist seit dem Sommer dort.«

»Und dann hat sie Miss Mary ihren George vorgestellt. Bei einem – Ball?«

Hope zuckte die Schultern.

»Und wann war dieser Ball?«, hakte Emily nach.

»Ich weiß nicht. Erst vor ein paar Monaten. Im August, nehme ich an.«

Emily kniff die Augen zusammen und versuchte, sich an den Brief zu erinnern. War das Datum vom August gewesen? Hatte Emerald in seinem Brief von diesem Ball gesprochen? Sie konnte es nicht mit Sicherheit sagen.

»Also«, versuchte sie es noch einmal, »Mr. George Forley

ist nie hier gewesen. Wie hat er dann um Miss Marys Hand angehalten? Oder gehört das nicht zum guten Ton im 19. Jahrhundert?«

Hope ließ für einen Augenblick von dem Marmeladenglas ab, das sie zu öffnen versuchte, und sah Emily kopfschüttelnd an. »Wie du redest«, sagte sie, »wenn dich jemand hört!« Wie auf Stichwort drehte sie den Kopf zur Tür, aber noch wurden sie von niemandem gestört. Becky und Mrs. Pratt waren oben mit der Anprobe beschäftigt, Mr. Graham saß in seinem Zimmer über irgendwelchen Büchern, und Mrs. Whittle suchte im Gewächshaus nach ... was auch immer sie dort zu finden hoffte.

»Hope«, sagte Emily zu dem rothaarigen, sommersprossigen Mädchen, »es ist doch niemand hier.«

Hope seufzte. »Ich weiß nicht, warum du das alles wissen willst, es gehört sich nicht, über die Herrschaften zu sprechen.«

»Ich weiß.« Emily überlegte fieberhaft, wie sie Hope zum Reden bringen könnte. »Es ist nur – Miss Mary scheint so begeistert zu sein von ihrem George. Ich war einfach neugierig. Wenn Anna wieder da ist, werden wir weiterziehen, und ich werde den Traumprinzen wohl nie kennenlernen.«

Hope griff nach einem Krug und goss Milch zu Emilys Butter-Mehl-Mischung. »Anna könnte dir mehr über Mr. George erzählen«, sagte sie schließlich, »sie ist ihm ja begegnet.«

»Wirklich?« Emily hörte damit auf, den kleberartigen Teig zwischen ihren Fingerspitzen zu matschen. »Wo?«

»In Exeter«, antwortete Hope und ließ mehr Mehl auf

Emilys Hände rieseln. »Sie hat Miss Margaret begleitet, als sie das erste Mal bei ihrer Cousine Miss Rachel zu Besuch war.«

»Rachel!«, rief Emily. *Mit R. R.!*

Hope runzelte die Stirn. »Sie blieb ein paar Wochen«, fuhr sie fort, »dann kam sie zurück. Beim zweiten Mal, Anfang August muss das gewesen sein, war Anna wieder dabei, diesmal, um Miss Mary zu unterstützen. Miss Mary und Mr. Wakefield nahmen ebenfalls am Ball teil, und gleich dort hat Mr. George dann auch den Antrag gemacht. Sehr überstürzt. Es war Liebe auf den ersten Blick, so erzählte man sich. Und da lernte Anna dann auch Mr. George kennen. Sie kehrte mit Miss Mary zurück, Miss Margaret blieb in Exeter.«

Hope holte Luft, als hätte sie noch nie im Leben so viel auf einmal geredet.

»Und Mr. George?«, hakte Emily nach.

Das Mädchen zuckte die Schultern.

»Ging zurück auf seinen Landsitz, nehme ich an. Es heißt, er sei sehr beschäftigt mit... seinen Geschäften. Bis zur Hochzeit.«

»Hm.«

»Du musst jetzt kleine Kugeln aus dem Teig formen«, erklärte Hope. »Hier. Leg sie auf dieses Brett.«

»Okay, wenn ich diesen Brei jemals wieder von meinen Fingern...«

Emily konnte den Satz nicht beenden. Der Schrei, der in dieser Sekunde durch das Haus gellte, ließ sie zusammenfahren und auf der Stelle vergessen, was sie gerade hatte sagen wollen.

»Was soll das heißen, Vater?« Mary Wakefield kreischte.

Verdammt, dachte Emily.

»Hilf mir«, rief sie Hope zu, lief mit klebrigen Händen zum Steinbecken und wartete ungeduldig, bis Hope Wasser aus einem Krug über ihre Finger rinnen ließ. »Schneller«, drängte sie.

Sie ahnte, was jetzt kommen würde. Sie hörte die tiefe Stimme Mr. Wakefields, beruhigend und beunruhigt zugleich, das hysterische Schluchzen seiner Tochter, das Piepsen der kleinen Milly.

Emily trocknete sich die Hände an ihrer Schürze ab.

»Mit Verlaub, Sir, sind Sie ganz sicher, dass Sie das Collier von seinem ursprünglichen Ort hierherverlegt haben?«, hörte sie Mr. Graham fragen.

Und die erboste Antwort des sonst so liebenswürdigen Mr. Wakefield: »Graham, wofür halten Sie mich? Ich mag alt werden, aber doch nicht senil!«

»Mr. Wakefield, ich ...«

»Lassen Sie nach meinem Sohn schicken. Er soll umgehend ins Haus zurückkehren.«

Durch die Halle donnerten Schritte.

»Und dann bringen Sie mir diese drei, die wir vorgestern eingestellt haben.«

Es dauerte keine zwei Minuten, dann stand Mrs. Pratt in der Tür. Mit einer ihrer zackigen Handbewegungen scheuchte sie die verängstigte Hope nach draußen, dann wandte sie sich Emily zu. »Nun, mein Kind«, erklärte sie eisig, »ich komme nicht umhin zu sagen, ich habe so etwas geahnt.«

Emily schüttelte den Kopf. »Hören Sie«, begann sie, »ich habe nichts gestohlen. Und ich habe auch sonst nichts angestellt. Im Gegenteil, ich möchte Ihnen gern helfen, aber ... Au!« Sie klappte den Mund zu, als Mrs. Pratt nach ihrem Handgelenk griff.

»Man sieht dich nicht, man hört dich nicht«, quetschte die Hausdame zwischen zusammengebissenen Zähnen hervor, dann zog sie Emily hinter sich her in die Eingangshalle.

»Psssst.« Emily stand kerzengerade neben der Treppe und wartete, seit etwa zehn Minuten schon, als Milly an ihrem Ärmel zupfte. »Du warst es nicht, oder?«, flüsterte die Kleine. »Das mit Mamas Kette?«

Emily schüttelte den Kopf.

Mrs. Pratt räusperte sich. »Miss Millicent, kommen Sie doch hierher, zu mir. Das neue Mädchen möchte jetzt nicht sprechen.«

Emily kniff die Augen zusammen.

Milly sah sie mitleidig an. »Keine Sorge«, wisperte sie, kaum hörbar jetzt. »Ich werde John sagen, dass du es nicht warst.« Sie zuckte die Schultern, setzte sich auf die Treppe und begann zu zeichnen. Einen Drachen, hoffte Emily. So wie der, der gerade die Eingangstür bewachte und wie Mrs. Pratt aussah.

»Ich wusste es von Anfang an«, sagte sie gerade. »Das Kleid von einem *Freund*. Das Betragen eines Straßenmädchens. In jeglicher Hinsicht *skandalös*.«

251

Wovon um Himmels willen, dachte Emily, *redet sie da?*

»Aaaah«. Mrs. Pratt schnalzte mit der Zunge. »Da kommen sie.« Sie öffnete die Tür für Mr. Graham, Mr. Wakefield junior, Adam und Eve, Cullum und Matt, die nacheinander die Halle betraten.

Emily senkte den Blick. Sie brachte es nicht fertig, Matt anzusehen, oder doch? Die letzte Nacht kam ihr so unwirklich vor. Unwirklich und …

»Was ist denn nur geschehen?«, rief Eve, und Emily riskierte einen Blick in ihre Richtung. Sie trug ein dunkelgrünes Kleid und darüber ein festes, braunes Jäckchen und wie immer sah sie umwerfend aus. Neben ihr stand Matt. Er lächelte Emily zu, allein mit den Augen. Der Rest seines Gesichts wirkte genauso angespannt, wie sie sich fühlte.

Emily hob das Kinn. Sie wussten beide, was jetzt kam. Die Frage war, wie sie diese verzwickte Situation am besten lösten. Sie konnten die Schuld schlecht auf Mr. Wakefields in Exeter verweilende Tochter Margaret lenken. Damit würden sie niemals durchkommen. Und der Bräutigam? Er hatte den einen großen Fehler, dass er nun einmal ebenfalls nicht hier war. Sie aber schon.

Die Tür zum Arbeitszimmer öffnete sich, und Mr. Wakefield kam heraus, die schluchzende Mary im Arm.

»Diekettewardaseinzigewertvolledasichihmbietenkonnte«, heulte sie in einem einzigen Jammerton. »Wiesteheichjetztdaohnemitgiftohnegarnichts?«

Emily runzelte die Stirn ob der grotesken Figur, die Mary Wakefield darstellte. Ihre Haare waren zu einer Hälfte in kleinen Schnecken auf ihrem Kopf festgesteckt, die andere

Hälfte hing feucht und fisselig beinahe bis zu ihrer Hüfte. Sie trug ein weißes Kleid, das offenbar ihr Hochzeitskleid sein sollte, das aber noch nicht zugeknöpft war, weshalb die losen Fäden ihres ebenfalls noch nicht fertig geschnürten Korsetts daraus hervorquollen und sie aussehen ließen wie ein avantgardistisches Insekt. Zu alldem trug die künftige Braut riesige, klobige Holzclogs und eine Grimasse, die kein Bräutigam der Welt vor der Hochzeit zu sehen bekommen sollte.

»Papaaaaaa«, maulte sie, und ihr Papa räusperte sich. »Es besteht Grund zu der Annahme, dass der Schmuck eurer Mutter gestohlen wurde«, erklärte er, und Jonathan Wakefield holte geräuschvoll Luft.

»Das wusste ich!«, rief er. »Das wusste ich!« Er sah sich suchend um, bis sein Blick den von Emily traf, doch genau in dem Moment, in dem er zu einem weiteren Satz ansetzen wollte, hakte sich Eve bei ihm unter.

»Meine Güte, das ist ja grauenvoll«, säuselte sie, und Jonathan Wakefields Züge entspannten sich augenblicklich.

»Das Collier würde Ihnen wunderbar stehen, Gnädigste. Wenn ich das sagen darf – der Bernstein, er funkelt in exakt derselben Farbe wie Ihr wundervolles Haar. Und die Perlen, so zart wie Ihre Haut, die mit Abstand das Schönste…«

»John!« Mr. Wakefield und Mary riefen es gleichzeitig, und Eve tätschelte Jonathans Arm, wie um ihn zu beruhigen. Sie warf Adam einen Blick zu, ließ Jonathan Wakefield aber nicht los. Adam räusperte sich.

»Das ist in der Tat entsetzlich«, begann er im üblichen Brummton, »könnte es sich eventuell um ein Versehen handeln? Wo haben Sie das Schmuckstück denn aufbewahrt?«

»Hinter dem Porträt meiner verstorbenen Mutter im Salon«, antwortete Mary prompt. »In einem Geheimfach. Niemand weiß davon.« Sie wischte sich mit einer Hand über die Nase. »Was?«, fragte sie, denn ihr Vater, ihr Bruder und der Rest der Anwesenden starrten sie mit offenem Mund an.

»Woher weißt du davon, Mary?«, fragte Mr. Wakefield verblüfft.

»Wenn ich das geahnt hätte, dann ...« Jonathan Wakefield stutzte. Schließlich lehnte er den Kopf gegen Eves Schulter.

»Ich dachte, das Schmuckstück befindet sich sicher in den Händen Ihres Anwalts«, murmelte Mr. Graham.

»Da war es auch«, gab Mr. Wakefield empört zurück, »bis vergangene Woche. Nachdem der Termin für die Anprobe gesetzt war, habe ich es ins Haus geholt. Wo bitte könnte das Collier meiner verstorbenen Frau sicherer aufgehoben sein als im Kreise der Familie?« Der alte Mann seufzte schwer, dann wandte er sich an seine Tochter.

»Mary!«, wiederholte er mahnend. »Woher wusstest du von dem Fach?«

»Ach, Vater!« Miss Mary warf Mr. Wakefield einen verärgerten Blick zu. »Jeder wusste von dem Fach! Zumindest Maggie und ich. Wir haben dort gegenseitig unsere Sachen versteckt, als wir Kinder waren.« Abermals zog sie die Nase hoch und fuhr dann fort: »Und natürlich haben wir dort zuerst gesucht, nach Mutters Tod – aber da war das Versteck noch leer. Erst als du vor einigen Tagen von einem Treffen mit Mr. Harris zurückkehrtest ...« Sie ließ den Rest des Satzes in der Luft hängen und sah ihren Vater nun doch mit einigermaßen schlechtem Gewissen an.

»Du hast mir nachspioniert?«, fragte Mr. Wakefield ungläubig.

Mary zuckte mit den Schultern. »Ich war aufgeregt«, warf sie ein, »die Hochzeit und all das. Aber natürlich habe ich die Kette nicht angerührt, wie du dir sicher vorstellen kannst.«

Mr. Wakefield seufzte erneut. Sein Sohn löste sich mit einem Ruck von Eve und fragte: »Warum habt ihr mir nichts von dem Versteck gesagt?«, und Mary schnaubte: »Ach, du!«

»*Ihr* hast du davon erzählt!«

Emily hielt die Luft an. Jonathan Wakefield zeigte mit dem Finger auf sie. »Ich habe euch gehört!«, rief er, bevor Eve auch nur ›Mist‹ murmeln konnte. »Als du gebadet hast!«

»Du hast deine Schwester beim Baden beobachtet? Du sagtest lediglich, du hättest an der Tür gelauscht!« Mr. Wakefield klang fassungslos.

»Nicht doch, ich ...«

»Gott, Jonathan!«, warf Mary angewidert ein. »Und du wusstet davon, Vater!«

Emily blinzelte. Sie warf Matt einen Blick zu, der mit zusammengekniffenen Augen Mr. Wakefield beobachtete. Cullum lehnte an der Wand neben der Tür und kaute auf einem Strohhalm. Er grinste. Mr. Wakefield trat einen Schritt nach vorn.

»Ist das wahr, äh ... ähm ...«

»Emily«, half Milly aus.

»Emily.« Mr. Wakefield räusperte sich. »Ist es wahr, Emily, dass du von dem Geheimfach wusstest?«

Emily schüttelte den Kopf. »Nein, Mr. Wakefield, ich wusste von gar nichts«, erklärte sie schnell.

»Von gar nichts?« Mary war neben ihren Vater getreten. »Das stimmt wohl nicht so ganz. Wie mein Bruder bereits wegen seines unpassenden Benehmens zu erwähnen wusste, sprachen wir zwei über den Schmuck.«

»Sie hat dich ausgefragt!«, warf Jonathan Wakefield ein.

»Das war ... ich ...« Emily sah Matt an, der fast unmerklich den Kopf schüttelte, und dann Milly, die sie anstarrte, mit zusammengepressten Lippen. »Sie war es nicht!«, rief die Kleine schließlich aus, in genau dem Moment, in dem Mr. Wakefield sagte: »Mrs. Pratt, durchsuchen Sie das Zimmer des Mädchens.«

»Natürlich, Sir.«

Emily trat einen Schritt nach vorn. »Mr. Wakefield«, begann sie, »ich habe den Schmuck nicht genommen, ehrlich. Ich weiß auch gar nicht ... Ja, ich denke, mit dem Bild stimmte irgendetwas nicht, als ich das erste Mal in den Salon kam, es hing schief, womöglich war schon vor mir jemand dort. Ich wollte es geraderücken, aber ...«

Emily stutzte. Was redete sie da?

»Ich meine, ich war natürlich sowieso nicht wegen des Schmucks in dem Salon«, erklärte sie hastig, »ich habe lediglich das Geschirr abgeräumt, und dann kam Matt und hat das Kaminfeuer vorbereitet, und da haben wir ja dann auch Milly kennengelernt und ...«

»Mr. Wakefield.« Mrs. Pratt war auf dem Weg zu den

Dienstbotenzimmern stehen geblieben. »Ich denke, wir sollten auch das Schlafquartier dieses jungen Mannes kontrollieren. Es besteht Grund zu der Annahme...« Sie räusperte sich. Und sie wurde rot. »Als ich heute Morgen aus dem Fenster sah, stellte sich mir eine äußerst kompromittierende Situation dar.«

»Was...« Emilys Mund stand offen, es kam jedoch kein weiterer Ton heraus. Ihr Blick huschte zu Matt, der für einen kurzen Moment die Augen schloss.

»Die beiden... ähm... sie *verweilten,* Sir. In höchst... ähm... *unschicklicher* Weise. Wenn Sie... Sie können sich vorstellen...«

Oh, mein Gott, dachte Emily in die bleierne Stille hinein, die den Worten Mrs. Pratts folgte.

Dann brach das Getöse los.

»Iiiiiiiihhhh«, rief Milly.

»Also, das ist doch...« Mary rümpfte die Nase.

»Auch das noch!«, rief Mr. Wakefield, und Cullum lachte los, und Emily kniff die Augen zusammen. Sie hörte, wie Eve ein »Ooooooh« hauchte, und als sie die Augen wieder öffnete, erfasste sie Adams warmes Lächeln.

Sie sah Matt an. Er erwiderte ihren Blick mit gehobenen Brauen, dann schüttelte er langsam den Kopf, und dann breitete sich ein riesiges, unerklärliches Grinsen auf seinem Gesicht aus.

Und plötzlich musste auch Emily lachen. Sie prustete und verschluckte sich fast. War das der Höhepunkt an nicht zu überbietender Peinlichkeit? Vermutlich. Also konnte es viel schlimmer nicht werden. Also holte sie Luft.

»Wir haben uns vielleicht geküsst«, erklärte sie über die Unruhe in der Halle hinweg, »aber wir sind sicher nicht die Diebe in diesem Haus.«

Sie löste den Blick nicht von Matt. Sie strahlten einander an. Sie würden das hier gemeinsam durchstehen, und all die Verwicklungen um Amber, Anna, Emerald und wie sie alle hießen, würden sich aufklären, früher oder später, dessen war sie sich sicher.

Das Wirrwarr in ihrem Herzen aber, das würde Emily ganz allein entschlüsseln müssen.

13

Den Rest des Nachmittags verbrachte Emily in ihrer Kammer, auf dem Bett sitzend, die Tür anstarrend. Sie hatte keine Ahnung, wie lange sie schon in diesem Zimmer eingesperrt war, die Zeit zog sich wie Kaugummi. Sie wusste nur, es war schon beinahe Abend, denn die Schatten vor ihren Augen wurden länger und länger, und die Luft, die sie durch einen schmalen Fensterspalt ins Innere ließ, barg kein bisschen Wärme des Tages mehr.

Mrs. Pratt hatte den Schrank durchsucht und nichts gefunden – nicht einmal die Briefe, denn die waren ja bei Matt, nicht einmal das Geheimfach, das Emily sorgfältig geschlossen hatte. Schließlich hatte sie den großen Schlüsselbund aus ihrer Rocktasche gekramt, die Tür hinter sich zugezogen und abgesperrt. Emily hatte versucht, mit einer ihrer Haarnadeln das Türschloss zu öffnen – unnötig zu sagen, dass ihr das nicht gelungen war.

Sie lehnte den Kopf an die Wand und schloss die Augen. Das Problem war nur: Immer, wenn sie dies tat, schoben sich die Bilder der vergangenen Nacht in ihre Erinnerung und lenkten sie ab.

Der See. Der Pavillon. Das Sofa. Matt.

Und so öffnete sie ihre Augen wieder. Und drängte ihre Gedanken in eine andere Richtung.

Also, was haben wir: Die Kette ist weg. Sie war in dem Geheimfach hinter dem Porträt, und Mary wusste davon. Und Margaret auch. Das bedeutet... was?

Es kam ihr auf einmal so vor, als ginge es gar nicht mehr um die Wakefields oder Amber oder das verschwundene Collier – das alles hatte so sehr an Bedeutung verloren, seit ihre eigene Welt angefangen hatte, sich mit einem irrsinnigen Tempo um sich selbst zu drehen. Sie wusste, es stand eine Entscheidung bevor – eine, die sie längst getroffen hatte und die nun wackelte. Ziemlich. Sie schwankte geradezu wie eine dieser Holzpuppen, deren Schwingungen aus sich selbst heraus größer und schneller und weiter wurden, die kippten und sich dann doch aufrecht hielten, und die ...

Es klopfte. »Emily«, wisperte eine helle Kinderstimme viel zu laut durch die Tür. »Bist du da drin?«

Emily hüpfte vom Bett. »Ja«, antwortete sie leise. Sie drehte am Türknauf, nur um sicherzugehen, dass immer noch abgeschlossen war. »Hast du einen Schlüssel?«, fragte sie.

»Nein.« Milly rüttelte ebenfalls an der Tür.

Emily setzte sich seufzend auf den Boden.

»Was ist da draußen los?«, fragte sie durch das Holz. »Haben sie schon eine Ahnung, wer den Schmuck genommen haben könnte?«

»Ja«, antwortete Milly und kicherte. »Du!«

Emily stöhnte. »Na, großartig.«

»Es könnte auch dein Freund gewesen sein«, erklärte Milly gönnerhaft, »bei ihm haben sie auch danach gesucht.«

»Er ist nicht ...«, begann Emily. *Ach, was.* »Und haben sie dort etwas gefunden?«

»Nein.«

»Gut.«

»Sie haben ihn auch eingesperrt, unten, in die Waschkammer.«

»Oh.«

»Ich will ihn nachher noch besuchen.«

Emily lächelte. »Das ist lieb von dir«, sagte sie.

»Emily?«

»Ja?«

»Ist es wahr, dass du letzte Nacht bei ihm geschlafen hast?«

»Was?« Emily ließ sich rückwärts auf den Boden sinken und schlug die Hände vor ihr Gesicht. Das wurde ja immer schlimmer!

»Nein!«, rief sie und richtete sich wieder auf. »Wir haben uns... unterhalten. Und dann ist es spät geworden. Himmel, wir haben nicht...«

»Das ist gut, dann kann er dich nicht verhaften lassen, oder?«, fragte Milly. »John. Er hat gesagt, er will euch beide verhaften lassen, sobald sie den Schmuck gefunden haben. Irgendwo muss er doch sein, hat John gesagt.«

»Milly...« Emily hörte das Kratzen von Feder auf Papier. Sicher saß die Kleine auf der anderen Seite der Tür und zeichnete. »Es tut mir leid, dass du das alles mit ansehen musst. Wir haben die Kette deiner Mama nicht gestohlen, ehrlich nicht.«

»Ich weiß.«

»Wir wissen eventuell, wer es getan hat, aber dafür müssen wir unbedingt noch...« Emily seufzte. *Recherchieren. Den untreuen Bräutigam finden. Anna finden. Sie sollten mit Amber sprechen, beziehungsweise mit Margaret. Wenn sie je wieder aufwachte.*

»Was?«, fragte Milly. »Was müsst ihr unbedingt noch?«

»Warte einen Augenblick.«

Der Traum. Seit sie die Augen aufgeschlagen hatte in Matts Armen, hatte sie nicht mehr an den Traum gedacht, doch nun fiel er Emily wieder ein. Die Figur auf der Pritsche, das konnte nicht Amber gewesen sein. Es war ein Junge. Ein Mann. Matt. Es war nur ... es hatte sich nicht wirklich angefühlt wie Matt.

Emily schloss die Augen und versuchte, sich an das Bild aus ihrem Traum zu erinnern. Der Nebel. Sie war durch eine dampfende Wand gewatet, die ihr kaum Luft zum Atmen ließ. Sie hatte versucht, sich vorwärtszutasten, doch ihre Hände sahen nicht aus wie ihre. Emily kniff ihre Augen noch fester zusammen. Sie lauschte auf das Scharren von Millys Feder.

Das war nicht ich, schoss es ihr durch den Kopf. *Da war noch jemand anders.*

Milly kratzte unablässig auf ihr Papier, und in Emilys Vorstellung riss jeder einzelne Federstrich ein Loch in diese weiße Mauer aus Dunst.

»Was machst du? Kletterst du aus dem Fenster?«, flötete Milly.

Auf dem Bild vor Emilys geistigem Auge erkannte sie

plötzlich jemanden – Silly. Und dahinter den raschelnden Umhang von Pfarrer Harry. Beide eilten sie zu dem schmalen Schlaflager, auf dem – mit dem Rücken zu ihnen – ein breiter Körper mit dunklen Haaren und verschwitztem schmutzigem Hemd kauerte. Sillys Gesicht war starr vor Angst, als sie den Mann bei den Schultern packte und schüttelte.

Josh, rief sie. *Was ist mit dir? Eben war er noch wach. Harry! Gerade eben war er noch wach!*

»Oh, nein!« Mit einem Satz sprang Emily auf.

»Hee, was ist los?«, hörte sie Milly durch die Tür rufen. »Hast du was angestellt?«

»Milly«, murmelte Emily. Sie drehte sich zur Tür und ging in die Hocke, auf die Höhe, auf der sie Millys Kopf vermutete, dann sagte sie: »Milly, du musst mir einen Gefallen tun, würdest du bitte?«

Papier raschelte, dann kam die Antwort: »Kommt darauf an. Was soll ich denn für dich tun?«

Emily schloss die Augen und atmete tief ein. Ihr war auf einmal schwindlig, und sie griff nach dem Türknauf, um die Balance zu halten.

Es wird ihm nichts passieren, sagte sie sich. *Es geht ihm bald wieder gut.*

»Du weißt doch, der Stallbursche«, begann sie, »der dir mit Chester geholfen hat...«

»Hm-hm.«

»Ihn haben sie nicht eingesperrt, oder?«

»Nein, aber John will ihn auf jeden Fall im Auge haben.«

»Behalten, meinst du.«

»Weiß nicht, ob er ihn behalten will. Er ist skeptisch.«

Wider Willen musste Emily lächeln. »Gut«, sagte sie, »aber, Milly, kannst du ihn bitte suchen? Und ihm sagen, dass ich ihn sprechen muss. Ihn und Matt. Sag ihm ... sag ihm, es ist sehr, sehr wichtig, dass ich sobald wie möglich mit Matt spreche. Er wird wissen, was zu tun ist.«

»Hm.« Es schlurfte auf der anderen Seite, so als habe auch Milly auf dem Boden gesessen und sei nun aufgestanden. Ihr Wispern war kaum mehr zu hören. »Heißt das, er soll hier einbrechen?«, fragte sie.

»Womöglich«, flüsterte Emily zurück. »Ich muss wirklich ganz dringend mit Matt reden.«

»Okay«, hauchte Milly. Noch einmal knisterte Papier, und Emily spürte, wie sich ein Blatt durch den Spalt zwischen Tür und Fußboden gegen ihre Schuhspitze schob.

»Für dich«, raunte Milly, »bis ihr euch wiederseht.« Dann tippelte sie davon.

Emily nahm das Blatt und stand auf.

Die Zeichnung bestand nur aus wenigen Strichen, sie sah irgendwie halb fertig aus, und doch war sie unmissverständlich: Sie zeigte ein Paar, das sich umarmte. Sie zeigte alles, was Emily sich wünschte.

Es war schnell dunkel geworden, und Milly nicht zurückgekehrt. Emily saß wieder auf ihrem Bett und starrte in die Finsternis. Sie war sich nicht sicher, wie schlecht es Josh ging, warum und wie lange schon, sie hatte keine Ahnung, was mit Margaret war. Doch sie wusste, Josh war der wichtigste Mensch in Matts Leben, der Einzige, der von seiner Familie übrig, der, für den er zurückgekommen und geblieben war. Sie musste Matt unbedingt sprechen. Sie würde nicht zulassen, dass sich die Geschichte wiederholte und ein Traum sein Leben zerstörte. Diesmal würde er rechtzeitig dort sein. Diesmal würde er den Menschen retten können, den er liebte.

Jemand rüttelte an der Tür, und Emily sprang auf.

»Matt?«, flüsterte sie.

Sie bekam keine Antwort.

»Cullum?«

Das Rütteln hörte auf, stattdessen kratzte es leise auf der anderen Seite. Jemand machte sich am Türknauf zu schaffen. Konnte eigentlich jeder hier Schlösser knacken? Jeder außer Emily?

»Milly«, fragte sie, lauter jetzt. »Wer ist da?«

Sie war zu überrascht, um die Hände abzuwehren, mit denen sie aufs Bett geworfen wurde, als die Tür aufflog und eine Person hereinstürmte – eine zierliche Person, deren dunkler Umhang um ihren schmalen Körper flatterte, als sie herumwirbelte und die Schranktür aufriss.

Emily richtete sich auf. »Was soll das?«, fragte sie. »Wer ...?«

»Wo ist es?«, rief das Mädchen, grell und ängstlich zugleich.

Anna, schoss es Emily durch den Kopf. *Natürlich, wer sollte es sonst sein?*

»Anna?«

Das Mädchen drehte sich um. »Wo ist das Kästchen?«, wiederholte es.

In dem finsteren Zimmer ließ sich kaum etwas erkennen, also stand Emily auf und machte einen Schritt auf die Fremde zu. Ihr Gesicht war halb von der Kapuze verdeckt, Emily sah nichts außer Schatten und einige braune Locken, die sich aus ihrem Versteck gelöst hatten.

»Bist du Anna?«, fragte sie und hob eine Hand, um das Mädchen am Arm zu berühren. Es zuckte zurück und schlug nach Emily, und ehe sie sichs versah, war sie abermals in ein Handgemenge verwickelt.

»Was ... Nein«, sagte Emily schnell, während ihre Gegnerin versuchte, sie zurück aufs Bett zu manövrieren, »ich will dir doch gar nichts Böses. Vielleicht kann ich dir helfen. Anna!«

In der ungeübten Manier eines Mädchens, das sich sonst sicherlich nicht prügelte, wickelte Anna ihr Bein um das von Emily, sodass diese rücklings zurück auf die Pritsche stolperte.

»Anna«, rief sie wieder, doch Anna griff nach dem Holzkästchen auf Emilys Nachttisch, und als sie merkte, dass es leer war, stieß sie einen kleinen, verzweifelten Schrei aus.

»Wo sind sie?«, rief sie erneut. Sie presste die Schatulle mit beiden Händen gegen ihren Bauch und holte zittrig Luft. »Die Briefe?«

»Sie sind in Sicherheit«, sagte Emily betont ruhig und richtete sich auf, zum zweiten Mal. »Ehrlich, lass uns in Ruhe reden, ich gebe dir die Briefe, das verspreche ich dir.« Sie griff nach Annas Hand. »Komm, wir ...«, begann sie, konnte den Satz jedoch nicht beenden.

Anna riss sich von ihr los, drehte sich zur Tür und wollte davonstürmen, Emily erwischte sie gerade noch am Rocksaum. Sie hielt ihn fest, und das Mädchen geriet ins Straucheln, sie stolperte auf die Tür zu, konnte sich jedoch nicht mehr halten und stürzte zu Boden. Dort schluchzte sie auf, Emily wollte ihr zu Hilfe eilen, doch in diesem Augenblick wurde die Tür aufgerissen und eine Figur stand im Rahmen, eine brennende Kerze in der Hand.

»Was soll das werden?«, fragte sie. »Schlammcatchen für Vierjährige?«

Emilys Augen weiteten sich. Da stand ausgerechnet Chloe. »Was machst du hier?«, fragte sie verblüfft.

»Dir aus der Patsche helfen, was sonst?«, kam die kühle Antwort.

Neben Emily rührte sich etwas. Dann machte Anna einen Satz nach vorn, auf Chloe zu, die offene Tür im Visier.

»Auf keinen Fall«, sagte Chloe ruhig, griff nach Annas Arm, so fest, dass diese aufjaulte, drückte Emily ihre Kerze in die Hand und schloss die Tür. Während sie Anna so dagegendrückte, dass diese sich nicht mehr bewegen konnte, streifte sie einen ihrer weißen Handschuhe ab, die ihr bis zum Ellbogen reichten. »Ist sie dieses Hausmädchen, von dem mein Bruder erzählt hat? Anna?«

Demonstrativ presste Anna die Lippen aufeinander und versuchte zappelnd, sich aus Chloes Griff zu befreien. Vergeblich.

Emily stand auf und stellte den Kerzenhalter auf dem Nachttisch ab. Der Raum war jetzt spärlich beleuchtet, aber eisiger denn je, als habe die unnahbare Chloe die Temperatur mit ihrem Erscheinen noch weiter heruntergekühlt.

Was macht sie hier?, fragte sich Emily, während sie laut sagte: »Wann hast du mit Cullum gesprochen?«

»Vor ein paar Stunden«, antwortete sie gelangweilt.

»Stunden?« Emily starrte Chloe an. Sie war seit Stunden hier und ließ Emily in diesem dunklen, eiskalten Zimmer warten?

Chloe seufzte. »Joe und ich mussten erst mal auf den gleichen Stand gebracht werden wie ihr anderen. Dieses Amber-Anna-Margaret-Mary-Spielchen ist reichlich verwirrend, um nicht zu sagen, einschläfernd langweilig – jedenfalls dauerte es eben seine Zeit.« Sie grinste Emily an, ohne einen Hauch von Freundlichkeit im Blick, eine Sekunde lang. »Dann haben wir uns aufgeteilt«, fuhr sie fort, »um die *Gefangenen* zu befreien, und treffen uns später alle im *Schweinestall*.« Sie betonte das Wort, als müsse sie dort einziehen. »Also, ist sie das Mädchen?«

»Ich nehme es an«, antwortete Emily, »sie hat mir ihren Namen nicht gesagt.«

Ohne ihren Druck auf Annas Körper gegen die Tür zu verringern, führte Chloe die Arme des Mädchens auf dem Rücken zusammen und verknotete ihren Handschuh darum. Anna zappelte, aber Chloe war stark.

»Was soll das?«, fragte das Mädchen.

»Bist du Anna oder nicht?«

»Wer will das ... Au, ja, Himmel! Du tust mir weh!«

»Und du gehst mir auf die Nerven«, erwiderte Chloe grimmig, zupfte den zweiten Handschuh von ihrem Arm und verband damit den Mund des Mädchens, dessen Abwehr jetzt nur noch in gedämpften Tönen zu hören war.

»Besser«, murmelte Chloe. »Viel besser.«

Sie fasste Anna am Ellbogen und riss sie herum, und so standen sie im Raum, Chloe, schön und zielsicher wie eine

Amazone, Anna, die Augen weit aufgerissen und mit Tränen gefüllt, davor Emily, sprachlos und staunend.

»Du bist völlig verrückt geworden«, brachte sie hervor, als sie endlich ihre Stimme wiedergefunden hatte. Sie warf Anna einen mitfühlenden Blick zu. »Keine Angst, dir passiert nichts«, versicherte sie, doch ganz sicher war sie sich nicht. Sie wandte sich Chloe zu.

»Wir müssen mit ihr sprechen«, erklärte sie, »sie weiß womöglich, was hinter dieser ganzen Geschichte steckt. Aber zuerst«, fuhr sie fort, »muss ich dringend Matt finden. Weißt du, wo er ist? Hat Cullum ihn schon aus dieser Kammer befreit?«

Chloe schnaubte. »O ja, natürlich, du musst Matt finden«, äffte sie nach, »dringend. Darf ich fragen, warum? Willst du dich ihm wieder an den Hals werfen?«

Emily wurde rot. Und noch ärgerlicher. »Es geht um Josh«, brachte sie so ruhig wie möglich hervor, »ich hatte einen Traum und ...«

Sie unterbrach sich, als Chloe Anna in Richtung Bett schubste und sie nicht gerade freundlich dazu brachte, darauf Platz zu nehmen.

»Chloe«, begann Emily, doch da hatte diese bereits das Blatt Papier genommen, das auf dem Nachttisch lag, Millys Zeichnung mit dem sich umarmenden Paar.

Chloe hielt es neben die Kerze und starrte darauf herunter. Emily schwieg. Schließlich legte Chloe das Blatt wieder zurück an seinen Platz und sah Emily an.

»Da hat mein Bruder ausnahmsweise einmal nicht übertrieben, wie es scheint«, sagte sie. »Er hat sich gar nicht mehr eingekriegt vor lauter Lachen. Ich frage mich, was daran amüsant sein soll.«

»Diese Zeichnung«, begann Emily, »stammt von einer Sechsjährigen.«

»Ah, ja?« Chloe zog eine Augenbraue nach oben. »Und entstammt das Motiv ihrer Fantasie?«

Emily holte Luft. »Ich muss mit Matt sprechen«, erklärte sie erneut. »Weißt du nun, wo er ist, oder nicht?«

»Ich weiß, *was* er ist – und ich würde dir nicht raten, darauf zu setzen, dass du damit umgehen kannst.«

Diese arrogante Kuh! Emily spürte Wut in sich aufsteigen, schnell, wie eine Berglawine einen Hang abwärtsrauscht.

»Zufälligerweise«, setzte sie an, »weiß ich ebenfalls, *was* Matt ist, wie du es formulierst – dein Bruder hat dafür gesorgt, dass ich dies zuallererst erfahre. Und zufälligerweise ist es mir egal – es hat nichts damit zu tun, was für ein Mensch er ist. Oder was zwischen uns beiden geschieht.«

So.

Emily hatte also zugegeben, dass etwas war zwischen Matt und ihr, und es musste ausgerechnet Chloe sein, der gegenüber sie dies eingestand, aber dennoch. Sie hatte nicht vor, Matt aufzugeben, nicht jetzt, nicht gleich, also war Chloe genauso gut wie jeder andere Widerstand, den sie in der Zwischenzeit zu überwinden hatte.

Chloe starrte sie an, dann blinzelte sie. Und dann begann sie zu lachen. Leise zunächst und dann immer lauter, und während Anna Emily mit großen Augen ansah, wurde diese immer zorniger.

»Gott, du bist widerlich«, sagte sie, drehte sich um und

wollte zur Tür stürmen, aber Chloe hielt sie am Arm fest, und Emily wirbelte herum.

»Lass das«, befahl Chloe, plötzlich absolut ernst. »Sie werden dich wieder einsperren, wenn du da jetzt runtertrampelst. Wir gehen zusammen.« Sie sagte es, machte aber keinerlei Anstalten, sich in Bewegung zu setzen. Stattdessen fragte sie: »Ich bin also widerlich, ja? Und was ist mit Matt? Ihn findest du nicht abstoßend, bei dem, was er tut?«

»Ich habe keine Lust, mit dir über Matt zu sprechen.«

»Glaubst du, er genießt nicht die Macht, die ihm seine Gabe verleiht?«

Emily verschränkte die Arme vor der Brust.

Chloe sagte: »Ist dir klar, wie lange er das schon macht? Denkst du nicht, er hat mit den Jahrzehnten auch die positiven Seiten daran entdeckt? Die positiven Gefühle, die es nun mal mit sich bringt, eine solche Macht ausüben zu dürfen?«

»Liebe Güte, was redest du für einen Blödsinn!« Emily starrte Chloe an, als hätte diese nicht mehr alle Tassen im Schrank. Was ihrer Meinung nach auch ganz sicher der Fall war. »Wenn du nicht sofort aufhörst zu reden, wird mir schlecht.«

Chloe lachte. »Oh, das sind ja die besten Voraussetzungen für deine kleine Schwärmerei – wenn du hörst, was er tut, wird dir *schlecht.*«

Was macht sie hier?, fragte sich Emily. *Sie verdreht, was ich sage, sie…*

Kleine Schwärmerei.

»Können wir jetzt gehen?«, fragte sie.

»Natürlich«, sagte Chloe. »Aber dir ist klar, dass du dich

271

von ihm verabschieden wirst, früher oder später? Eher früher, wie ich meine. Das wird nicht funktionieren zwischen euch beiden. Du kannst nicht in Hollyhill bleiben.«

Emily schnaubte. »Und das entscheidet wer?«, fragte sie. »Du?«

»Auch«, antwortete Chloe unbeeindruckt, »wobei es eher so eine Gemeinschaftsentscheidung war. Matt war ganz vorn mit dabei, als es darum ging, dafür abzustimmen. Beziehungsweise dagegen.«

Sie sagte nichts weiter, und Emily hasste sie ein bisschen mehr. Was interessierte es sie überhaupt, was dieser blassblonde Racheengel zu sagen hatte? Wieso hörte sie ihr immer noch zu?

»Also gut«, sagte sie schließlich, »du willst, dass ich frage, also frage ich: Was wurde gemeinschaftlich abgestimmt? Dass ich nicht in Hollyhill bleiben darf?«

Chloe sah Emily einen Moment lang schweigend an, ihre Augen funkelten im Kerzenschein. Dann sagte sie: »Du hast es erfasst.«

Emily atmete langsam ein. Sie spürte, wie sich etwas um ihr Herz legte, etwas Kaltes, Glibberiges, das sich um ihre Empfindungen schmiegte wie eine zweite Haut und sie augenblicklich vereiste.

Sie lügt, dachte sie. *Auch wenn es sich nicht danach anfühlt.*

»Du lügst.«

Chloe lächelte. »Du hast es dir sicher schon gedacht«, fuhr sie fort, »aber wir sind beide unverzichtbar für das Dorf, Matt genauso wie ich. Seine Fähigkeit ist absolut beeindruckend – meine ist es noch viel mehr.« Sie legte den Kopf schief und betrachtete Emily, als sei sie ein kleiner Käfer, den sie nicht vorhatte, am Leben zu lassen. Zumindest fühlte es sich für Emily so an. Genau so.

Spätestens jetzt.

Abermals nahm Chloe die Zeichnung in die Hände. »Er küsst ganz fantastisch, findest du nicht? Er hatte ja auch ausreichend Zeit zu üben. Oh«, fuhr sie fort, »wolltest du ihn nicht dringend sprechen? Gehen wir.«

Und sie gingen.

Mit zusammengepressten Lippen schlich Emily die Treppe hinunter, Chloe nach, die Anna hinter sich herzog, die seltsam widerstandslos war. Ganz sicher hatte das Mädchen in seinem Leben noch keiner solchen Unterhaltung gelauscht, am Ende hatte sie Emily mit großen, staunenden Augen angestarrt, fragend und offenbar zu verwirrt, um noch Angst zu empfinden.

Emily wünschte, sie könnte dasselbe von sich sagen.

Sie wünschte, Chloes Worte hätten sie nicht verletzt und ihr keine Angst gemacht.

Sie nicht verunsichert.

Sie wünschte, sie hätte nie mit Chloe gesprochen.

Sie wünschte...

Sie versuchte, sich zu konzentrieren.

Josh.

Im Moment war es unwichtig, wie es um sie und Matt stand, richtig?

Josh ging es nicht gut.

Josh musste gerettet werden. Schnell.

Danach, sagte sich Emily, *rette ich mich selbst. Versprochen.*

14

»Joe!« Kaum hatte Emily den Stall betreten, stürmte sie auf Joe zu und umarmte ihn fest. Ihre Nerven flirrten. Sie fühlte sich zum Platzen angespannt.

»Shhhhh«, flüsterte Joe und schob Emily ein wenig ungelenk von sich. »Du weckst noch die Schweine auf.« Er nickte in Richtung des Geheges, in dem Chester und mindestens sechs weitere Schweinchen im Schlaf vor sich hin grunzten, und zog Emily daran vorbei in einen großzügigen, rechteckigen Nebenraum, in dem Heu gelagert wurde. Stalllaternen baumelten an dicken Nägeln von den Wänden und hüllten den Ort in altmodisches Licht, das sich wiederum in den weit aufgerissenen Augen eines jungen Mannes spiegelte, der in einer Ecke kauerte, den Mund geknebelt, die Arme auf dem Rücken gefesselt, die Füße zusammengebunden. Er starrte Emily an, hilfesuchend, und gab erstickte Laute von sich, während er versuchte aufzustehen.

Joe räusperte sich. Er warf Emily einen entschuldigenden Blick zu, lief zu dem Gefesselten und drückte ihn mit zwei Fingern zurück in Richtung Boden.

»Ähm. Wenn Sie sich freundlicherweise wieder setzen

würden«, sagte er. »Wir werden uns gleich um Sie kümmern.«

»Oh, Joe!« Emily schlug die Hände über dem Kopf zusammen und verharrte in dieser Pose. Sie sah von Joe zu Chloe, die hinter ihr stand, zu Anna, die ihre Augen ebenfalls auf den gefesselten Gefangenen gerichtet hatte. Sie blinzelte, als stünde sie vor einer Fata Morgana.

Emily ließ die Hände sinken. »Sind denn alle auf einmal verrückt geworden?«, fragte sie.

»Das ist George Forley«, sagte Joe spitz, »und ich denke, wir wissen inzwischen alle, wer er ist, der...«

»... falsche Bräutigam«, vervollständigte Chloe.

Anna stöhnte gedämpft, George Forley gab abermals Laute von sich. Emily betrachtete den Gefesselten.

Er wirkte jung, höchstens so alt wie Matt, 18, vielleicht 19 Jahre alt, und er sah speziell aus mit seinen rotblonden Haaren und den dunklen Augen. Er trug das gleiche Ensemble aus schwarzer Frackjacke, heller Hose und Reitstiefeln wie die meisten Männer, die Emily bisher in dieser Zeit getroffen hatte, doch seine Kleidung war stark verschmutzt und reichlich derangiert, das Gesicht voller rauer Stoppeln.

»Wo ist Matt?«, fragte sie.

»Matt kommt nach«, antwortete Cullum. Er schloss gerade die Tür hinter sich. »Die Kleine will ihm helfen, Adam und Eve rauszulocken. Sie sollten ebenfalls herkommen.«

Ach, je. Beinahe hatte Emily vergessen, dass im Haus vermutlich nach wie vor Ausnahmezustand herrschte, wegen des verschwundenen Schmucks und bestimmt auch wegen eines gewissen sich küssenden Paars.

»Was tut sich denn gerade da drinnen?«, fragte sie.

Cullum zuckte mit den Schultern. »Sie haben jeden Stein umgedreht, konnten das Collier aber nicht finden. Sie haben mit allen Bediensteten gesprochen – mit denen, die noch übrig waren.« Er warf einen Blick auf Anna. »Sie hier ist der Schlüssel, richtig? Wollen wir hören, was sie zu sagen hat?«

»Wir sollten warten, bis Matt da ist«, sagte Emily.

Chloe schnaubte.

»Wir sollten anfangen, bevor der neue Tag anbricht«, gab Cullum zurück, »und die Wakefield-Männer losstapfen, um euch wegen Unzüchtigkeit der Gendarmerie zu übergeben.« Er zwinkerte Emily zu, die auf der Stelle rot anlief, dann wandte er sich an Joe. »Wenn ich euch beide richtig verstanden habe, dann habt ihr diesen nicht ganz so feinen Gentleman in Plymouth dabei erwischt, wie er versuchte, eine Kutsche zu stehlen?«

George Forley schüttelte den Kopf, und Chloe überging ihn.

»Ganz recht«, sagte sie, »nachdem wir seiner Spur von Exeter nach Plymouth gefolgt waren, stellte sich heraus, dass der baldige Bräutigam sich offenbar aus dem Staub machen wollte.«

Energisches Kopfschütteln. Chloe sah ihn strafend an. »Wer hat dann versucht, die Kutsche zu stehlen?«, fragte sie. »Robin Hood?«

Forley stöhnte.

Joe räusperte sich. »Emily«, begann er, »Cullum sagte, du und … ähm, Matt, ihr geht davon aus, dass Mr. Forley nicht nur mit Mary Wakefield verlobt war, sondern auch mit ihrer Schwester Margaret … öhm … irgendwie zu tun hatte?«

»MMMMMMHHHH«, machte George Forley.

Emily tat er allmählich leid.

»Vermutlich ja«, sagte sie. »Wir gehen inzwischen davon aus, dass unsere bewusstlose Amber eigentlich Margaret Wakefield ist. Außerdem haben wir Briefe gefunden, die ein gewisser Emerald an Amber adressiert hat. Liebesbriefe. Wir nehmen an, dass George Forley sie geschrieben hat.« Sie warf dem Gefesselten einen unsicheren Blick zu, und der starrte sie an, erschrocken, entsetzt.

»Hmmmm«, sagte Cullum, während er auf Forley zuging. »Scheint, als hätte irgendetwas, das du gerade erzählt hast, unserem Gast nicht gefallen.« Er hockte sich vor ihn und griff nach dem Knoten, mit dem das Tuch vor seinem Mund am Hinterkopf festgehalten wurde. »Sag, was du zu sagen hast«, erklärte er, »aber du kennst das Spielchen. Einen Mucks zu viel und…«

»Himmel noch mal!« Emily beugte sich zu Forley hinunter, schlug Cullums Hände weg und löste den Knoten. »Wir sind hier nicht im Wilden Westen«, murmelte sie.

Cullum lachte.

George Forley schnappte nach Luft. »Wo ist Miss Margaret?«, fragte er atemlos. »Was meinen Sie mit bewusstlos? Was haben Sie mit ihr gemacht?«

»Wir?«, fragte Emily perplex.

»Hallo!«, sagte Cullum. »Da haben unsere zwei Turteltäubchen bei ihren nächtlichen Anstrengungen offenbar die richtigen Schlüsse gezogen.«

»Was? Ich… was?«, setzte Emily an, doch Cullum überhörte sie einfach.

»Also – was haben Sie als Verlobter von Mary Wakefield mit ihrer Schwester Margaret zu tun?«, fragte er, an George Forley gerichtet. »Und weshalb nennt sich diese wohl Amber?«

Forley starrte Cullum an, er schien um eine Antwort zu ringen, schließlich antwortete er heiser: »Es ist so eine Art Code-Name. Es war... Wir... Woher wissen Sie davon?«

»Sie nannte sich so, als sie uns quasi vor die Füße fiel«, begann Emily.

»Blutend und völlig durchnässt...«, fügte Joe hinzu.

»... mit Würgemalen am Hals«, schloss Chloe. »Als ich sie das letzte Mal sah, war sie nach wie vor ohne Bewusstsein. Plus: Das Fieber stieg immer weiter.«

»Oh, Gott!« Wäre George Forley nicht ohnehin schon auf den Knien gewesen, wäre er sicherlich jetzt dorthin gesunken. Er ließ den Kopf hängen und berührte mit seiner Stirn den Boden.

»Und Sie sind Emerald«, sagte Emily. Es klang mehr wie eine Feststellung.

Forley rührte sich einige Sekunden nicht, dann nickte er unbeholfen, die Stirn immer noch auf dem Boden.

»Und Sie schrieben sich Briefe mit Margaret Wakefield, unter falschem Namen?«

Wieder eine kurze Pause, dann ein kurzes Nicken. »Wir hatten Angst, entdeckt zu werden«, hauchte er. »Es durfte doch niemand erfahren.«

Forleys Schultern bebten.

»Heult er etwa?«, fragte Chloe ungläubig, und Anna

stupste Emily mit dem Ellbogen an. Mit dem Kopf deutete sie auf Forley und zappelte vor Emily herum.

Chloe stöhnte genervt. »Wehe, du schreist«, warnte sie, während sie sich daranmachte, den Knoten von Annas Knebel zu lösen. »Dann muss ich dich leider den Schweinen zum Fraß vorwerfen.«

Emily verdrehte die Augen.

»Es war ein Unfall, Mr. Forley«, sagte Anna und kniete vor dem Unglücklichen nieder, der den Kopf hob. Er hatte geweint, definitiv.

Wie unpassend, gerade jetzt an Fee zu denken, überlegte Emily. Und an die schnulzigen »Colin & Cake«-Nachmittage, aber es half nichts. Niemals hätte sie geglaubt, dass das wahre Leben um 1800 genauso kitschig sein könnte wie im Film. Und nun stand sie hier, in einer gegen alle Brandschutzbestimmungen verstoßenden, von flackernden Laternen beleuchteten Scheune, umringt von Gestalten in aufwändiger Kostümierung und vor einem heulenden Mann, der ...

Emily runzelte die Stirn. Sollte George Forley nicht eigentlich der Bösewicht in dieser Geschichte sein?

»Sie kam mit der Kutsche«, erklärte Anna, »wie verabredet, um die Briefe zu bringen und um mich zu holen, aber dann, auf der Fahrt nach Plymouth, wurde der Sturm immer schlimmer. Wir saßen beide auf dem Kutschbock, allein waren die Zügel kaum zu halten, doch es half nichts. Das Pferd war nicht zu bändigen, und Äste und Zweige schlugen uns entgegen. Ein Ast verstrickte sich in ...« Anna zögerte einen Augenblick, schließlich holte sie Luft. »Wir dachten, es sei am sichersten, sie würde das Collier tragen. Doch dann, auf der Fahrt, verfing sich ein Zweig in der Kette, und Miss Margarets Kopf wurde nach hinten gerissen.« Anna erschauerte und nahm einen weiteren zittrigen Atemzug. »Ich weiß nicht, wie es passieren konnte, aber die Kette riss nicht gleich, und Miss Margaret versuchte, sich von dem Zweig zu befreien. Alles ging… so schnell, und dann wirbelte der Wind nur so, und die Äste am Wegrand wogten wie wild hin und her, und einer ließ das Pferd scheuen. Es bäumte sich auf und dann raste es los, und in einer Kurve wurde ich herausgeschleudert. Ich hörte Miss Margaret schreien, aber die Kutsche fuhr einfach weiter, das Pferd galoppierte mit ihr davon. Sie konnte es nicht mehr kontrollieren, denke ich. Ich wollte ihr hinterherlaufen, aber ich war nicht schnell genug.«

Anna schwieg. Emily befreite ihre Arme von Chloes Handschuh, dann löste sie auch die Fesseln von George Forley. Beide nahmen es hin, keiner von ihnen bewegte sich. Beziehungsweise Forley, er zitterte. Voller Mitleid schaute Emily auf ihn hinab.

»Ich schätze, sie hat später einen der Äste gegen den Kopf bekommen«, sinnierte Cullum, »offensichtlich hatte unsere Emily auch darin schon recht.« Er nickte ihr zu, unglaublich cullumhaft, im gleichen Augenblick, in dem Chloe sagte: »Das ist ja eine rührende Geschichte! Aber wir wollen doch mal nicht vergessen, dass diese Mitleid heischende Heulboje ein ausgewachsener Betrüger ist. Und diese Margaret offenbar auch. Wie kommt sie dazu, sich bei Nacht und Nebel in einer Kutsche davonzumachen, auf dem Weg zum Bräutigam ihrer Schwester?«

Chloe funkelte George Forley an, und für eine Sekunde fürchtete Emily, sie würde den armen Mann anspringen.

»Was meine Schwester eigentlich sagen will«, erklärte Cullum beschwichtigend, »ist: Warum haben Sie sich mit der einen Schwester verlobt, um mit der anderen durchzubrennen? Ging es bloß um den Schmuck?«

Forley gab einen gequälten Laut von sich. »Ich weiß, es war unrecht«, stieß er hervor. »Ich weiß das doch! Es war nur – es war so aussichtslos, wir hatten doch keinerlei Perspektive! Mr. Wakefield würde nie erlauben, dass sich Miss Margaret vor ihrer älteren Schwester Mary verlobt, sie ...« Er sah kurz zu Emily, dann wieder weg. »... sie ist erst 16.« Forley seufzte. »Und ebenso mittellos wie ich.« Als er schwieg, hakte Cullum nach: »Und da dachten Sie, es sei eine prima Idee, sich mit der alten Schabracke zu verloben, damit Vater Wakefield die Kronjuwelen aus dem Safe holt und Sie sich damit davonstehlen können?«

Forley stöhnte.

Anna sagte: »Es war Miss Margarets Idee.« Auch sie sah zu Emily, warum auch immer, bevor sie fortfuhr: »Sie wusste, Mr. Wakefield würde das Collier zur Hochzeit der Erstgeborenen zurück ins Haus holen, deshalb schlug sie Mr. Forley die Verlobung mit Miss Mary vor.« Anna seufzte. »Sie fühlte sich furchtbar deswegen, aber sie dachte, sie hätte keine andere Wahl. Sie bat mich, darauf zu achten, wann Mr. Wakefield die Kette nach Hause holen würde, und sie dann ... an mich zu nehmen.«

»Zu stehlen«, präzisierte Chloe.

Anna wurde rot.

»Wo ist die Kette jetzt?«, fragte Cullum.

»Ich weiß es nicht. Wenn Miss Margaret sie nicht getragen hat, als Sie sie fanden, dann ist sie vermutlich gerissen und liegt für immer im Moor begraben.«

Cullum hob eine Augenbraue. »Und was sollte ursprünglich mit dem Collier passieren?«, fragte er in dem Augenblick, in dem George Forley ansetzte: »O Gott, ich kann nicht glauben, dass alles so gekommen ist. Ich hätte nie erlauben dürfen, dass sie allein die Kutsche lenkt. Ich hätte es verhindern müssen, aber... Sie bestand darauf, und... ich war nun schon in Plymouth, um dort alles zu regeln, ich...«

»Um was zu regeln?«, hakte Cullum nach.

»Den Verkauf des Schmucks«, sagte Anna leise. Es raschelte, als sie eine Hand in ihre Rocktasche schob und ein gefaltetes Blatt Papier herausfischte. Sie reichte es Emily. »Hier steht, was wir hätten tun sollen«, sagte sie, kaum hörbar jetzt, »hätten wir es nach Plymouth geschafft.«

Emily zögerte einen Augenblick, dann griff sie nach dem Briefbogen – es war die Seite, nach der Matt und Emily gesucht hatten, die Seite, die dem letzten von Emeralds Briefen gefehlt hatte.

Sie las laut:

befindet sich ein winziger Laden namens »Jack's Shack« und dieser ist Ihr Ziel. Ich weiß, der Name ist nicht sehr vertrauenserweckend, aber er wurde mir empfohlen, wenn es sich um... derlei Angelegenheiten handelt.
Der Besitzer erwartet uns, meine Geliebte. Kommen Sie am Abend des 3. Novembers zu »Jack's Shack«, ich werde

schon da sein und Sie in Empfang nehmen. Am 4. geht unser Schiff. Zusammen werden wir unsere alten Leben gegen ein neues, gemeinsames eintauschen, und für immer werden Sie meine einzige, meine geliebte Amber sein.

Emily sah auf und Forley in die Augen. »Nur eines verstehe ich nicht«, sagte sie, »Margaret Wakefield hat die Kette ihrer Mutter viel bedeutet – so viel, dass sie es nicht ertragen konnte, dass ihre Schwester sie bekommt. Wieso war sie bereit, sie zu stehlen und zu verkaufen? In einem zwielichtigen Schuppen im Hafenviertel? Das klingt so schmutzig, so ...«

Chloe seufzte. »Sie *ist* einfältig, da werdet ihr mir recht geben, ja?«, sagte sie. Und an Emily gewandt: »Er ist ein Spieler, hat Haus und Hof damit durchgebracht. Er brauchte Geld und weiß offenbar ziemlich gut, was er den Menschen erzählen muss, um sie zu manipulieren.« Sie legte den Kopf schief. »Er hat ihr vorgegaukelt, dass er sie liebt. Dieses Gefühl kennst du sicher.«

Tja.

Emily starrte Chloe an, doch bevor sie antworten konnte, sprang George Forley auf und rief: »Was? Nein! Um Himmels willen!« Er raufte sich die Haare, so wie Matt es immer tat, und zum allerersten Mal kam er Emily wach vor, wach und voller Tatendrang und voller Angst, die den Tatendrang vermutlich steuerte.

»Ich liebe Miss Margaret«, rief George Forley, »schon seit dem Augenblick, als ich sie das erste Mal sah! Ich liebe sie und ich wollte sie heiraten, und ich sagte Ihnen bereits, warum dies aussichtslos gewesen wäre. Und ja«, fuhr er fort,

»der Hof ist verschuldet, aber nicht etwa, weil ich ein Spieler wäre! Mein Vater...« Er stockte. »Er...«

»Er war ein Trinker«, sagte Anna, und George Forley blickte zu Boden, und Emily kam es so vor, als lösten sich die Vorschriften und Grenzen und Zwänge des beginnenden 19. Jahrhunderts gerade vor ihren Augen in Luft auf.

Forley nickte. »Ein Trinker«, wiederholte er, »der das Gut verspielte und mein Erbe, denn meine Mutter war bei meiner Geburt gestorben, und mein Vater – er stand bereits mit einem Bein im Gefängnis, als er die Treppe zum Weinkeller hinunterstürzte und...«

Starb, vervollständigte Emily in Gedanken.

Forley holte Luft. »Ich kam nach Exeter, um bei meinem Cousin einen Kredit zu erbitten. Und ich traf Miss Margaret und ihre Cousine Miss Rachel im Park, es war... Wir verstanden uns auf Anhieb, wir *verstanden* uns, denn wir befanden uns irgendwie an der gleichen Stelle des Lebens. Jeder von uns hatte einen Verlust zu betrauern. Keiner von uns wusste, wie er damit umgehen sollte.« George Forley schüttelte den Kopf, und Emily folgte seinen Bewegungen.

Gleiche Stelle des Lebens.

Jeder einen Verlust zu betrauern.

Verstanden uns.

Verstanden.

»Von diesem Tag an trafen wir uns regelmäßig«, sagte George Forley, »natürlich nur unter der Aufsicht von Margarets Cousine, Miss Rachel, die äußerst wohlwollend war. Sie sah weg, damit wir einen Moment für uns stehlen oder einen Brief übermitteln konnten, und sie verriet uns nicht, als sie von meiner Verlobung mit Mary Wakefield erfuhr. Wir konnten sie nicht in den Plan einweihen, sicher dachte sie das Schlimmste von mir, doch sie schwieg und zwang auch Margaret nicht dazu, sich ihr anzuvertrauen.

Im Juli musste ich zurück nach Launceston, den Nachlass, vielmehr die Schulden meines Vaters regeln. Mein Cousin lieh mir in der Tat etwas Geld, doch das hätte niemals ausgereicht, um God's Whistling zu retten.«

»Und die Kette«, fragte Cullum dazwischen, »hätte es gekonnt? Wie wertvoll ist das verdammte Ding gewesen?«

»Nicht sehr«, antwortete Forley, »aber sie sollte reichen für die Schiffskarte und einen bescheidenen Neuanfang jenseits der Insel.« Er sah Cullum an, dann Joe, dann Emily. »Es ist wahr, sie liebte die Kette, und nichts fiel ihr schwerer, als diese Erinnerung an ihre Mutter herzugeben. Ich habe sie Hunderte, Tausende Male gefragt, ob sie sich wirklich sicher wäre, und sie war es. Weil sie glaubte, dass ihre Mutter es so gewollt hätte. Ihre Mutter hätte gewollt, dass sie glücklich wird. Und wir hatten keine Wahl«, fuhr er fort. »Mein Vater hinterließ so viele Schulden, dass er über kurz oder lang dafür im Gefängnis gelandet wäre. Miss Margaret und ich – wir wussten nicht mit Sicherheit, was dieser Umstand für mein weiteres Leben bedeuten würde, aber wir wollten kein Risiko eingehen. Wir wollten gemeinsam fortgehen. Ein neues Leben beginnen. Zusammen.«

Ding, machte es in Emilys Hirn. Sie sah zu Chloe, ohne zu wissen, weshalb, und diese erwiderte ihren Blick, ohne einen Hauch von Gefühl.

Forley sagte: »Wir waren in Plymouth verabredet. Den

Rest der Geschichte kennen Sie bereits.« Er sah zu Anna. »Es tut mir leid, dass du in die Sache mit hineingezogen wurdest«, sagte er, und Emily glaubte ihm sofort. »Ich wünschte, alles wäre anders gekommen. Könnten wir doch nur noch einmal von vorn anfangen.«

Er ließ den Kopf hängen.

Emily seufzte. »Arme Margaret«, sagte sie. Und dann, zu Anna: »Du wolltest mit ihr gehen?«

Anna nickte. »Sie kam extra aus Exeter, um mich zu holen. Und um die Briefe hierzulassen.«

»Weshalb ließ sie die Briefe hier?«

»Sie hatte ein solch schlechtes Gewissen, und sie wollte doch niemanden verletzen. Es stand nicht zum Besten zwischen ihr und Miss Wakefield, doch sie wollte sich erklären. Und sie dachte, wenn Miss Wakefield nur die Briefe lesen und sehen könnte, wie sehr sie und Mr. Forley einander liebten und dass Ihnen keine andere Wahl blieb und…« Anna schüttelte den Kopf. »Ich habe das Geheimfach im Schrank offen gelassen«, fuhr sie fort, »sodass man die Schatulle früher oder später würde finden müssen. Als ich dann aber von der Kutsche fiel…« Sie zögerte, den Blick immer noch auf Emily gerichtet. »Ich bin zurückgekehrt, ich brauchte ewig durch das nasse, dunkle Moor, es war…« Sie zitterte, als sei ein Schauer durch ihren Körper gefahren. »Ich wollte – ich weiß nicht, was ich wollte. Zunächst einmal in meine Kammer. Womöglich hätte ich Lennis eingeweiht, ich hatte noch nicht weiter nachgedacht. Doch dann sah ich Sie am Fenster und bin vor lauter Schreck zurück in den Wald.«

»Und was sollte der kleine Überfall heute auf Emily?«, fragte Chloe kalt.

»Nun«, sagte Anna und warf Emily einen entschuldigenden Blick zu, »eine Fremde sollte die Briefe doch besser nicht zu lesen bekommen.«

Sie schwieg. Sie alle schwiegen, sogar Chloe. Und dann brach plötzlich eine Stimme die Stille:

»Es wird nicht schön werden, den Wakefields diese Geschichte zu vermitteln«, sagte sie, und Emily wirbelte herum. »Am besten übernehmen Adam und ich diese Aufgabe.«

Eve stand in der geöffneten Tür, hinter ihr Adam, neben ihr Matt. Emily hatte keine Ahnung, wie lange sie dort schon standen und was sie gehört haben mochten, sie war viel zu vertieft gewesen in Forleys Erzählung. Doch jetzt, da sie ihn sah, ratterte es wie eine Jalousie vor ihrem geistigen Auge herunter. Josh. Die Buchstaben leuchteten ihr entgegen, und sie lief auf Matt zu.

»Ich muss mit dir sprechen«, sagte sie, schnell und viel lauter als beabsichtigt.

Matt hatte nicht sie angesehen, sondern Chloe – *wie lange stand er da schon?* –, doch als Emily ihn am Arm berührte, wandte er sich ihr zu, und sein Gesichtsausdruck veränderte sich.

»Was ist los?«, fragte er.

»Es geht um ...« Emily spürte die Blicke förmlich, die sich ihr in den Hinterkopf bohrten, und auf einmal war es ihr wichtig, mit Matt allein zu sein. Sie konnte vor Anna und George Forley nicht von visionären Träumen sprechen. Und sie wollte Matt nicht den Blicken aller anderen aussetzen, wenn er von Josh erfuhr.

»Ich ...«, begann sie erneut, da sagte Matt: »Lass uns die Briefe holen, ich hab sie im Pavillon gelassen.« Er schob Emily an Adam vorbei durch die Tür. »Eve, wir holen die Briefe, die Margaret ihrer Familie hiergelassen hat, ihr werdet sie da drinnen brauchen.«

»Ich möchte zu Margaret«, rief George Forley. »Bringen Sie mich zu ihr, bitte!«

Emily hörte Chloes Lachen und darunter Cullums Antwort, die sie nicht mehr verstand, weil Matt sie bereits auf den Weg in Richtung Pavillon gezogen hatte.

»Danke«, sagte Emily leise.

»Klar«, sagte Matt. Er blieb beim Gewächshaus stehen und sah sie forschend an. »Worum geht es?«, fragte er. »Ich habe das meiste der Geschichte gehört, falls es das ist, worüber du mit mir sprechen willst.«

Emily rang sich ein Lächeln ab.

Das meiste, also vermutlich auch Chloes Anspielung auf vorgetäuschte Gefühle, die laut ihr ohnehin zu nichts führten, weil Matt und sie niemals zusammen sein konnten, weil – wie war das? Es wurde abgestimmt und ...

Matt lächelte sie an, und auf einmal wurde Emily bewusst, wann sie das letzte Mal mit ihm gesprochen hatte, wann sie das letzte Mal so zusammengestanden hatten, vergangene Nacht, beziehungsweise heute Morgen, vor der Tür zur Küche und unter dem Fenster von Mrs. Pratt. Sie schüttelte die Gedanken an Chloe ab, stellte sich auf die Zehenspitzen und hauchte Matt einen Kuss auf die Wange. Sie überlegte fieberhaft, wie sie ihm sagen sollte, was sie jetzt sagen musste – schnell. Dann nahm sie seine Hände in ihre und sah ihn an.

»Der Traum«, begann sie, »letzte Nacht im Pavillon.«

Matt nickte. »Es hat sich angehört wie ein Albtraum«, sagte er.

»Das war es«, fuhr Emily fort, »nur wusste ich da noch nicht genau, wovon er handelte.«

Matt reagierte für etwa drei Sekunden gar nicht, dann ließ er eine von Emilys Händen los und fuhr sich stattdessen durchs Haar. »Okay«, sagte er. »Ich nehme mal an, jetzt weißt du es?«

Emily nickte. »Matt, ich denke, Josh geht es nicht gut.«

»Josh?«

»Ich sah ihn auf einem Bett liegen, er wirkte verschwitzt und fiebrig, und später erkannte ich ihn ganz deutlich. Silly kümmerte sich um ihn. Und Harry. Sie waren sehr besorgt.«

»Josh.« Matt sah Emily an, als habe sie den Verstand verloren.

»Ich dachte erst, es sei Amber, aber sie ist es nicht. Matt – du solltest so schnell wie möglich zu ihm fahren.«

»Josh«, sagte Matt, nun zum dritten Mal. »Emily, er hat heilende Kräfte – er war nie, *nie* krank, all die Jahre nicht.« Er schüttelte den Kopf. »Keiner von uns, um genau zu sein. Wir sind bestimmt nicht unsterblich oder unbesiegbar, aber... Bist du dir ganz sicher?«

»Vielleicht irre ich mich«, antwortete Emily.

Sie hoffte es. *Ich hoffe es.*

»Vielleicht ist es halb so schlimm, oder es ist schon wieder vorbei. Vielleicht...«

»Wir finden es heraus.« Matt zog Emily in Richtung Stall. »Jetzt gleich.«

»Cullum, ich muss mit Harry Kontakt aufnehmen. Sofort.« Matt war durch das Holztor in den Stall gestürmt, seine Stiefel polterten über den Steinboden und scheuchten die Schweine auf, die erschrocken losquiekten.

Emily hatte Mühe, ihm zu folgen.

»Cullum!«

»Ist ja gut, Himmel noch mal, willst du unbedingt den alten Graham darauf stoßen, dass wir hier sind?« Cullum kam ihnen entgegen, eine Laterne in der Hand, gefolgt von Joe, der ihnen einen pikierten Blick zuwarf und dann beruhigend auf die Tiere einflüsterte.

Durch die geöffnete Tür sah Emily in das Heulager. Anna saß auf dem Boden, Forley lief vor ihr auf und ab, Chloe lehnte gelangweilt an der Wand und warf Emily einen ebenso gelangweilten Blick zu.

»Adam und Eve sind schon ins Haus gegangen«, erklärte Cullum. »Sie haben beschlossen, dass es am besten ist, die Familie so schnell wie möglich mit den guten Neuigkeiten zu konfrontieren. Also, gut ist natürlich relativ«, sagte er grinsend. »Der Familienschmuck ist wohl futsch. Und über die Sache mit George und Margaret wird zumindest die gute alte Mary nicht besonders ...«

»Cullum!« Matt fasste ihn am Arm. »Harry. Jetzt gleich.«

Cullum hob abwehrend die freie Hand. »Ist ja gut«, sagte er, »schon unterwegs.«

Er drehte sich um und führte sie vom Schweine- in den

angrenzenden Pferdestall, in eine Box, in der ein Schlafplatz eingerichtet war, offensichtlich seiner. Er drückte Emily die Laterne in die Hand, kniete vor dem Deckenlager nieder, schob es ein Stück zur Seite und auch die Stofftasche, die vermutlich als sein Kopfkissen diente. Die Wand dahinter war aus Stein und so schmutzig, das sie jegliche Konturen verloren hatte.

»Hältst du das Licht mal hierhin, Liebchen?«, fragte Cullum, und während Emily einen Schritt nach vorn trat, fischte er ein Klappmesser aus seiner Hosentasche und begann, damit den Dreck von der Wand zu kratzen. Sehr sorgfältig. Sehr gerade. Bis sich unter all dem Schmutz die Form eines Ziegelsteins abzeichnete.

»Um was geht's hier eigentlich?«, fragte er.

»Emily hatte einen Traum«, antwortete Matt. »Von Josh.«

»Josh?« Cullum unterbrach seine Arbeit nicht, aber Emily sah, wie sich seine Schultern spannten. »Was ist mit ihm?«

Matt antwortete nicht.

Emily sagte: »Ich bin nicht sicher. Es geht ihm vielleicht nicht gut.«

»Wie lang kann es dauern...«, setzte Matt an, doch da drückte Cullum die eine Seite des Ziegels nach hinten und rüttelte ihn an der anderen Seite aus der Wand. Er griff in die Nische, und als er seinen Arm wieder herauszog, hielt er einen klobigen schwarzen Kasten in der Hand.

Emily kniff die Augen zusammen. Das Gerät war unförmig, es wirkte schwer und unhandlich und... »Ist das nicht das Telefon, mit dem ich meine Großmutter in München angerufen habe?«, fragte sie.

Matt nickte. »Ich habe dir schon damals gesagt, dass es nicht wirklich ein Telefon ist«, antwortete er, »aber ja.« Er griff nach dem Apparat, der mindestens dreimal so groß war wie ein normales Telefon und – wie Emily wusste – etwa fünfmal so schwer, zog eine Antenne heraus und hackte auf die Tastatur ein. Er wartete.

»Es dient dazu, Verbindung herzustellen«, erklärte er, und Emily zog die Stirn kraus.

»Ähm, ja«, begann sie zögernd, »das haben Telefone so an sich, nicht wahr?«

Cullum lachte leise.

Matt sah von der Tastatur auf. »Verbindung zwischen uns und ... dem, was um uns herum passiert.«

Cullum lachte lauter. »Dieser Mann zieht seinen Sex-Appeal aus seiner Verschwiegenheit, habe ich recht?«, sagte er, und dann: »In Harrys Keller steht das gleiche Gerät, nur etwa zehnmal so groß. Haben wir eine neue Zeit erreicht, spuckt diese Maschine Informationen aus, die uns weiterhelfen. Nie eine Lösung«, fuhr er fort, »lediglich Hinweise. Sie beantwortet Fragen – falls du die richtigen stellst. Manchmal gibt sie uns Rätsel auf, als wollte sie uns einfach bloß beschäftigen. Im Kern geht es darum, selbst eine Entscheidung zu treffen – die richtige. Oder die falsche.« Er hob die Augenbrauen und betrachtete Emily, als warte er auf eine Reaktion von ihr.

»Oh«, sagte sie schließlich, »*die* Maschine.«

Die Maschine, die Pfarrer Harry in seinem Keller zu Recherchezwecken benutzte. Die Maschine, die sie nach Travestor House und die anderen auf die Spur von George

Forley geführt hatte. Die Maschine, die womöglich einen genauso gespenstischen Singsang von sich gab wie die, die Matt gerade in seinen Händen hielt.

Reflexartig griff sich Emily an die Schläfen, während Cullum weitersprach: »Das hier ist quasi die kleine Schwester des Geräts in Harry Keller«, sagte er. »Es verfügt nicht ganz über die gleichen Fähigkeiten, aber es ist leicht zu transportieren und ermöglicht uns, mit den anderen in Hollyill in Kontakt zu bleiben. Egal, in welcher Zeit.«

Emily starrte auf den vibrierenden Apparat in Matts Hand, lauschte dem Summen und Wummern und Schleifen und Klacken. »Was tut sie?«, fragte sie.

»Sie übermittelt Harrys Antwort«, murmelte Matt. Er wirkte abgelenkt, unkonzentriert, und es tat Emily leid, ihn so besorgt zu sehen. Sie wünschte, sie hätte nicht von Josh geträumt. Sie wünschte, sie wäre sich weniger sicher über das, was sie gleich erfahren würden.

Cullum räusperte sich. »Es wird schon nicht so schlimm sein«, sagte er, und es sollte wohl scherzhaft klingen, aber zum ersten Mal seit sie ihn kannte, hatte Emily den Eindruck, dass auch er nervös war, weil ihm etwas an den anderen lag. Womöglich hatte er doch ein Herz? Womöglich hatte er das ganze Herz bekommen, sodass für seine Schwester Chloe nichts mehr übrig geblieben war? Er stellte sich neben Matt und hielt den Blick ebenfalls auf den Apparat gerichtet. Nach etwa einer Minute begann die schwarze Fläche oberhalb der Tastatur zu schimmern, und das Gerät selbst hielt still.

Emily stellte sich auf die Zehenspitzen, um besser sehen

zu können. Die erleuchtete Fläche hätte als Display durchgehen können, lediglich – sie war keins. Es sah vielmehr aus ... es war ... wie ein Atemhauch an einer Fensterscheibe, der einen Schriftzug sichtbar machte, nur eine Sekunde lang. Dann löste sich der wabernde Fleck in Luft auf und hinterließ nichts als Dampf.

Uh.

Ja, es hatte sich damals kalt angefühlt, als Emily die Maschine an ihr Ohr gehalten hatte. Nun aber stellten sich bei der Erinnerung daran, mit diesem Zauberdings telefoniert zu haben, ihre Nackenhaare auf. Als habe man mit einem Witchboard kommuniziert. Als habe einem ein Geist eine Botschaft ins Ohr geflüstert.

Emily war so erschrocken und fasziniert, dass sie die Nachricht, die soeben vor ihren Augen verpufft war, erst nach einigen Augenblicken wirklich zu begreifen begann.

Es geht ihm schlecht. Komm schnell.

»Oh Gott!« Emily sah Matt an, der kreidebleich geworden war, Cullum den Kommunikator in die Hand drückte und sagte: »Kannst du dich hier um alles kümmern? Emily und ich müssen los.«

»Klar«, sagte Cullum. »Wir bleiben, bis sich die Familie von ihrem ersten Schock erholt hat, und kommen morgen nach. Dann werden wir sehen, wie wir Amber/Margaret hierherschaffen.«

Matt nickte. »Die Briefe – sie sind im Pavillon oberhalb des Sees. Kannst du sie holen?«

»Nichts lieber als das.«

Matt fuhr sich durch die Haare, schloss für einen Moment

die Augen und nahm schließlich Emilys Hand. »Komm«, sagte er, »lass uns unsere Sachen holen.«

Er führte Emily ans andere Ende des Stalls, an dem eine weitere Box mit Strohballen und Decken darauf hinwies, dass auch hier jemand sein Lager aufgeschlagen hatte. Matt sammelte ein paar Kleidungsstücke vom Boden auf, ein Buch, die Zeichnung von Milly. Er packte alles in seine Tasche und warf sie sich über die Schulter.

Wortlos nahm er abermals Emilys Hand und zog sie weiter in eine kleine Kammer, aus der er Sattel und Zaumzeug nahm, dann zu der Box, in dem eines der Pferde untergebracht war, mit dem sie hierhergekommen waren. Matt öffnete die Gittertür, und Emily sträubte sich.

»Natürlich«, sagte er, aber es klang verwirrt, »du musst da nicht rein. Ich werde das Pferd satteln, hol du deine Tasche, ja?«

Er hatte sich schon wieder umgedreht, war in die Box gegangen und kümmerte sich um das Pferd. Emily stellte ihre Laterne auf der Mauer zwischen den Abteilen ab.

Sie dachte an das, was sie gerade gehört hatte, an das, was in den vergangenen Stunden geschehen war. An Milly. Zu erfahren, was ihrer Schwester zugestoßen war, würde der Kleinen entsetzlichen Kummer bereiten. Die gesamte Familie drohte einen Schock zu erleiden. Es war furchtbar, was auf alle Beteiligten zukam, grauenvoll, doch … es war noch nicht *alles*. Emily hatte keine Erklärung dafür, warum sie sich dessen so sicher war, aber – sie konnte jetzt noch nicht von hier fortgehen. Sie musste noch bleiben. Sie durfte nicht …

»Hey.« Matt starrte sie überrascht an, als er sich umdrehte, um mit dem gesattelten Pferd die Box zu verlassen, in deren Eingang sie immer noch stand.

»Was ist los?«, fragte er.

»Ich reite nicht«, sagte Emily. Ihre Stimme klang hohl.

»Okay.« Matt zögerte, aber nur einen Augenblick lang. »Wir nehmen die Kutsche. Es wird etwas länger dauern, aber ...«

»Nein.« Emily sah Matt an, und dieser runzelte die Stirn. »Matt, wirklich«, erklärte sie, darum bemüht, die Dramatik aus ihrer Stimme zu verscheuchen, »du verlierst zu viel Zeit. Reite zu Josh und sorge dafür, dass er sich von Margaret fernhält.«

»Von Margaret?« Matt hob überrascht die Augenbrauen. »Du glaubst, sie ist verantwortlich dafür, dass es Josh schlecht geht?«

Emily zögerte. Der Gedanke war ihr eben erst gekommen, doch bei näherer Betrachtung erschien er vollkommen plausibel. »Ich denke, es könnte daran liegen, dass Margaret in dieser Geschichte nicht das Opfer war«, erklärte sie. »Sie war die Täterin – wenn auch eine, die niemandem Böses wollte – und deshalb konnte Josh ihr nicht helfen. Und je mehr er sich darum bemühte, ihr zu helfen, desto mehr gingen seine eigenen Kräfte verloren. Als hätten sie sich plötzlich gegen ihn selbst gewendet. Ich weiß nicht.« Emily biss sich auf die Lippen.

Matt nickte langsam. Er ließ die Zügel des Pferds los, trat aus der Box und blieb direkt vor Emily stehen.

»Komm mit mir«, sagte er.

»Ich komme gleich morgen früh mit den anderen nach.«

»Aber warum?« Matt schüttelte den Kopf. »Es besteht kein Grund dafür, dass du noch länger hierbleibst. Die Sache ist geklärt. Adam und Eve kümmern sich um die Familie. Und mir würde es besser gehen, wenn du mit mir kämst.«

Emily runzelte die Stirn. »Es ist so ein Gefühl«, sagte sie zögernd. »Ich denke, ich muss noch bleiben. Ich weiß nicht, weshalb.«

Matt starrte sie an, ewig, wie es Emily vorkam, dann zog er sie an sich und küsste sie, dass es ihr den Atem verschlug. Ganz kurz nur flackerte Chloes Gesicht in ihrer Erinnerung auf, doch dann schloss sie die Augen und schob sie energisch beiseite. Sie würde Matt danach fragen – *demnächst*. Bis dahin wollte sie ihn halten, so gut es ihr möglich war, denn seine Verzweiflung brannte auf ihren Lippen wie Fieber.

»Deine Gabe«, sagte er irgendwann atemlos, bevor er die Wange in ihrem Haar vergrub. »Sie kann einem Angst machen, weißt du das?«

»Dann sind wir schon zwei.«

»Sieht ganz so aus.« Er schob sie ein Stück von sich.

»Ich weiß, das ist jetzt nicht der richtige Augenblick«, sagte er, »aber ... heute Morgen im Pavillon, als du sagtest, du würdest am liebsten bei mir bleiben – hast du das ernst gemeint?«

Verblüfft öffnete Emily den Mund, um ihn gleich wieder zu schließen. Als sie schließlich doch antwortete, klang ihre Stimme völlig fremd.

»Ähm, ja«, raspelte sie. »Natürlich habe ich es ernst gemeint.«

297

»Gut«, sagte Matt, »ich nämlich auch.« Er musterte Emily, dann legte er eine Hand an ihre Wange. »Lass uns das mit Josh in Ordnung bringen, dann finden wir einen Weg, okay?«

Emily sagte nichts. Sie sah ihn an, und vermutlich las er die Zweifel in ihrem Gesicht. Oder was auch immer sich darin widerspiegelte.

»Hey, ich meine es so«, betonte er. »Wir finden einen Weg.« Er grinste, wenn auch etwas schief. »Ich weiß, ich habe dir gesagt, du solltest besser nicht in Hollyhill bleiben – und der Meinung bin ich nach wie vor –, aber ich glaube, vielleicht ... Ich denke darüber nach, dass es eventuell noch eine andere Möglichkeit geben könnte. Ich denke darüber nach, seit ... schon eine Weile.«

Emily erwiderte Matts Blick, der von lächelnd in fragend übergegangen war, in unsicher, und schließlich nickte sie.

Eine andere Möglichkeit.

»Wie wäre es zur Abwechslung mit normal?«, fragte Matt leise. »Langweilig? Zukunftsträchtig?«

Emily atmete aus. »Das wäre schön«, erwiderte sie genauso leise. Sie stellte sich auf die Zehenspitzen und legte beide Arme um Matts Hals. Sie war sich nicht sicher, weshalb, aber seine Worte ... Sie legten sie lahm, irgendwie, ließen keinen vernünftigen Gedanken zu, außer den einen:

Wie?

Sie wollte mit ihm zusammen sein, wollte es wirklich, aber wie sollte das gehen?

»Sei vorsichtig«, flüsterte sie. »Wir sehen uns morgen.«

Matt umarmte sie. Emily spürte, dass auch er Bedenken

hatte, womöglich nicht wegen seines Vorschlags, sondern wegen Emilys Zögern, und das tat ihr leid. Sie lehnte den Kopf an seine Brust, und er drückte sie ein letztes Mal, dann löste er sich von ihr, nahm die Zügel des Pferds und stieg auf. Er sah über Emily hinweg, als er sagte: »Bring alle gut nach Hause, okay?«

»Klar«, antwortete Cullum, und Emily warf einen überraschten Blick über die Schulter. »Nichts lieber als das.«

Matt nickte, dann lenkte er das Pferd aus dem Stall. Emily sah ihm nach, bis das Klappern der Hufe verklungen war, dann drehte sie sich zu Cullum um, der an der gegenüberliegenden Box lehnte und wie so oft auf einem Strohhalm kaute. Er grinste sie an. Wie so oft.

»Wie lange stehst du da schon?«, fragte sie.

»Ziemlich lange«, kam die Antwort. »Lange genug.«

Emily sah ihn eine weitere Sekunde an, dann raffte sie mit einer Hand ihren Rock, nahm mit der anderen die Leuchte und machte sich in Richtung Ausgang davon.

»Ein guter Gedanke«, sagte Cullum, während er neben ihr in Gleichschritt fiel, »dass Joshs Heilkräfte deshalb nicht funktionierten, weil Margaret alias Amber die Bösewichtin in diesem Spiel ist. Dass sie sich sogar zum Negativen gekehrt haben könnten, um ihn selbst krank zu machen. Schlau.«

Emily beschleunigte ihre Schritte.

Sie passierte die letzten Pferdeboxen, war schon beinahe bei der Kutsche, in der sie sich vor wenigen Tagen mit Cullum versteckt hatte, aber...

»Sieh mal«, sagte er und hielt sie am Ärmel fest.

Emily gab einen frustrierten Laut von sich. »Hör zu ...«
»Shhh.«
Er legte einen Finger an die Lippen und deutete mit der anderen Hand zu der letzten Box – die, in der Matt Lennis und Brixton auf ein Pferd gepackt hatte. Cullum zog Emily mit sich, während er darauf zuging, dann nickte er ihr zu.
»Sieh mal, was wir hier haben«, flüsterte er.
Und Emily sah es.
Sie erkannte ihn an seiner Mütze. Brixton, wie er zusammengekauert auf dem Boden der Box lag, Kartoffelsäcke auf seinem schmalen Körper, neben dem anderen Jungen, Lennis, und beide bewegten sich nicht. Emilys Herz schlug schneller, während sie ihre Augen dazu zwang, sich an das schummrige Licht zu gewöhnen und darin Anzeichen dafür auszumachen, dass sich die beiden Körper bewegten. Was sie taten. Sie atmeten, ruhig und gleichmäßig, wie eine Katze vorm Kamin.
»So schließt sich der Kreis«, hörte sie Cullum wispern, und Emily sah auf. »Er hat sie hierhergebracht, in dem Moment, in dem die Wakefields anfingen, nach ihnen zu suchen. Überall draußen. Aber nicht *hier*.« Er legte den Kopf schief. »Ich werde sie morgen wecken, bevor wir abreisen. Sie werden sich nicht daran erinnern, was Matt getan hat.«
Emily sah Cullum einige Sekunden an, und dann war es an ihr, ihn am Ärmel zu fassen und mit sich zu ziehen, fort von den schlafenden Jungen, an der Kutsche vorbei, zum hinteren Ausgang.
»Es hat nicht funktioniert«, sagte sie, sobald sie vor dem Stall standen. »Was auch immer du damit bezweckt hattest.«

Sie schüttelte den Kopf, um ihre Worte zu verstärken. »Was auch immer.«

»Das konnte ich sehen«, sagte Cullum, und Emily funkelte ihn an, und Cullum lächelte.

»Hör zu«, sagte er, »ich will dir nichts Böses. Wieso auch? Du bist ein nettes Mädchen, ich bin ein netter Junge ...«

Emily wollte sich umdrehen.

Cullum hielt sie fest.

»Okay«, sagte er. »Ernsthaft.« Er seufzte. »Was, wenn ich dich nur vor einer Enttäuschung bewahren möchte? Es ist ... *unwahrscheinlich*, dass Matt mit dir fortgeht. Das ist dir doch klar, oder?«

»Da du so gut zugehört hast«, erwiderte Emily, »wird dir sicherlich nicht entgangen sein, dass dies Matts Vorschlag war und nicht meiner.«

»Allerdings«, antwortete Cullum, »aber du bist die Klügere von euch zweien.«

Emily starrte ihn an, und Cullum hob abwehrend die Hände. »Ich meine ja nur«, fuhr er fort. »Aus ziemlich naheliegenden Gründen könnte diese Entscheidung nicht mehr rückgängig zu machen sein. Was, wenn es nicht funktioniert mit euch beiden? Was, wenn es dann aber nicht so ist wie das letzte Mal – was, wenn es dann kein Zurück mehr für ihn gibt?« Cullum wartete einen Augenblick, als wollte er Emily Gelegenheit geben, seine Worte aufzunehmen, sie sacken zu lassen. Sie wünschte sich, er würde anfangen zu lachen oder zumindest grinsen, wie er es sonst immer tat, aber ausgerechnet jetzt, ausgerechnet hier, blieb Cullum absolut ernst.

»Willst du das wirklich?«, fragte er. »Ich meine, möchtest du tatsächlich, dass er sein ganzes bisheriges Leben hinter sich lässt?«

»Es wäre seine Entscheidung, nicht deine, und meine auch nicht«, sagte Emily, einfach nur, weil ihr nichts Besseres einfiel, denn natürlich hatte er recht. Er hatte recht, und er sprach genau die Zweifel aus, die sich zuvor in Emily geformt hatten.

»Hast du dich umgekehrt einmal gefragt, wieso er nicht möchte, dass du in Hollyhill bleibst?«, fuhr Cullum fort.

»Oh, komm mir nicht wieder mit ›es zermürbt ihn und jeden, der ihm nahesteht‹«, sagte Emily, doch sie klang weniger verärgert als erschöpft. »Es ist, wie es ist, und es ist nur ein kleiner Teil von ihm.«

Cullum betrachtete Emily einige Sekunden lang, es lag beinahe so etwas wie Bewunderung in seinem Blick. Zumindest Erstaunen. Dann sagte er: »›Für immer‹, das ist eine ziemlich lange Zeit in Hollyhill.«

»Was? Bist du jetzt auch noch Hobby-Philosoph?«

Cullum hob den Kopf und blinzelte in den dunklen Himmel. »Lass es mich so sagen«, sagte er. »Das mit der Liebe in Hollyhill steht unter keinem guten Stern.«

Und so ließ er sie stehen.

15

Als Emily durch die Küche ins Haus schlich, war der Abend bereits vorangeschritten, doch an Schlaf dachte offenbar niemand. Hope, Becky, Mrs. Pratt und Mr. Graham hielten die Köpfe über den Tisch gesenkt und sahen nicht auf, als Emily eintrat. Sie schienen den Stimmen zu lauschen, die durch den langen Gang vom Haupthaus zu ihnen herüberdrangen und die kaum mehr als eine Ahnung davon zuließen, was drüben wirklich los war. Das hohe Weinen kam sicherlich aus Mary Wakefields Kehle, alles andere vermischte sich zu einem sonoren Brei.

Emily ging langsam in Richtung Eingangshalle. Das Schluchzen nahm zu, und die Stimmen wurden lauter, sie hörte Eves beruhigenden Singsang und dann Adams tiefen Bass: »Ich gehe und hole die Briefe«, erklärte er gerade. »Vielleicht machen sie das Ganze ein wenig begreiflicher.«

Mary heulte abermals auf, und Emily trat in die Halle, zur gleichen Zeit, als Adam die Tür des Salons hinter sich schloss. Sofort dimmten die Stimmen herunter.

»Wie läuft es da drin?«, fragte sie leise, als beide den Fuß der Treppe erreicht hatten, und Adam blieb stehen.

»Ich bin mir nicht sicher«, sagte er. »Das Schlimmste kommt wohl noch. Ich gehe, um die Briefe zu holen – und Anna und George Forley. Noch weiß Mary Wakefield nicht, dass ihr untreuer Bräutigam hier ist, es ist also sicher noch mit dem Schlimmsten zu rechnen. Und mit einer langen Nacht.«

»Wie geht es Wakefield senior?«

Adam zuckte die Schultern. »Wenigstens sorgt er sich um Margaret und nicht um den Schmuck, so wie seine Tochter.« Er schüttelte den Kopf. »Sein Sohn will gleich am Morgen aufbrechen, um Margaret in Hollyhill abzuholen.«

Emily nickte. »Cullum wollte sich um die Briefe kümmern«, sagte sie. »Sie sind oben in dem Pavillon über dem See.«

»Gut«, erwiderte Adam. »Danke.«

»Kann ich irgendetwas tun?«

»Ich denke schon.« Adam warf einen kurzen Blick die Treppe hinauf und senkte die Stimme. »Kümmer dich um die Kleine. Ich fürchte, sie sitzt da oben und bekommt mehr mit, als gut für sie ist.«

Emily folgte seinem Blick. Milly kauerte, in dunkle Schatten gehüllt, auf der obersten Stufe der Treppe. Ihr Gesicht war nicht zu erkennen, doch sie saß so untypisch stumm und starr, dass sich Emily auf der Stelle das Herz zusammenzog. Ohne ein weiteres Wort zu Adam stieg sie die Treppe hinauf, setzte sich neben Milly und legte einen Arm um sie.

»Wo ist Maggie?«, fragte sie so leise, dass Emily es kaum verstehen konnte.

»In Sicherheit«, antwortete sie, »in Hollyhill. Es sind

Menschen dort, die sich um sie kümmern. Freunde von mir.«

»Wie seltsam das klang. *Freunde von mir.*

»Wann kommt sie nach Hause?«

»Vielleicht morgen schon. Sobald es ihr besser geht.« Emily drückte Milly an sich und hauchte ihr einen Kuss ins Haar.

»Emily?«

»Ja?«

»Wieso hast du mir nicht gesagt, dass Maggie krank ist?«

Emilys Herz blieb einen Augenblick stehen. Sie rückte Milly ein Stück von sich weg und hob ihr Kinn an, um ihr in die Augen zu sehen. »Wir wussten nicht, dass es Maggie ist«, sagte sie leise. »Wir haben ein Mädchen gefunden, es war verletzt, und wir kamen hierher, um herauszufinden, wer sie ist.«

Milly sah Emily an, sie blinzelte nicht einmal.

Emily strich eine Haarsträhne aus ihrer Stirn. »Das Mädchen konnte uns nicht erzählen, wer sie ist, sie ...«

»... war ohnmächtig«, hauchte Milly, und Emily nickte.

»Es wird ihr bald wieder gut gehen«, sagte sie, »versprochen.« Sie zwang sich zu einem Lächeln. »Großes Indianer-Ehrenwort.«

Ganz langsam nickte Milly. Sie lehnte den Kopf an Emilys Schulter, als sich die Eingangstür öffnete und George Forley die Halle betrat, gefolgt von Anna und Adam.

»Anna«, flüsterte Milly.

Emily nickte. Sie stand auf und hielt Milly ihre Hand hin. »Komm«, sagte sie. »Bringen wir dich ins Bett.«

Milly zögerte einen Augenblick, dann schloss sie ihre kleinen Finger um Emilys und stand ebenfalls auf. »Bleibst du bei mir?«, fragte sie, und Emily lächelte.

»Für heute«, versprach sie, und dann führte sie Milly in ihr Zimmer.

Emily lag auf dem Rücken und starrte in die Dunkelheit. Sie hatte ewig darauf gewartet, bis Milly endlich eingeschlafen war, nun lauschte sie den gleichmäßigen Atemzügen des Mädchens neben sich und war selbst hellwach. Millys Himmelbett war eindeutig bequemer als Emilys Pritsche – wobei, *so* bequem auch wieder nicht –, doch tief in ihrem Inneren nagte etwas so sehr an ihr, dass an Schlaf ohnehin nicht zu denken war.

Für immer ist eine ziemlich lange Zeit in Hollyhill.
Willst du wirklich, dass er diese Entscheidung trifft?

Emily seufzte. Sie hatte keine Ahnung, was genau Matt gemeint hatte, als er sagte, er wolle bei ihr bleiben und dass sie eine Lösung finden würden. Hatte er tatsächlich vor, sie nach München zu begleiten? Was wollte er da tun? Sich einen Job suchen und zusehen, wie sie studierte? Bei ihr und ihrer Großmutter leben, den Müll runtertragen, mit Fee und ihr ins Kino gehen oder abends vor dem Fernseher sitzen?

Emily schwang die Füße aus dem Bett und tastete sich im Dunklen in Richtung Fenster. Sie öffnete den schweren Vorhang einen Spalt und ließ weißes Mondlicht herein, sie sah den Wald und dahinter den See, von dem sie aus diesem Blickwinkel nur den äußersten Rand erkannte.

Das Bild stimmte nicht. Das Bild von Matt in München, an ihrer Seite, in ihrem Leben – es stimmte nicht. Er war ein Zeitreisender, ein Mensch mit einer besonderen Gabe, jemand, der half, die Welt ein kleines bisschen besser zu machen.

Sie konnte sich nicht vorstellen, neben ihm zu sitzen, auf einer der schmalen Uni-Bänke, Matt mit Block und Stift in der Hand, stillsitzend, studierend. Matt mit Anzug und Krawatte bei einem Vorstellungsgespräch. Matt in der U-Bahn, Matt beim Bäcker, Matt in der Küche ihrer Großmutter.

Er passte nicht hinein. Es war, als würde man eine Katze in einen Vogelkäfig sperren oder einen Wolf in eine Handtasche.

Emily schloss die Augen. Sie träumte sich nach Hollyhill, auf die alte Steinbrücke über dem Bach, unter eine der Laternen vor dem Holyhome, an die Hand von Matt, der sie zu einem Spaziergang ins Moor begleitete.

Besser, dachte sie. *Viel besser, oder etwa nicht?*

Sie öffnete die Augen.

Für immer ist eine ziemlich lange Zeit in Hollyhill.

Für immer. Emily seufzte. *Für immer ist eine ziemlich lange Zeit für eine 17-Jährige, ob in Hollyhill oder sonst wo*, dachte sie. Sie löste den Blick von der Aussicht auf Wald und See, ging zurück ins Bett und drehte sich auf die Seite.

Sie hatten viel zu besprechen, sie und Matt, wenn sie sich wiedersahen, doch bis dahin würde noch einiges geschehen. Sie wusste nicht, woher diese Gewissheit kam, doch sie war den ganzen Abend schon unruhig gewesen, und es wurde nicht besser. Sie hoffte, es hatte nichts mit Josh zu tun. Sie betete, es möge ihm bald besser gehen. Dass Matt sicher und wohlbehalten bei ihm ankam. Dass sich alles zum Guten wendete am Ende. *Bitte.*

Sie wusste, sie hatte unrecht, in dem Augenblick, in dem ihr Bewusstsein den Schlaf berührte. Was nun kam, war das Schrecklichste, das Emily bisher in ihren Träumen begegnet war, das Schlimmste, was sie je gesehen hatte.

Sie schrie und sie wand sich, sie rief einen Namen, doch am Ende saß sie entkräftet am Rande des Sees und alles, *alles* war ihren Händen entglitten.

Dieses Leben war erloschen und mit ihm Emilys Liebe, Glaube und Hoffnung, alles zugleich.

»Milly!« Emily schreckte hoch, riss die Augen auf und sah panisch auf die Seite vom Bett, auf der Milly gerade eben noch gelegen hatte. Sie war leer. Sie sprang auf und suchte mit den Augen das Zimmer ab, schließlich lief sie zum Fenster. Die Morgendämmerung hatte eingesetzt, der Mond war verschwunden, die Sonne noch nicht zu sehen, Wald und See lagen still und unberührt.

Hektisch ruckelte Emily das Fenster nach oben und lehnte sich hinaus. Feuchte Morgenluft wehte ihr entgegen, es roch nach Tau und Nebel, und das Herz schlug ihr bis zum Hals, und alles in ihr wollte losrennen, doch für einen Mo-

ment versuchte sie stillzustehen. Sie lauschte. Auf die Stille, ein Käuzchen, auf das Knacksen von Zweigen.
Da.
Sie hörte etwas, eine Stimme. Am Ende des Walds schimmerte etwas Weißes durch die Bäume, etwas Weißes, das sich bewegte, und nun war aus der Entfernung schwach die helle Stimme Millys zu hören.
»Mary!« Hell und voller Angst. »Mary! Komm zurück!«
Emily wirbelte herum und riss die Tür zum Gang auf. Sie störte sich nicht an ihrer langen Unterwäsche, die sie trug, hielt sich nicht damit auf, Kleid oder Schuhe anzuziehen, sie stürmte die Treppe hinunter, in den Gang zur Küche, durch die Hintertür und rannte los.

»Milly!« Emily stob durch den Wald und rief Millys Namen, lauter und lauter, in der Hoffnung, dass nicht nur das Mädchen, sondern auch die anderen sie hörten. »Milly!«
In ihrem Traum hatte sie genug gesehen, um zu wissen, dass keine Zeit blieb, jemanden zu wecken. Sie musste Milly erreichen, bevor diese den See erreichte, und dafür blieb ihr nicht allzu viel Zeit.
Vom Fenster aus hatte der Wald nicht sehr groß gewirkt, nun aber kam es Emily so vor, als nähmen die Baumreihen überhaupt kein Ende. Die Nadeln und Wurzeln schmerzten unter ihren blanken Füßen, und ihr Herz – ihr Herz hatte sich zu einem winzigen Knäuel zusammengekrümmt, das ihr kaum Luft zum Atmen ließ.
Es dauerte eine gefühlte Ewigkeit, bis sie endlich die Bäume hinter sich ließ und den Streifen taunassen Grases erreichte,

der hinunter zum See abfiel, bevor er in ein steiniges Ufer überging. Emily blieb stehen. Es war still hier, die Rufe hatten aufgehört. Die Wasseroberfläche lag dunkel und sie kräuselte sich, wie die Oberfläche eines blinden Spiegels. Rau. Unheilvoll.

Emily ließ den Blick über das Wasser schweifen, während sie die Arme vor der Brust verschränkte, und dann sah sie sie: Mary, in einem winzigen, weißen Ruderboot, im hinteren Drittel des Sees. Sie saß aufrecht und mit dem Rücken zu ihr, starr wie eine Statue, es bewegten sich nicht einmal Wellenringe um sie herum.

Hinter ihr, weit, weit hinter ihr, auf der imaginären Linie zwischen Boot und Ufer, watete Milly durchs sicherlich eiskalte Wasser, das ihr schon beinahe bis unter das Kinn reichte.

Das Wasser reichte ihr bis zum Kinn, dann verschluckte es sie ganz und gar, bis der kleine Kopf wieder die Oberfläche durchbrach und Milly nach Luft japste.

Sie hatte keinen Boden mehr unter den Füßen. Sie watete auch nicht mehr. Sie war bereits zehn, fünfzehn Meter vom Ufer entfernt – sie war schon viel zu weit gegangen.

»Milly!« Emily lief los, es waren etwa einhundert Meter bis zu dem Punkt, an dem Milly ins Wasser gegangen war, sie konnte es schaffen. »Milly!« Emily lief und rief ihren Namen, sie hatte keine Ahnung, ob Milly schwimmen konnte oder nicht – nein, das war nicht wahr. Sie wusste, sie konnte es nicht. Sie hatte geträumt, was als Nächstes passieren würde. Und sie sah es, hier und jetzt, in der Wirklichkeit.

Emily lief ins Wasser. O Gott, es war eisig, doch sie war so geschockt, dass es ihr nichts ausmachte, weil sie nichts anderes spürte als ihre eigene Angst, überhaupt nichts. Sie starrte auf Millys Kopf, der sich mühsam über Wasser hielt, und begann zu schwimmen, während sie gleichzeitig schrie: »Milly! Bleib still, hörst du! Mary wird nichts geschehen. Dreh dich nicht um, bleib einfach, wo du bist, ich hole dich. Warte!«

Sie schwamm. Vier, fünf Züge noch, dann würde sie Milly erreicht haben, sechs vielleicht, höchstens sieben, aber da drehte die Kleine ihr Gesicht zu Emily, sie drehte sich, sah Emily an mit weit aufgerissenen Augen und verschwand im Wasser. Und tauchte nicht wieder auf.

Für den Bruchteil einer Sekunde hielt Emily ganz still. Dann strampelte sie los, Wasser spritzte, in ihre Nase, ihre Augen, ihren Mund, weil sie schrie, während sie schwamm, lauter und verzweifelter. Wie durch zerbrochenes Glas sah sie eine Bewegung in der Ferne, Marys Boot, das sich drehte, und Mary, die offenbar in ihre Richtung ruderte. Emily war es egal. An der Stelle, an der Milly untergegangen war, holte sie Luft und tauchte unter die Oberfläche.

Sie sah nichts. Nichts als Dunkelheit. Sie glaubte, dies müsse die Stelle gewesen sein, aber sie sah absolut gar nichts, deshalb ... Vielleicht war es auch ... weiter links ... weiter ...

Emily tauchte auf, holte Luft, tauchte wieder unter. Sie bewegte sich in diese Richtung, in jene, aber sie sah nur Wasser, sonst nichts. Sie tauchte wieder auf, schnappte nach Luft, tauchte wieder unter. Ihr Kopf waberte durch Hunderte von Luftblasen, die sie selbst ausstieß, und in ihren Ohren dröhnte der Wasserdruck. Alles war dunkelgrau um sie herum. Und zu der Panik, sie könnte Milly nicht rechtzeitig finden, nicht rechtzeitig an die Wasseroberfläche ziehen, gesellte sich nun noch die Furcht vor der Tiefe – vor dem, was unter ihr war, neben ihr, hinter ihr.

Abermals tauchte sie auf und schnappte nach Luft. Wie lange war Milly schon da unten? Sie wusste es nicht. Sie hatte keine Ahnung, was sie tun sollte. Die Tränen, die die Angst vorübergehend zurückgedrängt hatte, quollen ihr nun unaufhaltsam aus den Augen und vermischten sich mit dem Seewasser auf ihren Wangen. Sie öffnete den Mund und wollte eben ein weiteres Mal Luft holen, als jemand sie an der Schulter packte.

»Schwimm zurück!«, fuhr Cullum sie an. »Du wirst erfrieren.« Er war atemlos und vermutlich deshalb so kurz angebunden, doch bevor Emily ein Wort sagen konnte, war er schon neben ihr in den Tiefen des Sees verschwunden.

Emily rührte sich nicht.

Wenn nicht gerade jemand strampelte und prustete und japste, so wie sie selbst, lag wieder diese unwirkliche Stille über dem See. Umso heftiger ließen sie Marys Stimme und das Platschen ihres Ruders zusammenzucken.

»Was ist hier los?«, kreischte sie. Das kleine weiße Boot, das sie steuerte, ruckelte und schaukelte. Emily warf einen kurzen Blick auf die Schwester, die im Morgenrock und mit Nachthaube, mit zerzaustem Zopf und irrem Blick wie eine Furie aussah, und konzentrierte sich dann wieder auf die Wasseroberfläche vor ihr. Sie hatte jegliches Zeitgefühl verloren. Es konnten Stunden vergangen sein, seit sie das letzte

Mal Millys Gesicht gesehen hatte, Stunden, Minuten oder Sekunden.

Mary zeterte: »Wieso hast du Milly ins Wasser gehen lassen?«

Emily versteifte sich. Es sah nicht so aus, als könnte Mary das Boot sonderlich gut lenken. Es war schon fast an ihr vorbei. »Fahren Sie zurück ans Ufer«, flüsterte Emily kaum hörbar. »Es gibt hier nichts für Sie zu tun.«

In diesem Moment tauchte Cullum auf, er spuckte Wasser und keuchte, aber er hielt Milly im Arm und ihren Kopf über Wasser.

»Jesus, Emily«, japste er.

Emily starrte auf Millys reglosen Körper; ihr Kopf, die Augen geschlossen, auf Cullums Schulter.

Sie ist tot.

Mehr konnte Emily nicht denken.

Cullum schwamm mit Milly erst an ihr vorbei dann an Mary, die versteinert auf ihrem Boot-Bänkchen thronte. »Was ist mit ihr?«, rief sie schrill. »Es geht ihr gut, oder?«

Er antwortete nicht. Emily schloss die Augen. Wie betäubt bahnte sie sich ihren Weg durchs Wasser, wie in Trance folgte sie Cullum an den steinigen Uferstrand.

Er hob Milly aus dem Wasser, legte sie auf das Kiesbett und zögerte keine Sekunde, bevor er ihre Nase zuhielt, seine Lippen auf ihre legte und Sauerstoff in ihre Lungen pustete. Er wiederholte es dreimal, dann begann er, Millys kleines Herz zu massieren.

Emily kauerte neben ihm auf den nassen, kalten Steinen, auf allen vieren, die Wangen voller Tränen. »Cullum«, hauchte sie, während sie eine nasse Haarsträhne aus Millys bleichem Gesicht strich.

Cullum hörte nicht auf, seine Hände auf Millys Brustkorb zu pressen, eins und eins und eins, er versuchte es noch einmal mit Mund-zu-Mund-Beatmung, er drehte Milly halb auf den Bauch, in der Hoffnung, sie möge das verschluckte Wasser wieder von sich geben.

Vergebens.

Neben ihr begann Mary zu wimmern, leise erst, dann immer klagender, und Emily weinte stumm. Als sich Cullum auf die Fersen sinken ließ, legte sie sich neben Milly auf die nassen Steine. Sie schloss die Augen und weinte mehr.

Nicht.

Nicht.

Andere Gedanken hatte Emily nicht, doch selbst die gerieten ins Stottern, denn ihre Zähne schlugen aufeinander, hart und schmerzhaft.

Wie benommen nahm sie wahr, dass Cullum sie hoch und in seine Arme zog. Er hielt sie fest, und sie ließ es geschehen. Er rieb über ihren Rücken und ihre Arme, und Emily ließ es geschehen. Tränen flossen über ihr Gesicht und auf sein ohnehin nasses Hemd, sie schloss die Augen, und alles in ihr schmerzte bei dem Versuch, nichts zu fühlen.

Sie hatte diese Ahnung gehabt. Sie hatte diese Ahnung gehabt mit Milly und Cullum, bei Chester im Schweinestall. Sie hatte gewusst, sie sollte noch bleiben, sollte nicht mit Matt zurückkehren nach Hollyhill. Hatte es gewusst. Aber wofür? *Wofür?*

Cullum sagte: »Shhhh, Emily. Es ist noch nicht vorbei.«

Sie schlotterte. Sie wusste nicht, was Cullums Worte bedeuteten, doch als sie zitternd Luft holte, um ihn zu fragen, hörte sie Chloes Stimme, die nach ihrem Bruder rief. Als ihre Schritte immer lauter über den schmalen Strand donnerten und die Kieselsteine aufwühlten, öffnete Emily die Augen.

»Wie viel Zeit?«, fragte Chloe atemlos, und Cullum antwortete: »Ich habe keine Ahnung, aber wir müssen es versuchen, sonst ist es für die Kleine zu spät.« Während er sprach, schob er Emily vorsichtig von sich weg.

Chloe nickte. »Dann los.«

Sie ließ sich neben ihrem Bruder auf die Knie fallen, und die Geschwister nahmen sich bei den Händen.

Und dann, ehe Emily auch nur ein Fragezeichen denken konnte, fühlte sie plötzlich ein Ziehen im Magen, und sie krümmte sich, die Arme um ihren Bauch verkrampft. Die Gesichter von Cullum und Chloe verschwammen. Die beiden hielten sich, so viel konnte Emily erkennen, und sie starrten einander an, als gäbe es nichts und niemandem um sie herum.

Was nicht wahr war.

Denn Emily sah, wie Milly, der Strand, der See, dahinter die Bäume – alles dehnte und zog sich wie ein durchsichtiger Kaugummi, den jemand spannte, so lange, bis er zu reißen drohte.

Und dann ...

... dann kreischte sie vor Überraschung, doch der Schrei verließ seltsamerweise nicht einmal ihren Mund, er schien ebenso durch Watte zu wabern wie sie selbst, als sie sich nun wie in Zeitlupe rückwärts auf den See zubewegte. Jemand schien an ihr zu ziehen, sie hing an einem unsichtbaren Band, aber als ihre Füße das Wasser berührten, ihre Beine darin versanken und schließlich ihr ganzer Körper, da spürte sie nichts.

Nicht die Kälte, nicht die Feuchtigkeit.

Emily ließ sich tiefer ziehen, weg vom Ufer, hin zu der Stelle, an der sie nach Milly getaucht hatte, daran vorbei und zurück zu dem Punkt, an dem sie in den See gesprungen war, zurück zu der Stelle, an der sie aus dem Wald auf die Wiese getreten war.

Wie betäubt beobachtete sie, wie auch Marys Boot sich bewegte, es ruderte den gleichen Weg zurück, den es gekommen war, diesmal von selbst. Mary saß stumm und statuenhaft, soweit Emily erkennen konnte, denn ihre eigene Bewegung mochte sich wie Zeitlupe anfühlen – was sie sah, war es nicht. Marys Boot stob mit dreifacher Geschwindigkeit durchs Wasser und dann hielt es an. Ganz genau dort, wo Emily es am Morgen zuallererst erblickt hatte.

Auch Emily blieb stehen, ruckartig.

Überhaupt sah alles ganz genauso aus wie zu Beginn ihrer tragischen Rettungsaktion. Fast alles.

Emily stand am Ufer und sah auf Millys Kopf, der sich tapfer über Wasser hielt, und dahinter, nur wenige Meter von Milly entfernt, erkannte sie Cullum, der in aberwitziger Geschwindigkeit durchs Wasser kraulte. Chloe stand am Ufer, die Arme dicht am Körper, die Hände zu Fäusten geballt, und sah zu, wie ihr Bruder die Kleine erreichte, wie er sie von hinten packte, kurz bevor sie unterzugehen drohte, und schließlich mit ihr zurück ans Ufer schwamm. Auf den letzten Metern hob er Milly hoch, ging mit ihr an Land und setzte sie auf dem Kies ab. Sie *saß*, und zu Emilys maßlosem Erstaunen beugte sie sich vornüber und hustete Wasser aus.

Emily konnte es nicht fassen. Sie starrte einige weitere Sekunden auf die Szene, bis Cullum in ihre Richtung sah. Er nickte ihr zu, und, warum auch immer, dies löste die Versteinerung, in der sich Emily befand.

Cullum nickte, und Emily stolperte vorwärts. Sie lief, lief, lief auf die kleine Gruppe Menschen zu, und als sie dort ankam, warf sie sich Milly vor die Füße und drückte sie an sich.

»Heeeeeeeemmmmpffff«, machte Milly, aber Emily ließ nicht los. Sie vergrub ihr Gesicht in den tropfenden Haaren des Mädchens, schloss ihre Arme um den kleinen, klammen Körper, und dann schluchzte sie all die Schluchzer, die ihr vorher nicht über die Lippen kommen wollten.

»Dddaaas wwwwwaaar kkkkkaaaalt«, bibberte Milly, und Emily drückte sie fester. »Mmmmmaaaary. Nnnnicht iiiiins Wwwwwaaasssser.«

Schniefend holte Emily Luft, schob Milly einige Zentimeter von sich weg und blickte nach oben, während sie Arme und Rücken des Mädchens warmrubbelte. Wortlos reichte ihr Cullum seine Jacke, die er vor seinem Rettungsschwimmen ausgezogen hatte, und Emily wickelte Milly darin ein. Sie wusste, wenn sie jetzt sprach, würde sie selbst nur bibbern können, so sehr fror sie, jetzt, nachdem sie die Kälte wieder spürte.

Also sagte sie nichts. Nichts davon, was sie gerade gesehen hatte, wessen sie gerade Zeuge geworden war, nichts davon, dass dieses kleine Mädchen doch eigentlich schon tot gewesen war, dass sie bereits zuvor davon geträumt hatte, letzte Nacht, im schlimmsten, plastischsten Traum ihres bisherigen Lebens.

Cullum sagte: »Du siehst auch nicht gerade nach karibischen Temperaturen aus, in ... Was zur Hölle ist das? Lange Unterwäsche?«

Emily warf ihm einen finsteren Blick zu. Ihr war nicht nach Scherzen und ihm sollte auch nicht danach sein.

»Hey, Schwesterchen«, murmelte er, »du siehst noch ganz trocken aus. Würdest du uns wohl kurz dein Jäckchen borgen?«

Sie hörte Chloe schnauben, sie stand hinter Emily, dann legte ihr Cullum die kurze Jacke über die Schultern.

»Was war das eben?«, fragte Emily zittrig, aber Cullum schüttelte den Kopf.

Er richtete den Blick auf Mary, die inzwischen ans Ufer gerudert war und nun ungeschickt aus ihrem Boot kletterte. Sie marschierte auf Emily und die anderen zu, als wollte sie sie verhaften.

Der Gedanke war sicherlich gar nicht so abwegig.

»Was wollen Sie hier?«, fuhr sie Cullum an, »und was haben Sie mit meiner Milly gemacht?« Sie beugte sich herunter und riss Milly aus Emilys Armen, dann fauchte sie sie an: »Sie unbeaufsichtigt hier an den See zu lassen, wie fahrlässig von dir! Es hätte sonst etwas passieren können! Das wird Vater nicht dulden! Jetzt bist du eindeutig zu weit gegangen. Er wird euch nicht einfach so gehen lassen, auf gar keinen Fall. Das wird Konsequenzen haben, darauf kannst du dich verlassen!«

Sie drehte sich um und zog Milly hinter sich her. »Ich dachte, du wolltest ins Wasser gehen«, hörte Emily sie im Fortgehen jammern. »Wie Mama. Ich hab gerufen, aber du hast mich nicht gehört.«

»Ins Wasser gehen!«, gab Mary ärgerlich zurück. »In einem Boot! Kind, mach dich nicht lächerlich!«

Emily stand auf und sah den beiden nach.

»Sie haben keine Ahnung, was gerade passiert ist, oder?«, fragte sie, und Cullum antwortete: »Nope.«

Emily seufzte. »Sie wollte tatsächlich nicht ins Wasser gehen«, erklärte sie, »aber sie wollte, dass die anderen es *denken*. Sie wollte, dass George Forley und ihr Vater und Anna und Margaret, dass sie alle wissen, was man ihr angetan hat. Sie wollte, dass irgendwer irgendwann sie hier suchen und finden würde. Sie wollte allen einen Schreck einjagen, um sich selbst besser zu fühlen.«

»Und das weißt du deshalb so genau«, fragte Chloe kühl, »weil du jetzt schon die Gedanken der Leute träumst?«

Emily sah Chloe an. »Das weiß ich deshalb so genau«, antwortete sie, »weil ich gesunden Menschenverstand besitze.«

Cullum lachte.

Emily nicht.

»Ihr habt die Zeit zurückgedreht«, stellte sie fest. »Wie habt ihr das gemacht?«

Chloe öffnete den Mund, aber Cullum war schneller: »Ich

bringe die Zeit zum Stillstand«, sagte er, »meine Schwester dreht sie für maximal fünf Minuten zurück. Wir können dies nur gemeinsam tun. Ein eingespieltes Team quasi.«

Er lächelte.

Emily blinzelte ihn an.

Sie wusste genau, was Cullum ihr hier zwischen den Zeilen mitteilen wollte, sie wusste es und sie glaubte es, in diesem Augenblick mehr als je zuvor. Sie waren aufeinander angewiesen. Ohne sie wäre Milly gestorben.

Wie viele Menschen hatte Matt schon geholfen zu retten? Wie viele Kinder? Wie viele Millys?

»Danke«, sagte sie schließlich. »Ich kann gar nicht oft genug danke sagen.« Sie sah von Chloe zu Cullum und wieder zurück. »Ich dachte, sie stirbt. In meinem Traum, da ...«

Chloe verdrehte die Augen. »Als wäre bei dieser Träumerei je etwas Sinnvolles herausgekommen.« Sie bedachte Emily mit einem abschätzigen Blick. Sie wollte, dass Emily an ihre Mutter dachte, an Matts Eltern, an seinen Schmerz, und sie tat es. »Was du gerade eben das Glück hattest zu erleben«, sagte Chloe, »*das* sind Gaben. Sie sind kraftvoll, machtvoll – aber das hatte ich dir ja bereits angedeutet.«

Richtig.

Auch das hatte sie.

Ziemlich deutlich sogar.

Chloe trat den Rückweg zum Haus an, aber Emily rührte sich nicht. Sie dachte an das Gespräch, das sie gestern mit ihr hatte führen müssen – *du wirst dich von ihm verabschieden, früher oder später, wir sind beide unverzichtbar, er küsst ganz fantastisch.* Das waren die Worte, die sich in ihre Erinnerung gebrannt hatten wie Tattoos.

Cullum beobachtete sie, und Emily begegnete seinem Blick. Der Moment, in dem Milly gestorben war, in dem Cullum sich aufgesetzt und sie tröstend in seine Arme gezogen hatte, in diesem Moment war etwas in Emily zerbrochen. Sie wusste nicht genau, was es war, aber sie spürte es deutlich. Und der Schmerz darüber kroch ganz allmählich in ihr Bewusstsein, zähflüssig wie heißes Wachs.

16

Der Abschied von Milly fiel schwer. Die tintenschwarzen Finger umklammerten Emilys Bein, und die blonden Locken wippten dramatisch, als sie wieder und wieder den Kopf schüttelte. »Neinneinnein«, grummelte sie in den Stoff von Emilys Kleid. »Du musst doch etwas arbeiten, dann kannst du doch auch hierbleiben. Du darfst nicht mit den anderen fortgehen.«

Emily strich sanft über Millys Kopf. Dann kniete sie nieder und nahm die Hände des Mädchens in ihre. »Es war schön, dich kennengelernt zu haben«, flüsterte sie. »Ich werde oft an dich denken. Hör nicht auf zu zeichnen, hörst du? Lass dich nicht unterkriegen.« Sie drückte Milly an sich und schloss für einen kurzen Moment die Augen.

Bereits während sie ihre wenigen Sachen gepackt hatte, während sie ein letztes Mal durch die Tür ihrer Dachkammer und die Stiege hinunter in die Küche gegangen war, während sie sich von Hope und Becky, von Anna und Mrs. Whittle verabschiedet hatte, um sich mit Cullum, Adam und Eve vor dem Haus zu treffen – während sie all diese Dinge wie ferngesteuert erledigt hatte, war ihr ein Gedanke nicht aus dem Kopf gegangen.

In dem Augenblick, in dem sie und die anderen, ganz Hollyhill, in ihre, in Emilys Zeit zurückreisten, in dem Augenblick, in dem sie in Jeans und T-Shirt unter der großen Eiche stehen und mit Fee und ihrer Großmutter in München und sonst wem Kontakt aufnehmen konnte, in diesem, in *diesem* Augenblick würde Milly lange tot sein. Sie alle hier in Travestor House. Binnen einer Sekunde in Emilys Leben würden sie alle gestorben sein, seit Ewigkeiten schon.

Emily fröstelte, und Milly bemerkte es, denn sie schmiegte sich enger an sie.

Lebe wohl, kleine Milly, dachte Emily. Und sie hoffte, sie betete, dieser Wunsch möge sich erfüllen, und die kleine, zauberhafte Milly würde ein wunderschönes, langes Leben leben.

Emily drückte ihr einen Kuss auf die Stirn und schob sie von sich.

»Auf Wiedersehen, Mr. Wakefield. Mr. Graham, Mrs. Pratt.« Sie knickste und verabschiedete sich von jedem von ihnen, auch von Mary, die trotz ihrer Drohung kein Wort über den frühmorgendlichen Vorfall am See erwähnt hatte, zu niemandem. Wozu auch? Sie waren ohnehin im Begriff abzureisen. Und es war klar, dass sie niemanden von ihnen je wiedersehen würden. Ob sie ein schlechtes Gewissen hatte? Wohl kaum. Ihre Augen blieben kalt und herablassend, wie üblich.

»Wir sollten aufbrechen, wenn wir nicht allzu spät zu Hause ankommen wollen«, erklärte Adam, und Emily nickte. Sie lächelte Milly ein letztes Mal zu, stieg in die Kutsche und rutschte in die Ecke, weg von der Tür, weg von dem Mädchen, weg von den Splittern, die ihr gebrochenes Herz zurücklassen würde.

Joe und Chloe waren bereits unterwegs, ebenso wie George Forley und Jonathan Wakefield. Mary war außer sich gewesen vor Wut darüber, dass ihr Bruder ihren untreuen Bräutigam zu ihrer verräterischen Schwester mitnehmen wollte – doch sie schien in ihrem Ärger und ihrer Trauer von der Familie allein gelassen. Der Gesundheitszustand von Margaret war zu besorgniserregend, um die gekränkte Eitelkeit der anderen auch nur annähernd bedeutsam erscheinen zu lassen.

»Sie werden Margaret wohlbehalten zurückbekommen«, hörte Emily Eve sagen. »Ich bin mir sicher, alles wird sich zum Guten wenden.«

Mr. Wakefield murmelte zur Antwort, Emily konnte nicht verstehen, was. Sie wünschte, sie würden endlich losfahren. Sie wünschte, sie würden endlich dieses Gut, seine Geschichte, sein Jahrhundert hinter sich lassen.

Die Tür quietschte, die Kutsche schaukelte, und Eve stieg ein. Emily rang sich ein Lächeln ab. Eve setzte sich ihr gegenüber.

»Es ist dir doch recht, dass Adam und ich mit eurer Kutsche fahren?«, fragte sie. »Wir haben unsere Chloe und Joe überlassen. Es ist doch bequemer so, als zu reiten.« Sie sah ungeheuer freundlich aus und ungeheuer besorgt, und Emily dachte, dass sie selbst vermutlich besorgniserregend aussah mit den vielen unschönen Gedanken hinter ihrer Stirn und dem Stein in ihrem Magen.

»Natürlich«, antwortete sie, »warum sollten wir zwei Kutschen nehmen? Es ist viel praktischer so. Ökonomischer.«
Ökonomischer?
Was redete sie da?
Sie räusperte sich. »Es tut mir leid, Eve«, setzte sie erneut an. »Ich bin etwas müde.«

Die Kutsche geriet noch zweimal ins Wanken, offenbar nahmen Cullum und Adam beide auf der Fahrerbank Platz, dann setzte sie sich ruckartig in Bewegung. Eine Zeit lang sprach niemand, schließlich brach Eve das Schweigen.

»Es muss furchtbar für dich gewesen sein, heute Morgen am See«, sagte sie. Sie löste die Haarnadel, mit der sie die Haube am Hinterkopf befestigt hatte, und legte den Hut neben sich ab. »Die arme Kleine! Ein Glück, dass sie sich nicht mehr daran erinnert, was ihr widerfahren ist.«

»Ja«, stimmte Emily zu, »ein Glück.« Sie lehnte den Kopf gegen das Holz und sagte nichts weiter. Noch einmal darüber zu sprechen bedeutete, das Ganze noch einmal zu erleben, und dazu fehlte ihr die Kraft.

»Am Schlimmsten war sicher, dass du nichts wusstest von der Chance, die Cullum und Chloe dem Mädchen einräumen konnten. Du wusstest nicht, wozu sie fähig sind, nicht wahr?«

»Ich weiß nicht, ob es dann einfacher für mich gewesen wäre, Milly sterben zu sehen«, sagte Emily. »Ich denke nicht.«

Eve schwieg. Emily beschlich das schlechte Gewissen, ihre furchtbare Stimmung an jemandem auszulassen, der nichts, gar nichts dafür konnte, dass in ihrem Inneren ein Tornado wütete.

»Es tut mir leid«, wiederholte sie, im gleichen Augenblick, in dem Eve sagte: »Wir hätten dich besser vorbereiten müssen.« Sie nickte, um ihre eigenen Worte zu bekräftigen. »Wirklich – *uns* muss es leidtun. Du kommst hierher, wirst durch die Zeiten katapultiert, du weißt nichts darüber, wie wir leben, was wir tun, wie wir es tun, wie lange schon. So hat sich deine Mutter das sicher nicht für dich gewünscht.« Eve seufzte. »Sie wäre unglaublich stolz auf dich. Du hast dich so tapfer geschlagen!«

Emily sah Eve an und dann aus dem Fenster. Das Tal und Travestor House lag hinter ihnen. Sie schaukelten einen schmalen Schotterweg bergauf. Der Nieselregen ließ das satte Grün der Wiesen leuchten.

»Ist es wahr, dass ihr abgestimmt habt?«, fragte sie, bevor ihr klar wurde, was sie da sagte, bevor sie sich selbst bremsen konnte, dann schüttelte sie den Kopf. »Bitte vergiss das«, sagte sie, während sie sich Eve wieder zuwandte, »ich habe keine Ahnung, was mit mir los ist. Der Schock vermutlich, ich weiß wirklich nicht …« Der Satz blubberte ins Leere und mit ihm Emilys Gedankengang. Sie starrte Eve mit großen Augen an. Wenn sie sie schloss, fürchtete sie, würden sich die Tränen lösen, die hinter ihren Lidern brannten, seit sie in diese Kutsche gestiegen war.

Eve beugte sich vor und nahm Emilys Hand. Ihr Blick war voller Mitgefühl. »Abgestimmt – worüber?«, fragte sie sehr, sehr leise, und Emily blinzelte, aber sie weinte nicht.

»Darüber, ob ich in Hollyhill bleiben darf.«

Eves Stirn legte sich in Falten.

Emily räusperte sich. »Chloe sagte, ihr hättet darüber abgestimmt, ob ich bleiben sollte oder nicht. Sie sagte ...« *Matt wäre ganz vorne dabei gewesen bei dieser Entscheidung.* Emily schüttelte den Kopf. »Ich weiß nicht genau. Ist vielleicht nicht wichtig.«

Eve streichelte mit dem Daumen über Emilys Handrücken, dann ließ sie los und lehnte sich in ihren Sitz zurück. »Ich weiß nicht, weshalb Chloe es so ausgedrückt hat, aber es war sicherlich ein Missverständnis.«

Ja, dachte Emily. *Ein Missverständnis.*

»Arme Chloe«, fuhr Eve fort. »Das alles ist schon so viele Jahre her, doch sie wird niemals darüber hinwegkommen.«

»Darüber ... worüber hinwegkommen?«

Arme Chloe?

Eve seufzte. »Es gab eine Abstimmung«, sagte sie, »aber sie ist Jahre her und sie hatte nichts mit dir zu tun. Es ging um Chloe. Sie hat jemanden verloren. Jemanden, den sie sehr geliebt hat.« Sie sah Emily an. »Ich weiß nicht, ob es recht ist, dir das zu erzählen«, sagte sie, »es ist Chloes Geschichte, aber ich denke, unter diesen Umständen ... Es ist wirklich schon sehr lange her. Und vermutlich wäre das alles nicht so geschehen, wie es geschah, wäre es eben nicht Chloe gewesen.«

Emily setzte sich aufrechter.

Eve räusperte sich. »Die beiden haben nicht von Beginn an in Hollyhill gelebt«, begann sie. »Chloe und Cullum stießen später zu uns, ebenso wie Silly. Und Joe. Zu Beginn waren es nur Harry, Martha-May, Matt, Josh, ihre Eltern Kate und Sam, Rose, Esther, Adam und ich.«

»Das wusste ich nicht«, sagte Emily überrascht.

Kate und Sam, dachte sie. *Kate. Und Sam.*

»Als Chloe und Cullum zu uns kamen, hatten sie einiges hinter sich – eine schwere, eine schlimme Zeit.« Eve seufzte. »Sie reisten mit dem Planwagen umher, versuchten sich als Gaukler – Cullum bemühte sich redlich, sich und seine Schwester durchzubringen. Die beiden waren sehr misstrauisch – und sehr stolz und alles andere als begeistert, dass ein Pfarrer sie dazu überreden wollte, in unserem Dorf zu bleiben. Harry hat es letztlich geschafft, Cullums Vertrauen zu gewinnen. Und so sind sie geblieben.«

»Wann war das?«, fragte Emily. Sie versuchte sich die beiden vorzustellen, Chloe und Cullum in zerrissenen Kleidern, schmutzig und ängstlich und halb verhungert auf einem Planwagen, aber die Bilder wollten sich nicht so recht einstellen.

»Hmmmmm ... Ich weiß nicht mehr genau. Das ist schon einige Jahrzehnte her. Und es dauerte noch viele, viele weitere Jahre, bis es Chloe möglich war, ihr Herz für jemanden zu öffnen, doch dann verliebte sie sich, und ...« Eve brach ab.

In Matt, schoss es Emily durch den Kopf.
Sie war in Matt verliebt?

»Er war Musiker«, fuhr Eve fort, und Emily atmete erleichtert auf. »Geiger. Er konnte seine Finger nicht mehr richtig bewegen und deshalb sein Instrument nicht mehr spielen, aber es war kein physisches Problem, es war psychischer Natur – und Chloe half ihm dabei, es zu überwinden. Die beiden verliebten sich. Und Chloe bat ihn zu bleiben.«

»Ihr habt ihn eingeweiht in euer Geheimnis?«

Eve nickte. »Chloe war sich so sicher. Und es war ja nicht das erste Mal. Auch Joe und Silly wussten über Hollyhill Bescheid, bevor sie sich uns anschlossen. Cullum und Chloe ebenfalls. Es war nur – es fühlte sich nicht richtig an. Die Maschine spuckte kryptische Andeutungen aus, doch Chloe bestand darauf, dass man sie so oder eben auch anders deuten konnte.« Eve seufzte. »Es ging nicht gut aus. Er starb bei dem Versuch, einen Mann zu retten, der auf eines der Dartmoor-Tore geklettert war. Er folgte ihm auf den Felsen und ... er stürzte ab. Chloe konnte es nicht verhindern. Und sie konnte die Zeit nicht zurückdrehen – die Gaben funktionieren nicht untereinander, wie du weißt. In dem Moment, in dem sich Stephen entschied, mit uns zu leben, konnte sie ihn nicht mehr beschützen.«

»Das ist furchtbar«, sagte Emily, »und es tut mir schrecklich leid.« Sie meinte es so. Und sie fragte sich, ob Matt sie deshalb nicht in Hollyhill haben wollte. Weil er sie dann nicht mehr beschützen konnte. Doch das konnte er ohnehin nicht, richtig? Sie war eine von ihnen, irgendwie.

»Es war eine harte Zeit«, fuhr Eve fort, »und ... es war die Zeit, in der wir abstimmten, unsere Dorfgemeinschaft nicht weiter zu vergrößern. Niemand sollte mehr in Gefahr geraten wegen uns. Wir waren alle dafür.«

Und Matt noch ein kleines bisschen mehr als die anderen, dachte Emily. Seine Worte schwirrten durch ihren Kopf.

Du weißt nicht, wie es hier ist.

Niemand sollte dieses Leben führen.

Eve lächelte sie an. »Inzwischen hat Rose darum gebeten, diesen Beschluss aufzulockern für den Fall, dass du dich dazu entschließen solltest, in Hollyhill bleiben zu wollen. Es war mit das Erste, was sie tat. Noch am Tag deiner Ankunft.«

»Oh«, sagte Emily. Sie erinnerte sich an den Abend. Vom Fenster aus hatte sie beobachtet, wie ihre Großmutter vor dem Haus auf jemanden einredete. Auf Matt einredete. Einen abweisenden, unnachgiebigen Matt.

Sie musste lachen. »Ich nehme an, der Antrag wurde abgelehnt?«

Eve legte ihren Kopf schief. »Womöglich hat Matt seine Meinung inzwischen geändert«, sagte sie lächelnd.

Emily schwieg.

Hat er nicht, dachte sie.

Ganz und gar nicht.

Doch womöglich hatte sie ihre Meinung geändert. In dem Augenblick, in dem sie sich neben die leblose Milly gelegt hatte, hatte auch etwas in Emily aufgehört zu atmen.

Die Hoffnung vielleicht. Die Hoffnung auf eine Zukunft mit Matt.

»Sie haben beide sehr beeindruckende Fähigkeiten«, sagte Emily. »Chloe und Matt, meine ich. So ... *mächtig.*« Nur zögernd wählte sie Chloes Worte. Sie erschienen ihr auf einmal so passend.

»Mächtig.« Eves Stirn legte sich in Falten. »Warum sagst du das?«

Emily sah Eve an. »Weshalb ist sie nicht mit Stephen fortgegangen, so wie meine Mutter es getan hat, um mit meinem Vater zu leben? Sie hätte Hollyhill verlassen können. Sie hätte sich für ein ganz normales Leben entscheiden können, fernab von jeglicher Gefahr.«

Eve öffnete den Mund und schloss ihn wieder. Womöglich ahnte sie, was Emily als Nächstes sagen wollte. Womöglich würde es ihr nicht gefallen.

Emily sagte: »Ihr braucht sie, hab ich recht? Matt und Chloe. Und Cullum noch dazu. Aber auch Josh. Joshs Gabe ist ebenfalls unverzichtbar für Hollyhill.«

»Emily«, sagte Eve.

»Und Rose. Sie sieht Splitter aus der Vergangenheit eurer ... *Gäste*. Es wäre unverantwortlich zu gehen, denn die anderen blieben zurück und müssten ohne die Hilfe derer klarkommen, die sich für ein anderes Leben, für ein eigenes, entschieden haben.«

»Stopp«, sagte Eve. Sie schüttelte den Kopf. »Niemand hat je einen Groll gegen deine Mutter gehegt, weil sie fortgegangen ist. Wir haben uns lediglich Sorgen gemacht. Wir wollten verstehen, was sie zu diesem Schritt bewogen hat. Und niemand wird je einem anderen aus dem Dorf einen Vorwurf machen, weil dieser Jemand sich entschließt fortzugehen.«

Emily antwortete nicht. Je mehr sie über das Leben ihrer Mutter erfuhr, desto stärker wuchs ihr Respekt dafür, was sie getan hatte. Und ihr Mitgefühl. Ihre Mutter musste sich schrecklich gefühlt haben, ihre Freunde im Stich gelassen zu haben. Ihre eigene Mutter verlassen zu haben. Die Jahre, die sie mit Emilys Vater in München gelebt hatte, mussten geprägt gewesen sein von Schuldgefühlen und Gewissensbissen.

Chloes Worte schwirrten durch ihren Kopf.

Wir sind beide unverzichtbar für das Dorf, Matt genauso wie ich.

Sie wollte nicht, dass Matt sich so fühlte. Sie wollte nicht, dass Matt irgendjemanden im Stich ließ. Für sie.

»Wir würden nie jemanden aufhalten, der gehen möchte«, versuchte es Eve weiter. »Es ist eine unglaublich schwere Entscheidung, dieses Leben hinter sich zu lassen. Unglaublich schwer und unglaublich mutig.«

Emily lächelte. Das waren genau Roses Worte gewesen.

Unglaublich schwer, unglaublich mutig. Und absolut unmöglich.

Sie erreichten Hollyhill am späten Nachmittag des 7. Novembers 1811. Wie die Hinfahrt war auch die Rückreise holprig gewesen, begleitet von rauen Winden und feinem Regen und für den Rest der Fahrt überaus schweigsam, denn Emily war nach ihrem Gespräch nicht wirklich zum Plaudern aufgelegt und Eve so einfühlsam, sie zu keiner weiteren Unterhaltung zu drängen.

Emily hatte die Augen geschlossen und sich bemüht, an nichts zu denken. Was natürlich unmöglich war. Die Bilder der vergangenen Tage blendeten sich ein und aus. Milly mit Chester, Cullum am See, Matt im Pavillon. Hollyhill tauchte in ihren Gedanken auf, aus der Perspektive, wie sie es zum ersten Mal gesehen hatte, vor nicht einmal zwei Wochen. Die Steinbrücke, der Bach, der Wald. Der Duft nach Blumen und das Summen der Bienen. Ihre Großmutter, Silly. Quayle. Ihre Mutter. Als sie nach mehreren Stunden Fahrt endlich vor dem Cottage ihrer Großmutter anhielten, war Emily so erschöpft, dass sie sich am liebsten sofort in ihr Zimmer zurückgezogen hätte. Wäre da nicht …

»Hallo, Liebes.« Ihre Großmutter küsste sie zur Begrüßung auf beide Wangen. »Wie war die Fahrt?« Sie legte einen Arm um Emily und schob sie sachte von der Kutsche weg. Adam und Eve schlenderten Hand in Hand in Richtung Holyhome. Cullum schnalzte mit der Zunge und lenkte die Kutsche neben das Crooked Chimney, das nach wie vor als Coaching Inn diente.

Emily versuchte ein Lächeln. »Das nächste Mal nehme ich wieder den Bus«, sagte sie. »Was ist mit den anderen? Ist Joe da? Was ist mit Mr. Wakefield und Mr. Forley?«

Rose nickte. »Sie sind alle hier«, sagte sie. »Mr. Wakefield und Mr. Forley sind bei dem Mädchen. Sie ist schwach, aber seit heute Morgen wieder bei Bewusstsein. Wir haben sie von Joshs in Harrys Haus gebracht – seither geht es ihr ganz allmählich besser.«

»Und Josh? Geht es ihm auch besser?«

»Ja, Liebes, viel besser.« Rose strahlte Emily an. »Es war deine Idee, nicht? Dass Joshs schlechter Gesundheitszustand mit dem von Margaret zusammenhing? Josh ist dir so dankbar. Und Matt ...« Sie betrachtete Emily mit leuchtenden Augen. Sie standen immer noch auf der Straße, scheinbar unschlüssig, nun aber nahm Rose Emily ihre Tasche aus der Hand. »Am besten gehst du gleich zu ihm«, schlug sie vor. »Wir können später weiterreden.«

Emily ließ den Blick die Straße hinuntergleiten, zu dem reetgedeckten Cottage mit der urigen Scheune, das Josh und Matt bewohnten. Einmal mehr war Hollyhill in märchenhaftes Licht getaucht, als habe man die Häuser, die Brücke, die Straße in einen Goldtopf gedippt und die Farbe in der Sonne trocknen lassen. Außerhalb des Dorfs mochte der kalte November regieren, hier, inmitten von moorigen Feldern, steinigen Hügeln und knorrigen Bäumen, entfaltete sich der Herbst in roten und orangefarbenen Blättern, in blinzelnden Sonnenstrahlen, in all seiner farbenfrohen Pracht.

»Warum scheint in Hollyhill immer die Sonne?«, murmelte Emily. Sie starrte nach wie vor auf das Cottage, hinter dessen Mauern Matt auf sie wartete.

Matt.

Rose sagte: »Weil wer oder was auch immer diesen Ort zu etwas ganz Besonderem machte, es so wollte. Genau so.« Sie lächelte Emily an und gab ihr einen kleinen Stups.

»Und nun geh«, sagte sie. »Er wartet sicher schon.«

»Okay.« Emily setzte sich in Bewegung, nachdem sie einen letzten Blick auf ihre Großmutter geworfen hatte, die ganz offensichtlich bereits Bescheid wusste: über Matt, über sie, darüber, was in Travestor House geschehen war. Sie fragte sich, wie sich das alles so schnell hatte herumsprechen können, aber sicher: Joe und Chloe waren vermutlich weit vor ihnen angekommen, sie hatten jede Gelegenheit gehabt, die restlichen Dorfbewohner auf den neuesten Stand zu bringen.

Emily seufzte. Sie hätte sich ihr Wiedersehen mit Matt anders gewünscht. Euphorisch. Mit höher schlagenden Herzen und leidenschaftlichen Umarmungen und der prickelnden Erwartung dessen, was die Zukunft für sie beide bringen würde. Die gemeinsame Zukunft.

Nun war es so, dass sich ihr Magen verkrampfte, je näher sie dem Cottage kam. Weil sie wusste, so würde es nicht sein. Sie wusste, was jetzt kam, war mit das Schwierigste, was sie je hatte tun müssen.

Die Tür knarzte, als Emily das Zimmer betrat, in dem sich vor wenigen Tagen alle um Margarets Krankenbett versammelt und über Travestor House und God's Whistling beratschlagt hatten. Jetzt war der Raum so gut wie leer. Josh lag auf der Pritsche, er hatte die Augen geschlossen und atmete ruhig und gleichmäßig. Er sah sehr viel gesünder aus als in Emilys dampfendem, elendem Traum: ruhiger, weniger blass, nicht mehr so fiebrig. Ein Sessel war vor das Bett geschoben worden, und als Emily leise näher trat, erkannte sie, dass Matt darin saß. Auch er schien eingenickt zu sein, atmete still und tief, doch selbst jetzt grub sich die kleine Sorgenfalte in die Stelle über seine Nase, als könne er nicht einmal im Schlaf entspannen.

Emily stand da und betrachtete ihn.

Er sah blass aus. Obwohl er schlief, wirkte er übernächtigt und unruhig, mit dunklen Schatten unter den Augen und eingefallenen Wangen.

Als er die Augen aufschlug, sah sie noch mehr: die Anstrengung der vergangenen Nacht, die Erleichterung über Joshs Genesung. Die Erkenntnis, dass sich unsere Hoffnungen und Wünsche nicht immer mit dem decken, was das Leben tatsächlich für uns bereithält.

Er weiß es, dachte sie. *Er spürt es auch.*

»Hey.« Matt stand auf und nahm Emily in die Arme.

»Wie geht es ihm?«, murmelte sie gegen seine Brust.

»Besser.« Matt schob sie ein Stück von sich und lächelte

sie an. »Viel besser, seit das Mädchen nicht mehr in der Nähe ist. Du hattest recht.«

»Ja«, sagte Emily matt. Auch sie versuchte zu lächeln, aber es gelang ihr nicht wirklich.

»Ich habe das von Milly gehört. Gott, es tut mir leid, dass du das durchmachen musstest.« Er zog sie ein zweites Mal an sich.

»Mmmmh«, murmelte Emily. Sie schlang die Arme um Matts Taille und atmete seinen Duft ein. Sie drückte ihre Wange an seine Brust und stand still.

»Emily.« Wie ertappt löste sich Emily von Matt und sah Josh an, der aufgewacht war und ihr eine Hand entgegenstreckte.

Sie nahm sie und lächelte ihn an. Josh blickte von ihr zu Matt und wieder zurück.

»Du hast uns einen Riesenschrecken eingejagt«, sagte sie.

»Ja, ich hörte davon«, antwortete er. »Ich verfolge dich nun schon in deine Träume.« Seine Stimme klang schwächer, nicht so ruhig und wohlig wie der alte Josh, aber Emily war sich sicher, das würde sich bald ändern. Es ging ihm besser. Er würde wieder gesund werden.

»Setz dich.« Matt rückte Emily den Sessel hin. Sie setzte sich, und Josh wandte sich an seinen Bruder: »Würdest du Martha-May bitte sagen, ich wäre jetzt bereit für einen Teller von ihrer fürchterlichen Ingwer-Suppe?«

Matt hob eine Augenbraue.

»Ehrlich, ich habe inzwischen richtig Appetit darauf«, fuhr Josh fort.

»Du lügst.«

»Eine hervorragende Suppe«, sagte Josh, »wenn man gesund werden will.«

Matt schnaubte. »Du könntest einfach sagen, dass du mich loswerden willst.«

»Ich will dich loswerden«, sagte Josh, und Matt lachte.

»Wenn ich wiederkomme«, sagte er im Weggehen, »dann isst du diese schreckliche Brühe, oder ich hetze dir Martha-May persönlich auf den Hals.«

Matt hatte die Tür noch nicht hinter sich zugezogen, da sagte Josh ohne Vorwarnung: »Ich möchte nicht, dass er den gleichen Fehler begeht wie ich.« Er ließ Emilys Hand los und setzte sich stattdessen aufrechter, es kostete ihn einige Mühe, aber er wandte den Blick nicht von Emily ab.

Sie fragte nicht, was Josh meinte, sie wusste es ganz genau.

»Ich will nicht bereuen, was ich getan habe«, fuhr er fort. »Es war meine Entscheidung zu bleiben, obwohl ich wusste, dass deine Mutter eventuell ohne mich gehen würde. Es war meine Entscheidung, denn für mich gab es damals kein vorstellbares Leben außerhalb von Hollyhill. Ich bin mir nicht einmal sicher, ob es wirklich ein Fehler war – für mich. Aber Matt ...« Er schüttelte den Kopf. »Ich weiß, er fragt sich seit dem Tod unserer Eltern, was wäre, wenn. Seit er damals von hier fortgegangen ist. Deshalb *ist* er fortgegangen.«

»Und dann ist er zu euch zurückgekehrt.«

»Er hatte nicht wirklich eine Alternative.«

Emily sah auf ihre Hände. Sie blätterte durch die Bilder in ihrem Kopf, Matt in München, in ihrer Küche, in ihrem Leben. Nach wie vor, womöglich mehr noch, seit sie ihn hier in

Hollyhill, in diesem Zimmer wiedergesehen hatte, war sie der Meinung, die Bilder passten nicht. Sie würden es nie tun.

Sie sagte: »Er hat sich furchtbare Sorgen um dich gemacht.«

»Natürlich hat er das.«

»Er darf nicht noch jemanden verlieren.«

»Genau das denke ich auch. Deshalb wollte ich mit dir reden.«

Emily sah auf. Josh lächelte sie an.

»Als sich meine Mutter von mir verabschiedete«, sagte sie, »du weißt schon, in dem Auto, auf dem Parkplatz ...« Sie sah Josh an, und er nickte, und Emily holte Luft. »Sie sagte: ›Geh und rette ihn.‹ Das waren ihre letzten Worte. Dann war sie verschwunden.«

»›Geh und rette ihn‹«, wiederholte Josh.

»Ich dachte, sie meint den Autounfall, den ich in meinem Traum gesehen habe. Die Szene, in der Quayle dem Hindernis ausweicht und Matts Wagen in Flammen aufgeht. Erst später ...« Emily stockte. »*Irgendwann* habe ich gedacht, vielleicht hat sie gar nicht diesen Unfall gemeint. Vielleicht wollte sie ...«

»... dass du Matt auf eine ganz andere Art rettest«, vervollständigte Josh den Satz.

Emily schwieg.

Dann sagte sie: »Wie kommt sie darauf, dass ich das könnte? Ich meine, wieso sollte Matt überhaupt gerettet werden, und wovor, und warum ich?«

Josh sah sie nachdenklich an. »Du weißt, dass es zwischen ihr und Matt nicht einfach war nach dem Tod unserer Eltern?«

»Ich weiß.« Sie brauchte einen Moment, um zu entscheiden, ob sie Josh erzählen wollte, was Matt ihr gestanden hatte, und schließlich entschied sie sich dafür. »Er sagte, meine Mutter habe sich nie verziehen, was damals vor dem Holyhome passiert ist, und ich denke, das wiederum kann er sich nicht verzeihen. Dass er sie mit seinen Vorwürfen so sehr belastet hat. Dass er sie beschuldigt hat, obwohl er insgeheim wusste, dass sie keine Schuld traf.«

»Was für ein kompliziertes Wesen, mein Bruder, und er kann doch nicht aus seiner Haut.«

Emily runzelte die Stirn, doch dann musste sie lächeln. »Du sagst heute die seltsamsten Sachen«, stellte sie fest.

»Oh, ja«, antwortete Josh. »Und es kommt noch seltsamer. Warum, glaubst du, hat deine Mutter dich nach Hollyhill geschickt?«

»Sie wollte, dass ich das Dorf kennenlerne, in dem sie aufgewachsen ist«, sagte Emily. »Ich solle meine Wurzeln kennenlernen. So stand es in ihrem Brief.« Es klang wie auswendig gelernt, und das war es auch. Sie hatte diese Frage schon einige Male beantwortet, unter anderem sich selbst.

»Und, was glaubst du, warum war ihr das so wichtig?«, fragte Josh.

»Es ist doch immer wichtig zu wissen, woher man kommt. Die Herkunft meiner Mutter ist auch Teil meines Lebens.«

»Ja«, sagte Josh, »aber wieso hat sie so lange gewartet? Wieso solltest du ihren Brief erst bekommen, wenn du auch in der Lage bist hierherzureisen?«

Emily seufzte. »Bitte hör auf mit diesen Fragen, die Botschaft ist angekommen«, sagte sie, und Josh lachte.

»Und?«, fragte er. »Wie lautet die Botschaft?«

»Du glaubst, sie wollte, dass ich eine Wahl treffe. Dass ich mir das Leben ansehe, das ich führen könnte, um dann eine bewusste Entscheidung zu treffen – dafür oder dagegen.«

»Ein ziemlich nachvollziehbarer Gedanke, meinst du nicht?«

»Ich bin nicht sicher«, sagte Emily. »Sie wollte fortgehen und sie hat es getan. Nicht gerade eine Empfehlung für das Leben in Hollyhill.«

»Sie lebte dieses Leben viele, viele Jahre lang, bevor sie sich für eine Familie entschied. Und für dich.«

»Ich weiß.«

Für immer ist eine ziemlich lange Zeit in Hollyhill.

»Ein Leben als Zeitreisende hat... gewisse Reize.« Josh seufzte. »Ach, Himmel noch mal, ich weiß nicht, was ich dir eigentlich sagen will«, sagte er. »Ich weiß nur, dass mein Bruder...«

»Diese gewissen Reize«, unterbrach ihn Emily schnell, »die beinhalten sicherlich nicht, dass kleine Mädchen sich in eiskalte Seen stürzen und dort fast ertrinken, oder etwa doch?«

»Emily...«

»Ich habe mich gefragt, wie ihr das aushalten könnt. So etwas. Oder Ähnliches. Ich glaube nicht, dass ich ein solches Erlebnis auch nur einmal mehr ertragen könnte. Es war... zu schrecklich. Und dann der Traum in der Nacht davor...« Sie ließ den Rest des Satzes in der Luft hängen und richtete den Blick wieder auf ihre Hände. »Ich bin froh, dass es euch gibt. Dass ihr Milly gerettet habt. Dass ihr auch künftig kleine Millys vor ihren schrecklichen Schicksalen bewahrt.«

»Emily«, wiederholte Josh. Er legte eine seiner riesigen Hände auf ihre, und Emily sah ihn an.

»Du weißt, worum es hier geht, nicht wahr? Wir sind weder wegen Amber hier noch wegen ihrer Schwester. Nicht einmal wegen Milly.«

»Sie wäre ertrunken, hätte Cullum nicht ...«, begann Emily, aber Josh unterbrach sie.

»Du hast es selbst schon gesagt«, erklärte Josh, lauter jetzt. »Wir sind hier, damit du deine Entscheidung triffst. Deine Mutter hat dich hierhergeschickt – aber warum bist du in der Zeit gesprungen? Weil du deine Abreise schon geplant hattest? Weil dein Abschied kurz bevorstand? Du solltest in dieses Jahrhundert kommen, du sollst dieses Mädchen kennenlernen, du sollst es retten, und dennoch: Es geht allein um dich. Allein darum, dass du die richtige Entscheidung triffst.«

»Wenn du es so formulierst«, sagte Emily, »könnte man denken, zu gehen sei die falsche Entscheidung und zu bleiben die richtige.«

Josh sah sie an. »Ich denke, der eigentliche Punkt ist: Du bist hier, um die Liebe zu finden«, erklärte er, und Emily verschluckte sich fast.

»Oh, wirklich«, setzte sie an, »du hast noch Fieber, richtig?«, aber Josh fuchtelte grinsend mit einer Hand vor ihrem Gesicht herum.

»Ja, wirklich«, sagte er, »aber mir ist schon klar, wie das auf ein 17-jähriges Mädchen wirken muss.«

»Ziemlich ... dramatisch«, sagte Emily.

»Das ist es doch immer, oder? Liebe ist Drama in Reinform.« Er zwinkerte ihr zu.

Emily wusste, er wollte die Situation auflockern, doch was sie betraf, war dies ein absolut sinnloses Unterfangen. »Ich glaube nicht, dass ich bleiben kann«, sagte sie. »Und ich glaube nicht, dass Matt mit mir fortgehen sollte. Wie schon gesagt, er darf nicht noch jemanden verlieren und ...«

»Emily ...«

»... und ich möchte auf gar keinen Fall, dass eine Entscheidung für mich eine Entscheidung gegen seine Familie bedeutet.«

»Dann wird er dich verlieren, weil du deine Entscheidung getroffen hast.«

Emily seufzte. »Er würde nicht wollen, dass ich hierbleibe. Das hat er oft genug gesagt. Er ...« *gibt sich die Schuld am Tod seiner Eltern,* dachte sie den Gedanken zu Ende. *Er könnte es nicht ertragen, noch jemanden nicht beschützen zu können.*

Für einen Augenblick sagte Josh gar nichts, aber Emily wusste, in seinem Hirn ratterte er sämtliche Gründe durch, die es geben könnte, um sie umzustimmen.

Sie bezweifelte, dass er damit Erfolg haben würde. Sie würde Matt nicht herausreißen aus diesem Leben, selbst dann nicht, wenn er bereit war, dieses Risiko einzugehen. Es war sie in Hollyhill – oder gar nichts. Und sie konnte dieses Leben nicht führen.

»Als deine Mutter sagte, ›geh und rette ihn‹, was hast du da gemacht?«, fragte Josh.

Emily zog verwirrt die Stirn kraus. »Wie meinst du das?«,

fragte sie. »Sie sagte diese Worte und dann stieg sie aus, und Matt und ich fuhren Quayle hinterher.«

»Hast du nicht einen Gedanken daran verschwendet, ihr hinterherzulaufen? Bei ihr zu bleiben?«

Emily starrte Josh an.

Josh starrte zurück. »Ich denke, du hast dich damals schon entschieden«, sagte er, und Emily schüttelte den Kopf, ganz langsam. »Du hast dich für ihn entschieden, auf diesem Parkplatz schon.«

»So einfach ist das nicht«, sagte sie leise.

Josh sah sie an.

Emily wählte die Worte, die Matt ihr im Pavillon zugeflüstert hatte.

»Ich wünschte, wir hätten uns unter anderen Umständen kennengelernt.«

Als Emily die Tür zu Joshs Kammer hinter sich schloss, lehnte Matt an der Mauer daneben, einen Becher dampfender Suppe zu seinen Füßen. Der Stumpf einer Kerze flackerte in einem Wandhalter beinah unmittelbar über seinem Kopf, weshalb sie gut erkennen konnte, was er in der Hand hielt: eine Haarnadel, die er zwischen seinen Fingern drehte. Es war die Nadel, die er aus Emilys Frisur gefischt und mit der er die Schatulle mit den Briefen geöffnet hatte.

Emily starrte einige Sekunden darauf. Ihr Herz glühte bei dem Gedanken daran, dass er sie aufgehoben hatte. Jetzt ließ er sie in seiner Hosentasche verschwinden und suchte Emilys Blick.

»Jonathan Wakefield und George Forley wollen in den

Morgenstunden aufbrechen, um Margaret zurück nach Travestor House zu bringen«, sagte er. »Sie nehmen den gleichen Weg zurück, den Margaret hergekommen ist – sie hoffen, das Collier womöglich doch noch zu finden.« Nach einer kurzen Pause fuhr er fort: »Ich nehme an, dass wir anschließend sehr schnell wieder in deiner Gegenwart ankommen werden.«

Meine Gegenwart. Emily spürte den Worten nach.

So war das wohl.

»Was denkst du, wie es für die beiden weitergehen wird?«, fragte sie. »Und für Anna? Wird sie bei Margaret bleiben dürfen?«

Matt zuckte mit den Schultern. »Ich weiß nicht. Es kommt wohl darauf an, wie sehr die Familie bereit ist, über das nachzudenken, was geschehen ist. Ich bin mir nicht sicher, ob ein Mann wie Mr. Wakefield in der Lage ist, die Verzweiflung in dem Handeln seiner 16-jährigen Tochter zu erkennen. Ob er es als Ungehorsam abtut, denn Gehorsam wird nun einmal verlangt in diesen Kreisen. Und in dieser Zeit.«

»Was ist mit Liebe?« Emily wusste nicht, wohin mit ihren Händen, also verschränkte sie sie vor der Brust.

»Liebe ist Drama in Reinform«, sagte Matt.

Emily nickte. Er hatte ihr Gespräch mit angehört, das war offensichtlich, und nun wurde ihr heiß bei dem Gedanken, was sie mit Josh besprochen hatte. *Dass* sie mit ihm besprochen hatte, was sie Matt zuerst hätte sagen sollen. Was hatte er gehört? Wie viel?

»Es tut mir leid«, sagte sie schließlich. »Ich wusste nicht, dass Josh ... Ich wusste nicht, dass er dieses Thema ansprechen wollte.«

Matt nickte. »Ja«, sagte er, »und mich wundert es nicht.« Er lächelte, aber es wirkte ganz und gar gequält. »Hätte es irgendetwas geändert«, fragte er, »wenn wir zuerst geredet hätten?«

Emily brauchte ein paar Sekunden. »Ich weiß nicht«, sagte sie schließlich. »Was denkst du?«

Eine gefühlte Ewigkeit sah Matt sie nur an, dann hob er eine Hand, legte sie in Emilys Nacken und drückte seine Stirn gegen ihre.

»Margaret, George. Du, ich«, sagte er leise. »Scheint kein gutes Jahr zu sein für ...« Er seufzte.

»Ich hasse Geschichten ohne Happy-End«, sagte Emily leise.

»In Filmen kommt so etwas so gut wie nie vor«, flüsterte Matt.

»Genau. Kein Jane-Austen-Stück ohne eine ordentliche Hochzeit am Ende.«

»Würdest du bleiben, wenn ich dich heiraten würde?«

»Was?« Emily war so schockiert, dass sie zurückschreckte und das Wort laut herausschrie.

Matt grinste, mit Grübchen und allem. »Schon gut«, sagte er, »das war nur ... Galgenhumor, schätze ich.« Er machte eine Pause, in der Emily tief atmete.

»Ich habe dein Gesicht gesehen«, sagte sie, »als du von Joshs Krankheit erfahren hast. Und ich habe dich eben gesehen, da drinnen, die Erleichterung und die Sorge und ... Matt.« Sie machte einen Schritt nach vorn und nahm mit der rechten Hand seine linke. »Er ist alles an Familie, was du noch hast. Du kannst nicht von mir verlangen, dass ich verlange, du sollst deine Familie verlassen – ohne zu wissen, ob du sie je wiedersehen wirst. Ohne zu wissen, ob das hier überhaupt funktioniert.«

Matt sah sie an. »Und du kannst hier nicht leben«, sagte er, und es war keine Frage.

»Ich dachte, ich könnte es, eine kurze Zeit lang. Doch dann, am Ufer dieses Sees, nehme ich an, ist mir klar geworden, dass es nicht geht.« Sie seufzte. »Ich weiß nicht, wie.«

»Womit wir wieder am Anfang wären«, sagte Matt.

Emily dachte an den Sonnenaufgang mit den Ponys, an Matts Worte, an sein Bemühen, sie abzuschrecken, ihr zu sagen, dass niemand so leben sollte. Ganz besonders sie nicht.

Er kam ihr elend lange her vor, dieser Morgen im Moor.

»Mit dem Unterschied, dass ich mir nun ungefähr vorstellen kann, wie es hier ist«, sagte sie.

Matt stieß sich von der Mauer ab und zog Emily an sich.

Sie blieben eine Weile so stehen, Emily in Matts Armen in einem schwachen Lichtkegel, den die Kerze neben ihren Köpfen auf den Steinboden malte.

»Eine Fernbeziehung wird sich wohl eher schwierig gestalten«, murmelte Matt, und ein Lächeln huschte über Emilys Gesicht, ganz kurz nur.

Sie wusste, was jetzt kam. Es fühlte sich so an, als hätte sie es schon einmal erlebt, in einem Traum, vor wenigen Tagen erst, nach dem Unfall, nach Quayles Tod.

Sie mit dem Kopf an Matts Brust und dem Gefühl von Abschied im Bauch.

17

Emily träumte seit dem Augenblick, in dem sie das Armkettchen ihrer Mutter an ihrem Handgelenk befestigt hatte. In der darauffolgenden Nacht hatte sie sich selbst gesehen, wie sie vor Quayle davongerannt war. Sie hatte von Matt geträumt, bevor sie sich begegnet waren. Und sie hatte hier gesessen, in einem ihrer Träume, hier, in dem weißen Sand dieser kleinen Bucht an der Küste Devons.

Emily blinzelte in die Sonne, die hoch über ihnen stand und den ansonsten makellos blauen Himmel diesig erscheinen ließ. Ihre Turnschuhe lagen neben ihr im Sand, sie hatte die Füße von sich gestreckt und die Zehen in den weichen Körnern vergraben.

Matt war neben ihr.

Sie ließ den Blick zu dem kleinen Fischerboot schweifen, das einige hundert Meter vor der Küste schaukelte, von Möwen umzingelt. Seltsam, dass es nur eines war auf diesem weiten, tiefen Meer. Seltsam, dass sie ganz allein waren an diesem wunderschönen Strand. Es war im wörtlichen Sinne traumhaft, genau wie in ihrem Traum, ganz genauso.

Sie sah zu Matt, der sich zurückgelehnt und auf die Ellbogen gestützt hatte. Seine Augen waren geschlossen, und der Wind rupfte an seinen Haaren. Emily sah ihn an, und wie auf Knopfdruck öffneten sich seine Lider, und er lächelte ihr zu.

»*In vain I have struggled*«, sagte er, »*but it will not do.*«

Emily lachte. »Gut zu wissen, dass sich Mr. Darcy ins 21. Jahrhundert rübergerettet hat.«

»Ich musste in Joes Laden nach dem Buch suchen, um den Text nachzuschlagen.«

»Ts. Wie konntest du das nur vergessen?« Emily streckte ihr Gesicht in die Sonne. »Ich werde mich an alles erinnern aus dieser Zeit der Knickserei und Dummes-Mädchen-Rufe. Und der Anblick von dir in diesen Kniehosen, der wird mir natürlich ewig im Gedächtnis bleiben.«

»Natürlich.« Matt grinste ein wenig mehr. »Du wärst sicher nie darauf gekommen«, sagte er, während er sich aufrichtete, »aber ich fand diese Häubchen an dir am hübschesten. Du sahst aus wie eine Ente. Gibt es da nicht so einen Comic? Ein Entchen mit Haube?«

Er beugte sich vor und küsste ihren Hals.

»Falls es da noch keinen gibt, sollte man unbedingt einen erfinden.«

Emily schloss die Augen. Sie dachte wieder an Milly. Sie war ihr erster Gedanke gewesen, als sie am Morgen durch die Zeit geflogen waren, nachdem Jonathan Wakefield und George Forley mit Margaret das Dorf verlassen hatten. Es hatte noch einige Stunden gedauert, bis sich plötzlich etwas bewegt hatte unter Emilys Füßen, ein Grollen, das tief aus dem Inneren der Erde herzurühren schien. Sie hatte schon befürchtet, sie würden nicht mehr zurückkehren ins 21. Jahrhundert, weil sie sich falsch entschieden hatte – falsch aus der Sicht von wem auch immer –, aber dann war es eben doch passiert.

Einen Augenblick lang hatte sie überlegt, Matt zu bitten, mit ihr einen Ausflug nach Travestor House zu unternehmen statt ans Meer. Doch die Vorstellung, tatsächlich ein Grab zu finden, in dem Milly vor langer Zeit verscharrt worden war, war einfach unerträglich.

Sie selbst hatte sich nie vorstellen können, einmal Kinder haben zu wollen, und jetzt wusste sie auch, weshalb. Ihre Verlustängste waren einfach zu groß, sie konnte mit diesem Schmerz nicht umgehen, sie konnte ja nicht einmal eine Katze haben. Und sie wusste mit einem Mal, dass es Matt genauso ging. Der Schutzschild, den er sich über die Jahre zugelegt hatte, musste riesig sein und undurchlässig, und es grenzte an ein Wunder, dass sie beide sich trotzdem aufeinander eingelassen hatten. Es war ein mutiges, ungeheuerliches, sinnfreies Wunder, wo doch beiden klar gewesen war, von Anfang an, wie es enden würde.

Emily öffnete die Augen, hob eine Hand und legte sie an Matts Wange. »Es tut mir leid, dass ich dich als Lügner bezeichnet habe«, sagte sie.

»Wow«, sagte er. »Wann war das denn?«

»Vor dem Billardspiel, du weißt schon. Bei Mrs. Gordon im Pub. Als ich dich beschuldigt habe, dass du aller Welt etwas vormachst.« Sie ließ die Hand sinken. »Ich weiß jetzt, warum du das tust. Es ist wichtig, sich ... einen gewissen Abstand zu bewahren.« Sie ließ den Blick zurück aufs Wasser schweifen, zu der Linie am Horizont, die das Meer vom Himmel trennte.

Einige Minuten lang saßen sie so, dann sagte Matt: »Lass uns davon ausgehen, dass sie ein wundervolles Leben hatte, okay? Sie lernte einen prachtvollen Mann kennen, der sie mit auf sein ausladendes Gut nahm, wo er ihr jeden Wunsch von den Augen ablas, während sie zeichnete, Kekse aß und kleine Schweine züchtete.«

Emily lächelte.

»Ganz abgesehen davon«, fuhr er fort, »hattest du absolut recht, mich als Lügner zu bezeichnen. Schließlich bin ich einer. Ein ziemlich guter sogar.«

Emily drehte ihm das Gesicht zu, sagte aber nichts.

»Erinnerst du dich an den Abend, als wir zum ersten Mal George Forleys Briefe gelesen haben? Ich hab dir gesagt, ich sei in dein Zimmer gekommen, um zu fragen, ob du deine Meinung geändert hast und ob du nicht doch lieber zurück nach Hollyhill fahren möchtest.«

Sie nickte.

»Das war gelogen«, sagte Matt.

Emily sagte nichts. Dann flüsterte sie: »Ich weiß.«

Matt hob eine Augenbraue. »Hast du deshalb dieses wirre Zeug geredet?«, fragte er. »Von Geschirrspülen und Wäschewaschen und Teppichklopfen?«

Sie nickte wieder.

»Weil du Angst hattest, ich würde ... was tun?«

Jetzt starrte sie ihn an.

»Was genau?«

Keine Antwort.

»Emily?«

Emily räusperte sich. »Dieses Gespräch anzetteln«, murmelte sie, aber sie war kaum zu verstehen.

»Was?«, fragte Matt, und Emily stöhnte auf.

»Himmel, Matt!«, rief sie, und auf einmal musste sie lachen, und er lachte auch.

»Okay, schon gut.« Er grinste.

Emily sagte: »Du bist nicht die einzige Person mit einem Schutzschild, okay?« Es sollte wie ein Scherz klingen, doch sie meinte es ernst, und Matt verstand es. Er nahm ihre Hand. »Okay«, wiederholte er.

Sie wusste, was er hören wollte. Sie wusste nur nicht, was geschah, wenn sie es tatsächlich aussprach. Gleich würde sie es wissen.

»Ich sage es, wenn du möchtest.« Emily funkelte ihn an, sie holte Luft, und »Ich...«, begann sie, doch in diesem Augenblick hielt Matt ihr mit einer Hand den Mund zu, drückte sie mit der anderen in den Sand und begann, sie zu küssen.

Als er sich wieder aufsetzte, zog er Emily mit nach oben. Er legte einen Arm um ihre Schultern, und sie lehnte den Kopf an seine Brust. Er roch nach Sonne und nach Salz, und Emily fühlte sich ihm so nah, dass es wehtat.

Sie spürte seinem Kuss auf ihren Lippen nach, als er ihr ins Ohr flüsterte: »Sag es mir, wenn wir uns wiedersehen.«

Der Zug hatte Verspätung und der langgezogene Abschied lag Emily schwerer und schwerer im Magen. Es war nicht so, dass sie wegwollte, natürlich nicht. Es war nur so, dass die betonte Fröhlichkeit zwischen Matt und ihr, die demonstrative Leichtigkeit, mit der sie versuchten, diese Trennung zu überstehen – sie wusste einfach nicht, wie lange sie die noch aufrechterhalten konnte.

Ihrer Großmutter, Silly, Josh und den anderen in Hollyhill Lebewohl zu sagen, war furchtbar gewesen – Emily hatte einen furchtbaren, furchtbaren Morgen hinter sich voller Tränen, Versprechungen, guter Wünsche, herzzerreißender Umarmungen und ... *ach.*

Doch die Trennung von Matt, die würde sie brechen. Dessen war sich Emily sicher.

Sie warteten auf dem Bahnsteig, Emilys Rollkoffer und Rucksack neben sich, je einen Becher mit Kaffee in der Hand. Die Durchsage bezüglich der Verspätung hallte noch nach, der Duft von altem Fett und Zigaretten hing in der Luft.

Es darf nicht dramatisch werden. Versprich es mir, Emily – kein Drama hier.

»So schmeckt also richtiger Kaffee, meinst du?« Matt betrachtete den Becher in seiner Hand, der die Aufschrift »Costa« trug, der Kette, bei der sie auf dem Weg zum Bahnhof in Exeter gehalten hatten.

Emily nahm einen Schluck. »Er ist ziemlich, ziemlich dicht dran«, sagte sie. »Hm-hm.«

Oh, dear.

»Vermutlich wirst du in Kaffee baden, sobald du zu Hause ankommst. Nie mehr Tee für Emily?«

»Von mir aus darf es auch Tee geben«, sagte sie, »*nach* dem Kaffee. Und wenn er nicht nach Blumen schmeckt.«

»Nach Blumen?«

»Brrrr.« Emily nahm noch einen Schluck. Sie redeten über Kaffee und Tee, sie konnte es kaum fassen.

»Was wirst du als Erstes tun, wenn du in München ankommst?«, fragte Matt.

Emily zuckte mit den Schultern. »Meine Großmutter umarmen, dann Fee anrufen, dann ...« Sie zögerte. »Und du?«

Matt antwortete nicht.

»Vielleicht landest du ja zufällig wieder in meiner Gegenwart.«

Immer noch keine Antwort.

Emily sah ihn an.

»Fragst du dich manchmal, was aus den Menschen geworden ist, denen du auf deinen Reisen begegnest? Wie ihr Leben weitergegangen ist?«

»Künftig werde ich mich das fragen«, sagte Matt, und er ließ Emily dabei nicht aus den Augen. »Jeden einzelnen Tag.«

Kein. Drama.

Emily atmete aus.

Sie wandte sich ihrem Kaffee zu, leerte den Becher, trug ihn zu einem Papierkorb. Als sie ihn hineinmanövrierte, fiel ihr Blick auf das Kettchen an ihrem Handgelenk.

Emily starrte auf das Armband, mehrere Sekunden lang, dann drehte sie sich um und ging zu Matt zurück, während sie den Verschluss öffnete und die Kette abnahm.

»Heb sie für mich auf«, sagte sie und drückte den Schmuck in Matts Hand. »Bitte.«

Matt starrte erst das Armband an, dann Emily.

»Sie wollte, dass du sie bekommst«, sagte er. Er wirkte durcheinander.

»Ich weiß«, gab Emily zurück. *Aber ich möchte nicht mehr träumen. Nicht von Hollyhill. Nicht von dir.*

»Es hat keinen Sinn, sie hierzulassen. Sie würde bei keinem von uns funktionieren.«

Matt streckte ihr das Kettchen hin, aber Emily schüttelte den Kopf.

»Bitte«, sagte sie, und Matt zog seine Hand zurück.

Einige Augenblicke standen sie so, wie verloren, wie in einem Film, dann ließ sie das Knacksen der Lautsprecher über ihren Köpfen zusammenzucken.

Achtung auf Gleis 2: Der Zug nach London, Paddington, wird in wenigen Minuten eintreffen. Achtung auf Gleis 2: Der Zug nach London, Paddington…

»Emily«, sagte Matt, und Emily spürte die Tragödie heranrasen, als habe sie nur auf diesen Moment gewartet, als habe sie kniend auf den Startschuss gelauert, um dann von null auf hundert durchzustarten.

Sie warf sich Matt sprichwörtlich an den Hals und umarmte ihn, so fest sie konnte.

Matt vergrub sein Gesicht in ihrem Nacken. »Der Abend«, murmelte er, »im Pub. An dem Cullum und Chloe nicht dabei waren, weil sie versuchten, etwas darüber herauszufinden… etwas über *dich* herauszufinden…« Seine Lippen berührten flüchtig ihre Haut, dann schob er sie ein Stück von sich. Emily sah die Panik in seinen Augen. Der Zug würde jeden Moment einrollen, neben ihnen zum Stehen kommen, Emily würde ihren Koffer nehmen und ihren Rucksack und darin verschwinden.

Sie würde sich nicht noch einmal umdrehen.

Sie hatten gewusst, dieser Moment würde kommen, aber jetzt, wo er da war...

»Die Maschine«, sagte Matt. »Es gab Andeutungen, aber sie waren...«

Emily legte Matt eine Hand auf den Mund. Sie stellte sich auf die Zehenspitzen und küsste ihn.

Ein letztes Mal.

Sie hörte, wie der Zug in den Bahnhof ratterte und anhielt. Sie fühlte den Luftzug in ihren Haaren und Matts Lippen auf ihren. Sie klammerte sich fest an ihn, fester, bis ein Pfiff ertönte und ein Schaffner zum Einsteigen mahnte.

Sie küsste ihn.

Ein allerletztes Mal.

Dann flüsterte sie in sein Ohr: »Sag es mir, wenn wir uns wiedersehen.«

Emily löste sich von Matt, sie sah ihn an, ganz fest.

Ein aller-, allerletztes Mal.

Dann griff sie nach ihrem Koffer, ihrem Rucksack, und stieg in den Zug.

Sie drehte sich nicht noch einmal um.

Wenn sie sich jetzt umdrehte, würde sie nicht mehr die Kraft haben zu gehen.

Nicht jetzt.

Vielleicht niemals.

Epilog

Sie beugte sich ein Stück vor und betrachtete die Speisekarte, die seltsamerweise an der Nackenstütze des Sitzes vor ihr angebracht war. *Choose your own menu*, murmelte sie in Gedanken und ließ den Blick über Chips, Weizentoast, Schokolade und Haferkekse gleiten. »Cranberry & Cherry«, brabbelte sie, lauter diesmal. »Getrocknet und geschwefelt, vermutlich. Und das halten die Briten für einen gesunden Snack?«

Sie wühlte einen Augenblick in dem kleinen Netz vor ihren Knien und ließ sich dann mit der Sicherheitsanweisung in den Sitz zurückfallen. »Uuuuuuh«, machte sie, denn die Plastikfolie klebte von den Dutzenden von Händen, die schon vor ihr danach gegriffen hatten, und Fee sehnte sich nach ihrem Handdesinfektionsmittel, das sie wegen der Sicherheitskontrollen vorsichtshalber im Koffer verstaut hatte.

»Wie absurd«, sagte sie, und wandte sich an ihre Sitznachbarin. »Sehen Sie mal, man darf sich beim Absturz an den Händen fassen, aber man darf sie nicht ineinander verschränken, sondern nur aneinander*legen*. Ich bitte Sie –

wenn man mit tausend Sachen in die Tiefe stürzt, wer achtet denn auf so was?«

Die Dame mittleren Alters sah kurz von ihrer Zeitschrift auf, lächelte höflich und wandte sich dann wieder ihrer Lektüre zu.

Fee war das einerlei. Sie lächelte ebenfalls und seufzte und drehte das Gesicht zum Fenster. Der Ozean glitzerte unter ihr. Sie schob ihre Brille ein wenig höher und bildete sich ein, dort, am Ende der schwarzblauen Fläche, die Kreidefelsen von Dover zu erkennen. Sie konnte es kaum erwarten, endlich in London zu landen. Sie freute sich darauf, den Zug zu besteigen und dann den Bus und dann das Taxi, das sie zu Emily bringen würde.

»Hollywas?«, fragte der Taxifahrer in Postbridge, nachdem sie ihr Fahrtziel genannt hatte. »Kenn' ich nicht, Darling.«

»Hm«, machte Fee. »Mal sehen.« Sie zückte ihr iPhone, öffnete die App mit den Karten und studierte sie eine Weile, bevor sie schließlich aufblickte. »Da vorne links«, ordnete sie an, »dann ein Stück am Wald entlang, dann rechts ... und ... Fahren wir erst einmal, ich sag' Ihnen, wo wir hinmüssen. *Honey*«, fügte sie hinzu, und der Taxifahrer lachte.

Sie fuhren los.

Auf Straßen, die so schmal waren, dass keine Hand mehr zwischen den Wagen und die Hecke passte, die den Weg säumte. Sie passierten Bäche und winzige Cottages und Steinformationen, die aussahen wie ein eingestürztes Jenga-Spiel. Und dann war da auf einmal nichts mehr. Nichts als Wiesen und Steinmauern und Bäume und Gestrüpp.

Das Taxi kam auf einem Schotterweg zum Stehen. »Hier geht's nicht links, Mädchen, da ist nur ein Trampelpfad, der auf den Hügel da führt.«

Fee warf einen Blick aus dem Fenster und zurück auf ihr Handy. »Okay«, sagte sie. »Dann muss ich wohl zu Fuß da rauf.« Sie packte ihr Telefon in ihre Handtasche. »Würden Sie mir mit dem Koffer helfen?«

Der Taxifahrer stieg aus und öffnete die Tür auf Fees Seite. »Kindchen«, sagte er, »du willst doch nicht mit dem Koffer da rauf, oder?« Er ließ seinen Blick den Hügel hinaufschweifen, während sich Fee neben ihn stellte. »Und was soll da oben überhaupt sein?«

Fee zuckte mit den Schultern. »Laut meinen Berechnungen hat sie genau von dort oben aus telefoniert«, sagte sie, »also muss das Dorf hier irgendwo sein.« Sie sah den Taxifahrer an. »Würden Sie mir netterweise Ihre Telefonnummer dalassen? Nur für den Fall, dass ich da oben nichts finden sollte?«

Und so verblieben die beiden. Das Mädchen mit den blonden Locken und der schwarzen Hornbrille ruckelte ihren Koffer im milden Abendrot einen buckligen Hügel hinauf, während das Taxi wendete und gemütlich davonrollte.

Im Inneren des Wagens schüttelte der Fahrer den Kopf.

Auf der Spitze des Hügels schnappte Fee nach Luft.

Vor ihr, in einem Tal am Fuße der Weide, die die andere Seite des Hügels bedeckte, da lag ein Ort. Es waren nur eine Handvoll Häuser – kleine, alte, bucklige Häuschen –, und sie waren nur schwer auszumachen, aber Fee war sich sicher, das war das Dorf. Es schien auf einer Wolke zu schweben. Wirklich, der ganze Ort sah aus wie in Watte gepackt, und Fee musste die Augen zusammenkneifen, um die bunten Cottages zwischen all den huschenden, bauschigen Knäueln hervorblitzen zu sehen. Es war, als wollte das Dorf sich vor ihr verstecken. Oder vielleicht wollte es auch nur mit ihr spielen.

»Nanu«, murmelte eine Stimme hinter ihr, und Fee wirbelte herum. Da lehnte ein Junge am Stamm der alten Eiche und musterte sie. Er trug eine weite Hose und ein weites Hemd und Schnürstiefel dazu und er hatte seine langen, hellen Haare zu einem Zopf zusammengebunden.

Er kaute auf einem Grashalm.

Und er starrte Fee mit unverhohlener Neugier an.

Fee hätte schwören können, dass er vor einer Minute noch nicht dort gestanden hatte. Wo kam er auf einmal her?

»Kann ich dir helfen?«, fragte er endlich. »Ich wohne da unten.« Er nickte in Richtung des Dorfs, und Fee fiel ein winzig kleiner Stein vom Herzen.

Sie hatte nicht wirklich geglaubt, dass er ihr etwas tun wollte. Er sah ... nicht unbedingt nett aus, aber auch nicht bösartig, ziemlich interessant auf jeden Fall, und die Tatsache, dass er dort unten wohnte, hieß doch wohl, dass er ihr erst mal nichts antun würde. Richtig?

Für alle Fälle ließ Fee die Hand in die Jackentasche gleiten, froh, dass sie am Flughafen nicht nur das Desinfektions-, sondern auch ihr Pfefferspray aus dem Koffer gewühlt hatte. Das sie nun vorsichtshalber umklammerte.

»Suchst du jemanden?«, fuhr er fort.

»Allerdings«, antwortete Fee. Auch sie nickte in Richtung des Dorfs. »Das ist doch Hollyhill, oder?«

Der Junge hörte für eine Sekunde auf zu kauen, dann nahm er den Grashalm aus dem Mund. Ein Ausdruck huschte über sein Gesicht, den Fee nicht richtig deuten konnte. Er wirkte überrascht, aber auch belustigt, irgendwie. Und interessiert. Seine grünen Augen funkelten sie an, als habe sie ihm gerade ein Geheimnis verraten, auf das er schon zeit seines Lebens gewartet hatte.

Fee räusperte sich. »Ich suche meine Freundin Emily, die gerade dort zu Besuch ist.«

Mehr Funkeln. Fee dachte gerade, wie schön dieser Junge war und wie sehr er sie gleichzeitig beunruhigte, als sich ein riesiges Grinsen auf seinem Gesicht ausbreitete, während er eine kleine Verbeugung andeutete.

»Da bist du hier genau richtig, Liebchen«, sagte er. Er stieß sich von dem Baumstamm ab und kam auf sie zu. Dort, wo er gestanden hatte, konnte Fee eine Einkerbung ausmachen, als habe jemand einen Namen in die Rinde geritzt. Fee kniff die Augen zusammen, doch von diesem Platz aus konnte sie nicht lesen, was da stand.

»Da unten«, sagte er, »das Haus mit dem krummen Schornstein – es gehört Emilys Großmutter.« Er griff nach Fees Koffer. »Darf ich?«, fragte er und zwinkerte ihr zu. Alles an ihm wirkte auf angenehme Weise antiquiert. »Wenn du mir bitte folgen würdest.«

Pfffff, machte es in Fees Kopf. Das konnte unmöglich dieser Matt sein. Er war doch gar nicht Emilys Typ.

»Dein Name ist nicht zufällig Matt?«, rief sie, während sie ihm hinterherlief.

Der Junge warf den Kopf zurück und lachte. »Niemals«, sagte er. »Aber Matthew wird sicherlich mehr als erfreut sein, eine Freundin von Emily kennenzulernen.« Er blieb stehen.

»Ich bin Cullum«, sagte er und hielt ihr die Hand hin. Fee ergriff sie, und als er seine zurückzog, hielt er eine gelbe Wiesenblume darin. Er überreichte sie Fee.

»Willkommen in Hollyhill!«, sagte er feierlich, und Fee grinste.

Und während Cullum seinen Weg den Hang hinunter fortsetzte, murmelte sie: »Nicht zu fassen, was du mir hier vorenthalten wolltest, Emily. Nicht zu fassen.«

Ein riesengroßes Dankeschön an ...

... meine Agentin Rosi Kern (Agence Hoffman). Ohne deine Unterstützung ginge gar nichts, aber das sagte ich ja bereits. Herzlichen Dank meiner Lektorin Tina Vogl, die mit ihrem Optimismus schon so manchen meiner Zweifel vom Tisch gewischt hat, sowie an Catherine Beck für ihren sensiblen und lehrreichen Feinschliff. Vielen Dank an meinen Verlag »Heyne fliegt«, insbesondere an Patricia Czezior. Lieben Dank meiner Familie und meinen Freundinnen und Freunden, vor allem Katrin, die immer ein offenes Ohr für mich hatte, auch beim ersten Teil schon. Besonders danke ich meinen Testlesern André, Karo, Julia und Vroni. Euer Feedback war ganz wunderbar und eure Verbesserungsvorschläge äußerst hilfreich, auch wenn meine Sturheit manchmal siegte (okay, oft).

Ach ja. Und dann die Zeitreise. Einiges über das Leben zur Zeit von Jane Austen habe ich tatsächlich in England recherchieren können, einiges aber auch nicht. Deshalb möchte ich mich beim »National Trust« bedanken, speziell bei David Andrews, der mir meine dringendsten Fragen zum frühen 19. Jahrhundert beantworten konnte. Obwohl »Verliebt in

Hollyhill« kein historischer Roman ist, war ich sehr, sehr froh darüber, einige für mich wichtige Details zuverlässig klären zu können.

Der allergrößte Dank gilt wie immer blö – Erstleser, Erstkritiker und mein ganz persönlicher Mann des Jahres.

LESEPROBE

ZURÜCK NACH HOLLYHILL

Wie weit würdest du gehen? Um das Geheimnis deiner Herkunft zu lüften, den Jungen deiner Träume zu bekommen und deine Freundin zu retten? Für die siebzehnjährige Emily werden diese Fragen plötzlich entscheidend, als sie nach dem Abitur in das geheimnisvoll einsame Dartmoor reist, um das Dorf ihrer verstorbenen Mutter zu finden. Ein Dorf, das auf keiner Karte eingezeichnet ist. Das jedoch genau der Junge kennt, der in Emily von der ersten Sekunde an Gefühle auslöst, die irgendwo zwischen Himmel und Hölle schwanken …

1

Emily hatte den Brief bestimmt schon Dutzende Male gelesen, aber die Worte aus Fees Mund zu hören, bescherte ihr eine Gänsehaut.

»Okay, stopp! Lies den letzten Absatz noch mal«, forderte sie ihre Freundin auf und rieb sich mit den Handflächen über die Arme.

»Deshalb bitte ich dich«, wiederholte Fee und warf Emily über den Rand ihrer schwarzen Hornbrille einen bedeutungsvollen Blick zu, »nach Hollyhill zu reisen, das Dorf, das viele Jahre meine Heimat war. Es liegt im Dartmoor. Du wirst es finden.« Den letzten beiden Sätzen verlieh sie eine übertrieben unheilvolle Stimme, bevor sie die zwei Seiten grinsend neben ihre Cappuccino-Tasse legte und langsam den Kopf schüttelte.

»Ehrlich, Em«, seufzte sie. »Das ist das Aufregendste, das ich seit ewigen Zeiten gehört habe.« Und ein bisschen weniger ehrfürchtig: »Ich kann nicht fassen, dass du mir den Brief so lange vorenthalten hast!«

»Fee, Omi hat ihn mir gestern Abend erst gegeben.«

»Das sind genau neunzehn Stunden, sechzehn Minuten

und ...« – sie schielte auf die imposante Bahnhofsuhr, die über der Bar des Cafés thronte – »... einundzwanzig Sekunden. Schon mal was von Mobiltelefonen gehört?«

Emily verdrehte die Augen. Die Uhr besaß gar keinen Sekundenzeiger, aber Fee war eben schon immer eine Drama-Queen gewesen. Und zwar schon im Kindergarten.

»Okay, Fee, Konzentration jetzt«, befahl Emily streng, ohne auf deren Vorwurf einzugehen, und hob dann eine Hand, um an ihren Fingern die einzelnen Stufen ihrer Misere herunterzuzählen.

»Erstens: Meine Mutter, die gestorben ist, als ich vier Jahre alt war, schreibt einen Brief, von dem sie möchte, dass ich ihn erst zu meinem Schulabschluss bekomme.«

»Statt eines Sportwagens quasi«, sagte Fee. »Kleiner Spaß.« Sie grinste Emily an.

»Zweitens«, fuhr diese ungerührt fort, »meine Großmutter findet den Brief nach dem Unfall meiner Eltern in Mamas Sekretär und hebt ihn auf, um ihn mir dann am Abend der Notenvergabe zu überreichen.«

»Pünktlich wie ein Paketzusteller.«

»Fee ...«

»Sorry, Em, aber mal ehrlich: Du machst ein Gesicht, als hätte dir jemand das Müsli versalzen, und dazu besteht nun wirklich kein Grund. Sieh es doch mal von der positiven Seite«, schlug sie vor. »Nach so vielen Jahren bekommst du ganz unerwartet die Chance, etwas über deine Eltern zu erfahren. Das ist doch Wahnsinn!«

Emily ließ ihre Hand sinken. »Wahnsinn ist«, erklärte sie spitz, »dass meine Mutter offenbar nicht einmal meinem Vater etwas von diesem Dorf erzählt hat. So stand es zumindest in dem Brief. Und natürlich wusste Omi auch nichts davon.« Sie schwieg einen Moment und fuhr dann nachdenklich fort: »Ich verstehe gar nichts mehr. Warum diese Geheimniskrämerei? Und warum um Himmels willen hat sie diesen Brief schon geschrieben, bevor ich überhaupt geboren war? Warum ... oh – autsch!«

Fee hatte ihr auf die Hand geklatscht und strafend eine Braue hochgezogen. »Kein Grund, sich die Fingernägel abzubeißen! Und kein Kaffee mehr für Emily! Ich bestell dir einen Schoko-Milchshake, der beruhigt die Nerven.«

Inzwischen war es richtig voll geworden in ihrem Stammcafé in Haidhausen, und Fee fuchtelte wild mit den Armen in der Luft herum, um den abgehetzten Kellner auf sich aufmerksam zu machen. Das »Voilà« lag ziemlich genau in der Mitte zwischen ihren beiden Wohnungen, und während der Schulzeit hatte sich Emily fast jeden Nachmittag dort mit Fee getroffen, um Hausaufgaben zu erledigen. Nun, nachdem beide ihre Abiturprüfungen hinter sich hatten, beließen sie es erst einmal bei dem Treff. Kaum zu fassen, dass sie in Zukunft nicht mehr jeden Tag zusammen verbringen würden.

»Fakt ist«, erklärte Fee nun entschieden (nachdem sie den armen Kellner unter Emilys entsetztem Blick tatsächlich am Handgelenk festgehalten hatte, um ihre Bestellung aufzugeben), »du musst da hin! Ich meine, du wusstest doch sowieso nicht, was du mit den nächsten Wochen bis zur Zeugnisausgabe anfangen solltest und – bitte schön – England! Grüne Wiesen, grasende Schäfchen und Regenschirme in allen Farben und Größen.« Sie kicherte herzhaft über ihren eigenen Scherz und nahm dann einen ebenso beherzten Schluck von ihrem Kaffee. »Deine Großmutter ist einverstanden?«

»Nun ja, sie ist nicht gerade begeistert ...«

Fee seufzte. »Ach, Em, es wird wahnsinnig aufregend werden«, erklärte sie verträumt, ohne auf Emilys Einwand einzugehen. »Ich meine, Hollyhill klingt nicht gerade nach einer Mega-Metropole, und wahrscheinlich wird dir nach zwei Tagen langweilig sein, aber ...«

»Hollyhill ist ein Dorf, Fee«, unterbrach Emily den Redeschwall ihrer Freundin, nahm den Brief wieder an sich und deutete auf die entsprechende Zeile. *Hollyhill, das Dorf, das viele Jahre meine Heimat war.* »›Es liegt im Dartmoor. Du wirst es finden.‹ Allein dieser Satz – was hat sie sich nur gedacht? Weißt du, wie groß dieses Moor ist?«

»Äh – nein?«

»950 Quadratkilometer. Weißt du, wie viele Dörfer es da gibt?«

»Ist das eine Fangfrage?«

»Dutzende. Nehme ich zumindest an. Und weißt du, wie viele davon Hollyhill heißen?«

»Na, eines zumindest. Hoffe ich doch.«

»DAS war eine Fangfrage, Fee. Es gibt kein Hollyhill im Dartmoor.«

Fee sah Emily einen Augenblick lang schweigend an. »Was soll das wieder heißen?«, fragte sie dann stirnrunzelnd.

Emily seufzte. »Das soll heißen, dass ich heute Morgen in der Staatsbibliothek war und mir eine Karte angesehen habe.

Nichts. Und bevor du fragst ...« – jetzt legte Emily ihre Hand auf die von Fee – »... natürlich habe ich zuerst im Internet nachgesehen. *Nada.*«

Energisch zog Fee ihre Hand unter Emilys hervor und griff nichtsdestotrotz nach ihrem iPhone. »Das wollen wir doch mal sehen«, murmelte sie und hackte darauf ein.

Zehn Minuten später ließ sie ihr Lieblingsspielzeug sinken und pustete sich eine hellblonde Locke aus der Stirn. Emily, die zu ihr gerutscht war, um mitzulesen, lehnte sich wieder auf ihren Platz zurück.

Die beiden Mädchen sahen sich nachdenklich an.

»Hm«, sagte Fee schließlich, »das ist ... ungewöhnlich.«

Emily machte ein entgeistertes Gesicht.

»Ungewöhnlich?«, wiederholte sie. »Fee, das ist ...«

»Jajajaja«, unterbrach Fee, »es ist mehr als das. Es ist ... mysteriös?« Sie hob erwartungsvoll die Augenbrauen. »Unglaublich? Faszinierend?«

Emily kicherte. »DU bist unglaublich«, sagte sie, wurde dann aber schnell wieder ernst. »Also«, setzte sie an, »ich werde trotzdem fahren, richtig?«

»Absolut richtig.«

»Warum gleich noch mal?«

»Weil«, antwortete Fee, »deine Mutter sagte, du wirst es finden. Also wirst du das auch.«

Emily nickte langsam.

»Okay«, sagte sie. »Okay.«

Sie brauchten eine halbe Stunde, um Emilys Fahrt nach England zu entwerfen: Sie würde den günstigsten Flug nach

London buchen, dann mit dem Zug nach Exeter fahren und anschließend einen Bus nehmen, der sie ins Dartmoor bringen sollte. Ihr Ziel war ein Kaff namens Bellever Tor, das sie auf der Karte im Internet entdeckt hatten.

»Sieh mal, Believer Tor«, hatte Fee gequiekt. »Das ist doch genau das Richtige für dich – *believe*... Du musst nur daran glauben!« Von einem Ohr zum anderen hatte sie gegrinst, und Emily nur die Augen verdreht. »Och, komm schon, Emily, *think positive*, wie wäre es zur Abwechslung mal damit?«

»Es heißt Bellever Tor, blindes Huhn«, hatte Emily gemurmelt und Fee noch lauter gelacht. Die Namen waren auf dem iPhone-Display wirklich schwer zu entziffern.

Bellever Tor jedenfalls lag ungefähr in der Mitte des Nationalparks und bot sich somit perfekt an für Emilys Suche nach Hollyhill. Die, ginge es nach Fee, ohnehin nicht lange dauern würde. »Ich sage dir, das ist Schicksal, Em«, prophezeite sie mit weit aufgerissenen Augen. »Irgendetwas *ist* mit diesem Dorf. Und deine Mutter *wusste*, du würdest es finden. Dass du nun ausgerechnet dort anfängst zu suchen, hat garantiert eine Bedeutung.«

Noch auf dem Heimweg spürte Emily das Kribbeln in ihrem Nacken, das diese Worte in ihr ausgelöst hatten.

Womöglich hat Fee recht, dachte sie. *Irgendetwas ist mit diesem Dorf.* Warum sonst klangen die Worte ihrer Mutter so eindringlich? So beschwörend?

»Ich habe meine Heimat verlassen und bin seither nie mehr zurückgekehrt. Es ist wichtig für mich, Emily, dass du um diese Herkunft weißt.«

Emily erschauerte. Dieser Brief beunruhigte sie mehr, als sie sich Fee gegenüber hatte anmerken lassen. Als sie sich selbst zugestehen wollte. Nach all dieser Zeit plötzlich eine Nachricht ihrer Mutter zu erhalten, das war ... überwältigender, als sie in Worte fassen konnte.

Energisch lenkte sie ihre Gedanken in eine andere Richtung. Jetzt galt es erst einmal, ihrer Großmutter beizubringen, dass ihr Flug beschlossene Sache war. Er war doch beschlossene Sache, oder nicht? Wollte sie tatsächlich allein und völlig ahnungslos in dieses Flugzeug nach England steigen? Wäre es nicht vernünftiger, wenn sie ...

»Em.«

Mit einem Mal waren all die Gedanken an das Dorf, ihre Mutter, an die Reise aus Emilys Hirn gefegt.

»Lukas.« Sie blieb wie angewurzelt stehen.

Es war ein herrlicher Frühsommertag, wie es ihn nur in München gab, der Himmel blau, die Luft so klar wie die blank geputzten Scheiben der Straßenbahn, die vorbeirumpelte, laut und vertraut. Die Sonne strahlte mit all ihrer Kraft. Emily musste ihre Augen gegen das grelle Licht abschirmen und blinzelte in Lukas' Gesicht. Er sah unsicher aus, und Emily spürte sofort, wie sich ein Teil seiner Beklommenheit auf sie übertrug. Sie hatte ihn eine Ewigkeit nicht gesprochen. Und sie hatte gehört, dass er jetzt mit Laura zusammen war, doch zusammen gesehen hatte sie die beiden noch nicht – bis jetzt.

»Oh, Emily, hallo.« An Lauras gelangweiltem Tonfall hatte sich jedenfalls nichts geändert. »Wie schön, dich zu sehen«, log sie ohne jede Spur von Sympathie. Sie hatte sich bei

373

Lukas eingehakt, und ihre perfekt manikürten Fingernägel malten pinkfarbene Ovale auf seinen Unterarm. »Wo ist denn deine Freundin Fee abgeblieben?«, fuhr sie fort. »A-Hörnchen und B-Hörnchen heute mal getrennt?«

Emilys Augenlider zuckten. Lukas räusperte sich.

»Wir sind auf dem Weg in die Stadt«, erklärte er rasch, bevor Emily auch nur Luft holen konnte. Er vergrub seine Hände tiefer in den Taschen seiner Jeans, und Lauras Fingerspitzen glitten wie selbstverständlich seinen Arm hinunter.

Emily sagte nichts. Sie hatte es so gewollt, oder etwa nicht? Sie hatte Lukas fortgeschickt, und er hatte sich einer anderen zugewandt. Dass er sich ausgerechnet mit dem Mädchen tröstete, das nie müde wurde, Emily seine Verachtung zu zeigen, konnte sie ihm nicht vorwerfen. Wollte sie nicht. Und sie waren ein imposantes Paar, das musste sie zugeben, wie aus einem perfekten Teenie-Film. Die Jahrgangsschönste schnappt sich den Schulschwarm, so wie es sein sollte. Womöglich hatte sie, Emily, weder blond noch barbiehaft, nie wirklich an diesen Arm gehört.

Laura unterbrach ihre Überlegungen. »Ein Mittagessen mit meinem Vater«, säuselte sie. »Er möchte mit Lukas einige Details besprechen, bevor er uns den Schlüssel zu seiner Finca auf Mallorca übergibt. Wir werden den Sommer dort verbringen.« Sie rückte, wenn überhaupt möglich, noch ein Stück näher an Lukas heran, und dessen Brustkorb spannte sich. Es sah nicht so aus, als habe er sich schon an die Rolle des Ken gewöhnt.

Emily holte Luft. »Ja, also dann ...« *Eine Finca auf Mallorca. Klar.* Sie nickte Lukas zu. »Ich werde mal besser ... .«

»Geht es dir gut?«

Emily blinzelte überrascht. Lukas hatte sich von Laura gelöst und war einen Schritt auf sie zugegangen. Sie konnte förmlich spüren, wie das Mädchen den Atem anhielt, und so sehr sie Laura auch verabscheute, sie würde sich nicht auf deren Niveau herablassen und ihr bewusst einen Stich versetzen.

»Mir geht es prima«, beeilte sie sich deshalb zu sagen. »Sehr gut, wirklich.« Sie rang sich ein Lächeln ab. »Ich werde selbst ein paar Wochen weg sein«, fuhr sie fort. »England. Ich besuche das Dorf, in dem meine Mutter aufgewachsen ist.«

Da. Sie hatte sich also entschieden.

»Deine Mutter war Engländerin?« Lukas sah sie entgeistert an.

Oh nein! Emily spürte, wie ihre Wangen heiß wurden. Es war *der* Knackpunkt ihrer dreimonatigen Beziehung gewesen, dass sie nicht zuließ, dass Lukas an ihrem Leben teilhatte, dass er sich ausgeschlossen fühlte, weil sie nicht bereit war, sich ihm zu öffnen.

»Ja, ich...«, setzte sie hilflos zu einer Erklärung an, aber Lukas unterbrach sie, die Lippen zu einer schmalen Linie geformt.

»Wir müssen los«, sagte er, nahm Lauras Hand und zog sie mit sich. »Ciao, Emily. Viel Spaß in England.«

Emily sah den beiden nach, doch Lukas drehte sich nicht noch einmal um. Dafür hörte sie Laura, laut und deutlich und gehässiger denn je.

»Wenn du etwas über A-Hörnchen wissen möchtest,

musst du B-Hörnchen fragen, das weiß doch jeder«, erklärte sie spitz. Dann verschwanden die beiden in der nächsten Straße, die sie Richtung Isar führte.

Emily schloss für zwei Sekunden die Augen. Dann holte sie tief Luft und lief nach Hause.

»Emily? Bist du das? Ich bin in der Küche!« Die Stimme ihrer Großmutter hallte durch den breiten Flur, als Emily die schwere Holztür hinter sich ins Schloss fallen ließ.

»Wer soll es sonst sein?«, antwortete sie automatisch, stellte ihren Rucksack auf die Garderobenbank und machte sich auf den Weg zum Kreuzverhör. Nach der Begegnung mit Laura und Lukas kam ihr diese hier plötzlich viel einfacher vor.

»Was hat Felicitas zu dem Brief gesagt?«, fragte ihre Großmutter ohne Umschweife, als Emily sich in die weichen Polster der Eckbank sinken ließ.

»Sie hält das für das größte Abenteuer meines langweiligen Lebens und verlangt ein Videotagebuch, weil sie nicht mitkommen kann.«

Ihre Großmutter schnaubte. Sie murmelte etwas, von dem Emily nur »Kind« und »Nichts ernst nehmen« verstand, dann drehte sie sich um – eine dampfende Tasse heißer Schokolade in jeder Hand – und setzte sich zu Emily an den Tisch.

Diese musste unwillkürlich grinsen. »Liebste Omi, ist das etwa ein Erpressungsversuch? Bin ich dafür nicht etwas zu alt?«

Ihre Großmutter war seit jeher der Meinung gewesen,

heiße Schokolade könne ein Kind dazu bewegen, alles zu tun – oder eben bestimmte Dinge zu lassen.

Sie seufzte. »Du hast dich also entschieden. Wann wirst du fahren?«

»Übermorgen geht ein günstiger Flug«, antwortete Emily ohne zu zögern. Ja, sie hatte sich entschieden. Sie würde fahren. »Je schneller ich starte, desto eher bin ich wieder hier«, fügte sie hinzu.

»Mir ist nicht wohl dabei«, begann ihre Großmutter erneut, »du bist noch keine achtzehn, und ich möchte eigentlich nicht, dass du ganz allein ...«

»Aber Omi, das hatten wir doch schon«, fiel Emily ihr ins Wort. Sie musste sich beherrschen, um ihre Stimme nicht allzu ungeduldig klingen zu lassen, aber es war wahr: Diese Diskussion hatten sie bereits gestern Abend geführt, und Emily wollte sie nicht noch einmal lostreten. »Mama wollte, dass ich fahre«, wiederholte sie dennoch. »Außerdem bin ich *fast* achtzehn, wie du sehr wohl weißt.«

Ihre Großmutter seufzte, dann nickte sie und wühlte ein kleines, glänzendes Knäuel aus ihrer Jackentasche, das sie vor Emily auf dem Tisch platzierte.

»Was ist das?«, fragte Emily neugierig. Sie war dankbar für die Ablenkung, auch wenn sie spürte, dass ihre Großmutter noch nicht hundertprozentig aufgegeben hatte.

»Etwas, das deiner Mutter gehört hat. Ich wollte es dir gestern geben, aber ... Es war wohl alles ein bisschen viel.«

Emily griff nach dem Gegenstand und entwirrte ein goldenes Kettchen, das vermutlich fürs Handgelenk vorgesehen war. Es wirkte uralt, sehr schlicht und robust, mit einem Verschluss, der aus einer kleinen, einst goldfarbenen Kugel bestand, die sich grob und gebraucht anfühlte. Erst als Emily sie ganz nah vor ihr Gesicht hielt, konnte sie die hauchdünne Verzierung erahnen, die darauf eingekerbt war – so dezent und ineinander verschlungen, dass sie sich mit bloßem Auge unmöglich entziffern ließ.

»Wow«, hauchte sie und sah ihre Großmutter fragend an.

Diese zögerte einen Moment und faltete ihre Hände um die Kakaotasse herum. Sie sah müde aus, fand Emily, unter ihren teddybraunen Augen zeichneten sich schwarze Schatten ab, und ihre normalerweise rundlichen Wangen wirkten auf einmal so schmal, so zerbrechlich.

»Em, ich habe die Kette in dem Schreibtisch deiner Mutter gefunden«, begann sie. »Sie lag auf dem Brief, in einer kleinen Schatulle.« Sie sah aus, als wollte sie noch etwas hinzufügen, presste dann aber ihre Lippen aufeinander. Emily ließ die Kette sinken und legte stattdessen eine Hand auf die ihrer Großmutter.

»Du dachtest, sie sei von Papa, oder?«, fragte sie sanft. »Wenn du sie behalten möchtest, verstehe ich das, es ist nur natürlich, dass du ...«

»Mach sie auf.«

»Was?«

»Die Kette – mach den Verschluss auf.«

Emily beschlich ein ganz merkwürdiges Gefühl, ein Prickeln, das sich über die gesamte Länge ihrer Wirbelsäule auszubreiten schien. Sie nahm das Schmuckstück zwischen ihre Finger und drückte auf den kleinen Knopf, der offenbar die beiden Hälften des runden Verschlusses zusammenhielt. Er sprang sofort auf, und ihre Großmutter holte japsend Luft.

»Omi?«, fragte Emily verunsichert. Sie hielt ihr die Kette hin.

Ihre Großmutter schüttelte den Kopf. »Seit ich das Armband habe«, erklärte sie, »verwahre ich es in der Schublade meines Nachttisches auf.« Sie sagte diesen Satz weniger, als dass sie ihn ausatmete, so, als habe sie seit ewigen Zeiten darauf gewartet, ihn loszuwerden. Emily atmete ein. »Ich hätte die Kette so gern getragen«, fuhr sie fort, »aber der Verschluss ließ sich nicht öffnen.« Sie schluckte und sah Emily mit großen Augen an.

»Omi...«, setzte diese erneut an, doch ihre Großmutter unterbrach sie.

»All die Jahre lag die Kette in dem Kästchen neben meinem Bett. Doch als ich sie gestern Abend holen wollte, war sie plötzlich nicht mehr da. Ich habe sie schließlich...« Sie holte Luft. »Sie lag in meinem Schmuckkasten, auf dem Brief deiner Mutter, genau so, wie ich sie damals in Esthers Sekretär gefunden habe. Und ich weiß nicht, warum du sie plötzlich öffnen konntest. Das durfte gar nicht möglich sein.« Der letzte Satz war nur mehr ein Wispern, und Emily brauchte einen Moment, um seinen Inhalt zu begreifen. Dann prustete sie los. »Meine Güte, Omi, du hast mir einen Riesenschrecken eingejagt«, sagte sie lachend, doch als sie in das entsetzte Gesicht ihrer Großmutter blickte, wurde sie schnell wieder ernst.

»Hör zu, das Ganze ist sicherlich leicht zu erklären«, versuchte sie zu beschwichtigen. »Du hast so oft auf dem Verschluss herumgedrückt, dass er sich verklemmt hat, und dann ist der Mechanismus plötzlich von selbst aufgesprungen, weil er einfach noch auf Öffnen gestellt war.« Wie sollte es auch sonst sein? An Schmuckstücke, die ein Eigenleben führten, glaubte Emily ganz sicher nicht. »Bestimmt ist dir nur entfallen, wo du das Armband zuletzt…«

Ihre Großmutter schüttelte energisch den Kopf. »Ich habe die Kette nicht in den Schmuckkasten gelegt«, erklärte sie mit Nachdruck.

»Omi…«. Emily seufzte. Es war nicht das erste Mal, dass ihre Großmutter etwas verlegt hatte, doch sie wollte ihr nicht wehtun, also schwieg sie. »Ganz sicher ist alles nur…«

»Nein, Emily«, wurde sie unterbrochen. »Es ist nicht nur das. Vor Jahren war ich bei einem Juwelier«, fuhr sie fort, aufgeregter jetzt. »Er sagte mir, dieser Verschluss ließe sich nicht öffnen. Die Kette müsse so konzipiert sein, dass sie am Handgelenk seiner Trägerin verschweißt wird. Danach sei sie nicht mehr zu öffnen. Er hatte so etwas noch nie gesehen und konnte keine andere Erklärung finden. Es gäbe auf jeden Fall keine Möglichkeit, diese Kette aufzumachen, ohne sie zu zerstören.«

Emily starrte ihre Großmutter an, als seien ihr auf einmal Antennen aus dem Kopf gewachsen. Ehrlich, sie war nicht der Typ, der bei jeder Kleinigkeit zusammenzuckte oder sich bei Gespenstergeschichten gruselte, aber wenn sie nicht aufpasste, würde die Gänsehaut an ihren Armen noch festwachsen.

»Emily, bitte fahr nicht nach England. Ich habe ein mulmiges Gefühl, was diesen Brief betrifft, und nun auch noch das Armband ...«

»Omi, hör zu«, unterbrach Emily. Sie bemühte sich um einen beruhigenden Tonfall, denn sie wollte auf keinen Fall, dass ihre Großmutter sich Sorgen machte, aber sie würde sich dennoch nicht von ihrem Entschluss abbringen lassen.

»Es gibt für alles eine logische Erklärung«, fuhr sie fort, »daran kann auch dieses blöde Ding nichts ändern. Das Armband ist vermutlich aus England und ein solcher Verschluss hier nur nicht bekannt. Diese ganze Sache ist halb so mysteriös, wie du oder Fee glauben. Ganz sicher würde Mama mich nicht in Gefahr bringen wollen.« Der Gedanke war ihr bisher noch gar nicht gekommen. Aber ja, er hörte sich plausibel an.

»Dann nimm wenigstens Fee mit.« Die Stimme ihrer Großmutter hatte einen flehenden Ton angenommen.

Emily zuckte bedauernd mit den Schultern. »Das ist leider unmöglich, ihr Vater bringt sie um, wenn sie nicht am Montag das Praktikum in seiner Kanzlei beginnt.«

»Ich könnte ...«

»Liebste Omi, ich fahre. Allein. Mama hat nicht einmal Papa etwas von diesem komischen Dorf erzählt – ich glaube nicht, dass sie wollte, dass ich dort mit ... Begleitung anreise.« Sie hatte »mit einer Fremden« sagen wollen, was streng genommen richtig war: Ihre Oma war die Mutter ihres verstorbenen Vaters, gehörte also eigentlich nicht zur Familie ihrer Mutter, über die sie selbst bis heute so gut wie nichts gewusst hatte. Eigentlich gar nichts. Warum nur hatte sie das bislang nie als seltsam empfunden?

Sie stand auf und nahm ihre Großmutter fest in die Arme. »Mach dir bitte keine Sorgen«, bat sie. »In spätestens zwei Wochen bin ich wieder hier.«

Noch ahnte Emily nicht, wie sehr sie mit dieser Einschätzung danebenlag.

Wenn du wissen willst, wie Emily Matt kennenlernt und ihr erstes Abenteuer in Hollyhill besteht, lies weiter in:

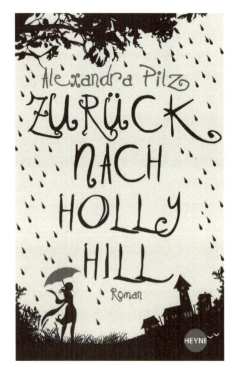

ISBN: 978-3-453-53426-1

2014/108 14 Jahre

Katholische öffentliche Bücherei
76889 STEINFELD